GEBISSENE WANDLERIN

CHRONIKEN DER GEBISSENEN

BROGAN THOMAS

ÜBERSETZT VON
LISA GRÖPPER FÜR LITERARY QUEENS

Ebook ASIN: B0DM5K542Z
Taschenbuch ISBN: 978-1-915946-57-7
Gebundene Ausgabe ISBN: 978-1-915946-58-4

Umschlaggestaltung von Melony Paradise

Übersetzt von Lisa Gröpper

WWW.BROGANTHOMAS.COM

GEBISSENE WANDLERIN

BROGAN THOMAS

Für meinen Ehemann

Kapitel Eins

Ihre Autos blockieren die Einfahrt, also parke ich, ohne groß nachzudenken weiter unten in der Straße. Ich habe das Freelance-Projekt früh fertiggestellt, es ist noch Vormittag, und Paul erwartet mich nicht zu Hause.

Ich wette, sie schauen einen Film.

Sie waren schon immer so gute Freunde. In letzter Zeit hilft Paul Dove häufiger bei Arbeiten in ihrem Haus und übernimmt die schwereren, körperlichen Aufgaben. Ich bin so stolz auf ihn – stolz darauf, wie großzügig und hilfsbereit er ist, wie er meiner Schwester mir zuliebe hilft. Er ist so aufmerksam.

Hoffentlich haben sie Popcorn.

Als ich durch die Tür trete, verändert sich etwas in der Luft. Ein ungutes Gefühl zieht sich in meinem Magen zusammen, und die fröhliche Melodie, die ich vor mich hin summe, bleibt mir im Hals stecken.

Musik. Sexy Musik.

Kleidung liegt wahllos über dem Boden verteilt – seine und ihre.

Und trotzdem rede ich mir wie die absolute Idiotin, die ich bin, ein, dass es dafür bestimmt eine ganz harmlose Erklärung gibt. Es gibt doch immer eine logische Erklärung, oder?

Mein Instinkt, den ich ignoriere, schreit mich an: *Geh! Steig wieder ins Auto, Lark, fahr weg und komm später zu deiner üblichen Zeit zurück!*

Aber nein. Ich ignoriere diese kleine Stimme der Vernunft. Ich weiß nicht mal, warum ich überhaupt nach oben gehe.

Ich ... muss es wohl sehen, denke ich. Dumm von mir.

Die Tür zum Schlafzimmer steht weit offen. Ich runzle die Stirn und neige den Kopf, als könnte sich der Anblick vor mir durch einen anderen Blickwinkel plötzlich verändern. Als wäre es dann weniger obszön.

Weniger real.

Dove reitet mit voller Kraft meinen Mann auf unserem Ehebett, als wolle sie ihm den verdammten Schwanz abreißen.

Meine Hand zittert, als ich mein Handy heraushole. Es braucht zwei Versuche, bis ich es aus meiner Hosentasche fische, und mein Atem stockt, als ich auf *Aufnehmen* drücke.

Ich zucke bei ihren übertriebenen Schreien zusammen.

Ich bin keine Perverse. Es geht hier nicht um Voyeurismus. Ich brauche Beweise.

Beweise für das Ende meiner Ehe. Wenn ich es nicht aufnehme, wird er später alles abstreiten. Er wird behaupten, es sei nie passiert – ich hätte alles falsch verstanden oder mir eingebildet.

Das darf er nicht tun.

Ich habe vielleicht ein weiches Herz, aber ich bin keine schwache Idiotin.

Ich schaffe es nur, ein paar Sekunden zu filmen. Länger halte ich das nicht aus. Ich bin sicher, dass ich genug aufgenommen habe, um meinen Standpunkt klarzumachen. Noch mehr davon, und ich müsste mir die Augäpfel auskratzen.

Während die laute Musik meine Flucht überdeckt, schleiche ich mit bleischweren Beinen zurück, drehe mich um und gehe nach unten. Instinktiv laufe ich in den Raum, der am entferntesten von ihnen ist, ohne dass ich das Haus verlasse: die Küche.

Sobald ich die Spüle sehe, schießt mir Galle die Kehle hoch. Das kalte Porzellan fühlt sich kühl unter meinen verschwitzten Händen an, während ich mich lautlos übergebe.

Als mein Magen leer ist, frage ich mich, was ich jetzt tun soll. Ich stelle mir vor, mich auf das Sofa zu setzen und zu warten, bis sie mit ihrem kleinen Abenteuer fertig sind und die Treppe herunterkommen. Ich stelle mir vor, wie ich, mit Erbrochenem an den Lippen und Galle, die auf meiner Zunge brennt, versuche, würdevoll zu wirken, während ich ihnen zurufe: *»Überraschung!«* Oder vielleicht etwas Klassisches: *»Hattet ihr Spaß?«*

Was machen andere Leute in so einer Situation? Schreien sie? Randalieren sie? Zerbrechen sie Dinge?

Ich wische mir den Mund mit dem Handrücken ab, stecke zitternd lose Strähnen meines braunen Haares hinters Ohr und blinzle die Tränen weg.

Mein Blick fällt auf die Schublade, in der die Messer liegen.

Tief in mir spüre ich den Drang, etwas Dramatisches und Blutiges zu tun.

Aber das bin nicht ich. Ich bin nicht diese Person.

Ich war immer die, die Frieden stiftet.

Die Vermittlerin.

Die Fußmatte.

Ich bin eine praktische Person.

Ich bekomme soziale Ängste und mache mir Sorgen, das Falsche zu sagen, hinterfrage jedes Wort, das ich von mir gebe. Und ich weiß nie, was ich mit meinen Händen machen soll – diese seltsamen, schlaffen, ungeschickten Dinger.

Am glücklichsten bin ich, wenn ich auf dem Sofa mit einem Buch eingekuschelt bin oder bei der Arbeit monotonen Codezeilen nachgehe.

Mir ist klar, wie es läuft – wenn ich ihnen etwas antue, bin ich diejenige, die hinter Gittern landet.

Ich bin nicht für das Gefängnis gemacht.

Selbst wenn ich jedes Recht habe, wütend und verletzt zu sein, darf ich ihnen nichts antun. Ich darf mein Leben nicht ruinieren.

Welches Leben?

Unsere siebenundzwanzigjährige Ehe ist vorbei. Die Trümmer lasten schwer auf meiner Brust. Ich fühle mich gebrochen, traurig und so verdammt dumm.

Es ist lächerlich. Was für eine Verschwendung.

Was für eine Verschwendung eines Lebens mit jemandem, der mich nie wirklich geliebt hat. Denn wenn Paul mich geliebt hätte, würde er jetzt nicht oben meine Schwester vögeln.

Als wir uns kennenlernten, war er sechsundzwanzig, und ich gerade neunzehn geworden. So jung. So naiv. Und jetzt? Jetzt bin ich eine dumme Frau mittleren Alters, die in ihrer Küche kauert, während die zwei wichtigsten Personen in ihrem Leben oben ihren Spaß haben.

Moment, warte mal.

Ich bin ja nicht mal wirklich mittleren Alters, oder?

Wie hoch ist die durchschnittliche Lebenserwartung heutzutage? Achtzig, wenn man Glück hat? Aber soweit ich weiß, liegt sie wissenschaftlich gesehen eher bei dreiundsiebzig – vorausgesetzt, man wird nicht zur Beute eines Wandlers oder Vampirs. Wenn man das so betrachtet, liegt das mittlere Alter bei sechsunddreißig und einem halben Jahr.

Sechsunddreißig und ein halbes Jahr.

Scheiße.

Das ist so jung. Und nach dieser Rechnung bin ich schon elf Jahre über das mittlere Alter hinaus. Ich stecke mittendrin in der Phase, in der man für die Gesellschaft nutzlos wird.

Ich hätte nie gedacht, dass ich einmal nutzlos für ihn sein würde – oder dass meine Schwester besser zu ihm passen würde. Was für ein Klischee. Meine Schwester. Paul musste das ausgerechnet mit meiner schönen, lebensfrohen älteren Schwester tun.

Zumindest ist es keine Sekretärin – soweit ich weiß. Ich

schüttele den Kopf, mein Kinn sinkt herab, während ein schmerzerfülltes Seufzen aus meiner Brust dringt.

Er ist ein charakterloser Schwesternficker.

Und Dove? Sie hat mir den Mann weggenommen, mit dem ich achtundzwanzig Jahre meines Lebens verbracht habe ... weil sie es konnte.

Nach allem, was ich für sie getan habe. Ich war ihr Fels in der Brandung, habe Opfer gebracht, und es gab nichts – *absolut nichts* –, was ich nicht für meine Schwester getan hätte.

Wenn sie mich anrufen würde, um eine Leiche zu vergraben, würde ich mit Schaufel und Handschuhen auftauchen, ohne Fragen zu stellen. Und Dove? Sie würde nicht mal Hilfe holen, wenn ich in Flammen stünde. Nein, sie würde sich die Hände wärmen und sich über den Geruch von verbrannter Haut beschweren.

Ich habe sie geliebt.

Ich habe ihnen vertraut.

Was für ein Trottel ich bin.

Ich stöhne und vergrabe mein Gesicht in den Händen. Wenigstens hatten wir nie Kinder. Wir wurden beide als Teenager zur Zwangssterilisation ausgewählt – ein Geschenk für die nicht ganz so perfekten Exemplare der rein menschlichen Bevölkerung.

Wir waren perfekt füreinander.

Er war mein Mann. Ich habe alles in unsere Ehe gesteckt. Ich hätte alles für Paul getan, den einen, den ich über alles geliebt habe. Ich war immer eine Alles-oder-Nichts-Person. Loyal.

Ich habe es satt.

Ich habe es sowas von satt.

Ein klägliches Geräusch, voller Schmerz, steigt in meiner Brust auf. Selbst als ich es höre, kann ich nicht aufhören – es ist das Geräusch eines gequälten Hundes.

Von oben kommt ein dumpfer Knall, gefolgt von Gelächter.

Das abscheuliche Geräusch, das ich mache, verstummt, als sich meine Lippen vor Ekel verziehen. Ich starre zur Decke hinauf, meine Finger zucken wie von Geisterhand in Richtung des Messerschubfachs.

Ich bin eine Gefahr für sie. Wow. Was für ein seltsamer, ehrlicher Gedanke. *Sie sind nicht sicher, solange ich hier bin.*

Jetzt verstehe ich, warum gute Menschen durchdrehen und Amok laufen. Der Wahnsinn will aus meiner Brust herausplatzen und sich wie ein Alien aus meinem Inneren befreien.

Erneut ziehe ich meine Hand von der Messerschublade weg, der Arm fällt wie tot auf meinen Oberschenkel.

Ich weiß nicht, wie das passiert ist.

Es gab keine Anzeichen. Keine heimlichen Telefonate. Kein verdächtiges Verhalten. Oder vielleicht gab es welche, aber ich war zu blind, um sie zu sehen.

Selbst wenn es welche gegeben hätte, hätte ich nicht geglaubt, dass sie mich so verraten könnten.

Meine rosarote Brille zeigt keine derart verkorksten Töne.

Ich weiß nicht, wie lange das schon so geht. Vielleicht hat es heute begonnen, oder es dauert schon Jahre an.

Will ich es überhaupt wissen?

Spielt es eine Rolle?

Für mich gibt es kein Zurück. Nicht mehr.

Was mache ich jetzt? Was, zur Hölle, mache ich jetzt?

Ich könnte hier warten und sie konfrontieren, wenn sie herunterkommen. Schreien. Weinen. Jammern. Ihren Lügen zuhören, wie sie alles verdrehen, bis ich nicht mehr weiß, was oben und was unten ist.

Ich könnte Paul die Chance geben, es zu erklären. Aber ich weiß schon, was er tun wird. Er wird versuchen, mich zu überzeugen, ihm zu vergeben.

Vergebung.

Wenn ich mich weigere, wird es hässlich werden. Paul wird nicht anders können. Das Schuldzuweisungsspiel wird beginnen, und irgendwie wird am Ende alles meine Schuld sein. Und dann?

Jetzt, wo ich ihre Affäre aufgedeckt habe, was, wenn sie beschließen, mich rauszuwerfen?

Ich kann Doves Stimme beinahe hören, triefend vor falscher Aufrichtigkeit: *»Wir sind verliebt, Lark, und das ist jetzt unser Haus.«*

Der Gedanke trifft mich wie ein Schlag, und ich wanke zurück, schlage eine Hand über meinen Mund, um den irren Schrei zu ersticken, der sich in meiner Kehle aufbäumt.

Ich bin entbehrlich.

Die Erkenntnis brennt wie ein glühendes Messer durch meine Brust, scharf und unerbittlich.

Was, wenn es ihnen egal ist? Was, wenn sie keine Reue empfinden? Mein Herz, mein Ego, mein Selbstwertgefühl – nichts davon wird überleben, wenn sie zusammenbleiben. Wenn Dove mein Leben übernimmt.

Ich stehe da, starre ins Leere, während meine innere Stimme mich anschreit, abzuhauen. *Lauf. Raus hier.*

Aber ich bin wie erstarrt.

Alles, was ich weiß, ist, dass ich nicht – auf keinen Fall – hier sein kann, wenn sie herunterkommen.

Was mache ich denn jetzt? Ich will nicht die betrogene Ehefrau sein. Die traurige, erbärmliche Frau, die zurückgelassen wurde.

Das ist nicht mein Leben. Das kann es nicht sein. Das kann es einfach nicht sein.

Das ist nicht mein Leben!

Das Schicksal hat mir diese Karten durch eine grausame Verkettung winziger Umstände ausgeteilt – eine perfekte Katastrophe, die dazu führte, dass ich früher nach Hause kam. Aber wisst ihr was? Ich spiele nicht mit.

Das Schicksal kann mich mal.

Ich kann mein Leben nicht einfach aufgeben und verschwinden, ohne ein Wort zu sagen …

Oder doch?

Es wäre eine impulsive Reaktion, ausgelöst von meinem Schmerz. Unreif. Kleinlich.

Und trotzdem …

Ich will weder ihn noch sie je wiedersehen. Der Gedanke, einfach zu gehen, ohne ein einziges Wort zu sagen, ist so verlockend. Nicht für das unvermeidliche Drama zu bleiben: die Schreikämpfe, das endlose Hin und Her, das Aufteilen von Leben und Erinnerungen in nette, kleine transaktionale Stücke – der Zirkus, einander zu zerstören.

Paul ohne ein Wort zu verlassen, wird ihn wahnsinnig machen.

Er liebt den Klang seiner eigenen Stimme und liebt es, das letzte Wort zu haben. Warum sollte ich ihm diese Genugtuung geben?

Er würde niemals erwarten, dass ich abhaue, einfach von der Bildfläche verschwinde. Und indem ich das Unerwartete tue, wird er gezwungen sein, die volle Wirkung dessen zu spüren, was er getan hat, ohne dass sie durch das langsame Verblassen unserer Beziehung abgefedert wird.

Es ist eine emotionale Bombe, mit der er nicht rechnet.

Meine Schwester? Oh, Dove wird ihren Spaß haben. Ein wütender, frustrierter Paul ist nicht gerade attraktiv.

Mir ist egal, was als Nächstes passiert. Ich hoffe nur, es wird für sie beide qualvoll.

Ich schnappe mir meine wichtigsten Dokumente aus der untersten Küchenschublade und gehe zur Haustür.

Zum letzten Mal betrachte ich das Haus, das wir zusammen gebaut haben – das Leben, das wir aufgebaut haben – jetzt übersät mit ihren Kleidern, die wie Müll auf dem Boden verstreut liegen.

Was bleibt von unserer Ehe? Lügen, falsche Erinnerungen und Zeug.

Er kann alles haben – jedes einzelne Stück. Zeug kann ersetzt werden. Lass Dove meine zwanzig Jahre alten Unterhosen und meinen nutzlosen, fremdgehenden Ehemann haben. Wenn sie Paul und mein Leben so dringend will, kann sie das ganze Paket haben.

Ich nehme meinen Computer vom Sofa, wo ich ihn abgelegt hatte, als ich nach Hause kam. Daneben liegt das Dankesgeschenk eines Kunden – eine Tüte und ein wunderschöner Blumenstrauß aus Lilien, Nelken, Rosen und Schleierkraut.

Mein Blick bleibt an den Blumen hängen.

Warum sollte ich sie nicht wissen lassen, dass ich hier war?

Ein wahnsinniges Lächeln zuckt auf meinen Lippen, als sich die Idee festsetzt. Ich nehme die Blumen und klemme die Geschenktüte unter meinen Arm. Darin ist eine handgeschriebene Dankeskarte und eine Flasche Champagner.

In dem Wissen, dass mir die Zeit davonläuft, zupfe ich die Köpfe der Rosen mit einem aggressiven Schnippen meiner Finger ab. *Schade, dass sie nicht rot sind*, denke ich, als ich die rosa Blütenblätter betrachte.

Aber sie werden ausreichen.

Ich reiße alle Blütenblätter von den Stängeln und verstreue sie am Fuß der Treppe, mische sie mit den Blütenblättern der Nelken. Sie bilden einen gewundenen Pfad zwischen der verstreuten Kleidung, der in Richtung Küche führt.

Es ist kleinlich. Es ist theatralisch. Es ist perfekt.

In der Küche nehme ich meinen Verlobungs-, Ehe- und den Eternity-Ring ab und lege sie auf die Arbeitsplatte. Dann füge ich zwei langstielige Gläser hinzu, die ungeöffnete Flasche Champagner, die Lilien und eine Handvoll Schleierkraut.

Ich neige den Kopf und begutachte mein Werk. Nicht schlecht. Ich hoffe, es jagt ihnen einen Schrecken ein.

Das Arrangement ist elegant. Subtil. Es sagt alles, ohne dass ich einen Zettel oder eine Erklärung hinterlassen muss.

Paul ist ein großer Junge. Ich bin sicher, er wird es verstehen.

Kapitel Zwei

Meine Schulter stösst gegen den Türrahmen, als ich hinaus stolpere, aber ich nehme den stechenden Schmerz kaum wahr. Ich schließe die Haustür leise hinter mir, schlurfe den Gartenweg hinunter und trete auf die Straße. Reihen identischer Häuser, wie aus dem Katalog, ziehen sich in beide Richtungen, ordentlich und gepflegt im hellen Frühlingslicht.

Ich mochte dieses Haus nie. Ich mochte diese Straße nie.

Diese umzäunte Wohnanlage, in der von dir erwartet wird, jeden Sonntag dein Auto zu waschen, den Rasen auf die vorgeschriebene Höhe zu trimmen und dafür zu sorgen, dass das Gras den richtigen Grünton behält – stundenlange Arbeit für etwas, das ohnehin wieder nachwächst.

Und wenn du dich nicht anpasst? Dann machen es sich

die tratschenden Nachbarn zur Aufgabe, dich darauf hinzuweisen. Die verächtlichen Blicke. Die passiv-aggressiven Bemerkungen. Es fühlte sich immer erstickend an.

Ich blicke über die makellose, stille Straße und verspüre den überwältigenden Drang zu schreien: *»Paul aus Haus Nummer sieben vögelt die Schwester seiner Frau!«*

Das wäre doch mal was zum Tratschen.

Aber ich tue es nicht. Kann mich gerade noch so davon abhalten.

Stattdessen presse ich die Lippen zusammen, haste die Straße hinunter und schließe mein Auto auf. Ich schleppe meinen tauben, emotional ausgelaugten Körper auf den Fahrersitz. Die Autotür fällt mit einem schweren Schlag ins Schloss, der durch mich hindurch hallt. Mit einem Stöhnen lehne ich mich zurück.

Ich habe noch ein paar Dinge zu erledigen, bevor ich hier endgültig verschwinden kann. Der letzte Ort, an dem ich sein möchte, ist diese Straße, aber es gibt Aufgaben, die nicht warten können. Ich nehme meinen Laptop vom Beifahrersitz und öffne ihn.

Erster Punkt: das Sicherheitssystem des Hauses.

»Idiot«, murmele ich, als ich sehe, dass es auf den Datenschutzmodus umgeschaltet wurde. Natürlich hat Paul vergessen, dass ich dieses System selbst entworfen habe. Es zeichnet alles außerhalb des Hauses auf – Autos, Türen, das ganze Programm. Ich hatte es nach einer Einbruchserie in der Nachbarschaft eingerichtet. Der Datenschutzmodus verschiebt diese Aufnahmen in einen separaten Ordner. Ein paar Klicks später finde ich die Dateien und lade sie herunter. Ich sehe sie mir nicht an –

die Dutzenden Dateien. Das muss ich nicht. Es reicht, zu wissen, dass sie da sind.

Nächster Punkt: die Bankkonten.

Ich logge mich in unsere gemeinsamen Konten ein und überweise die Hälfte der Ersparnisse auf mein persönliches Konto.

»Morgen suche ich mir einen Anwalt«, murmle ich, schließe den Laptop und lege ihn beiseite.

Letzter Punkt: mein Handy.

Ich zögere einen Moment. Am liebsten würde ich das ganze Ding in den nächsten Mülleimer werfen, wenn ich es nicht für die Arbeit bräuchte. Aber genau das tue ich – ich brauche es. Ich bin selbstständig. Um nicht von den eingehenden Anrufen des Fremdgehers in den Wahnsinn getrieben zu werden, blockiere ich alle privaten Nummern. Das dauert nicht lange – mein Freundeskreis ist beschämend klein. Paul mochte meine Freunde nie.

Ich lege das Handy in die Mittelkonsole, setze meine Brille auf und starte das Auto. Meine Hände zittern, als ich das Lenkrad umfasse. Ich atme tief und zitternd ein, aber es hilft nicht.

Meine Haut kribbelt. Alles, was ich rieche, sind sie. Ihr Treiben. Sie haben in meinem Bett Sex gehabt. Der Verrat scheint sich in meine Nase, meine Haut, meine Haare und meine Kleidung eingegraben zu haben.

Ich will duschen. Ich will mich wund schrubben.

Meine Atemzüge pfeifen durch meine enge Kehle. Meine Körpertemperatur schwankt wild zwischen glühend heiß und eiskalt. Meine Gedanken drehen sich. Ich muss mich zusammenreißen.

»Lark«, flüstere ich, »du schaffst das.«

Ich umklammere das Lenkrad fester und zwinge meine Hände, mit dem Zittern aufzuhören. Ich kann jetzt nicht die Fassung verlieren – nicht, wenn ich gleich fahre. Bis jetzt habe ich es geschafft, ruhig zu bleiben.

Na ja, mehr oder weniger. Meine Lippen zucken zu einem bitteren Lächeln, als ich an das Blumenarrangement in der Küche denke. Wenigstens werden sie wissen, dass ich aus eigenem Antrieb gegangen und nicht verschwunden bin. So können sie sich den Anruf bei der Polizei sparen.

»Ich bin zu alt für diesen Mist«, murmele ich, lehne mich zurück und lasse meinen Kopf sanft gegen die Kopfstütze fallen. Mit trockenen Augen und ohne zu blinzeln starre ich in den hellblauen Himmel.

Es ist ein wunderschöner Tag.

Wie kann es ein wunderschöner Tag sein?

Es sollte wenigstens regnen. Donner. Blitze. Irgendein Zeichen vom Universum, das das Wrack meines Lebens markiert.

Eine verrückte Idee brodelt in meinem Kopf auf. Ich behalte sie im Hinterkopf und lasse sie mit dem Rest meiner chaotischen Gedanken herumwirbeln. Als ich mich etwas beruhigt habe, überprüfe ich meine Spiegel, werfe einen Blick auf die toten Winkel und lege den ersten Gang ein. Wie ein Roboter fahre ich weg von dem Scherbenhaufen, der mein Leben war.

Die Stadt verblasst hinter mir, ihre Vertrautheit verschwimmt in Bedeutungslosigkeit. Ehe ich mich versehe, bin ich auf der Autobahn, Richtung Norden, auf dem Weg zur Sektorgrenze.

Ich hätte nie gedacht, dass ich freiwillig in die Nähe der Wandler fahren würde.

Ein Teil von mir – der gebrochene, verzweifelte Teil – will anhalten, sich unter die nächste Brücke verkriechen und sich in einer Decke aus Pappkartons einwickeln. Einfach aufgeben. Einfach ... aufhören.

Aber ein anderer Teil von mir, der wütende, entschlossene Teil, setzt sich durch. Er will es schaffen. Erfolg haben. Wenn auch nur, um es ihnen allen zu beweisen. Um zu schreien: *»Ich brauche euch nicht, also verpisst euch!«*

Bitterer Schmerz, erkenne ich, ist ein verdammt starker Antrieb.

Ich fahre stundenlang, die Straße verschwimmt zu einem eintönigen Band unter meinen Reifen. Ich zwinge meinen Geist, leer zu bleiben, und erlaube mir nicht, mein Leben mit Paul zu analysieren. Es gibt zu viel zu entwirren, zu viel Schmerz, der an den Rändern meiner Gedanken kratzt. Unkontrolliert hinter dem Steuer zu schluchzen, ist schließlich nicht besonders sicher.

Also konzentriere ich mich auf das Summen des Motors und das Vorbeiflitzen der Schilder. Für den Moment ist das alles, was ich verkraften kann. Die Kilometer ziehen an mir vorbei, während ich nur zum Tanken und für das Nötigste halte: ein paar Wechselklamotten und Toilettenartikel – gerade genug, um durchzukommen, bis ich irgendwo Fuß gefasst habe.

Und dann sehe ich sie.

Die Sektorgrenze.

Sie erhebt sich in der Ferne, kriecht am Horizont entlang, wie eine gezackte Narbe, die den Himmel aufreißt. Eine undurchdringliche Wand aus Magie, Beton und elektrischem Zaun erstreckt sich über die gesamte Breite des

Landes, trennt die Wandler vom Rest des Landes – und von den anderen menschlichen Derivaten.

Derivate ist der Begriff, den die Leute benutzen.

Unsere DNA ist immer noch menschlich – nur mit einer Mutation. Ein Hauch von zusätzlicher Junk-DNA, die anders funktioniert, die manche von uns stärker macht.

Anders.

Fänge, Klauen und Magie.

Vampire, Wandler, Magiebegabte und die seltenen, geschätzten reinen Menschen – wir alle befinden uns irgendwo auf einem Spektrum der Stärke. Einige Unglückliche tragen eine Mischung aus DNA in sich, die sich gegenseitig aufhebt und sie praktisch nutzlos macht.

Manche sagen, Derivate seien eine natürliche Evolution. Andere erzählen Geschichten von außerirdischer Intervention. Angeblich haben elfengleiche Wesen unser Genom manipuliert – wahrscheinlich dieselben Theoretiker, die glauben, Aliens hätten unsere antiken Ruinen gebaut.

Die Wissenschaft hat den Ursprung der Derivate nicht eindeutig geklärt, und die meisten Theorien werden stillschweigend verworfen. Vielleicht wissen die Regierungen mehr, aber wenn es so ist, sagen sie nichts.

Angesichts dessen, dass wir nicht einmal alle Spezies kennen, die in den Tiefen der Ozeane leben, ist es nicht weit hergeholt, sich vorzustellen, dass die Wissenschaft unser Genom noch nicht vollständig erforscht hat.

Vor vierzig Jahren spitzte sich alles zu. Die Fremdenfeindlichkeit erreichte ihren Höhepunkt, und die Gesellschaft zerriss sich selbst.

Wir töteten einander. Die rein Menschlichen zerbrechlich im Vergleich, standen kurz vor dem Aussterben. Sterberaten schossen in die Höhe. Geburtenraten stürzten ab.

Für die Derivate – besonders die Bluttrinker – war das nicht nachhaltig. Sie brauchten reine Menschen, um zu überleben.

Die Regierung hatte keine Wahl. Sie verabschiedete Gesetze, die alles veränderten: Die Derivate würden sich selbst regieren.

Sektoren wurden abgegrenzt, das Land in Stücke geteilt. Jede Spezies regierte ihren eigenen Bereich.

Und der fragile Frieden begann.

Geografisch gesehen herrschen die Wandler im Norden, wo die Umwelt rau, wild und atemberaubend schön ist.

Ich blicke erneut auf die Grenze, die den Horizont einnimmt. Sie ist ein Monstrum, und der Anblick lässt einen Schauer über meinen Rücken laufen. Die Wandler sind territorial, und ihre Grenzen spiegeln das wider.

Sie bewachen ihre Grenzen nicht nur – sie befestigen sie.

Sie haben zwei Grenzen: die interne, die in das Herz ihres Reiches führt, das nur diejenigen mit der richtigen DNA betreten können, und die externe, die Grenze, die ich durch das Fenster meines Autos sehe.

Diese Barriere trennt den menschlichen Sektor von dem Niemandsland, einem acht Kilometer breiten und hundertfünfzig Kilometer langen neutralen Streifen, der als Enterprise Zone bekannt ist. In diesem Gebiet befinden sich nationale Unternehmen, in denen Wandler mit anderen Derivaten zusammenarbeiten. Trotz seiner kooperativen

Natur sind die Sicherheitsvorkehrungen hier absolut lückenlos.

Der Zutritt in ihr Territorium ist nicht einfach – er erfordert entweder ein gültiges Arbeitsvisum oder die ausdrückliche Unterstützung eines Wandler-Sponsors.

Bevor ich überhaupt daran denken kann, ihren Sektor zu betreten, werde ich mir zuerst einen geeigneten Job sichern müssen.

Die reinen Menschen, Vampire und Magiebegabte sind nicht so strikt voneinander getrennt wie die Wandler. Die Grenzen existieren, aber sie haben keinerlei Ähnlichkeit mit den militärischen Festungen, die die Wandler errichtet haben.

Der streng kontrollierte Menschensektor befindet sich im Zentrum des Landes.

Im Südosten, unter uns, dominieren die Vampire das finanzielle und politische Herz. Vampire sind natürlich anders. Ihre Grenzen fühlen sich kaum wie Barrieren an. Sie wollen, dass Menschen sie besuchen – zum Abendessen, wenn du verstehst, was ich meine. Ihre Sektorgrenzen wirken eher wie Einladungen, mit auffälligen Gebäuden, lebendigen Nachtclubs und einer Unterhaltungskultur, die einen anlocken soll.

Die Magiebegabten – Magier, Hexen und Zauberer – bewohnen den Südwesten, wo die Luft von latenter Macht summt.

Was alle Magie nennen, hat eine wissenschaftliche Erklärung: Es ist eine Form der Energienutzung.

Die reinen Menschen nehmen nur einen schmalen Ausschnitt der Realität wahr. Ihre Sinne sind begrenzt –

sechs Millionen Rezeptoren in der Nase im Vergleich zu über hundert Millionen bei einem Hund.

Und das ist nur der Geruchssinn.

Etwas Einzigartiges im Gehirn eines Magiebegabten erlaubt es uns, die unsichtbaren Kräfte der Welt zu manipulieren, wie Magnetfelder, dunkle Materie und die Substrukturen der Realität. Im Grunde manipulieren wir Schwerkraft, Masse und molekulare Vibrationen und nutzen das, was Menschen nicht sehen können und die Wissenschaft noch nicht vollständig versteht, um unglaubliche Dinge zu erschaffen.

Als mir die Augen zufallen und die Erschöpfung an mir zerrt, weiß ich, dass es für heute genug ist. Ich biege auf den Parkplatz einer bekannten Hotelkette ein. Der Himmel wird dunkler, und ich will nicht auf den Straßen sein, wenn die Nacht hereinbricht.

Ich gähne herzhaft und ein Zimmer zu buchen fühlt sich gerade wie eine Qual an. Nachdem ich meinen Laptop eingeschaltet habe, klicke ich mich durch die Buchungsseite, um mit niemandem mehr als nötig reden zu müssen. Wenn ich reingehen, meinen Ausweis vorzeigen und einen Schlüssel bekommen kann, ohne zu sprechen, wäre das perfekt.

Ich habe keine Energie für Small Talk. Heute Abend kann sich die ganze Welt zum Teufel scheren.

Während ich darauf warte, dass das Buchungssystem des Hotels aktualisiert wird, starre ich in den dämmernden Himmel und trommle mit den Fingern auf den Rand der Tastatur.

Es ist so weit.

Jetzt ist es an der Zeit, meinen wackeligen Plan in die Tat umzusetzen.

Als Freelancerin habe ich über die Jahre immer mal wieder mit Wandler-Unternehmen gearbeitet. Ich bin kein Superstar, aber ich bin gut in meinem Job, und die Leute wissen, dass ich meine Arbeit zuverlässig erledige.

Vor zehn Tagen habe ich ein Jobangebot vom Wandler-Ministerium erhalten, um bei der Entwicklung und Implementierung eines neuen Verteidigungssystems zu helfen. Es ist eine unglaubliche Chance – ein einmaliges Angebot.

Aber ich habe es innerlich sofort abgelehnt, weil ich sicher war, dass Paul nicht wollte, dass ich für die Wandler arbeite, geschweige denn für deren Regierung.

Ich habe Paul nicht einmal von dem Angebot erzählt.

Er konnte noch nie gut mit den anderen Derivaten umgehen, und der Vertrag hätte einen Umzug erfordert. Selbst wenn seine Akte einwandfrei wäre, hätte er nicht mit mir umziehen wollen – egal wie prestigeträchtig oder vorteilhaft es gewesen wäre.

Paul würde es nie zugeben, aber ich kenne ihn zu gut. Ich sehe es in seinen Augen, in der Art, wie er sich anspannt, wenn von Derivaten die Rede ist. Wie die meisten reinen Menschen hat er Angst – Angst vor unseren Unterschieden, Angst vor unseren vermeintlichen Schwächen. Deshalb lebten wir mitten im Menschensektor, in einer geschlossenen Wohnanlage, wo alles kontrolliert und sicher war.

Der wahre Knaller?

Sowohl Dove als auch Paul sind Mitglieder von Human First, einer anti-übernatürlichen Gruppe. Idioten.

Das Ministerium hat sie zweifellos auf einer Beobachtungsliste. Ich habe mich immer von ihrem Unsinn ferngehalten und Toleranz und gesunden Menschenverstand bevorzugt. Mein Job erfordert die höchste Sicherheitsfreigabe.

Die Übernatürlichen zu provozieren, bedeutet, Ärger zu riskieren. Ich habe ihnen unzählige Male gesagt, dass sie sich nicht mit ihnen anlegen sollen – einige der stärkeren Vampire können Gedanken lesen.

Ich blicke auf die E-Mail, die ich aufgerufen habe. Es ist Zeit, den ersten Teil meines Plans umzusetzen. Ich habe den Wandler-Job nie offiziell abgelehnt – das Leben war einfach zu hektisch, besonders mit dem großen Projekt, das ich heute abgeschlossen habe. Die Absage-E-Mail zu schreiben, stand für morgen früh auf meiner To-do-Liste.

Wie praktisch.

Jetzt hält mich nichts mehr davon ab.

Ich habe nichts Besseres zu tun, keinen anderen Ort, an den ich gehen könnte, und es ist nicht so, als könnte es noch schlimmer werden.

Dieser Job wird mir mehr als nur ein Gehalt geben. Er wird mir ein Zuhause geben, einen Neuanfang und ein Abenteuer. Ich reibe über die blasse, nackte Haut an meinem Ringfinger, die Abwesenheit meines Eherings ist schmerzhaft offensichtlich.

Es ist eine Chance, an einen Ort zu gehen, an dem mich die Vergangenheit nicht einholen kann.

Ich lese die Details des Angebots erneut durch, die Worte verschwimmen leicht im schwachen Licht des Autos und dem grellen Leuchten des Bildschirms. Dann tippe ich schnell und entschlossen meine Zusage, einschließlich der

Hoteladresse, damit sie mir die Unterlagen zusenden können.

Wenn sie noch interessiert sind, werden sie sich bei mir melden.

Ich steige aus dem Auto, streiche meine Hose glatt und sammle meine Sachen ein. Mit erhobenem Kopf und zurückgezogenen Schultern gehe ich auf den Hoteleingang zu.

Die automatischen Türen gleiten auf, und eine Welle von unangenehm warmer Luft empfängt mich, die mich in die Lobby begleitet.

Das Hotel ist standardmäßig eingerichtet – sauber, effizient und völlig unauffällig, wie jedes andere Kettenhotel auch. Die Luft ist leicht durchzogen vom Duft frisch gebrühten Kaffees aus dem Restaurant in der Ecke, der sich unangenehm mit dem scharfen Kiefernduft des Bodenreinigers mischt.

Ich nicke dem Rezeptionisten kurz zu und gebe ihm meine Buchungsnummer. Wenige Minuten später halte ich eine Schlüsselkarte in der Hand und fahre mit dem Aufzug nach oben.

Ich scanne die Karte, drücke den Knopf für die vierte Etage und lehne mich an die kalte Wand aus mattem Metall. Es gibt keinen Spiegel, aber der schwarze Streifen über den Knöpfen spiegelt mein Gesicht wider.

»Hm.«

Ich sehe genauso aus wie heute Nachmittag, als ich mein Projekt beendet habe. Kein Haar ist verrutscht, nichts deutet auf das Chaos hin, das in mir tobt. Es ist wirklich beeindruckend, wie viel Schmerz unsichtbar bleibt, nirgendwo eingraviert außer in meinem Inneren.

Der Aufzug piept, und die Türen gleiten auf. Ich finde schnell mein Zimmer, und als die Tür hinter mir ins Schloss fällt, beruhigt mich die dumpfe, sichere Gleichförmigkeit von vier soliden Wänden irgendwie.

Es fühlt sich an, als hätte ich endlich aufgehört, zu rennen.

Ich lasse die Einkaufstüten auf den Kofferständer neben dem Schrank fallen, ziehe meine Schuhe aus und streife meine Kleidung ab.

Die Dusche ruft.

Heißes Wasser prasselt auf meine Schultern, läuft über mein Gesicht und sammelt sich zu meinen Füßen. Ich schrubbe meine Haut, bis sie knallrot ist, in der Hoffnung, den Geruch, den Verrat, den Tag abzuwaschen.

Aber egal wie stark ich schrubbe, sie bleiben.

Es überrascht mich, dass ich jetzt, wo ich sicher und allein bin, nicht weine. Ich dachte, das würde ich. Ich dachte, die Tränen würden aus mir herausbrechen wie ein Damm, der bricht, aber stattdessen ist da … nichts.

Die Taubheit legt sich wie eine zweite Haut über mich, hüllt mich in einen emotionalen Stillstand, den ich nicht durchbrechen kann. Irgendwo in meinem Kopf schreit eine kleine Stimme: *Was stimmt nicht mit dir? Warum bist du nicht aufgelöster?*

Ich fühle mich einfach leer.

Kapitel Drei

Zwei Tage später erhalte ich eine Antwort von der Personalabteilung. Die E-Mail ist kurz und prägnant: Ein Kurier wird den Vertrag um zehn Uhr in die Hotellobby liefern.

Wandler sind in bestimmten Dingen altmodisch – sie vertrauen elektronischen Systemen nicht, wenn es um hochsicherheitsrelevante Dokumente geht. Alles Wichtige wird persönlich überbracht, ohne Ausnahme.

Als es Zeit wird, mein Zimmer zu verlassen, zögere ich.

Meine Hand verharrt auf der Türklinke, meine Muskeln befinden sich im stummen Widerstand gegen mein Selbstvertrauen. Es erfordert eine monumentale Anstrengung – mental rede ich mir gut zu, überrede mich –, bevor ich die Tür schließlich aufstoße, hinaustrete und mich dem Leben stelle.

Bis ich beim Frühstück angelangt bin, habe ich bereits den größten Teil meines Appetits verloren.

Der industrielle Toaster ist meine erste Herausforderung. Nach einem halbherzigen Kampf – bei dem ich ernsthaft darüber nachdenke, das verdammte Ding mit meinem Schuh zu bearbeiten – begnüge ich mich mit zwei Scheiben: von denen eine verkohlt und die andere im Grunde warmes Brot ist.

Ich bestreiche sie mit Erdbeermarmelade, stopfe die seltsam texturierten Scheiben in meinen Mund und spüle sie mit zwei Tassen bitterem Kaffee herunter. Es hilft nicht viel.

Zumindest habe ich etwas Zeit totgeschlagen.

Mit zehn verbleibenden Minuten bis zur Ankunft des Kuriers gehe ich in die kleine Lounge und sinke in ein Sofa, von dem aus ich den Haupteingang überblicken kann. Ich stelle meinen Laptop neben mich und verschränke die Arme, bemüht, mich nicht wie ein seltsamer Einzelgänger ohne Handy zu fühlen.

Zu meiner Linken ragt eine breite Säule bis zur Decke empor, dekoriert mit einer hohen Plastikpalme in einem Topf, der schon bessere Tage gesehen hat. Zu meiner Rechten summen drei Verkaufsautomaten mechanisch vor sich hin, ihre Geräusche mischen sich mit dem leisen Murmeln von Gesprächen und dem gelegentlichen Klackern eines über die Fliesen gezogenen Koffers.

Ich hätte mein Handy mitbringen sollen.

Aber nein – es ist ausgeschaltet, vergraben am Boden einer der Plastiktüten, die ich in den Kleiderschrank gestopft habe. Die letzten Tage waren ein technisches Folterprogramm, mit dieser fiesen kleinen Stimme in meinem Kopf, die mich drängte, das Handy in die Hand zu nehmen, um es auf verpasste und blockierte Anrufe zu überprüfen.

Ich fühle mich wie eine Süchtige auf Entzug. Es sind keine Drogen, keine Magie, kein Blut. Es ist eine Beziehung.

Jede Erinnerung dreht sich um Paul, und das macht mir Angst. Wer bin ich ohne ihn? Unsere Beziehung war kein loderndes Feuerwerk, aber ich dachte, dass wir zusammenpassen. Ich habe so viele Jahre damit verbracht, mich selbst zurückzunehmen, Kompromisse einzugehen für das *Wir*. Vielleicht habe ich zu viele Kompromisse gemacht.

Ich habe dafür gesorgt, dass es mit uns funktioniert.

Es ist schwer, das loszulassen, noch schwerer, das überwältigende Gefühl des Versagens abzuschütteln. Ich habe versagt, zu sehen, was passiert ist. Ich habe versagt, mich selbst zu schützen.

Wann hat er sich verändert? Wann hat er entschieden, dass ich nicht mehr ausreiche?

Und wie konnte Dove mir das antun?

Die Fragen drehen sich endlos in meinem Kopf, bis mir übel wird. Gäbe es eine Pille, die alles vergessen macht, ich würde sie ohne zu zögern nehmen.

Vielleicht war es nicht nur seine Schuld. Vielleicht war es die Monotonie des Lebens – ein täglicher Kreislauf daraus, eine gute Arbeit zu machen und eine gute Ehefrau zu sein. Aufstehen, Frühstück machen, zur Arbeit gehen, nach Hause kommen, Abendessen kochen und ruhige Abende zusammen verbringen. Ich dachte, das wäre es, was er wollte. Ich dachte, das wäre es, was wir beide wollten.

Jetzt hasse ich die Person, zu der ich geworden bin.

Früher war ich eine Rebellin, die schwor, sich niemals

zu beugen. Mein jüngeres Ich wäre entsetzt über diese Version von mir. Und doch sitze ich hier, schaue zurück und frage mich, wann ich aufgehört habe zu kämpfen.

Ich bin in einer Welt aufgewachsen, in der Mädchen beigebracht wurde, gesehen und nicht gehört zu werden, in der erwartet wurde, dass man über Belästigungen hinweglächelt und in der das Recht einer Frau auf ihren eigenen Körper niemals ihr eigenes war.

Ich habe gelernt, höflich zu sein, Danke zu sagen, es allen recht zu machen – außer mir selbst.

Den Frieden zu bewahren, niemals aus der Reihe tanzen.

Selbst jetzt bewundere ich Frauen, die ohne Angst ihre Meinung sagen. Aber so bin ich nicht. Ich habe immer Angst, das Falsche zu sagen. Ich will nicht gemein oder grausam wirken.

Ich will nicht allein sein.

Ich möchte immer noch jemanden, der mich liebt, der für mich da ist – jemanden, mit dem ich mein Leben teilen kann, der für mich einsteht, meine Triumphe feiert und mich auffängt, wenn ich falle. Ich war so lange immer für andere da, aber niemand ist je für mich da.

Paul war niemals diese Person, oder?

Ich möchte wütend sein und ihn hassen, aber er ist kein Monster, und es hätte schlimmer kommen können. Selbst wenn er mich verraten hat, sehe ich immer noch den freundlichen, lustigen Mann, den ich geheiratet habe. Ich kann die achtundzwanzig Jahre, die wir geteilt haben, nicht bereuen, auch wenn sie zu diesem Moment geführt haben. Aber ich kann niemals zurückgehen.

Ich bin noch nicht bereit, einen Anwalt einzuschalten.

Ich möchte den Kopf noch ein bisschen länger in den Sand stecken und Paul leiden lassen.

Wenn ich zuerst dieses neue Leben in den Griff bekommen kann, etwas Stabiles aufbauen kann, bevor ich mich um die Trümmer des alten kümmere, wäre das perfekt. Es ist nicht so, dass das Problem verschwindet, aber ich werde es angehen, wenn ich stärker bin – zu meinen Bedingungen.

Der einzige Weg hinaus führt hindurch, und ich werde ihn gehen.

Langsam, Stück für Stück, werde ich mich wieder aufbauen. Ich werde damit beginnen, freundlicher zu mir selbst zu sein. Denn wenn ich eines gelernt habe, dann ist es, dass die Person, die mich anfeuert, die für mich da ist und die an meinem Leben teilhat *ich selbst* bin – niemand sonst.

Ich kann es immer noch kaum glauben, dass ich vielleicht auf der anderen Seite der Grenze arbeiten werde.

Die Wandler sind eine Welt für sich. Ihr Anführer, der Alpha Prime – was für ein Name – regiert seine Wandler mit einer Hand, die fester ist als Stahl. Ein falscher Schritt, ein schwerwiegender Fehler, und du bist tot. Gerechtigkeit, falls man es so nennen kann, ist in der Wandler-Welt brutal und absolut.

Der Gedanke lenkt mich kurz ab, wie immer. Alpha Prime. Jedes Mal, wenn ich es höre, flüstert mein inneres Kind *Optimus Prime*. Der Transformers-Fan in mir hört damit einfach nicht auf. Natürlich ist der Alpha Prime kein riesiger Roboter, der für Freiheit und Menschlichkeit kämpft. Er ist der unerbittliche Anführer eines ganzen

Volkes, mit der Autorität, über Leben oder Tod mit einem einzigen Wort zu entscheiden.

In Geheimnisse und Spekulationen gehüllt, war das Wissen über die Wandler schon immer auf das Nötigste beschränkt. Die Welt der Wandler teilt nur, was sie unbedingt muss. Ich erinnere mich noch an den Schulunterricht, in dem wir gelernt haben, dass nur Alphas – die Anführer – ihre volle Kontrolle behalten, wenn sie in Tiergestalt sind. Vielleicht ist das der Grund, warum Wandler so strikte Sicherheitsmaßnahmen durchsetzen und zwei undurchdringliche Grenzen aufrechterhalten.

Der Gedanke, die Kontrolle zu verlieren und mit menschlicher Haut zwischen den Zähnen aufzuwachen, jagt mir einen Schauer über den Rücken. Ich verziehe angewidert das Gesicht. Niemand möchte seinen inneren Hannibal Lecter zum Vorschein bringen.

Punkt zehn Uhr öffnen sich die automatischen Glastüren mit einem sanften Zischen und lassen einen Schwall feuchter Luft herein. Aus Gewohnheit hebe ich den Blick, und für einen Moment nehme ich an, er sei einfach nur ein weiterer Gast. Doch nein – er ist anders als alle, die ich je gesehen habe, geschweige denn ein Kurier.

Er sieht absolut tödlich aus.

Er ist fast zwei Meter groß und trägt einen makellos geschneiderten, tiefblauen Anzug mit passender Krawatte, die wahrscheinlich mehr kostet als mein Auto. Der Blick auf das strahlend weiße Hemd darunter betont nur die breite Spannweite seiner Schultern. Sein Körperbau ist klassisch athletisch – muskulös und einschüchternd – und deutet darauf hin, dass er regelmäßig trainiert. Sein kurz geschorenes dunkles Haar, militärisch akkurat, und das glatt rasierte Gesicht tun wenig, um seine Züge zu mildern.

Im Gegenteil, sie unterstreichen die harten Linien seines Kiefers, die hohen Wangenknochen und die Ernsthaftigkeit, die in seinen Gesichtszügen eingebrannt ist, während er die Lobby mustert.

Erst dann, aus einem bestimmten Winkel, bemerke ich das schwache, übernatürliche Leuchten seiner Augen, das im Licht aufflackert.

Er ist ein Wandler.

Ich habe nie verstanden, warum die Augen von Wandlern so leuchten. Sie nennen es *Bestienglanz*, was sowohl treffend als auch unhöflich ist. Es ist, als hätte jemand ihre Fernlichtscheinwerfer eingeschaltet. Ich habe mich immer gefragt, ob sie das abstellen können – leuchtende Augen sind nicht gerade unauffällig. Vielleicht ist es in Tiergestalt anders.

Es ist Jahre her, dass ich zuletzt einen Wandler persönlich gesehen habe – seit meiner Kindheit nicht mehr. Videokonferenzen zählen nicht. Die meisten Hotelgäste scheinen unbeeindruckt, abgesehen von zwei Mädchen in der Nähe, die abrupt innehalten und mit offenem Mund gaffen, als wäre er direkt einem Milliardärs-Liebesroman entsprungen. Vielleicht liegt es daran, dass wir in der Nähe der Sektorgrenze sind und Wandler hier weniger ungewöhnlich sind. Oder vielleicht hat er einfach diese Wirkung auf andere Leute.

Ich schüttele den Kopf und zwinge mich, wegzusehen. Das ist nicht meine Angelegenheit. Er verstößt gegen keine Regeln, und im Menschen-Sektor stört man sich nicht an gelegentlichen Wandlern – solange sie in Menschengestalt bleiben.

Nur das Wandler-Ministerium setzt die wirklich restriktiven Gesetze durch.

Trotzdem werfe ich ihm einen weiteren verstohlenen Blick zu. Ja, er ist atemberaubend gut aussehend – geradezu lächerlich. Seine Züge sind scharf und symmetrisch, eine Perfektion, die nicht real wirkt, wie etwas aus der griechischen Mythologie. Seine markante Nase und der feste, unbeugsame Mund verleihen ihm eine Strenge, die Aufmerksamkeit erzwingt. Er ist die Art von Mann, die man zwangsläufig bemerkt, ob man will oder nicht.

Reiß dich zusammen, Lark.

Ich schnaube leise und unterdrücke das absurde, kriechende Schuldgefühl einer verheirateten Frau, die gerade gedanklich ihren Ehemann betrogen hat. Es gibt keinen Grund, sich schlecht zu fühlen – das weiß ich. Es ist ja nicht so, als würde ich etwas falsch machen. Aber wann habe ich einen Mann das letzte Mal so angesehen?

Nein, einen Mann so *angestarrt*.

Nicht, dass ich diesen jüngeren, attraktiven Wandler auch nur mit der Kneifzange anfassen würde. Ganz ehrlich, ich wäre beeindruckt, wenn ich überhaupt jemals wieder in die Nähe eines Mannes kommen würde, angesichts des Zustands meines Liebeslebens.

Für einen flüchtigen Moment stelle ich mir vor, wie es wohl wäre, mit jemandem wie ihm zusammen zu sein. Eine winzige, cartoonartige Version von ihm erscheint in meinem Kopf, mit gepflegtem Charme und perfekten Zähne. Er zwinkert und grinst mich an. *»Hey, Baby.«*

Ich schnaube über die Absurdität der Situation. Fast

sofort stelle ich mir eine Horde atemberaubender Frauen vor, die mich überrennen, um zu ihm zu gelangen, als würde ich nicht einmal existieren. Mit einer mentalen Bewegung schicke ich die kleine Figur aus meinem Kopf.

Ich habe in meinem Leben viele Fehler gemacht. Ein hübscher, unerreichbarer Mann in einem schönen Anzug gehört nicht dazu. Man bräuchte schon rasende, unkontrollierbare Hormone, um auch nur daran zu denken, diesen hier auch nur anzufassen.

Nicht, dass der wunderschöne Wandler mir einen zweiten Blick schenken würde. Ich sehe an meinen Ärmeln hinunter und zupfe unnötigerweise daran. Ich bin nicht hässlich – objektiv betrachtet bin ich attraktiv. Aber seien wir ehrlich, es sind Jahre vergangen, seit ich mich für irgendetwas in Richtung Verführung zurechtgemacht habe.

Ich wüsste nicht einmal, wo ich anfangen sollte.

Ich mag meine Kleidung bequem, und meine sogenannte Beauty-Routine besteht aus einem schnellen Klecks Sonnencreme, einem Hauch Feuchtigkeitscreme und der Bekämpfung der gelegentlichen rebellischen Kinnhaare. Wenn ich ehrlich bin, ist es mehr als gelegentlich. Sagen wir, ich bin ziemlich geübt mit Wachsstreifen.

Ich kann nicht anders – ich werfe ihm einen letzten verstohlenen Blick zu, und zu meinem absoluten Entsetzen hört der attraktive Wandler auf, seinen Blick durch die Lobby wandern zu lassen und ... geht direkt auf mich zu.

Na, das wird ja immer interessanter.

Ungläubig schüttle ich den Kopf. Ist *dieser* Typ ernsthaft der Kurier? Wirklich? Weil natürlich ein Ministeriumskurier wie James Bond aussehen würde.

Ist das jetzt mein Leben?

Ich wäre nicht in dieser Situation, wenn das Paul-und-Dove-Desaster nicht passiert wäre. Wandler zu treffen und mit ihnen zu arbeiten, wird Teil meines schicken neuen Regierungsjobs sein – wenn ich ihn bekomme. Ich sollte mich besser schnell an diese Art von Dingen gewöhnen.

Während er die Distanz zwischen uns überbrückt, überkommt mich ein seltsamer, instinktiver Drang, mich nach vorn zu beugen und meinen Bauch zu schützen. Es ist primitiv und nervtötend, als würde er Alpha-Vibes aus zwanzig Metern Entfernung auf mich projizieren.

Nicht mit mir.

Etwas übermütig lasse ich die Arme sinken, drücke meine Wirbelsäule in das Sofa und hebe das Kinn. Ich bin siebenundvierzig Jahre alt. Ich habe schon Schlimmeres überlebt als einen einschüchternden Wandler.

Ich stelle direkten Augenkontakt her und halte ihn.

Seine eisblauen Augen haben einen dunklen, marineblauen Ring um die Iris. Der Ausdruck darin ist intensiv und fesselnd und erinnert mich an den eines Huskys. Für einen kurzen Moment weiten sich seine Augen leicht. Ein Blinzeln, und ich hätte es verpasst. Mit einem einzigen Schlag seiner langen Wimpern verschwindet seine Überraschung und hinterlässt einen kühlen, unbewegten Blick.

Ich senke meinen Blick nicht. Seine Alpha-Vibes können sich verpissen.

Der Teil von mir, der früher zurückgewichen wäre? Dieser unterwürfige Teil ist vor drei Tagen zerbrochen, und was davon übrig blieb, liegt irgendwo im Flur verstreut, draußen vor meiner Zimmertür, zusammen mit den letzten Überresten meiner Würde. Ich habe nichts mehr zu verlieren.

Keine Angst. Keine Freude. Keine Hoffnung ...
Nur Wut.
Eine brennende, unnachgiebige Wut.

Kapitel Vier

LARK, was zur Hölle tust du da? Der Gedanke trifft mich wie ein Eimer Eiswasser und reißt mich aus meiner Wut. Mein Puls stolpert, und Scham verdrängt schnell den Ärger. Was habe ich mir nur dabei gedacht? Selbst unter reinen Menschen gilt direkter Augenkontakt oft als aggressiv.

Will ich mich wirklich mit einem Wandler anlegen?

Bin ich lebensmüde?

Ich benehme mich wie eine komplette Irre.

Mühsam zwinge ich mich zur Ruhe. Er hat nichts falsch gemacht. Schließlich kann er nichts dafür, dass er männlich, lächerlich groß und absurd attraktiv ist.

Meine Lippen verziehen sich zu einem selbstironischen Lächeln. Er ist vermutlich an ahnungslose Menschen gewöhnt. Das Letzte, was ich will, ist, dass er denkt, ich sei unhöflich – oder noch schlimmer, eine Fanatikerin. Das

Einzige, was ich noch habe, ist meine Arbeit, und ich kann es mir nicht leisten, diese Chance zu vermasseln – sei es, indem ich mir metaphorisch oder buchstäblich den Kopf abreißen lasse.

Inzwischen steht er vor mir und hält einen schwer aussehenden Umschlag in der Hand. Verdammt. Ich habe mein Zeitfenster verpasst, um aufzustehen. Wenn ich es jetzt tue, würden wir unangenehm nah beieinanderstehen. Stattdessen bleibe ich sitzen und neige den Kopf nach oben.

Seine Nasenflügel beben leicht – hat er mich gerade beschnüffelt?

Ich sitze stocksteif da und tue so, als hätte ich nichts bemerkt. Bitte lass ihn der Kurier sein und nicht irgendein Verrückter, der meint, Menschen in Hotellobbys zu beschnüffeln, wäre normal.

»Mrs. Emerson«, sagt er mit tiefer und förmlicher Stimme.

Ich nicke erleichtert. »Ja, das bin ich.« Mein Ton bleibt höflich und professionell. Da er Dokumente liefert, taufe ich ihn in Gedanken *Mr. First Class*. »Sind Sie der Kurier vom Ministerium?«

»So etwas in der Art.«

Innerlich zucke ich zusammen. Kein Kurier also. Großartig. Natürlich nicht – nicht in diesem Anzug. Vermutlich irgendein hohes Tier vom Ministerium, und ich habe es schon geschafft, alles zu versauen. *Reiß dich zusammen, Lark, benimm dich wenigstens halbwegs professionell.*

»Darf ich Ihren Ausweis sehen?«, fragt er.

»Ja, natürlich.« Umständlich hebe ich meine Hüfte an und wühle in der tiefen Tasche meiner billigen Jogginghose, die ich bei Tesco gekauft habe. Nach einigem Kramen ziehe ich meinen Ausweis hervor und reiche ihn ihm.

Sorgfältig darauf bedacht, meine Finger nicht zu berühren, nimmt er die Plastikkarte mit einer Präzision, die absichtlich wirkt. Er betrachtet sie gefühlt eine Ewigkeit, sein Daumen streicht fast abwesend über meinen Namen. Seine Kiefermuskeln spannen sich leicht an, bevor er die Karte zwischen seinen Fingern dreht und sie mir zurückgibt.

Ich nehme sie entgegen und greife mit einem höflichen Lächeln nach dem Päckchen, das er mir hinhält.

Meine Arme sinken leicht unter dem unerwarteten Gewicht, und ich balanciere es auf meinen Knien. »Okay, also, vielen Dank.«

Er rührt sich nicht.

Ich neige den Kopf und winke ihm leicht zu, eine stumme Aufforderung, sich wie ein braves Lamm wieder in Bewegung zu setzen. »Danke, dass Sie gekommen sind, um das abzugeben.«

»Nein, Mrs. Emerson«, sagt er geduldig, aber bestimmt. »Ich muss warten, bis Sie die Dokumente durchgesehen und gegebenenfalls unterschrieben haben.«

»Oh.« Meine Augenbrauen schnellen nach oben. »Ich dachte, es wäre nur Papierkram, den ich mir anschauen soll.« Ich blicke auf das Paket, dessen Gewicht plötzlich bedeutungsvoller wirkt. »Das ist ... ungewöhnlich.«

Ich sehe mich um, überwältigt von der Situation. Soll ich das hier in der Mitte der Lobby erledigen? Es ist nicht so, dass ich ihn auf mein Zimmer einladen kann. »Das könnte eine Weile dauern«, warne ich, um seine Reaktion abzuschätzen. »Möchten Sie sich vielleicht setzen?«

Er schaut sich kurz um und schüttelt dann den Kopf. »Nein, ich stehe hier gut.« Er nimmt eine Haltung ein, die man am besten als Paradeposition beschreiben könnte: Die Hände hinter dem Rücken verschränkt, vollkommen entspannt.

»Gut, okay.« Ich bemühe mich, seine unheimliche Ruhe zu ignorieren. Dabei zupfe ich am Saum meines billigen Primark-Pullovers, richte meine Haltung auf und konzentriere mich. Als ich das Paket umdrehe, bemerke ich, dass die Lasche mit einem dunkelroten Wachssiegel verschlossen ist, das einen Wolf zeigt. *Sehr edel.*

Ich summe leise und breche das Siegel vorsichtig, ohne das Wachs zu beschädigen, dann schiebe ich meine Finger hinein und ziehe die Dokumente heraus.

Sobald ich das Papier berühre, kribbeln meine Fingerspitzen. Ein nervöser Energiestoß jagt mir die Arme hinauf, und ich kann nicht verhindern, dass ich mir über die Lippen lecke.

Der Vertrag ist mit Magie durchtränkt – so stark, dass ich fühle, wie sie durch meinen Knochen strömt. *Magisches Papier. Natürlich.*

Der Zauber, der darin eingewebt ist, analysiert mich wahrscheinlich schon, streckt seine Fühler in meinen Kopf aus, legt meine Gedanken und Absichten offen.

Meine Geheimnisse.

Das ist ja nicht im Geringsten beängstigend.

Diese Art von Dingen neigt dazu, die Leute unruhig werden zu lassen.

Die Papiermagier, die diese Art von Pergament herstellen, haben einen Ruf, und es ist kein besonders guter. Wenn du Leichen im Keller hast, solltest du ihre Dokumente besser nicht anfassen.

Ich atme langsam ein, um mich zu beruhigen. Es sollte kein Problem sein. Die Magie ist nicht stark genug, um meine eigenen Fähigkeiten zu erkennen.

Zumindest hoffe ich das.

Ich schlage die erste Seite auf, und ein scharfer Schmerz schießt durch meine Fingerspitzen. »Autsch! Hör auf damit«, zische ich und schüttele das Papier kräftig, als würde ihm das eine Lektion erteilen. Verdammt noch mal.

Mr. First Class gibt ein leicht gedämpftes Geräusch von sich. Als ich aufblicke, sind seine Lippen fest zusammengepresst. Sein Blick ist auf die Türen gerichtet, sein Gesicht eine perfekte Maske höflicher Gleichgültigkeit.

Oh nein. Jetzt denkt er wahrscheinlich, dass ich nicht ganz bei Trost bin – wer spricht denn mit Papier?

Ich entdecke rote, verlegene Flecken auf meiner Brust. Mit einem gequälten Gesichtsausdruck beuge ich mich über das Dokument.

Abgesehen von der gruseligen Papiermagie, die einem die Finger verbrennt, scheint alles in Ordnung zu sein. Die Position ist jedoch deutlich militärischer ausgerichtet, als ich erwartet hatte, mit einem Schwerpunkt auf Sicherheit, der sich erheblich von meiner bisherigen Arbeit unterscheidet. Ein mulmiges Gefühl breitet sich in meinem Magen aus, als ich die Beschreibung erneut lese.

Wandler Defence Digital

Defence Digital ist Teil des Strategischen Kommandos und spielt eine wichtige Rolle im Wandler-Ministerium im Zeitalter der Informationskriegsführung.

Das ist wichtig – wirklich wichtig. Kein Wunder, dass

Mr. First Class aufgetaucht ist, anstelle eines gewöhnlichen Kuriers. Ich blase die Wangen auf und versuche, einen plötzlichen Anflug von Zweifeln zu unterdrücken.

Worauf lasse ich mich da bloß ein?

Ich überfliege die Vertragsbedingungen erneut und zwinge mich, diesmal langsamer zu lesen. Die achtzehnmonatige Laufzeit ist akzeptabel, die Vergütung beeindruckend, und das dazugehörige Apartment ... nun, das Apartment ist etwas ganz Besonderes.

Ich halte inne, als ich die Seite mit den Unterkünften erreiche, und studiere die Bilder. Das Greenholm Ironworks ist ein wunderschön restauriertes historisches Anwesen, das ursprünglich 1790 erbaut wurde. Die warmen, goldenen Backsteine und die großen Fenster strahlen eine bezaubernde Eleganz aus. Das Gelände umfasst frei stehende Häuser und Doppelhaushälften, Reihenhäuser und luxuriöse Apartments. Es gibt sogar einen Innenpool, ein Fitnessstudio und ein Spa.

Einen Pool!

Die Vorstellung, am Wasser zu entspannen, zaubert mir ein Lächeln ins Gesicht. Doch dann denke ich an meine haarigen Beine. Paul hätte gelacht und gesagt, ich bräuchte eine Heckenschere, bevor ich mich in einem Badeanzug in der Öffentlichkeit zeigen könnte.

Mein Lächeln stirbt so schnell, wie es gekommen ist. Ein stechender Schmerz durchfährt meine Brust. Das Papier knittert unter meinem Griff, und ich nehme ein paar tiefe Atemzüge, um mich zu beruhigen.

Es ist okay. Ich bin okay.

Ich glätte das Papier und zwinge mich, mich auf die Details des Apartments zu konzentrieren. Es sieht ... perfekt aus. Ich überprüfe alles doppelt auf versteckte Fallstricke, finde aber nichts, das mich zögern lässt.

Ohne mir Zeit zum Überlegen zu geben, greife ich in meine Tasche und ziehe meinen alten, bewährten Kugelschreiber heraus. Das Ende ist so zerkaut, dass es ein Wunder ist, dass er nicht auseinanderfällt, aber er erfüllt seinen Zweck. Mit einem entschiedenen Schwung setze ich meine Unterschrift darunter.

Nachdem ich meine Kopien zur Seite gelegt habe, stecke ich die unterschriebenen Dokumente zurück in den Umschlag und verschließe ihn. Ich räuspere mich, um die Aufmerksamkeit von Mr. First Class zu erlangen. Seine stechend blauen Augen fixieren mich, und für einen Moment habe ich das Gefühl, dass er mich auf einer unsichtbaren Waage abwägt.

Ich schiebe den Umschlag zu ihm und zwinge mich zu einem selbstbewussten Lächeln. »Sie werden sehen, dass alles in Ordnung ist«, sage ich mit ruhiger, professioneller Stimme. »Vielen Dank, dass Sie gewartet haben. Ich weiß das zu schätzen.«

Er nimmt den Umschlag mit einem einzigen Nicken entgegen, seine Finger berühren meine für den Bruchteil einer Sekunde. Und schon ist er wieder ganz der perfekt kontrollierte, leicht einschüchternde Mann.

»Was hast du getan? Betrügst du mich?«

Eine Frauenstimme hallt durch die Lobby, roh vor Unglauben. Erschrocken blicke ich auf und entdecke sofort die dazugehörige Person.

Ihr kupferrotes Haar glänzt wie ein Leuchtfeuer, und ihr bleiches Gesicht ist ein Porträt aus Schock und Wut.

»Mit ihr? Du hast das mit ihr gemacht? Ich kann es nicht glauben!«

Der erschrockene Mann, das Ziel ihres Zorns, tritt aus dem Fahrstuhl. Er sieht aus, als hätte ihm die Realität gerade ins Gesicht geschlagen. Sein panischer Blick huscht von der blonden Frau, die hinter ihm stehen bleibt, zurück zur Rothaarigen. Er hebt die Hände in einer hilflosen Geste der Unschuld. »Es ist nicht das, wonach es aussieht!«

»Ja, klar, Arschloch«, murmele ich und schiebe meine unterschriebenen Dokumente in meine Laptoptasche.

»Es war ein geschäftliches Meeting!«, beteuert er, seine Stimme überschlägt sich, während er sich vorsichtig nähert.

Sie lacht bitter auf. »Ein geschäftliches Meeting, das die ganze Nacht gedauert hat? Hältst du mich für dumm?« Ihre Stimme bricht, aber sie bleibt standhaft, schüttelt den Kopf, als wolle sie den Verrat abschütteln. Sie macht einen Schritt zurück, als würde seine Anwesenheit sie physisch abstoßen.

Nun verzweifelt, senkt er die Stimme und lehnt sich zu ihr. »Dayna, du machst hier eine Szene. Lass uns nach Hause gehen und darüber reden. Bitte.«

»Nein!«, faucht sie und reißt ihren Arm von ihm weg. Mit jedem Wort bohrt sich ihr Finger in seine Brust. »Du bist ein Lügner. Ein Fremdgeher. Ich habe die Nachrichten gesehen. Ich weiß alles.« Sie wirbelt herum und zeigt auf die blonde Frau neben dem Fahrstuhl. »Und du! Du bist eine Schlampe!«

Die Lippen der blonden Frau verziehen sich zu einem selbstgefälligen Grinsen. Sie tritt vor, ihre Hüften schwingen in einer Art, die berechnend wirkt, und sie streicht sich eine Haarsträhne hinter das Ohr. Ihr Kinn hebt sich in einem Ausdruck arroganter Selbstsicherheit.

Mein Magen zieht sich zusammen. Es mag an meinen eigenen Narben liegen, aber ich verabscheue sie sofort.

»Dayna, hör auf«, knurrt der Mann und versucht erneut, ihr Handgelenk zu greifen.

Sie reißt ihren Arm mit einem Blick zurück, der Stahl schmelzen könnte. »Nein. Fass mich nicht an. Und komm nicht zurück nach Hause. Ich werde deine Sachen für dich bereitstellen. Wir sind fertig. Ich will die Scheidung.«

Die Lobby verstummt, abgesehen von dem Summen der Verkaufsautomaten. Ein paar Leute sind stehen geblieben, starren, flüstern, einige zücken ihre Handys, um zu filmen. Meine Hände umklammern den Gurt meiner Tasche, als wäre er das Einzige, das mich erdet.

»Wo ist eigentlich die verdammte Hotel-Security?«, murmele ich und werfe einen Blick zur Rezeption. Ein Mitarbeiter telefoniert hektisch.

Dieses Drama mitanzusehen, macht mich krank. Geht denn die ganze Welt fremd? Ich spiele nervös mit dem Riemen meiner Tasche, hin- und hergerissen zwischen dem Drang, zu schreien: *»Verlass ihn! Verlass ihn!«* und dem Wunsch, die arme Frau zu umarmen und ihr zu sagen, dass sie das überleben wird – dass es wehtun wird, aber sie es schaffen wird.

Auch wenn ich weiß, dass das nicht immer stimmt.

Die blonde Frau schlingt sich um den Arm des Mannes und presst ihren Körper an ihn. Ihre Stimme wird sirupartig und höhnisch. »Liebling, was soll das alles? Wer ist diese Frau?«

Daynas Ausdruck ist purer Zorn. »Ich bin seine *Frau*.«

Die Blonde stößt ein theatralisches Keuchen aus, ihre Hand flattert an ihre Brust. »Oh, die Ex-Frau. Die Verrückte, oder?«

»Ist es das, was du ihr erzählt hast?« Daynas Stimme bebt vor Wut und Schmerz. »Dass ich verrückt bin? Und was ist mit unseren Kindern? Sind die auch verrückt?« Ihr Gesicht verzerrt sich, als die Realität sie zerquetscht, und ihre Stimme sinkt zu einem Flüstern. »Oh Gott, was soll ich den Mädchen sagen?«

Kinder. Oh nein. Mein Brustkorb zieht sich zusammen, voller Mitgefühl für sie, für die Kinder, für alles, was sie nun durchmachen werden.

»Kinder?« Die Blondine grinst, ihre Stimme trieft vor Spott.

Sie weiß es. Sie weiß es ganz genau, und das macht mich nur noch wütender.

»Ja«, schnappt Dayna. »Unsere drei Kinder. Drei kleine Mädchen. Wir waren zehn Jahre verheiratet – glücklich, dachte ich. Aber ich schätze, jetzt bin ich deine Ex.« Ein trauriges Lachen schneidet durch die Luft wie eine Klinge. »Gut. Dann kannst du ihn haben. *Sie* kann dich haben.« Sie dreht sich ruckartig um, bereit, zu gehen.

Doch die blonde Frau lacht leise und gemein. »Du hast recht. Sie ist verrückt. Komm, Liebling, lass uns zurück ins Bett gehen.«

»Halt die Klappe, Jennifer«, knurrt der Mann und versucht, sie abzuschütteln.

Die Rothaarige erstarrt mitten im Schritt, dann dreht sie sich um, ihre Augen voller Tränen und glühendem

Zorn. Wut strahlt von ihr ab wie die Hitze eines Lagerfeuers. *»Zurück ins Bett«*, zischt sie, Gift in jeder Silbe.

Oh, oh.

Ihre zitternde Hand greift in ihre Manteltasche und zieht einen schlanken, fünfzehn Zentimeter langen Stab aus poliertem dunklem Holz hervor. Mein Magen zieht sich zusammen.

Sie ist eine Magierin.

Oh nein.

Auch Jennifer zückt einen Zauberstab.

Fremdartige Worte stürzen aus Daynas Lippen, scharf und guttural. Die Beschwörung gipfelt in einer Handbewegung, und ein donnerndes Krachen zerreißt die Luft.

BUMM.

Der Druck in der Lobby verändert sich plötzlich, als hätte sich die Atmosphäre zusammengezogen. Schmerz explodiert in meinen Ohren, so intensiv, dass ich befürchte, sie könnten bluten. Hinter ihr zersplittern die Glastüren des Hotels und die bodentiefen Fenster auf einen Schlag, und glitzernde Scherben regnen über den Bürgersteig und den Parkplatz.

Die Schockwelle des Zaubers schleudert alles Lose durch die Gegend. Ein herrenloser Koffer schießt auf meinen Kopf zu – ich habe kaum Zeit zu keuchen und die Arme hochzureißen.

Doch bevor er mich trifft, füllt ein blauer Schemen mein Sichtfeld.

Mr. First Class bewegt sich schneller, als ich es verarbeiten kann, und fängt den Koffer mit seiner Schulter ab, als würde er nichts wiegen. Im nächsten Moment schnappt er sich ein Kissen vom Sofa und wehrt damit einen umher-irrenden Zauber ab. Das Kissen explodiert in einer Wolke aus Füllung und zerrissenem Stoff.

Dann bin ich in der Luft.

Er hebt mich hoch, als würde ich nichts wiegen, zieht mich über die Rückenlehne des Stuhls, meine Füße kratzen daran entlang. Mein Rücken schlägt gegen die nächste Säule, und er drückt mich daran, schützt mich mit seinem Körper.

Seine Arme sind wie Stahlbänder, als er meinen Kopf gegen seine Brust drückt, die das Chaos um uns herum dämpft. Sein Anzug fühlt sich weich an meiner Wange an, und er riecht sauber und teuer – nach Zedernholz und Leder. Trotzdem zittere ich. Die Luft um uns herum sinkt um mindestens zehn Grad, beißt durch meine Kleidung, während der stechende Geruch von wilder Magie das Hotel durchdringt.

Eine weitere Explosion ertönt, diesmal noch näher. Ich zucke zusammen, als die unechte Pflanze neben uns in einer Dusche aus Tonscherben zerfällt, die meine Waden treffen.

Eine schwere Hand streicht mir über das Haar. »Alles ist gut«, murmelt Mr. First Class, seine Stimme ruhig und gefasst. »Ich bin bei Ihnen. Mein Sicherheitsteam ist unterwegs.«

Seine Worte dringen kaum durch, übertönt vom Chaos. Funken fliegen, als ein Verkaufsautomat einen Voll-treffer abbekommt. Er spuckt protestierend Dosen aus, die klappernd über den Boden rollen, aufplatzen und den Boden – und unsere Füße – mit klebriger Flüssigkeit überziehen.

Für einen flüchtigen Moment kehrt Stille ein. Ich wage einen Blick aus der Sicherheit seiner Arme und sehe die beiden Frauen, die wie wilde Katzen kreischen und aufeinander losgehen. Endlich stürmen Sicherheitskräfte herein und zerren die beiden Magierinnen auseinander.

Ich atme zitternd aus, mein Herz rast. Mein Blick folgt der Rothaarigen, als sie weggezogen wird – sie sieht erschüttert aus, ihr Gesicht blass und von Tränen gezeichnet.

Ich hoffe, dass es ihr gut gehen wird.

Die Augen des Wandlers treffen meine, und für einen Herzschlag verblasst das Chaos um uns herum. Es ist beunruhigend, dieses elektrische Gefühl der Verbindung, als könnte er etwas in mir sehen – etwas, das ich selbst nicht kannte, etwas, das Paul niemals zu entdecken versucht hat.

Dann, fast widerwillig, lässt er mich los. Sein strenger Ausdruck kehrt zurück und ich fühle mich sowohl entblößt als auch seltsam klein. Ohne den Blickkontakt zu unterbrechen, legt er die Hände über meinem Kopf an die Wand, stößt sich mit einer fast anmutigen Bewegung ab und tritt einen kontrollierten Schritt zurück. Sein Blick gleitet prüfend über mich.

Was auch immer für einen Test ich anscheinend absolviere, ich muss ihn bestanden haben, denn er nickt.

Gott, er ist wirklich schön. Das ist nicht fair.

»Danke«, sage ich, meine Stimme zittert leicht. Ich schiebe mich an ihm vorbei und klopfe den Staub von meinen Ärmeln. »Ich hoffe, Ihr Anzug ist in Ordnung.«

Er antwortet nicht, seine Aufmerksamkeit kehrt zur zerstörten Lobby zurück. Als ich meinen Laptop noch auf dem Sofa entdecke, eile ich hinüber. Putz, Staub und glitzernde Glassplitter kleben daran. Ich wische mit meinem

Ärmel darüber, aber die Überreste bleiben haften. *Ich werde ein nasses Tuch brauchen.*

Während ich mich abmühe, spüre ich, wie er sich nähert.

»Wenn Sie Ihre Sachen zusammenpacken, können wir aufbrechen.«

»Wie bitte?« Ich blinzele ihn verwirrt an, überrumpelt von dieser plötzlichen Feststellung. »Aufbrechen? Warum sollten wir irgendwohin gehen?«

»Sie können nicht hierbleiben, Mrs. Emerson. Es ist nicht sicher.«

»Es ist völlig sich–« Ich breche ab, als ich die Zerstörung um mich herum auf mich wirken lasse. Zersplittertes Glas, verdrehtes Metall, umgestürzte Möbel. Der scharfe Geruch von Ozon liegt immer noch in der Luft. *Oh nein, er hat recht.* Meine Stimme sinkt zu einem Flüstern. »Ich … Ich habe keinen anderen Ort, an den ich gehen kann.«

Er mustert mich lange, sein Kiefer spannt sich leicht an, bevor er mit knapper Effizienz spricht. »Ich werde alles arrangieren, während Sie Ihre Sachen aus Ihrem Zimmer holen. Ich kümmere mich auch um Ihren Check-out.« Er justiert die Manschetten seines Hemdes mit routinierter Präzision und schreitet, ohne meine Antwort abzuwarten, zur Rezeption.

Ich starre ihm hinterher, mein Mund steht offen. »Wow. Das geht alles ziemlich schnell. Viel zu schnell.«

Einen Moment lang überlege ich, ihm nachzulaufen, um zu protestieren oder zumindest Fragen zu stellen, aber ich zögere. Die Wahrheit ist, es hat keinen Sinn zu diskutieren.

Mit einem resignierten Seufzer schlinge ich mir die

Tasche über die Schulter und eile zu den Treppen, wobei ich den rauchenden Trümmern des Fahrstuhls ausweiche. Ich schätze, es ist so weit – mein neues Leben, mein neues Abenteuer.

Ob ich will oder nicht, es beginnt jetzt.

Kapitel Fünf

Es dauert weniger als fünf Minuten, mein Hotelzimmer zu räumen – motiviert natürlich durch den neu ernannten blonden Bodyguard, der jeden meiner Schritte überwacht. Der Wandler wartet stoisch vor meiner Tür, während ich packe, und jetzt folgt er mir wie ein stiller Wachposten.

Ich runzle die Stirn über seine überwältigende Präsenz. Er ist riesig, als wäre er aus Granit gehauen und dann in einen teuren Anzug gesteckt worden. Seine breiten Schultern füllen fast den gesamten Türrahmen, und sein kurzes blondes Haar verstärkt seinen strengen, kompromisslosen Look. Seine grünen Augen durchkämmen den Raum mit der Präzision eines Mannes, der es gewohnt ist, andere zu schützen – oder sie auszuschalten.

Das alles erscheint mir ... übertrieben.

Natürlich ist das ein Regierungsjob, aber ich bin nun

wirklich kein Star auf meinem Gebiet. Kompetent, ja, aber ich habe mich bewusst bemüht, nicht aufzufallen. Vielleicht ist das irgendein übertriebener Sicherheitsstandard bei Wandlern. Oder sie beschützen mich gar nicht – vielleicht wollen sie sicherstellen, dass ich keine Spionin oder Unruhestifterin bin.

Gut, solange sie mir nichts antun. Ich muss es nur bis zur Sektorgrenze schaffen, dann sind sie nicht länger mein Problem. Dann kann ich in der Masse der anderen Leute, die für das Ministerium arbeiten, untertauchen.

Der blonde Bodyguard begleitet mich nach draußen. Mr. First Class ist am Handy und geht auf und ab, als gehöre ihm der Bürgersteig. Er hat mich noch nicht bemerkt, also bleibe ich stehen. Ich bin mir nicht sicher, was das Protokoll in so einer Situation ist – mit all den halb- und volluniformierten Wandlern um mich herum. Soll ich hingehen? Warten, bis jemand mir etwas sagt? Oder riskieren, zu Boden gerungen zu werden, wenn ich mich plötzlich bewege?

Ich beschließe, stillzustehen und den Horizont anzustarren. Es ist irgendwie beruhigend, der Welt zuzusehen, wie sie sich endlos ausdehnt, unbewegt von meinem persönlichen Drama.

Wenn ich eines weiß, dann, dass ich keine graue Maus mehr spielen werde. Umgeben von diesen Wandlern – buchstäblichen Raubtieren – muss ich das Feuer finden, das tief in mir verborgen ist.

Mr. First Class steckt sein Handy in die Jackentasche, und seine scharfsinnigen blauen Augen richten sich auf mich. Er mustert meine Plastiktüten und dann den Raum hinter mir. »Ist das alles?«, fragt er ungläubig.

Der Mann ist aufmerksam – *zu* aufmerksam. Sein Blick verweilt kurz auf meinem nackten Ringfinger, wo die helle Haut die Stelle verrät, wo einst ein Ring saß. Ich hebe die Tüten höher, ein armseliger Schild gegen seinen durchdringenden Blick. »Ja, das ist alles. Den Rest kaufe ich, sobald ich angekommen bin.«

Kaum habe ich es ausgesprochen, zieht sich mein Magen vor Sorge zusammen. Haben sie überhaupt Läden in der Enterprise Zone? Die Wandler sind so geheimnisvoll – wer weiß das schon?

Er grunzt, offenbar wenig beeindruckt, und winkt mit einer Hand. Ein elegantes, dunkelgraues Auto fährt wie auf Kommando vor. Ohne ein weiteres Wort schreitet er zur hinteren Tür, öffnet sie und deutet an, dass ich einsteigen soll.

Ich blinzle ihn an. »Oh, nein, danke. Ich habe mein eigenes Auto. Ich folge Ihnen einfach.« Ich nicke in Richtung meines Fiat 500, der ein paar Parkplätze weiter steht. Ich fahre lieber selbst und steige nicht in ein Auto voller Fremder.

Sein Mund verzieht sich zu einer harten Linie. »Das wird nicht nötig sein. Sie brauchen eine Grenzeskorte, und Ihr Auto ist nicht registriert.«

Mir fällt die Kinnlade herunter. »Nicht registriert? Was denken Sie, wer ich bin – eine Kriminelle? Natürlich ist es registriert«, platze ich empört heraus.

Seine Augen verengen sich. »Nicht bei uns. Ihr Auto ist nur für die Nutzung in den anderen Sektoren registriert. Mrs. Emerson, Sie werden in unserer Enterprise Zone leben und arbeiten. Wir haben Regeln, und private Fahrzeuge sind für die Allgemeinheit verboten.«

Innerlich stöhne ich, aber ich nicke höflich. »Natürlich. Entschuldigung – das war mir nicht bewusst.«

Hinter ihm verzieht der große, blonde Bodyguard sein Gesicht zu einem hämischen Grinsen, als sei mein *Autovergehen* das Lächerlichste, was er je gehört hat.

Eine Welle von Verlegenheit steigt in mir auf. Ich beginne, jede Entscheidung zu hinterfragen, die mich hierhergeführt hat. Als ich die Papiere unterzeichnet habe, fühlte es sich richtig an, aber jetzt stehe ich hier, ohne grundlegende Freiheiten, und frage mich, ob ich einen riesigen Fehler gemacht habe.

Was habe ich mir nur gedacht? Ich kenne die Regeln nicht, ich kenne diese Leute nicht – und ich habe definitiv keine Ahnung, was ich hier tue.

Aber dann erinnere ich mich, warum ich hier bin: Um den Menschen-Sektor zu verlassen und neu anzufangen.

Mr. First Class streckt die Hand aus, die Handfläche nach oben, eine unmissverständliche Aufforderung. »Ihre Schlüssel.«

Ich presse die Tüten noch fester an mich. »Was haben Sie mit meinem Auto vor?«

»Es wird sicher aufbewahrt, bis Sie auf diese Seite der Grenze zurückkehren. Keine Sorge«, sagt er in einem ruhigen, beruhigenden Ton, als spräche er mit einem ziemlich widerspenstigen Kleinkind. Seine Hand bleibt ausgestreckt. »Alles, was Sie brauchen, ist in Laufdistanz, und Lieferdienste bringen Ihre Einkäufe direkt zu Ihnen nach Hause. Sie werden es nicht vermissen.«

Ich seufze und lasse die Spannung in einem langen Atemzug entweichen. Ich wechsle meine Plastiktüten in die andere Hand, das Rascheln des Plastiks ist laut in der angespannten Stille zu hören. »Okay, danke.« Ich hole meine Schlüssel hervor, starre sie einen Moment an und übergebe sie dann widerwillig. *Bitte lass das kein Fehler sein.*

Seine Lippen zucken, kaum merklich, fast wie ein Lächeln. Dann winkt er mich mit der gleichen sanften Bewegung in das wartende Auto. »Danke, Mrs. Emerson. Bitte steigen Sie ein.«

Jedes Mal, wenn er mich *Mrs. Emerson* nennt, stirbt ein kleiner Teil meiner Seele. Ich schiebe die Träger meiner Tasche unbeholfen zurecht. »Wenn wir Zeit miteinander verbringen werden, könnten Sie mich vielleicht ... Lark nennen?« Ich versuche, meine Stimme neutral zu halten, aber ein Hauch von Verzweiflung lässt sich nicht ganz verbergen.

Die blassblauen Augen treffen erneut meine, als ob er mich abschätzen würde. Schließlich heben sich die Mundwinkel zu einem kaum wahrnehmbaren Lächeln.

»Okay, Lark.«

»Und du bist?« Die Worte entweichen mir, bevor ich sie aufhalten kann. Ich kann ihn nicht ewig in meinem Kopf *Mr. First Class* nennen – irgendwann wird mir das noch rausrutschen, und zwar im unpassendsten Moment.

»Merrick. Lass uns beim Du bleiben.« Der Name kommt so gepresst aus seinem Mund, als müsste er ihn herauszwingen.

Merrick. Hm. »Es ist schön, dich kennenzulernen, Merrick.«

Er schnauft, nimmt meine Plastiktüten und gibt sie einem anderen Wandler, der sie im Kofferraum des Autos verstaut. Ich bin froh, dass ich meine schmutzige Wäsche ganz unten versteckt habe.

Meine Laptoptasche wie einen Rettungsanker umklammernd, nicke ich und quetsche mich auf den Rücksitz. Der große, blonde Bodyguard nimmt den Beifahrersitz ein, während ein anderer Wandler sich ans Steuer setzt.

Ich blicke auf die schweigenden Männer in Anzügen um mich herum und frage mich, wo zum Teufel sie waren, als die Magierinnen in der Hotellobby Chaos angerichtet haben. Nichts schreckt einen mehr ab, als eine Gruppe kampfbereiter Wandler in Maßanzügen.

Ich schaue zurück zu Merrick, in der Erwartung, dass er mitfährt, doch er bewegt sich nicht. Stattdessen bleibt er am Gehweg stehen, der Ausdruck in seinem Gesicht ist schwer zu deuten, als trüge er die Last der Welt auf seinen breiten Schultern.

»Viel Glück, Mrs. Emerson«, sagt er mit ruhiger, tiefer Stimme.

Ich räuspere mich und werfe ihm einen spielerischen Blick zu.

»Lark«, korrigiert er sich mit einem kleinen, beinahe widerwilligen Lächeln.

Dann schließt er mit einer ruckartigen Bewegung die Autotür und tritt zurück.

Ich starre aus dem Fenster auf Merricks sich entfernende Gestalt. Er winkt nicht, hebt nur sein Handy ans Ohr und marschiert davon, mit diesem entschlossenen Gang. Und einfach so ist er verschwunden.

Warum tut das weh? Ich kenne ihn doch gar nicht.

Das werde ich später analysieren müssen – dieses plötzliche Gefühl der Anhänglichkeit an einen Fremden.

Seit dem *Vorfall* habe ich versucht, mich selbst zu therapieren und mein gebrochenes Herz mit Schokolade und

Zucker zu flicken, in der Hoffnung, ein paar Dopamin- und Glückshormone in meinen Blutkreislauf zu pumpen. Nichts hat mich auf diese verwirrende Mischung aus Aufregung und Gefahr vorbereitet, die ich in seiner Nähe spüre.

Ich bin siebenundvierzig Jahre alt. Meine Vorstellung von Gefahr sind defekte Kabel bei der Arbeit, und ich habe mein Leben so eingerichtet, dass ich alles vermeide, was meinen Puls höherschlagen lässt. Und doch habe ich für einen Moment – nur einen – die Katastrophe meines Lebens vergessen.

Ich schnalle meinen Sicherheitsgurt an, als das Auto losfährt. Die beiden Männer vorn führen ein leises Gespräch und ignorieren mich völlig. Mein Fiat bleibt verlassen auf dem Hotelparkplatz stehen, während wir auf die Autobahn auffahren. Ich versuche, nicht auf diesen Teil meines alten Lebens zurückzublicken, der im Rückspiegel verschwindet.

Die Grenze rückt näher.

Es ist schwer, das magisch verstärkte Betonmonstrum zu beschreiben. Die Oberfläche der Mauer ist glatt und makellos und gibt mir das Gefühl, eine Ameise zu sein. Sie erstreckt sich nach links und rechts, so weit das Auge reicht, ragt so hoch in den Himmel, dass sie im grauen Dunst verschwindet, das Sonnenlicht blockiert und alles in Schatten taucht.

Wir fahren weiter, die Autobahn macht eine Kurve nach rechts. Zwanzig Minuten später nehmen wir eine Ausfahrt, an der ein riesiges Schild über uns thront:

WARNUNG: SIE NÄHERN SICH DEM WAND-LER-GEBIET. KEHREN SIE UM, WENN SIE NICHT AUTORISIERT SIND.

Darunter stehen kleinere Schilder: HALTEN SIE IHRE DOKUMENTE BEREIT. OHNE VORHERIGE GENEHMIGUNG IST DIE EINREISE STRENGSTENS VERBOTEN.

Ich runzle die Stirn und werfe einen Blick auf die Unterlagen, die aus meiner Tasche hervorschauen. Ich habe meinen Arbeitsvertrag dabei, aber keine offiziellen Formulare – keine Visa, keine Genehmigungen oder was sonst erforderlich sein könnte, um ins Wandler-Gebiet einzureisen. Sicherlich hat Merrick dafür gesorgt, dass diese Männer alles Nötige dabeihaben?

Trotzdem nagt die Unsicherheit an mir. Ich bin nicht der Typ Mensch, der gern auf gut Glück handelt. Ich ziehe es vor, vorbereitet zu sein und jeden möglichen Ablauf zu kennen. Im Moment fühle ich mich so unvorbereitet wie noch nie, und die bedrohlich wirkende Mauer macht es nicht besser.

Ich tippe nervös mit den Fingern, versuche, das Summen der Angst in meiner Brust zu beruhigen. Fünf Minuten. Mehr hätte ich nicht gebraucht, um meine Gedanken zu ordnen. Aber niemand hat gefragt, und jetzt steuere ich auf das Unbekannte zu, ohne Zeit zum Durchatmen.

Vor uns gibt es mehrere Abfertigungsschalter, ähnlich wie Drive-in-Fenster – nur ohne leckeren Burger am Ende – und jedes besteht aus grauem Beton und Metall. Einige Autos warten vor uns in der Schlange. Wir rücken vor, reihen uns ein, warten etwa fünf Minuten, und dann sind wir an der Reihe.

Das Fenster des Wächters ist klein, kaum groß genug für die Interaktion. Wegen des riesigen Schattenwurfs der

Mauer werfen die Deckenlampen ein grelles weißes Licht auf alles. Hinter den Schaltern gibt es Reihen von Parkbuchten, gekennzeichnet durch verblasste gelbe Linien. Jede Bucht hat eine Nummer, und weitere Schilder zeigen den Fahrern, wo sie parken und auf weitere Anweisungen warten sollen.

Ein Wachmann lehnt sich aus dem Fenster, ohne unseren Fahrer wirklich anzusehen. Seine Augen wirken stumpf und gelangweilt – nur ein weiteres Auto, nur eine weitere Person, die er in Sekunden vergessen wird.

»Dokumente?«, murmelt er gelangweilt.

Der Fahrer reicht ihm einen Stapel Papiere. Der Wachmann sieht sich alle Insassen des Autos an und verzieht das Gesicht, als er mich entdeckt.

Den Menschen.

Dann winkt er uns durch und weist uns an, auf Parkplatz Nummer drei zu fahren.

Wir rollen in die zugewiesene Bucht, und der Fahrer stellt den Motor ab. Er dreht sich zu mir um und sagt: »Mrs. Emerson, ein Mitglied des Grenzpersonals wird Sie befragen, um sicherzustellen, dass alles in Ordnung ist. Sie müssen die Fragen wahrheitsgemäß beantworten, und dann können wir gleich weiterfahren.« Er bemerkt meine Nervosität und spricht mit sanfterer Stimme weiter. »Alles gut – das Ministerium hat all Ihre Dokumente vorab genehmigt.«

»Okay. Danke.«

Mein Gott, das ist schrecklich. Was zum Teufel mache ich hier?

Kapitel Sechs

Es dauert nicht lange, bis der Grenzbeamte – jetzt mit einer leuchtend gelben Jacke bekleidet – aus seiner Kabine tritt und auf eine offiziell wirkende Frau in einer passenden Warnweste trifft. Die beiden tauschen ein paar Worte aus, dann kommen sie gemeinsam zum Auto.

Der Grenzbeamte öffnet meine Tür und tritt zur Seite, während die Frau spricht. »Mrs. Emerson, würden Sie bitte für die Abwicklung mit mir kommen?«

Ich zwinge mir ein höfliches Lächeln auf. »Ja, natürlich.«

Als ich meine Laptop-Tasche im Auto lassen will, fügt sie hinzu: »Bitte nehmen Sie Ihre gesamte Technologie mit.«

Oh nein. Das klingt nicht gut. »Okay.« Ich greife nach der Laptop-Tasche, erleichtert, dass ich mein Handy in meiner Tasche verstaut habe und nicht in den Plastiktüten im Kofferraum wühlen muss.

Ich hatte noch nie Ärger mit dem Gesetz, geschweige denn ein Gespräch mit einer Autoritätsperson, und die gesamte Situation ist vollkommen außerhalb meiner Komfortzone. Es ist einschüchternd – nicht wegen der Größe der Grenze oder ihrer Gebäude, sondern wegen dem, was sie repräsentiert. Hier werden Personen wie ich auseinandergenommen und geprüft: jedes Wort, jedes Dokument, jede Antwort wird abgewogen und beurteilt.

Ich schlucke hart und folge ihr aus dem Auto, mein übergroßer, blonder Bodyguard wie ein stummer Schatten hinter mir.

Die Grenzbeamtin schreitet selbstbewusst voran, ihr dunkles Haar schwingt in einem hohen Pferdeschwanz, der bei jedem Schritt wippt. Das scharfe Klacken ihrer Absätze auf dem Gehweg lenkt die Aufmerksamkeit auf ihre langen, durchtrainierten Waden. Ich beneide ihre mühelose Eleganz. Absätze bereiten mir Schmerzen – meine Füße werden gequetscht und schmerzen – also bleibe ich bei flachen Schuhen. Ich blicke auf meine Turnschuhe hinunter und wackle mit den Zehen, dankbar für ihren nicht so eleganten, aber dafür himmlisch bequemen Halt.

Sie führt uns zu einem Gebäude an der Seite. Es ist einfach und funktional – ein einstöckiger Bau aus demselben grauen Beton, ohne Dekoration oder sichtbaren Verschleiß. Der Gehweg, der dorthin führt, ist abgenutzt, aber sauber, mit Unkraut, das an den Rändern sprießt.

Ein einziger Eingang ragt vor uns auf – eine schwere Metalltür mit einem schlichten Schild, auf dem HAUPTBÜROS steht.

Der Grenzbeamte bleibt an der Tür stehen, nickt kurz und eilt zurück zu seinem Schalter.

Drinnen ist das Gebäude so schlicht wie außen. Blasse, cremefarbene Wände, ein dünner, grauer Teppich, der an manchen Stellen glatt getreten, aber makellos sauber ist, und flackernde Neonröhren, die über uns summen. Eine Empfangsdame sitzt hinter einem langen Tresen, ihre Augen sind auf den Monitor gerichtet. Sie schaut nicht auf, als wir vorbeigehen.

Wir biegen um eine Ecke, wo eine digitale Anzeige rote Nummern anzeigt, die zu den Tickets passen, die unruhige Menschen in starren, gelb-grauen Plastikstühlen in der Hand halten. Wir gehen an ihnen vorbei und direkt auf das Büro zu, das wohl das Büro der Grenzbeamtin ist.

Sie streift ihre gelbe Weste ab, hängt sie ordentlich an einen Haken und deutet auf einen Stuhl. »Bitte nehmen Sie Platz.«

Ich folge ihrer Anweisung und setze mich auf die Kante des Stuhls, auf den sie zeigt. Mit eleganten Bewegungen setzt sie sich, rückt ihren Stuhl heran und stapelt die Dokumente auf ihrem Schreibtisch. Sie nimmt sie auf und blättert mit rascher Effizienz hindurch.

»Dann sehen wir uns das mal an, ja?«

Ich antworte nicht – es war keine wirkliche Frage.

Eine Stille breitet sich aus, unterbrochen nur vom gelegentlichen Schnalzen ihrer Zunge, während sie die Seiten umblättert.

Ich stecke meine Hände unter meine Oberschenkel, um sie ruhig zu halten. Ohne meinen Ehe- und Eternity-Ring, mit denen ich spielen könnte, ertappe ich mich ständig dabei, an etwas Unsichtbarem zu drehen – ein unsichtbarer

Ring der Abwesenheit um meinen Finger. Vielleicht sollte ich ein paar billige Silberringe kaufen?

Endlich schaut die Beamtin auf, ihre Augen scharfsinnig, aber nicht feindselig. »Alles scheint in Ordnung zu sein.« Sie schiebt ihren Stuhl zurück, dreht sich zu ihrem Computer und beginnt mit präziser Geschwindigkeit zu tippen. Jeder Tastenanschlag hallt wie ein Teil eines Rhythmus. »Ihre Dokumente und Pässe sollten in Kürze eintreffen.«

Zurückgelehnt faltet sie die Hände in ihrem Schoß und lächelt – ein höfliches, aber bedeutungsloses Lächeln, das man im Kundenservice perfektioniert.

Ich erwidere ihr höfliches Lächeln.

Dann warten wir.

Fünf unangenehme Minuten vergehen, bis ein Klopfen die Stille durchbricht. Eine andere Frau tritt ein, praktisch gekleidet in einer Hose und bequemen Schuhen. Sie ist ein Mensch und trägt einen Ordner mit Dokumenten. Mit einem höflichen Lächeln überreicht sie der Grenzbeamtin die Unterlagen.

»Danke. Das wäre dann alles«, sagt die Beamtin.

Die Frau nickt und tritt hinaus, die Tür hinter sich schließend.

Die Grenzbeamtin entnimmt dem Ordner eine glänzende blaue Metallkarte und legt sie mit einem Klick auf den Schreibtisch. »Hier haben wir es. Das ist Ihr neuer Ausweis.« Mit zwei Fingern schiebt sie die Karte über den Tisch.

Ich blicke hinunter. Mein Name und Foto blicken mir entgegen – ein wenig schmeichelhaftes, aber bekanntes Bild aus meinem nationalen Ausweis. Darunter steht eine

Adresse, die ich aus der Wohnungsbroschüre erkenne. Die Greenholm Ironworks.

»Und das hier ist für Ihr neues Bankkonto.« Sie legt eine elegante schwarze Metall-Bankkarte neben den Ausweis, dann einen Umschlag. »Ihre Kontodetails sind darin enthalten. Es wurde ein kleiner Betrag für Ihre ersten Ausgaben eingezahlt.«

Ich sehe mir die Karte an. Wahrscheinlich ist sie schwerer als sie aussieht. Schick. Meine alte Debitkarte war aus dünnem Plastik – diese hier sieht aus, als könnte sie als Waffe dienen.

Sie blättert weiter durch die Papiere und sieht mir dann in die Augen. »Ihre Elektronik, bitte.«

»Meine ... Elektronik?« Meine Stimme überschlägt sich, ohne dass ich etwas dagegen tun kann.

Sie wackelt auffordernd mit ihren perfekt manikürten Fingern. »Ja, Ihr Handy. Aus Datenschutz- und Sicherheitsgründen ist nicht genehmigte Technologie nicht erlaubt.«

Oh. Das ist ... beunruhigend.

Mit einem flauen Gefühl hole ich mein Handy aus der Tasche und zögere. Was ist nur mit den Wandlern los, die heute alle meine Sachen wollen? Es spielt keine Rolle. Es ist nur ein Handy. Ich habe bereits meine Daten gesichert. Aber es abzugeben fühlt sich trotzdem wie ein seltsamer Verrat an. Ihre ausgestreckte Hand lässt keinen Raum für Diskussionen.

Ich schalte das Handy aus, halte es ein letztes Mal fest und lege es dann widerwillig in ihre Hand. Sie inspiziert es, als könnte es explodieren, und wirft es dann in einen Behälter hinter sich.

Weg.

Überraschenderweise fühle ich Erleichterung. Ich habe nicht damit gerechnet, aber es ist fast befreiend. Es ist, als hätte ich ein weiteres Gewicht abgeworfen, das mich an die Vergangenheit fesselt. Ich atme tief ein – den ersten wirklich unbeschwerten Atemzug seit Tagen.

Loszulassen fühlt sich gut an.

»Und jetzt, Ihr Laptop«, sagt die Grenzbeamtin knapp, als wäre die Forderung nach meinem Laptop völlig normal.

Da ziehe ich die Grenze. Ich kralle mich an den Gurt der Tasche, meine Finger greifen fest zu. »Auf keinen Fall«, sage ich, schärfer als beabsichtigt. Meine Wangen werden heiß, aber ich richte mich auf. »Ich brauche meinen Computer für die Arbeit.«

Ihre Augen verengen sich, und für einen angespannten Moment starren wir uns an.

Schließlich seufzt sie und blättert erneut durch die Papiere. »Eigentlich dürfte das nicht erlaubt sein. Es ist Vorschrift. Sie und die anderen VIP-Gäste nehmen sich wirklich viele Freiheiten heraus.« Sie murmelt den letzten Teil fast unhörbar und wendet sich dann ihrem Computer zu. Ihre Finger fliegen über die Tastatur. »Mal sehen … Hm. Es scheint, als hätten Sie eine Ausnahmegenehmigung erhalten. Allerdings wird Ihr Internetzugang zu Hause aus Sicherheitsgründen deaktiviert. Sie werden nur Zugriff auf Ihr überwachtes Arbeitssystem haben.«

Ihr zuckersüßes Lächeln verbirgt den scharfen Unterton in ihrer Stimme nicht. »Wir nehmen Sicherheit sehr ernst, Mrs. Emerson.«

»Natürlich«, murmle ich, lockere meinen Griff um die Laptop-Tasche und schlucke meinen Ärger herunter.

Ich stecke die beiden schweren Karten ein, schiebe die Unterlagen in meine Tasche und nicke einmal.

Sie öffnet die unterste Schublade und zieht ein kleines, schwarzes Klapphandy heraus – etwas, das direkt aus den frühen 2000ern stammen könnte. Sie schiebt es über den Schreibtisch zu mir und sagt: »Das wird Ihr Handy sein, während Sie hier sind. Es ist vorprogrammiert und erlaubt nur wesentliche Anrufe und Nachrichten.«

Ich unterdrücke eine Grimasse. So viel also zum Thema Internetzugang. »Danke.« Ohne es weiter zu beachten, lasse ich es in meine Tasche gleiten.

»Denken Sie daran«, sagt sie mit kalter, endgültiger Stimme, »keine Fehler, keine Verstöße.«

Das nehme ich als mein Zeichen, zu gehen. »Danke für Ihre Zeit.«

Der große, blonde Bodyguard hält mir die Tür auf. Als ich hinaustrete, werfe ich ihm einen neugierigen Blick zu. »Was meinte sie mit VIP?«

Er schaut mich nur ausdruckslos an.

Diese Wandler sind wirklich ein fröhlicher Haufen.

Normalerweise würde mich das ärgern, aber heute habe ich keine Energie, mich darum zu kümmern. Ich will einfach nur hier raus.

Kurz darauf sitzen wir wieder im Auto und bewegen uns in einer weiteren Schlange vorwärts, auf die schwer bewachte Straße zu, die auf die andere Seite führt. Das Ganze erinnert mich an eine mittelalterliche Zugbrücke, mit Dorfbewohnern, die nervös unter einem hochgezogenen Fallgitter hindurch zum entfernten Schloss schreiten.

Doch hinter dieser Mauer gibt es keine Ritter – nur Wandler.

Die Wachen kommen in Sicht, Dutzende von ihnen in schiefergrauen Uniformen, die Autorität ausstrahlen, während sie die Tore säumen. Sie beobachten die vorbeifahrenden Autos mit unnachgiebiger Aufmerksamkeit. Jede ihrer Bewegungen, jede subtile Veränderung in ihrer Haltung zeugt von kontrollierter Stärke. Sie sind nicht einfach nur Wachen – sie sind Raubtiere, bereit, bei der geringsten Provokation zuzuschlagen.

Ich weiß, dass Wandler von Natur aus stark sind, ihre Körper sind für den Kampf gemacht. Sie haben bereits Krallen, Zähne und Muskeln, die fähig sind, einen Menschen in Stücke zu reißen. Sie auch noch mit militärischen Gewehren bewaffnet zu sehen, sorgt dafür, dass sich mein Magen umdreht. Das sind die Waffen, die man in Actionfilmen sieht, die in einer Sekunde hunderte Schüsse abfeuern können.

Es ist nicht nur beunruhigend – es ist übertrieben.

Was mir wirklich eine Gänsehaut bereitet, ist die Richtung, in die sie zielen. Jede Waffe ist auf uns gerichtet – auf den Menschen-Sektor – nicht auf die Enterprise Zone.

Der wahre Zweck der Mauer wird erschreckend deutlich. Es geht nicht nur darum, die Wandler drinnen zu halten – es geht darum, Menschen draußen zu halten. Oder, so wird mir klar, vielleicht liegt die wahre Bedrohung dahinter, und sie haben eine weitere Armee im Inneren. Ein Schauer läuft mir den Rücken hinunter.

Je näher wir kommen, desto bedrückender wird die Luft. Ich spüre die erdrückende Magie, die die Mauer durchdringt. Die feinen Härchen in meinem Nacken stellen sich auf. Dieser beißende Zauber, der in die Papiere des Ministeriums eingewoben war, war unangenehm, aber er ist nichts im Vergleich zu dem, was diese Grenze umgibt.

Ich zische unwillkürlich, meine Nägel graben sich in meine Handflächen, und der große blonde Wandler auf dem Beifahrersitz dreht sich schließlich zu mir um. Er lächelt langsam und entblößt seine Zähne auf eine Weise, die keinen Trost bietet.

»Es ist in Ordnung, Mrs. Emerson«, sagt er, sein Ton fast amüsiert. »Es wird nur ein bisschen wehtun.«

Ein bisschen? Na, das ist ja wunderbar, wenn es nur ein bisschen wehtut. Ich verdrehe die Augen.

Kapitel Sieben

Das Auto rollt langsam vorwärts, und ich stöhne leise auf. Den Grenzübergang zwischen den Sektoren zu passieren, fühlt sich an wie ein Spießrutenlauf, und jetzt fühle ich mich ... seltsam. Mein Magen verkrampft sich, der Schmerz wird stärker, bis es sich anfühlt, als würde ich in den Rücksitz gedrückt.

Nein, nicht nur gedrückt – *gequetscht*. Die Magie, die die Grenze umgibt, scheint zu versuchen, jedes Atom meines Körpers durch das Lederpolster und in den Kofferraum zu zwingen.

Ein Wimmern entweicht mir, bevor ich die Lippen fest zusammenpresse, entschlossen durchzuhalten. Was ist schon ein bisschen mehr Schmerz? Schließlich bin ich in den letzten Tagen in psychischem Leid ertrunken – körperlicher Schmerz ist nur eine weitere Schicht der Bestrafung.

Weiter vorn flimmert die Luft wie eine Fata Morgana, und der erdrückende Druck verschwindet, als das Auto die Grenze passiert. Ich lasse mich in den Sitz zurücksinken, keuche vor Erleichterung und wische mir den Schweiß mit dem Ärmel meines Pullovers aus dem Gesicht. Meine Muskeln fühlen sich an, als hätte ich gerade einen Marathon hinter mir.

Ich weiß nicht, was ich erwartet habe – vielleicht einen großen Torbogen oder eine leuchtende magische Tür –, aber stattdessen befinden wir uns in einem Tunnel. Ein richtiger Tunnel. Helle Lichter flackern über uns, während wir hindurchgleiten, der glatte Durchgang scheint endlos, obwohl er wahrscheinlich nur vierzig Meter lang ist. Gerade als ich beginne, mich zu entspannen, taucht ein weiteres Flimmern von Magie auf.

Oh, wunderbar.

Die zweite Welle von Magie trifft wie ein Sandsturm und kratzt über jeden Nerv. Es ist nicht so schlimm wie die erste, aber ich spanne mich trotzdem an und beiße die Zähne zusammen, als wir in grelles Licht eintauchen.

Ich halte mir eine Hand vor die Augen und blinzle heftig, während sie brennen und tränen. Ich habe keine Ahnung, wie die Wandler mit ihrem verbesserten Sehvermögen damit klarkommen, aber der Fahrer lässt sich nichts anmerken.

Es dauert ein paar Sekunden, in denen ich heftig blinzeln muss, bevor ich meine Umgebung halbwegs erkennen kann.

Es ist ... nicht das, was ich mir vorgestellt habe – vielleicht weite Ebenen? Ein Löwe auf einem Felsen oder ein Rudel Wölfe, das wild umherstreift. Stattdessen ist es eine perfekt gepflegte Straße, die sich durch hohes Gras schlängelt, das von Wildblumen belebt wird. Es ist so wunderschön und makellos, dass ich erneut blinzle, halb in der Erwartung, dass ich halluziniere.

So viel zu den animalischen Klischees.

Die Straßen im Menschen-Sektor sind voller Schlaglöcher, tief genug, um jemanden zu verschlucken. Aber hier? Dieser Asphalt ist glatter als meine Beziehung zu Paul je war.

Das Einzige, was auf Wildheit hindeutet, sind die ungezähmten Seitenränder entlang der Straße, wo Gänseblümchen, Mohnblumen, Löwenzahn und andere Blumen, deren Namen ich nicht kenne, im Wind wiegen.

Nach etwa vierzig Minuten ändert sich die Landschaft. Die Straße biegt nach links, und ich sehe zum ersten Mal die Enterprise Zone.

Es ist … atemberaubend.

Hätte man mich blind hierhergebracht, hätte ich geschworen, wir seien in einem der schicksten Viertel des Vampirsektors.

Aufwändig verzierte Gebäude aus dem 18. Jahrhundert verschmelzen nahtlos mit schlanken, modernen Designs, alle umgeben von einer grünen Oase. Bäume säumen die Straßen, ihre Kronen werfen einen kühlen, schattigen Lichtschein auf breite, makellose Gehwege. Sträucher in voller Blüte und durchdacht platzierte Bänke prägen das Bild.

Verschlungene Wege führen durch Wildblumenwiesen, verbinden versteckte Picknickplätze und friedliche Sitzecken.

Die gesamte Gegend fühlt sich an wie ein riesiger, lebendiger Park.

Radfahrer rauschen auf separaten Wegen vorbei, ihre leuchtenden Helme nur ein verschwommener Farbklecks. Ein flüchtiger Gedanke unterbricht meine Bewunderung – *ich kann mich nicht erinnern, wann ich das letzte Mal Fahrrad gefahren bin.* Diese idyllische Umgebung unter einem strahlend blauen Himmel mag weniger bezaubernd wirken, wenn der unvermeidliche Regen einsetzt. Ich werde definitiv eine gute Regenjacke brauchen.

Ich suche die Gegend nach gewandelten Tieren ab, sehe aber keine. Vielleicht gibt es dafür spezielle Bereiche. Es würde Sinn ergeben, falls Kontrolle ein Problem ist. Ich verspüre ein schlechtes Gewissen wegen meiner früheren Annahmen. Die Wandler scheinen weitaus organisierter zu sein, als ich erwartet hatte – besser sogar als die Vampire, und das will etwas heißen.

»Sie wohnen in Zone Zwei«, sagt der Fahrer und reißt mich aus meinen Gedanken. Seine Stimme ist ruhig, doch darunter liegt ein unverkennbarer Stolz. »Das ist der sicherste Bereich. Das technologische Zentrum des Ministeriums liegt gleich auf der rechten Seite.«

Er zeigt auf ein riesiges ovales Gebäude aus Glas mit schlanken, modernen Linien und dunklen, spiegelnden Paneelen. Es sieht aus, als gehöre es auf das Cover eines Architekturmagazins. Ich schlucke schwer. Verdammt. *Ich bin hier völlig fehl am Platz.* Dort soll ich arbeiten? Ich, in so einem Gebäude? Mein altes Büro sieht dagegen aus wie eine undichte Gartenhütte.

Wir fahren an weiteren Gebäuden vorbei, darunter auch das Einkaufszentrum, wie der Fahrer erklärt. »Sie liefern auch Online-Bestellungen aus«, fügt er hinzu, als er blinkt und das Auto abbremst.

Vor uns, hinter einem Baumwäldchen verborgen, liegt das Ironworks.

Es ist in Wirklichkeit noch prächtiger als in der Broschüre. Goldfarbene Ziegel schimmern im Sonnenlicht, ergänzt durch imposante Fenster, die das umliegende Grün widerspiegeln.

Das Auto hält neben einem Kiesweg. Meine Tür öffnet sich, und bevor ich es richtig registriere, drückt mir der blonde Bodyguard meine Taschen und einen Schlüsselbund in die Hand. Jetzt, wo er mich los ist, wirkt sein Grinsen fast fröhlich, beinahe selbstzufrieden.

»Viel Glück«, sagt er, seine Stimme trieft vor Belustigung und gibt mir das Gefühl, in die *Tribute von Panem* geraten zu sein.

Wunderbar. Ich zwinge ein höfliches Lächeln auf. »Vielen Dank für Ihre Hilfe.«

Der Fahrer nickt nur. Die Tür fällt ins Schloss, das Auto fährt davon und lässt mich allein auf dem Weg zurück.

Ich drehe mich zu meinem neuen Zuhause um, mein Herz pocht nervös und erwartungsvoll. Das Ironworks erhebt sich vor mir, luxuriöser, als ich es mir je hätte vorstellen können.

Das ist es nun – der Start meines neuen Lebens.

Mit den Plastiktüten in den Händen mache ich meinen ersten Schritt auf das Gebäude zu.

In meinem billigen Outfit fühle ich mich peinlich fehl am Platz – underdressed und völlig überfordert.

Der schwarz-weiß karierte Boden im Eingangsbereich

fällt mir sofort ins Auge – vermutlich original, sein elegantes Design verleiht dem Raum einen Hauch von Alte-Welt-Charme. Die Atmosphäre ist großartig und formell, mehr wie in einer alten Bank als in einem Industriegebäude.

Die Decke ist atemberaubend. Ein dunkelblaues Kunstwerk mit filigranen Verzierungen, gekrönt von einem riesigen Kronleuchter, der aussieht, als würde er in ein Herrenhaus gehören. Überall stehen bequeme Sofas, jedes mit einem kleinen Beistelltisch daneben.

»Mrs. Emerson, willkommen im Greenholm Ironworks.«

Erschrocken stoße ich ein leises Quieken aus, als plötzlich ein schick gekleideter Wandler neben mir auftaucht und mir ein freundliches Lächeln schenkt. Mein Herz klopft, und ich klammere mich noch fester an die Plastiktüten in meinen Händen, um nicht aus Reflex nach ihm zu schlagen. »Danke«, bringe ich schließlich hervor.

Der Mann ist kleiner, als ich es von einem Wandler erwartet hätte – vermutlich knapp unter einem Meter achtzig – mit kurzem, dunklem Haar und einem jungenhaften Gesicht, das nicht so recht zu seinem maßgeschneiderten Anzug passen will. Dennoch strahlt er Selbstbewusstsein aus, fast schon Autorität. »Sie wohnen in unserer Executive-Etage, Apartment 307. Es handelt sich um eine komplett eingerichtete Zweizimmerwohnung mit einer umlaufenden Glasbalustrade und Blick auf den Fluss. Im Wohnzimmer finden Sie das Regelwerk der Enterprise Zone – für Ihre Sicherheit und Orientierung. Bitte nehmen Sie sich Zeit, es durchzulesen.«

Ein Regelwerk. Großartig.

»Brauchen Sie Hilfe mit Ihrem Gepäck?« Sein Blick wandert zu den dünnen Plastiktüten in meinen Händen, und seine Mundwinkel zucken leicht, als würde er ein Lachen unterdrücken.

Ich zucke mit den Schultern und lächle halbherzig, während ich die Tüten etwas anhebe. »Es geht schon, danke.«

Für einen Moment runzelt er die Stirn, als hätte ich irgendeinen unausgesprochenen Kodex gebrochen, fängt sich jedoch rasch und nickt knapp. »Wir haben keine Ausgangssperre, raten Menschen aber dringend davon ab, nach Einbruch der Dunkelheit draußen zu sein.«

»Verstanden.« Gar nicht so anders als im Menschen-Sektor, schätze ich.

»Wir haben Vampirbewohner, und auch wenn die Jagd streng verboten ist, können Unfälle passieren. Seien Sie unbesorgt – Vorfälle werden schnell und mit harten Strafen für die betroffenen Vampire geahndet. Trotzdem könnte ein nächtlicher Spaziergang missverstanden werden ... als Einladung.« Er wirft mir einen vielsagenden Blick zu. »Um Risiken zu minimieren, bieten wir einen kostenlosen Begleitservice für Menschen für Ausflüge nach Einbruch der Dunkelheit an.«

Ein Begleitservice für Menschen? Wie Gassigehen, nur für Menschen? »Okay«, sage ich und versuche, nicht zu lachen. »Vielen Dank.«

Er deutet auf den Fahrstuhl. »Sie werden das hier brauchen.« Er hält eine metallgraue Karte hoch und reicht sie mir. »Funktioniert wie eine Hotelkarte – Sie haben Zugang zum Gebäude, zum Fahrstuhl und zu Ihrer Wohnung. Wenn Sie Hilfe benötigen, drücken Sie einfach die Null auf

Ihrem Wohnungs-Telefon oder nutzen Sie die Gegensprechanlage, um die Sicherheitszentrale zu erreichen. Wir sind rund um die Uhr besetzt, um Ihre Sicherheit zu gewährleisten.«

Ich nicke, als hätte ich gerade eine Sicherheitsunterweisung für *Jurassic Park* erhalten. »Danke, ähm ...«

»Matthew«, ergänzt er mit einem weiteren freundlichen Lächeln. »Roger ist heute Abend im Dienst, und Ray übernimmt die Frühschicht.«

»Danke, Matthew. Das ist wirklich hilfreich.«

»Natürlich, Mrs. Emerson.« Er begleitet mich zum Fahrstuhl und scannt die Karte. Als sich die Türen mit einem sanften Zischen öffnen, reicht er sie mir zurück. »Einen schönen Nachmittag.«

»Ihnen auch.« Ich betrete den Fahrstuhl und winke ihm leicht zu, bevor sich die Türen schließen.

Die Executive-Etage wirkt wie eine andere Welt. Der weiche Teppich dämpft meine Schritte, und jeder Fußabdruck hinterlässt eine leichte Spur. Ich zähle die Türen, bis ich Apartment 307 erreiche. Mit meinen Tüten und der Karte jonglierend, kämpfe ich mit dem Schloss und lasse die Taschen vor lauter Hektik fallen. Seufzend schiebe ich sie mit dem Fuß über die Schwelle, bevor ich eintrete.

Die schwere Tür schließt sich mit einem satten Klicken hinter mir. Ich stelle die letzte Tasche ab und lege die Schlüssel und die Karte in eine elegante Schale auf einem kleinen Konsolentisch in der Nähe.

Das Apartment ist wunderschön.

Zu meiner Linken liegt die Küche: schwarze, elegante Schränke und eine Granitarbeitsplatte mit silbrigen Adern.

Darüber flutet ein laternenartiges Oberlicht den Raum mit natürlichem Licht.

Ich schlüpfe aus meinen Turnschuhen und wackle mit meinen Zehen in den Panda-bedruckten Socken. Der warme Holzfußboden ist eine überraschende Wohltat. Über mir spannen sich freiliegende Balken – ein Tribut an die industrielle Vergangenheit des Gebäudes. Ich schlendere durch den Raum, vorbei an der Küche und dem Schlafzimmer, bis ins Wohnzimmer.

Vom Boden bis zur Decke reichende, schwarz gerahmte Fenster lassen den Raum riesig wirken. Sonnenlicht fällt herein und beleuchtet die modernen Möbel. Ein Doppeltürenpaar führt zu einem umlaufenden Balkon mit Blick auf den Fluss.

Das ist weit luxuriöser, als ich jemals erwartet hätte. Mit den Fingerspitzen streiche ich über das Ledersofa und staune über seine Weichheit. Mein Blick wandert zum Sofatisch, auf dem das gefürchtete Regelwerk liegt, perfekt zentriert. Damit beschäftige ich mich später.

Die Einrichtung des Schlafzimmers ist genauso edel wie der Rest der Wohnung, wobei der Holzboden hier durch einen weichen, dunkelgrauen Teppich ersetzt wurde. Eine weitere Glastür führt auf den Balkon.

Das Bett – ein riesiges King-Size-Modell – ist noch in Plastik gehüllt, daneben liegen frische Bettwäsche und ordentlich gefaltete Handtücher.

Alles ist makellos, unbenutzt.

Ein begehbarer Kleiderschrank – oder Ankleidezimmer – wartet, ebenso wie ein luxuriöses Badezimmer mit riesigen grauen Fliesen, einer separaten Dusche und einer frei stehenden Kupferbadewanne.

Ich schleppe einen Stuhl auf den Balkon, lasse mich mit einem erschöpften Seufzen hineinfallen und schließe die Augen. Der Wind zerzaust mein Haar, zerrt an meiner Kleidung und seine Kälte kriecht durch die Socken. Irgendwo unter mir murmelt der Fluss, und in der Ferne höre ich Kinder lachen.

Jetzt, wo ich hier bin, hatte ich erwartet, Erleichterung zu spüren.

Stattdessen fühle ich mich seltsam fehl am Platz.

Ich dachte, die Distanz – und eine massive Wandler-Grenze – zwischen mir und meinem alten Leben würde mir den Abschluss bringen, den ich gesucht habe. Doch stattdessen bleibt nur eine leere Erkenntnis: Ich bin nicht vor dem Wrack meiner Ehe davongelaufen.

Ich bin vor mir selbst geflüchtet.

KAPITEL ACHT

»Du bist nicht verloren, du befindest dich nur in einer unangenehmen Phase deines Lebens, in der dein altes Ich verschwunden ist, dein neues Ich aber noch nicht vollständig geboren wurde. Du bist mitten in einer Transformation.«
– Marcos Alvarado

ALS ICH VERSUCHE, den Fernseher einzuschalten, um ein bisschen Hintergrundgeräusche zu haben, blinkt der Bildschirm auf: KEINE INTERNETVERBINDUNG.

Ich lache leise in mich hinein. »Nicht schlecht, Grenzbeamtin. Nicht schlecht.«

Ein vertrautes Summen von Magie kribbelt in mir auf, und mit einem subtilen mentalen Impuls umgehe ich die Netzwerksperre und reaktiviere das blockierte WLAN. »Aber du musst dir schon mehr einfallen lassen.« Der Fernseher flackert auf, und eine fröhliche Talkshow durchbricht die Stille.

Das ist die Sache: Ich bin eine Magierin. Eine Technomantin.

Es muss von der Seite meines Vaters kommen, den ich nie kennengelernt habe. Dove und ich haben unterschiedliche Väter, und während sie perfekte Haare und Charme geerbt hat, habe ich ... das hier.

Meine Technomantie zeigte sich, als ich fünfzehn war, wahrscheinlich ausgelöst durch den Stress der staatlich verordneten Sterilisation. Magie, die durch einen Körper fließt, der als *unvollkommen* angesehen wird, muss die Vorstellung des Schicksals von einem Witz sein. Für mich hat es sich nie lustig angefühlt.

Schon damals wusste ich, was auf dem Spiel stand. Wenn jemand herausgefunden hätte, dass die Regierung versehentlich eine Magierin sterilisiert hatte – egal wie gering die Macht war –, hätte das einen Krieg auslösen können. Also habe ich es geheim gehalten.

Bis heute weiß niemand davon – weder Paul noch Dove, niemand.

Technomantie ist selten, was erklärt, wie ich unter dem Radar bleiben konnte. Meine Fähigkeiten sind weder auffällig noch weltverändernd, aber sie waren unberechenbar, als ich jung war. Handys fielen aus, Lichter flackerten, und Elektronik um mich herum versagte, wenn ich meine Magie nicht bewusst kontrollierte. Es hat Jahre gedauert, aber ich habe es gemeistert, meine Fähigkeiten in meine Arbeit eingebaut und sie als technische Fertigkeiten ausgegeben.

Ich habe mir immer eingeredet, dass ich keine *richtige* Magierin bin. Meine Kräfte fühlen sich eher wie eine merkwürdige Begabung an – eine ungewöhnliche Fähigkeit, wie gut in Mathe zu sein oder singen zu können. Ich bin ein Mensch. Ich fühle mich wie ein Mensch. Aber Momente wie dieser erinnern mich daran, dass ich … anders bin.

Ich bin nicht wie die Magierinnen von heute Morgen.

Die Hotellobby-Albtraum-Szene spielt sich erneut in meinem Kopf ab: Merrick, der mich abschirmt, der Koffer, der gegen ihn kracht, und wie er dann ein Sofakissen hochreißt, um Zauber abzuwehren. So etwas habe ich noch nie gesehen.

Ich schüttle die Erinnerung ab, drehe die Lautstärke des Fernsehers auf und summe zu einem Dance-Song aus den 90ern mit, während ich mich einrichte.

Ich räume meine Sachen weg, starte die Waschmaschine, mache das Bett und erstelle eine Einkaufsliste – nichts Besonderes, nur Toilettenartikel, Vitamine und eine komplett neue Garderobe.

Ich überfliege das Regelbuch, bevor ich mich nach draußen wage – die meisten Regeln entsprechen dem gesunden Menschenverstand, nichts Alarmierendes.

Mit einem Seufzen greife ich nach meiner Brille. Ich habe es nie gemocht, sie zu tragen, aber heutzutage ist sie unverzichtbar, um mich mit meiner alternden Sehkraft in der Welt zurechtzufinden.

Matthew entdeckt mich, als ich das Gebäude verlasse. Wie ein wachsamer Falke sitzt er in der Lobby und nickt höflich. Ich winke zurück und halte mich an den Weg, der die Straße entlangführt, auf der wir angekommen sind.

Der Tag ist frisch und hell, mit einer leichten Kälte in der Luft.

Das Gehen weckt etwas Vertrautes in mir. Als ich jünger war, habe ich viel trainiert – Kondition und Kampfsport hielten mich in Topform. Diese Tage scheinen wie aus einem anderen Leben, aber der gleichmäßige Rhythmus meiner Schritte klärt meinen Kopf. Zum ersten Mal seit Langem spüre ich, wie ein Hauch von Zielstrebigkeit zurückkehrt, Schritt für Schritt.

Ein Schritt nach dem anderen, Lark.

Ich erinnere mich an ein Zitat, das ich einmal gelesen habe, obwohl ich mich nicht genau daran erinnere – etwas darüber, dass man sich verloren fühlt, wenn die Dinge schwer sind, weil das alte Ich verschwunden ist und die Unbequemlichkeit Teil des Prozesses ist, etwas Neues zu werden.

Eine Transformation.

Wie ein Schmetterling.

Ein Schnauben ausstoßend, lache ich leise. Ich fühle mich kaum wie ein Schmetterling – ich bin eher wie eine haarige Raupe, die sich in einem Busch versteckt. Trotzdem passt die Aussage.

Mein Tempo verlangsamt sich, und meine Augen weiten sich, als ich um eine Ecke biege und ein seltsames Gebäude entdecke.

»Wow«, entweicht es mir unwillkürlich.

Das Haus vor mir wirkt wie aus einem Traum – oder vielleicht einem Albtraum-Märchen. Ein prächtiges Puppenhaus im Stil des Edwardianischen Zeitalters, aber in Lebensgröße und unglaublich makellos. Mit den Händen auf den Hüften neige ich den Kopf, um es zu betrachten. Das Gebäude scheint fehl am Platz, als ob es versehentlich hier abgesetzt wurde. Jeder Aspekt seiner Architektur ist perfekt, so exakt, dass es fast unheimlich wirkt.

Dann fühle ich es.

Magie.

Zuerst ist es subtil, ein leichtes Ziehen in meiner Brust, doch es wird stärker, hüllt mich in einen sanften, aber beharrlichen Griff. Es tut nicht weh, aber es fühlt sich ... bewusst an, als ob das Haus mich prüft, mich mustert.

Mein Atem stockt, und ich flüstere: »Was bist du?«

Natürlich antwortet das Haus nicht, aber das seltsame Gefühl bleibt – eine merkwürdige Mischung aus Vorsicht und Neugier.

»Das ist ein Zaubererhaus«, murmle ich und schüttele den Kopf. Ich habe bisher nur davon gehört – Gerüchte, dass sie existieren. Ich habe noch nie eins mit eigenen Augen gesehen.

Es ist zu perfekt – auf eine unheimliche Weise. Die Farbe glänzt, als wäre sie erst heute Morgen aufgetragen worden, makellos und unberührt. Die Wände schimmern, als hätten sie noch nie einen Sturm oder den Lauf der Zeit gespürt.

Die Fenster sind makellos und reflektieren das Sonnenlicht mit einer ätherischen Brillanz. Der Rasen ist einheitlich tiefgrün, mit chirurgischer Präzision getrimmt. Blumenbeete sprühen vor leuchtendem Pink, Gelb und Blau – so blendend hell, dass sie unnatürlich wirken.

Meine Instinkte kribbeln, und eine Warnung dröhnt in meinem Kopf.

»Ich würde da nicht hineingehen«, ruft eine warme Stimme hinter mir und reißt mich aus meiner Trance.

Ich drehe mich um und sehe eine ältere Frau. Sie ist ein Mensch, mit heller Haut, strahlend blauen Augen und einer fluffigen weißen Haarpracht, die an eine Pusteblume erinnert.

Ihr Lächeln ist breit, freundlich und absolut entwaffnend. Ich kann nicht anders, als zurückzulächeln.

»Das ist ein Zaubererhaus«, sagt sie und nickt in die Richtung des Hauses. »Das verdammte Ding hat seinen eigenen Willen. Ich habe mal einen armen Kerl gesehen, der versucht hat, hineinzugehen. Er kam bis zum Tor, bevor das Haus ihn quer über den Weg geschleudert hat – direkt gegen die große Eiche da.« Sie zeigt auf einen nahegelegenen, riesigen Baum und kichert. »Das Dümmste, was ich je gesehen habe. Niemand hat je dort gelebt. Es ist einfach vor etwa fünfzig Jahren aufgetaucht und hat sich seitdem nicht mehr bewegt. Es hält sich auch selbst auf dem neuesten Stand. Sieht so aus, als ob es auf jemanden wartet.«

Ihre Stimme wird verschwörerisch leise. »Man sagt, ein Zaubererhaus braucht eine willige Seele – einen mächtigen Magiebegabten, der seine Seele hineinsteckt.«

Mein Magen dreht sich um. »Eine Seele?« Ich betrachte das Haus unbehaglich und bekomme einen Kloß im Hals. »Ernsthaft?«

Sie nickt feierlich. »Ach, du weißt ja, wie Magier sind. Sie tun alles, um nicht so zu sterben wie der Rest von uns. Sie stecken ihre Seelen in alle möglichen Dinge – Lampen, Zauberstäbe, sogar in verdammte Teekannen. Alles, um sich am Leben zu halten.«

Sie grinst, als hätte sie mich nicht gerade zutiefst erschüttert. »Ich bin übrigens Jo.«

»Hi. Lark.«

»Lark? Ein ungewöhnlicher Name – gefällt mir.« Jos Grinsen wird breiter. »Freut mich, dich kennenzulernen. Bist du neu hier in der Gegend?«

»Ja, ich bin gerade erst eingezogen.«

»Oh, wie schön! In das Ironworks?« Ich nicke. »Wie aufregend! Du musst was auf dem Kasten haben, wenn du einen Job beim Ministerium bekommen hast.« Ihre Augen funkeln anerkennend. »Ah, da ist sie ja. Sandra, komm und begrüß unsere neue Nachbarin, Lark!«

Eine zweite Person tritt vor. Ich bemerke das satte Braun ihrer Wandler-Augen. Sandra ist ungefähr so groß wie ich – drahtig und schlank, mit kurzem, dunklem Haar, tiefbrauner Haut und einer lebhaften Energie, die sie kaum älter als fünfundzwanzig wirken lässt. Mit geübter Leichtigkeit legt sie einen Arm um Jos Taille und lehnt sich an sie.

Sandra richtet ihren Blick auf mich. »Willkommen in der Nachbarschaft, Lark. Wenn du irgendetwas brauchst, lass es uns wissen.«

Ich werfe einen weiteren Blick auf das Zaubererhaus, spüre die unheimliche Aufmerksamkeit, die von ihm ausgeht, und murmle: »Danke. Ich glaube, ich werde tatsächlich etwas brauchen.«

»Lark arbeitet für das Ministerium in der IT«, verkündet Jo stolz.

Ich blinzle überrascht. Das hatte ich ihr nicht erzählt.

Sandra bemerkt mein Erstaunen und lacht, ihre Stimme ist tief und belustigt. »Schau nicht so überrascht. Jo hier weiß einfach alles. Sie ist der Quell allen Wissens in der Gegend – und die größte Klatschtante, die du je kennenlernen wirst. Sie kümmert sich sogar um die Einkäufe für Neuankömmlinge, also wenn dir etwas fehlt, ist es ihre Schuld.«

Jo stößt Sandra spielerisch in die Seite und tadelt sie halb im Spaß. »Ignorier sie. Sie ist immer so. Fünfzig Jahre zusammen, und sie neckt mich immer noch.«

Fünfzig Jahre.

Plötzlich wird mir alles klar, als ich zwischen den beiden hin- und herschaue. Sie sind ein Paar – ein richtiges Paar.

Es ist die Art von Beziehung, über die die Leute flüstern. Partnerschaften zwischen verschiedenen Spezies wie ihren werden oft missbilligt – nicht immer aus offenen Vorurteilen, obwohl das ein Teil davon ist, sondern wegen der grausamen Belastung, die die Zeit mit sich bringt. Jo ist gealtert wie jeder Mensch, während Sandra in ihrer Blütezeit eingefroren scheint.

Wenn sie sich kennengelernt hätten, als Jo jünger war, hätte sie vielleicht die Möglichkeit gehabt, sich zu verwandeln. Aber einen Menschen in einen Wandler zu verwandeln, ist nach dem fünfundzwanzigsten Lebensjahr riskant. Selbst wenn die DNA geeignet ist, ist die Todesgefahr hoch, und die Verwandlung ist brutal.

Mit etwa fünfzehn Jahren werden wir alle getestet – nicht nur, um herauszufinden, ob wir Kinder haben dürfen, sondern auch, ob Spuren von Wandler-, Magie- oder Vampir-DNA in uns stecken. Einige junge Erwachsene könnten sich für eine Verwandlung qualifizieren, aber die Konkurrenz ist hart. Es ist der seltsamste Beliebtheitswettbewerb der Welt – mit den höchsten Einsätzen.

Für Menschen ist es fast unmöglich, ein Derivat zu werden. Regierungen setzen strenge Quoten durch, und die Chancen, für eine Verwandlung ausgewählt zu werden – ob als Wandler, Zauberer oder Vampir – sind schlechter als die, Astronaut zu werden.

Die meisten Derivate heutzutage werden in diese Welt hineingeboren. Für den Rest von uns gilt: Wenn deine DNA auch nur den Hauch von den Eigenschaften eines

Derivats enthält, du aber die Kriterien für eine Verwandlung nicht erfüllst, wirst du sterilisiert.

So wie ich.

Wenn Jo und Sandra sich kennengelernt haben, als sie jung waren, dann passte Jo wahrscheinlich auch nicht ins Raster. Und doch blieb Sandra. Trotz allem blieb sie. Und hier sind sie nun, fünfzig Jahre später, immer noch am Kichern und Necken, mit einer Zärtlichkeit in ihren Blicken, die greifbar ist, als könnte man sie mit der Hand berühren.

Sandra küsst Jos Kopf mit einer sanften Zuneigung, die mir die Brust zusammenzieht. Ein Kloß steigt mir in die Kehle, und ich wende mich ab, schlucke eine Welle von Neid hinunter.

Ich bin ehrlich genug, mir einzugestehen, dass ich eifersüchtig bin.

Ich sollte mich für eine Weile von verliebten Paaren, Liebeskomödien und romantischen Romanen fernhalten. Ab jetzt bleibe ich bei Thrillern und Zombie-Apokalypsen – Geschichten, in denen irgendwelche Männer ihre Innereien verlieren. Mit ordentlich Gebeiße. Das ist gerade genau mein Ding.

»Oje, wir haben sie verschreckt«, sagt Jo spielerisch und holt mich aus meinen Gedanken zurück.

»Entschuldige«, wiederholt Sandra, ihre Stimme klingt ehrlich.

»Oh nein, nein«, stöhne ich und winke mit der Hand, als könnte ich den Gedanken wegwedeln. »Es liegt nicht an euch – es liegt an mir.« Meine Hand sinkt, und ich deute auf die blasse Linie an meinem Finger, wo einst meine Eheringe waren. »Ich, äh, habe gerade meinen Mann verlassen. Also ... ja.« Ich verziehe das Gesicht, die Worte sind noch immer schmerzhaft, selbst jetzt, wo ich sie ausspreche. »Es ist noch ziemlich frisch.«

Und es ist ein Wunder, dass ich nicht noch mehr erzähle. Normalerweise setzt in solchen Momenten meine Nervosität ein, und ich fange an, irgendwelchen Unsinn zu reden, nur um die Stille zu füllen. Mein Filter versagt, und ehe ich mich versehe, sprudelt ein Wortschwall aus mir heraus. Aber heute schaffe ich es, rechtzeitig den Mund zu halten, bevor es ausufert.

Das habe ich ja toll hinbekommen.

Das Funkeln in Jos Augen lässt vermuten, dass ich ohnehin schon genug gesagt habe, um sie für eine Weile zu beschäftigen. Wenigstens habe ich Dove nicht erwähnt. Das ist doch schonmal ein Fortschritt, oder?

Nein – das war die alte Lark. Die, die sich für alles entschuldigt hat, sogar fürs Atmen. Die, die sich verbogen hat, um alle glücklich zu machen. Die, die zu freundlich, zu geduldig und zu ängstlich war, um Nein zu sagen.

Diese Version von mir ist verschwunden.

Tot.

Die neue Lark? Sie ist knallhart. Sie kümmert sich um sich selbst, macht, was sie will – im Rahmen des Vernünftigen. Ich will niemanden verletzen. Aber wenn ich die ganze Nacht lesen will, während alle Lichter brennen, dann mache ich das. Wenn ich Burger zum Frühstück oder Schokolade und Eis zum Abendessen essen will, tue ich das. Denn jetzt muss ich nur noch auf mich selbst Rücksicht nehmen.

Und ganz ehrlich? Das ist befreiend.

»Oh, das tut uns leid«, sagt Jo, ein Grinsen spielt um ihre Lippen, auch wenn ihre Worte Mitgefühl zeigen.

Fantastisch. Sandra hat mich ja gewarnt, dass Jo gerne tratscht. Bis morgen werde ich das heißeste Thema in Zone Zwei sein – die Frau mit gebrochenem Herzen, die ihren Mann verlassen hat und ins Ironworks gezogen ist. Ich unterdrücke ein Lachen. *Kleine Schritte, Lark. Es hätte schlimmer sein können.*

»Wir sind da, wenn du irgendetwas brauchst«, bietet Sandra an, warm und aufrichtig.

»Danke. Das ist sehr nett.«

»Gehst du einkaufen?«, fragt Jo, ungebrochene Neugierde in ihrem Blick. »Irgendwas Schönes?«

»Nur ein paar Kleinigkeiten.«

»Oh, du wirst es hier lieben«, schwärmt Jo. »Einkaufen ist wunderbar. Aber du solltest dich beeilen – in etwa vier Stunden geht die Sonne unter. Du hast das Regelwerk gelesen, oder?«

»Hab ich.« Na ja, überflogen.

»Gut, gut.« Sie nickt zufrieden. Ich nicke ebenfalls.

Sandra lotst Jo sanft weg und wirft mir ein entschuldigendes Lächeln zu. »Komm, Jo, lass sie in Ruhe.«

»Sandra, du weißt, was hier nach Einbruch der Dunkelheit passiert. Sei vorsichtig, Lark.«

»Danke, das werde ich. Es war schön, euch beide kennenzulernen.«

Wir winken einander zu, und ich umgehe das unheimliche Haus, nehme den Weg, der am weitesten entfernt ist, während ich die allzu perfekte Fassade mustere. Dann gehe ich weiter in Richtung Einkaufszentrum.

KAPITEL NEUN

DER ERSTE EINDRUCK ZÄHLT. Ich streiche meinen schicken neuen Blazer glatt und hole tief Luft, um mich zu sammeln, während ich mich meinem neuen Arbeitsplatz nähere. Das Technologische Zentrum des Ministeriums wirkt aus der Nähe noch beeindruckender. Ich folge den Schildern zum Eingang und halte inne, um den gut gekleideten Mann vor mir zu beobachten. Seltsam. Statt direkt durch die Türen zu gehen, stellt er sich mit ausgestreckten Armen in X-Form und gespreizten Beinen davor.

Ein Scanner summt leise und wirft ein bläuliches Licht über ihn. Augenblicke später gleiten die Türen auf und gewähren ihm Einlass.

Faszinierend.

Als ich an der Reihe bin, positioniere ich mich wie auf den Schildern angegeben und widerstehe der Versuchung, das System mit meiner Magie zu testen. Diese Technologie wirkt wie direkt aus einem Science-Fiction-Roman. Der Scanner gleitet von Kopf bis Fuß über mich, sein leises Summen jagt mir eine Gänsehaut über die Haut. Nach einer unangenehm langen Pause öffnen sich die Türen. Erleichterung durchflutet mich – ich habe nichts kaputt gemacht.

Drinnen sind die Sicherheitsmaßnahmen noch intensiver. Eine weitere Reihe von Scannern steht bereit, um jeden zu überprüfen, der das Gebäude verlässt, damit nichts Unrechtmäßiges hinausgetragen wird.

Ein uniformierter Wandler räuspert sich und lenkt meine Aufmerksamkeit auf sich.

»Bitte weitergehen«, bellt eine andere Stimme.

»Entschuldigung«, murmele ich, während ich mich unter seinem vernichtenden Blick vorwärts bewege. »Es ist mein erster Tag.«

Er grunzt unbeeindruckt.

Der ganze Aufwand macht mich nervös, und ich bin dankbar, dass ich frühzeitig angekommen bin. Das Letzte, was ich brauche, ist, am ersten Tag zu spät zu kommen.

Ich reihe mich in eine stille Schlange von Leuten ein, die darauf warten, durch eine Reihe leuchtender Metallbögen zu gehen. Flackernde Runen, die in die Rahmen eingraviert sind, senden ein schwaches Kribbeln über meine Haut, als ich hindurchgehe. Es fühlt sich an wie statische Elektrizität – nicht schmerzhaft, aber unangenehm genug, dass ich nervös zu den anderen blicke. Niemand reagiert – sie scheinen daran gewöhnt zu sein.

Am Ende der Schlange befindet sich eine Tür. Ich lege meine Hand auf ein gläsernes Bedienfeld, meine Finger sind verschwitzt. Eine kalte, monotone Stimme bestätigt meine Identität, und die Tür gleitet mit einem leisen Zischen auf.

Das Foyer ist ein Meisterwerk modernen Designs. Hohe Decken und polierte weiße Böden – so sauber, dass sie fast leuchten – reflektieren das natürliche Licht, das durch die eleganten Glaswände strömt. Eine Wendeltreppe aus Stahl und Glas windet sich elegant zu den oberen Etagen, während ein Liftbereich unauffällig auf der linken Seite positioniert ist.

Ich unterdrücke den Drang, mich wie ein Tourist staunend umzusehen, und zwinge mich, direkt zur Rezeption zu gehen. Nach wenigen Minuten weist mich eine freundliche Empfangsdame in einen Besprechungsraum im vierten Stock.

Der Raum wirkt riesig und steril. Ein massiver Eichentisch dominiert den Raum, umgeben von dreißig Stühlen. Allein an einem so großen Tisch zu sitzen, fühlt sich merkwürdig an. Die Einrichtung ist minimalistisch: ein Wasserkrug, ein Glas, eine Schale mit Pfefferminzbonbons, ein Notizblock und ein Stift. Ich spiele nervös mit dem Stift und lasse ihn zwischen meinen Fingern kreisen, während ich warte.

Die Tür knarrt, und ein Mann mit freundlichem Gesicht und leicht zerknittertem Anzug steckt seinen Kopf herein.

»Ah, Mrs. Emerson! Oder darf ich Sie Lark nennen?«

»Natürlich.«

»Hervorragend! Ich bin Henry, einer Ihrer Vorgesetzten.« Er tritt ganz in den Raum und schließt die Tür hinter sich. »Sie sind also die neue DevOps-Ingenieurin, richtig?«

»Ja.«

»Fantastisch.« Er klatscht in die Hände und reibt sie begeistert, bevor er eine Tasche von seiner Schulter nimmt und sie auf den Tisch stellt. Daraus holt er einen Laptop hervor und beginnt, ihn einzurichten.

»Das ist Ihre Einführungssoftware.« Er verzieht das Gesicht und deutet auf die leeren Stühle. »Normalerweise hätten wir eine ganze Gruppe neuer Mitarbeiter, die das gemeinsam durchlaufen, aber Ihr Onboarding wurde beschleunigt. Deshalb sind Sie allein.«

»Das ist kein Problem«, sage ich und ignoriere die unausgesprochene Frage hinter seinen Worten.

Er nickt und scrollt rasch durch einige Folien. »Wir überspringen den Vorstellungsabschnitt – kein Grund, sich einem selbst vorzustellen, oder?« Er lacht, bevor er den Laptop zu mir schiebt.

»Die Grundlagen: Die Toiletten sind den Flur runter, die Notausgänge sind klar markiert, und der Feueralarm wird jeden Dienstagmorgen getestet. Wenn er an einem anderen Tag losgeht, nehmen Sie an, dass es ernst ist, und folgen Sie den blinkenden Schildern. Kaffeestationen gibt es auf jeder Etage – preisgekrönter Kaffee, wenn Sie herausfinden, wie die Maschinen funktionieren. Oh, und wir haben hotelähnliche Unterkünfte, falls Sie mal länger vor Ort bleiben müssen. Das Restaurant hat rund um die Uhr geöffnet.«

Ich werfe einen Blick auf den Bildschirm. Eine endlose Liste von PowerPoint-Folien starrt mich an.

Tod durch PowerPoint. Das wird eine lange Woche.

Kapitel Zehn

Drei Monate später

Ich schiebe die Dokumente mit einem genervten Seufzer weg. So viel zu einer Pause. Ich dachte, ein bisschen leichte Lektüre über meine Scheidung wäre eine gute Idee. Großer Fehler. Jetzt habe ich Kopfschmerzen, die hinter meiner Stirn pochen.

Natürlich hat das Ministerium Hintergrundchecks bei mir durchgeführt, als sie mich eingestellt haben. An meinem zweiten Arbeitstag boten sie mir die Dienste ihrer Rechtsabteilung an. Ungewöhnlich, klar, aber ein verdammt guter Mitarbeitervorteil. Der Anwalt, den sie mir zugewiesen haben, ist ein furchteinflößender Mistkerl – gründlich, effizient und gnadenlos.

In den letzten drei Monaten haben wir alles durchgear-

beitet, To-dos abgehakt und den Prozess schneller vorange-
trieben, als ich jemals für möglich gehalten hätte. Ich war
bereit, Paul den Großteil unseres Vermögens zu überlassen,
nur um das Ganze zu beenden, aber natürlich konnte es
nicht so einfach sein.

Es lief alles so gut. Ich habe die Formulare unterschrieben, wir haben alles eingereicht, und ich wagte zu hoffen,
dass es schnell und sauber ablaufen würde.

Diese Hoffnung war dumm.

Ich starre den Stapel Papier vor mir an und verziehe das
Gesicht. Jetzt besteht Paul darauf, dass wir reden. Er will die
Scheidungspapiere nicht unterschreiben, es sei denn, wir
treffen uns persönlich.

Also muss ich ihn sehen.

Verdammt. Ich weiß nicht, was ich mir gedacht habe –
irgendwie da durchzukommen, ohne ihm wieder gegen-
überzustehen? Das konnte nie funktionieren. Selbst nach
all diesen Monaten wird mir bei dem Gedanken, sein
Gesicht zu sehen, schlecht.

Der einzige Lichtblick ist, dass unser *freundliches
Gespräch* unter den wachsamen Augen unserer Anwälte
stattfinden wird.

Trotz seiner Verbindungen zu Human First hat Paul die
Erlaubnis, die Enterprise Zone zu betreten. Mein Anwalt
versichert mir, dass alles professionell und sachlich bleiben
wird. Trotzdem – ein einziges Treffen, ein einziges
Gespräch ... es fühlt sich an, als müsste ich in eine Grube
mit einer Giftschlange steigen.

Ich stöhne und lasse mich in meinen Stuhl zurückfal-
len. Was ich will – was ich wirklich will – ist, mit der Stirn
so lange auf meinen Schreibtisch zu schlagen, bis sowohl die

Kopfschmerzen als auch meine Scheidung auf magische Weise verschwinden.

Es war ohnehin schon ein langer, beschissener Tag. Irgendein uralter Code hat beschlossen, sich selbst zu zerstören – Altlasten von vor meiner Zeit. Nicht meine Schuld, aber ich habe das Problem schon einmal gesehen, also weiß ich, wie man es behebt. Stundenlanges Scripten, Debuggen und Anpassen von Codezeilen später hat das System mir endlich widerwillig seinen Gehorsam angeboten.

Das Problem? Ich habe längst Feierabend, es ist bereits dunkel draußen, und anstatt wie eine normale Person nach Hause zu gehen, überlege ich, ob ich die Sicherheitsbegleitung rufen soll.

Der menschliche Begleitservice.

Bah.

Ich habe Wechselkleidung in meiner Tasche. Vielleicht nehme ich mir ein Zimmer und nutze die Dunkelheit zum Schlafen. Das fühlt sich sicherer an, als sich auf die Straße zu wagen.

Die Wandler mögen zwar schicke Schutzmauern haben, aber sie haben hier nicht alle rausgeschmissen, als sie die Kontrolle übernommen haben – zumindest nicht hier. Nicht wie in ihrem Wandler-Only-Sektor. Ein Schauder läuft mir über den Rücken. Nein, das war ein Blutbad.

Hier in der Enterprise Zone haben sie nachgegeben und erlaubt, dass auch andere Derivate hier leben dürfen, solange sich alle an ihre Regeln halten. Die hohen Mauern und die strengen Sicherheitskontrollen vermitteln die Illusion von Sicherheit, aber es gibt immer noch Leute, die nicht überprüft wurden und die hier herumlaufen. Ich weiß, es ist schon vierzig Jahre her, aber das ist nichts für einen Vampir.

Selbst diejenigen, die überprüft wurden – die mit all den richtigen Papieren – garantieren keine Sicherheit. Nur weil jemand die nötigen Dokumente hat, heißt das nicht, dass er freundlich ist oder seine unschönen Gelüste gezügelt hat.

Zone Zwei mag schöne Straßen und die Atmosphäre eines ruhigen Parks haben, aber für jemanden wie mich, einen Menschen, ist es, als wäre man ein Reh, das in die Savanne geworfen wird, umgeben von Löwen und Tigern.

Vielleicht hilft mir Kaffee dabei, einen klaren Kopf zu bekommen. Ich stöhne, das Geräusch hallt schwach durch den leeren Glaskorridor, während ich in Richtung der nächsten Kaffeestation – dem sogenannten *Brew Room* – schlendere.

Diese schwebenden Büros fühlen sich an, als würden sie in einer gläsernen Hülle treiben. Ich blicke zur fernen Wand, die einen ungehinderten Blick auf das Atrium, den Sicherheitsbereich und die Besucherlounge weit unten bietet. Es ist ein beeindruckender Anblick, aber ich bin froh, dass ich kein Problem mit Höhen habe. Für manche wäre dieses Set-up der reinste schwindelerregende Albtraum.

Mit der aufkeimenden Angst in mir spiele ich mit dem Gedanken, die Nacht durchzuarbeiten. Schlaf ist ohnehin überbewertet, und wenigstens kann ich in der Ruhe der Nacht Dinge erledigen, ohne ein Team nervöser Entwickler, das mir über die Schulter schaut.

Zu dieser späten Stunde gehört der Code mir allein. Ich kann ihn ungestört durchforsten und in aller Ruhe

Probleme lösen. Meine Technomantie entdeckt oft Dinge, die unter der Oberfläche lauern, manchmal sogar bevor sie passieren. Je nachdem, was ich finde, kann ich sie still und leise beheben oder einen Antrag einreichen.

Ich schiebe die Tür auf, und die Lichter flackern automatisch an. Glänzende schwarze Theken leuchten unter einer weißen, abgesenkten Decke und weichen, eingelassenen Lichtern. Eine Reihe von Maschinen säumt die Wand, bereit, jedes Heiß- oder Kaltgetränk auszugeben, das man sich wünschen könnte. In der Ecke steht ein kleiner Kühlschrank, gefüllt mit verschiedenen Milchsorten, und ein Schrank mit Tassen, die in ordentlichen, ministeriumskonformen Reihen angeordnet sind.

Ich ignoriere die herkömmlichen Kapselmaschinen und gehe direkt zu der silbernen Schönheit. Dabei wärme ich meine Handgelenke auf, knacke mit den Knöcheln und gebe ihr einen freundlichen Klaps. »Hallo, Kleines Biest.«

Ich bin absolut dafür, unbelebten Objekten eine Persönlichkeit und einen Namen zu geben, und dieses hier fühlt sich wirklich wie ein alter Freund an.

Ich bin begeistert, dass ich sie benutzen kann – ich glaube, ich bin die Einzige, die das kann. Mit sechzehn habe ich in einem Freizeitpark gearbeitet und dort gelernt, wie man Donuts macht, Zuckerwatte herstellt und das perfekte Softeis zaubert. Auch die Kunst des Cappuccino-Brühens habe ich dort gemeistert. Dort begann meine Liebe zu gutem Kaffee.

Dass ich jetzt eine professionelle Maschine auf der Arbeit habe, fühlt sich wie ein persönlicher Triumph an. Die Ausgaben des Ministeriums für Mitarbeitervorteile sind wirklich absurd. So eine Maschine in einem normalen Job? Keine Chance. Aber ich beschwere mich nicht.

Ich mahle die Bohnen, drücke ein paar Knöpfe, und das silberne Biest leistet ganze Arbeit. Eine perfekte Tasse Kaffee entsteht, reichhaltig und dampfend. Ich weiß genau, dass Koffein so spät am Tag eine schlechte Idee ist, aber ehrlich gesagt – Kaffee wird mich nicht umbringen.

Nein, viel wahrscheinlicher wird mich ein Wandler fressen – und nicht auf die angenehme Art.

Ich wische die Maschine ab, nehme meine Tasse und beobachte, wie der Dampf in warmen, beruhigenden Spiralen aufsteigt. Tief einatmend genieße ich das kräftige Aroma, bevor ich die Tasse an meine Lippen führe. Sie ist heiß, aber mein Mund ist daran gewöhnt.

Dann höre ich es – ein Geräusch, das von draußen kommt, scharf und plötzlich.

Ich ignoriere es und konzentriere mich auf meinen ersten Schluck, aber da ist es wieder. Lauter dieses Mal. Ein Knall. Neugierde prickelt am Rande meiner koffeingefütterten Ruhe. Ich stelle die Tasse ab und bewege mich zur Tür, öffne sie gerade so weit, dass ich hinausspähen kann.

Was ich sehe, lässt mich keuchen, einen Schritt zurücktreten und die Tür vorsichtig wieder schließen.

Die Sicherheitsleute liegen am Boden.

Aus diesem Winkel kann ich nicht erkennen, ob sie erschossen wurden oder ob die Geräusche von Zauberstäben stammen. Blöderweise habe ich meine Brille im Serverraum liegen lassen. Wie auch immer, wer auch immer es geschafft hat, das Gebäude zu stürmen, muss ein Profi sein, um unsere militärischen Sicherheitssysteme zu überwinden.

Schreie hallen von unten herauf, durchbrochen von scharfen Knallen und gebellten Befehlen.

»AUF DIE KNIE! HÄNDE DORTHIN, WO ICH SIE SEHEN KANN! AUF DIE KNIE!«

Zu dieser Uhrzeit sind nur noch wenige Personen im Gebäude, aber die Eindringlinge sind so laut, dass sie wie ein Mob klingen.

Atme, Lark. Denk nach.

Ich habe über drei Jahrzehnte lang Judo trainiert. Während Dove in Ballettschuhen Pirouetten drehte, stand ich auf der Matte, lernte Würfe und Abwehrtechniken. Judo hat mir nicht nur Disziplin beigebracht – es hat mir Werkzeuge an die Hand gegeben, um meine Magie und meinen Zorn zu kontrollieren, um physisch und emotional in Balance zu bleiben und unter Druck ruhig zu bleiben.

Aber nichts davon scheint jetzt hilfreich zu sein.

Was ich am meisten am Judo vermisse, ist die Schönheit davon – die Präzision, mit der man Gelenke blockiert, die Genugtuung, einen Zwei-Meter-Hühnen auf den Boden zu werfen und ihn in eine Brezel zu verwandeln, bis er aufgibt.

Aber die erste Lektion? Die, die mir immer und immer wieder eingebläut wurde?

Renn.

Du kämpfst nicht gegen Messer, Schusswaffen oder Wesen, die größer und stärker sind als du.

Mein Herz rast, und mein ganzer Körper zittert, während Adrenalin mein System durchflutet. Ich nehme diese Lektion ernst und suche hektisch nach einem Versteck.

Die gläsernen Korridore sind zu offen, und der Kaffeeraum bietet keinen Schutz. Ein paar winzige Schränke, in die kaum eine Katze passen würde, und sonst nichts. Dieses moderne Gebäude wurde nicht entworfen, um sich darin zu verstecken.

Ich sitze in der Falle.

Erneut sehe ich mich verzweifelt im Raum um. Mein Blick wandert über jede Oberfläche und Ecke, bis ich aus irgendeinem Grund nach oben schaue.

Die Deckenplatten.

Verdammt, nein. Ich schüttele den Kopf. Die Idee ist lächerlich.

Doch die Stimmen und das Hämmern kommen näher.

Ich handle blitzschnell. Meinen Kaffee schütte ich in die Spüle, dann spüle ich die Tasse aus und kippe eine großzügige Menge Bleichmittel in den Abfluss. Der scharfe chemische Geruch steigt mir in die Nase, und ich hoffe, er wird meinen Geruch überdecken – oder zumindest diejenigen verwirren, die hier schnüffeln könnten.

Ich greife mir einen Stuhl vom kleinen Tisch und steige leicht wankend darauf. Dann werfe ich einen widerwilligen Blick auf meine geliebte Kaffeemaschine und klettere auf die Arbeitsplatte. Die Oberfläche knarzt bedrohlich unter meinem Gewicht, als meine Zehen gegen den Rand der Maschine drücken und meine Fersen gefährlich baumeln.

Die Deckenplatten sind gerade so in Reichweite. Ich strecke mich nach oben und schiebe an der weißen, schwammigen Platte, bis sie von ihrer Metalllippe gleitet und auf der benachbarten Platte zum Liegen kommt. Die Lücke sieht groß genug für meine Schultern aus. Wenn die durchpassen, passt der Rest auch – oder zumindest rede ich mir das ein.

Oh, verdammte Scheiße. Jetzt bin ich auf Kopfhöhe mit

der Decke. Keine Chance. Ich bin keine durchtrainierte Actionheldin, die sich mit einem einzigen Klimmzug hochziehen kann. Das hier ist kein Film. Seit sieben Jahren habe ich keinen Klimmzug mehr gemacht.

Mit einem Blick auf die stabile Kaffeemaschine verziehe ich das Gesicht und drücke die Daumen. Die Arbeitsplatte ächzt erneut, als ich mein Gewicht verlagere. Vorsichtig lehne ich eine Hand an die Wand, um mein Gleichgewicht zu halten, und trete auf die Maschine.

»Entschuldige, Wee Beastie«, flüstere ich, als ob eine Entschuldigung das hier weniger verrückt machen könnte. »Bitte geh nicht kaputt.«

Mein Kopf und meine Schultern verschwinden in der Decke, und ich recke meinen Hals, um einen besseren Blick zu bekommen. Der dünne Metallrahmen der Platten ist nicht dafür gebaut, das Gewicht einer Person zu tragen. Aber zu meiner Linken ist die Rettung – ein großer, solider Lüftungsschacht, Teil des Belüftungssystems der Küche.

Es ist nicht ideal, aber meine einzige Option.

Ich muss mich hochziehen.

Die Kante des Lüftungsschachts umklammernd, versuche ich, mich hochzuziehen. Meine Arme zittern, und ich zische durch zusammengebissene Zähne.

Was mache ich hier eigentlich?

Ich bin zu alt für diesen Mist.

Aber ich bin auch zu jung, um zu sterben.

Auch wenn ich in meiner Freizeit eher altmodische Kleidung trage, habe ich mich dennoch in passabler Form gehalten. Ich bin stark genug. Und der Gedanke, dass die Eindringlinge durch die Tür brechen und mich mit dem Hintern aus der Decke hängen sehen könnten, treibt mich zusätzlich an – peinlich und potenziell tödlich zugleich.

Mit letzter Kraft rufe ich meine innere Kämpferin auf den Plan. Ich ziehe, zerre und zwänge mich durch die enge Öffnung, dabei keuche ich leise, wie eine Frau im absoluten Überlebensmodus. Der Metallrahmen der Decke gräbt sich schmerzhaft in meinen Bauch und meine Oberschenkel. Der Schmerz flammt auf, aber ich beiße die Zähne zusammen und mache weiter.

Fast geschafft.

Ich winde mich vorwärts, meine Atemzüge scharf und unregelmäßig. Meine Brust brennt, meine Arme schmerzen, und ich spüre bereits die blauen Flecken, die sich bilden werden. Aber irgendwie schaffe ich es, mich vollständig in die Decke zu ziehen.

Der Metallkanal unter mir gibt ein unzufriedenes *Bong* von sich, und jede noch so kleine Bewegung entlockt der Konstruktion ein bedrohliches Stöhnen. Ich schiebe die Deckenplatte vorsichtig zurück an ihren Platz, bemüht, keine Spuren zu hinterlassen. Dann klappe ich mein Handy auf. Das schwache Licht reicht kaum aus, um die Dunkelheit zu durchdringen.

Mit zusammengekniffenen Augen verfolge ich, wo der Lüftungsschacht auf die Wand trifft. Alles ist eng verbaut – kein Weg nach vorn, kein Fluchtweg. Nur ich, gefangen in diesem beengten, knarzenden Raum. Und natürlich kein Handyempfang.

Fantastisch.

Schlagende Türen, stampfende Schritte und raue Stimmen werden lauter. Sie kommen näher, machen sich nicht einmal die Mühe, leise zu sein. Ich schließe die Augen und bete, dass das Bleichmittel, das ich in den Abfluss gekippt habe, ausreicht, um meinen Geruch zu überdecken.

Ich atme flach, um nicht die Metallspäne einzuatmen, die das Bauteam möglicherweise zurückgelassen hat, und rutsche in eine unbequeme Schneidersitzposition. Meine Beine schmerzen, und meine Knöchel drohten, sich jeden Moment zu verabschieden. Ich rolle die Schultern und richte mich darauf ein, so lange wie nötig still und leise zu bleiben.

»Wir müssen jedes Zimmer auf dieser Etage durchsuchen.«

Mein Atem stockt. Sie sind direkt unter mir.

»Oh, ich könnte echt einen Kaffee gebrauchen«, sagt einer von ihnen gedehnt. »Das Personal des Ministeriums niederzuschießen, macht durstig.«

Mein Magen zieht sich schmerzhaft zusammen, und ein kalter Schauer läuft mir über den Rücken. Ich presse eine Hand über meinen Mund, um meinen Atem zu dämpfen. Ich kann im Moment nichts für die anderen tun. Ich muss verborgen bleiben und abwarten. Zum ersten Mal fühlt es sich wie die beste Entscheidung meines Lebens an, mich in die Decke gezwängt zu haben.

»Du bist ein verdammter Irrer«, schnauzt sein Begleiter. »Wir haben keine Zeit für deinen Blödsinn. Glaubst du, das Ministerium wird nicht merken, dass wir das Gebäude überfallen haben? Wir haben einen engen Zeitplan, du Idiot. Wir sind nur wegen der Gefährtin des Alpha Prime hier.«

Die Gefährtin des Alpha Prime? Mein Verstand stolpert über die Worte und versucht, einen Sinn daraus zu machen.

Ist er überhaupt verpaart? Ich hatte keine Ahnung. Offensichtlich muss er es sein, wenn sie das Gebäude angreifen.

Nicht, dass ich etwas davon wissen würde. Ich stecke den ganzen Tag bis zum Hals in Arbeit, und VIPs wie er liegen weit über meinem Gehaltsniveau.

Ihre Stimmen bewegen sich weiter den Korridor hinunter, und das Hämmern und Zerschlagen beginnen von Neuem.

Ich kann nur hoffen, dass die Leute des Ministeriums bald hier sein werden.

Die Zeit schleicht dahin. Zehn Minuten, vielleicht mehr. Die Geräusche werden leiser, und ich beginne mich zu entspannen. Mein Atem wird wieder ruhiger.

Bis sie schreit.

Ich kann sie nicht sehen, aber die Stimme ist unverkennbar – hoch und piepsig. Es muss Sophie sein. Die süße, kluge Sophie. Sie ist erst zweiundzwanzig, eine Wandler-Praktikantin, die gerade erst hier angefangen hat.

Ein lauter Knall hallt den Korridor entlang, das Geräusch einer zuschlagenden Tür, gefolgt von etwas Schwerem, das geschleift wird. Mein Magen zieht sich zusammen. Ziehen sie sie hinter sich her?

Ein dumpfes Geräusch folgt, und die Stimme der weinenden Frau dringt nach oben, gedämpft, aber klar genug, um mein Herz zum Rasen zu bringen. Das charakteristische Klicken einer sich schließenden Tür jagt mir einen Schauder über den Rücken, gefolgt von einem tiefen, abscheulichen Lachen, das meine Haut kribbeln lässt.

Es ist das bösartigste Geräusch, das ich je gehört habe.

»Bitte, bitte, ich weiß nichts. Lassen Sie mich gehen.

Ich bin nur eine Praktikantin. Bitte, lassen Sie mich gehen!« Sophies Stimme bricht vor Verzweiflung.

Ich presse eine Hand über meinen Mund, um ein Keuchen zu unterdrücken, und starre entsetzt auf die nächste Deckenplatte. Mein Atem geht schnell und flach, mein Herz hämmert gegen meine Rippen.

»Oh nein, Liebes«, sagt der Mann, seine Stimme trieft vor Boshaftigkeit. »Du *wirst* meine Fragen beantworten und mir sagen, was ich wissen will.«

Einige markante Klicks folgen. Ich stelle mir vor, wie er seine Waffen ablegt und auf die Theke legt. Währenddessen fleht und weint Sophie weiter, ihre Stimme wird immer hysterischer.

»Ich werde dir ein Foto zeigen, und du wirst mir sagen, wo sie ist«, knurrt er. »Wenn nicht, schneide ich dir die Zunge heraus.«

Ich stelle mir vor, wie er ihr ein Messer an die Kehle hält.

Sie ist nur ein Kind.

Ich kann nicht einfach hier sitzen, sicher und versteckt, während sie da unten verhört und gefoltert wird. *Sei die Person, die du gebraucht hättest, als du jünger warst, Lark.*

Mein Atem stockt, als ich mich nach vorn lehne. Jede Bewegung ist bewusst, jeder Muskel schreit mich an, aufzuhören. Vorsichtig greife ich nach der Kante der Deckenplatte, deren schwammige Oberfläche meine Fingerspitzen reizt. Langsam schiebe ich sie aus ihrer Metallschiene, das leise Kratzen klingt in meinen Ohren unerträglich laut. Die Platte verschiebt sich, und ich schiebe sie zur Seite, bis ich den Raum darunter sehen kann.

Ach, verdammt.
Das wird wehtun.

Kapitel Elf

Ich kippe zur Seite, lasse die Schwerkraft übernehmen und falle rücklings in den Raum. Das Glück – oder vielleicht das Schicksal – ist auf meiner Seite, als ich direkt auf einem der Männer lande. Mein unkontrollierter Sturz bringt uns beide zu Boden.

Sophie kauert in der Ecke, Tränen laufen ihr über das Gesicht.

Für einen kurzen Moment ist er wie erstarrt – zu benommen, um zu reagieren. Das reicht mir. Mein Muskelgedächtnis übernimmt, das Ergebnis zahlloser Drills über die Jahre. Ich werfe mein Gewicht auf seinen Rücken und schlinge meinen Arm um seinen Hals, sperre ihn zwischen Bizeps und Unterarm ein. Meine andere Hand stabilisiert den Griff, während er anfängt, sich zu winden.

»Schlaf, du Dreckskerl«, zische ich durch zusammengebissene Zähne. »Werd endlich bewusstlos.«

Ein sauber angesetzter Blutwürger erfordert nicht viel Kraft – nur Präzision. Wenn ich die Halsschlagadern und die Jugularvenen korrekt komprimiere, ist er in zehn bis zwanzig Sekunden bewusstlos. Aber er macht es mir alles andere als leicht.

Mit einem kehligen Knurren kommt er auf die Knie, eine plötzliche Bewegung, die meinen Griff lockert. Ich schlinge meine Beine um seine Taille und klammere mich wie eine Seepocke an ihn, während er taumelnd versucht, mich abzuschütteln. Der Aufprall gegen den Tisch schickt einen Schock durch meine Schulter, aber ich beiße die Zähne zusammen und halte stand.

Als das nicht funktioniert, windet sich der schmierige Mistkerl wie ein Krokodil, das zur Todesrolle ansetzt.

Mein Kopf schlägt mit einem widerlichen Knacken gegen einen Schrank. Sterne tanzen vor meinen Augen. Zum Glück bricht die Schranktür und nicht mein Schädel. Ein Schmerz fährt mir durch die Wirbelsäule, und mein Arm, der um seinen Hals geschlungen ist, zuckt.

Konzentrier dich, Lark. Halt durch!

Es fühlt sich an wie eine Ewigkeit, aber es sind wahrscheinlich nur weitere zehn Sekunden, bis er zittert und zusammensackt. Er ist bewusstlos. Ich halte den Griff noch drei Sekunden länger, nur um sicherzugehen, und lasse ihn dann leblos in meinen Armen hängen.

Autsch. Autsch. Autsch.

Alles tut weh. Mein Kopf dröhnt, und meine Schulter schreit vor Protest. Mit einem Knurren schiebe ich ihn von mir herunter, der Ekel kriecht mir in die Brust. Eine kurze

Durchsuchung seiner Taschen bringt nichts Nützliches zutage.

Sein Handy ist kaputt, der Bildschirm gesprungen. Selbst wenn ich sehen wollte, wer diese *geheime Gefährtin* ist, könnte ich es nicht. Außerdem wird bald jemand merken, dass er fehlt, und ich habe nicht vor, hier zu sein, wenn es so weit ist.

Verärgert reiße ich ihm den Gürtel ab und benutze ihn, um seine Arme hinter seinem Rücken zu fesseln. Dann ziehe ich ihm einen Stiefel aus – würgend wegen des Gestanks – und stopfe ihm eine schmutzige Socke in den Mund.

»Ich wünschte, ich hätte etwas Besseres zum Fesseln«, murmele ich und sehe zu Sophie. »Alles in Ordnung mit dir?«

Sie nickt, obwohl die Tränen weiterlaufen. »Wo bist du hergekommen?«

»Ich habe mich in der Decke versteckt«, antworte ich und deute nach oben.

Sie schaut nach oben. »Oh, wow. Das war schlau.«

»Danke. Nicht ganz so, wie ich mir meinen Auftritt vorgestellt habe, aber ich bin froh, dass er diesen Raum gewählt hat.«

Mein Blick wandert über die Theke, wo eine kleine Sammlung von Waffen liegt: ein Messer, eine Pistole und eine Betäubungspistole. Mein Magen dreht sich bei dem Anblick der Pistole um. Ich habe noch nie eine Waffe abgefeuert – wollte es auch nie –, aber plötzlich bereue ich, es nicht gelernt zu haben.

»Komm, steh auf.« Ich bedeute Sophie, sich zu erheben. »Hier ist der Plan.« Ich zeige auf den Stuhl. »Steig auf den Stuhl, dann auf die Theke. Benutze die Kaffeema-schine, um dich hochzuziehen, und steck deinen Kopf durch die Decke.«

Sophie zögert, schaut mich an und dann zur Decke.

»Du schaffst das«, versichere ich ihr mit fester Stimme, obwohl mein Herz rast.

Sie atmet zitternd ein und beginnt zu klettern.

»Da ist ein Lüftungsschacht direkt vor dir. Siehst du ihn?«

»Ja«, sagt sie, ihre Stimme ist von der Decke gedämpft.

»Okay, du musst dich hochziehen und hineinrobben. Warte einen Moment ...« Ich greife ein dickes Küchentuch aus einer Schublade. »Hier, deck die scharfen Kanten ab, damit du dich nicht verletzt. Alles klar? Dann los.«

Sophies Bewegungen sind zittrig, aber sie ist überra-schend wendig und schafft es mit minimalem Aufwand in den engen Raum.

»Da ist kaum Platz«, flüstert sie, sobald sie sich einge-richtet hat.

»Ja, ich weiß.«

Sie blinzelt mich an, ihre geschwollenen roten Augen sind voller Sorge. Verfilztes, verschwitztes blondes Haar klebt an ihrem Gesicht, was sie noch jünger aussehen lässt. »Aber was ist mit dir?«

Was ist mit mir?

Ich schlucke hart, winde mich beim Gedanken daran, was als Nächstes kommen könnte. Na ja. So sieht es also aus, wenn man die Heldin spielt, oder? Ich zwinge ein strahlendes Lächeln auf mein Gesicht. »Für uns beide ist kein Platz. Siehst du diese lose Deckenplatte? Ja, genau die. Zieh sie rüber.«

»Aber, Lark ...« Ihre Lippen zittern. »Was ist mit dir?«

»Mir wird nichts passieren, Sophie.« Die Worte schmecken bitter, aber ich schaffe es, meinen Tonfall locker zu halten. »Bleib still, und wir schaffen das.«

Ihr Kinn zittert. »Bitte. Ich kann dich nicht hier unten zurücklassen. Wir können einen anderen Weg finden. Ich könnte mich wandeln –«

»Nein.« Meine Stimme ist fest, aber ich mildere sie mit einem kleinen, beruhigenden Lächeln. »Mir wird nichts passieren, das verspreche ich dir. Also, los – mach zu.«

Mit zitternden Händen schiebt sie die Platte zurück an ihren Platz, ihre Bewegungen langsam und widerwillig.

»Komm erst runter, wenn du dir sicher bist, dass alles ruhig ist, okay?«, flüstere ich.

»Okay.«

»Alles klar. Jetzt bleib still.«

Das leise Geräusch der Deckenplatte, die sich wieder in Position schiebt, ist das Letzte, was ich höre, bevor die Stille einsetzt.

Ich atme leise aus und lehne mich an die Theke. Mein Blick fällt auf den Möchtegern-Folterknecht zu meinen Füßen. Es kostet mich alles, was ich habe, ihm nicht einen Tritt gegen den Kopf zu verpassen. Stattdessen greife ich die Betäubungspistole. Mit einem befriedigenden *Pfft* schieße ich und ein blau markierter Pfeil bohrt sich in seinen Hintern.

Ich nicke voll grimmiger Genugtuung.

Mit der Betäubungspistole in der Hand öffne ich die Tür einen Spalt und lausche. Ich habe keine Ahnung, wohin ich als Nächstes gehen soll. Die Haupttreppe ist aus Glas und Stahl – zu exponiert. Der hintere Notausgang wäre besser, aber immer noch riskant. Oder ich könnte nach einer anderen Kaffeestation suchen und mich wieder in einen Schacht zwängen.

Ja, das ist die beste Option. Die Leute schauen selten nach oben.

Aber das hier sind keine normalen Leute, oder? Ich stöhne und schiebe die widerliche innere Stimme beiseite. In diesem Moment würde ich alles für Wandler-Sinne geben.

Der Korridor scheint frei – oder zumindest ruhig genug. In geduckter Haltung husche ich den Gang entlang und halte mich nah an der Wand.

Als ich um eine Ecke biege, stoße ich beinahe mit zwei bewaffneten Männern zusammen.

Sie erstarren.

Ich erstarre.

»Wo zur Hölle kommst du denn her?«, knurrt einer.

Seine Stimme reißt mich aus meiner Starre. Ohne nachzudenken oder überhaupt zu zielen, hebe ich die Betäubungspistole und drücke ab. Der Schuss zischt durch die Luft. Einer der Männer sackt mit einem schweren Aufprall zu Boden.

»Oh, Scheiße.« Ich drehe mich auf dem Absatz um und renne in die entgegengesetzte Richtung. »Oh, Scheiße. Oh, Scheiße.«

Hinter mir höre ich, wie der andere Mann hektisch in sein Funkgerät ruft, um Verstärkung anzufordern. Mein Atem stockt. Ohne langsamer zu werden, schleudere ich meine Magie hinter mich und ziele auf sein Headset.

Ich bin keine richtige Magierin – kaum mehr als ein magisches Kleinkind – aber ich kann ein verdammtes Signal stören. Es ist chaotisch und roh, aber ich hoffe, es reicht aus, um sie durcheinanderzubringen. Mal sehen, wie sie klarkommen, wenn sie nicht mehr kommunizieren können.

Meine Turnschuhe quietschen auf dem Beton, als ich durch die Tür zum Notfalltreppenhaus stürme und beinahe gegen die Wand pralle. Sie werden erwarten, dass ich nach unten gehe, also gehe ich nach oben.

Als ich eine Etage höher bin, zwinge ich mich zum Anhalten. Planlos in blinder Panik loszurennen, hilft mir nicht weiter. Ich klammere mich ans Treppengeländer und versuche, möglichst leise zu keuchen.

Mein Magen dreht sich, und meine Beine zittern. Wenigstens hat der Sprint einen Teil der Steifheit in meinem Körper gelöst. Ich fühle mich nicht mehr wie überfahren, sondern wie eine Beute, die versucht, einem Raubtier zu entkommen.

Okay, Lark. Du schaffst das. Geh einfach weiter.

Ich atme tief durch und setze meinen nächsten Schritt so leise wie möglich. Sinnlos eigentlich – wenn Wandler hinter mir her sind, werden sie den Schweiß und die Angst, die aus jeder Pore von mir quillt, kilometerweit riechen können.

Ich muss nur durchhalten, bis Hilfe kommt.

Hinter mir knarzt die Tür eine Etage tiefer mit einem tiefen, bedrohlichen Geräusch. Vorsichtig schleiche ich weiter nach oben, jeder Nerv ist bis zum Zerreißen angespannt. Die Haare auf meinem Nacken stellen sich auf – ein Instinkt, den ich mir nicht erklären kann. Mein Reptiliengehirn schreit Gefahr, noch bevor ich den Laut höre.

Ein tiefes Knurren hallt durch das Treppenhaus.

Nun, davor kann ich nicht weglaufen.

Was für eine tolle Gelegenheit, meinen ersten Wandler in Tiergestalt zu sehen – während er mich jagt.

Ich habe solche Angst, dass ich mich wundere, warum ich mir nicht schon längst in die Hose gemacht habe. Ich denke, es ist ein Wolf, obwohl ich keine Expertin bin. Das Knurren ist tief und kehlig – mehr Hund als Katze.

Anstatt kopflos ins sichere Verderben zu rennen, presse ich mich in die Ecke. Mein Herz rast, und ich lasse mich auf den Boden fallen. Ich rolle mich auf den Bauch und schlängele mich in Position. Flach auf dem Boden liegend, die Arme ausgestreckt, die Betäubungspistole ruhig in meinen Händen, schwebt mein Finger über dem Abzug.

Ich habe Leute das im Fernsehen machen sehen. Es scheint logisch, das Ziel klein zu halten, auf dem Boden zu bleiben und außer Reichweite zu sein.

Außerdem bin ich höher als der Wandler, was mir einen leichten Vorteil verschaffen sollte. Oder?

Ich ignoriere die Realität, dass ich einer Tötungsmaschine mit Krallen und Zähnen gegenüberstehe, und konzentriere mich darauf, ruhig zu atmen.

Der Wandler unten rennt nicht. Er jagt. Lautlos. Präzise.

Das leise *Klick, Klick* von Krallen auf Beton dringt an mein Ohr – leise, aber absolut furchteinflößend.

Ich schlucke hart, mein Mund ist so trocken wie Sandpapier.

Mit einem geschlossenen Auge visiere ich die Treppe an, nutze dieses kleine Hubbel-Ding – wie auch immer es heißt – um zu zielen.

Ich schätze, ich bin so bereit, wie ich jemals sein werde.

All diese Stunden, die ich als Kind *Duck Hunt* gespielt

habe, müssen sich jetzt auszahlen. Achtunddreißig Jahre später, Mum, ich hoffe, du hattest Unrecht, und es war keine komplette Zeitverschwendung. Ich halte meine Atmung gleichmäßig und stelle mir eine quakende Ente auf einem strahlend blauen Bildschirm vor – war da ein Baum oder Gras? Ich kann mich nicht erinnern.

Ruhig, Lark. Ganz ruhig.

Ein weiteres Knurren ertönt, dieses Mal tiefer. Mein Atem stockt, als ich sandbraunes Fell unter dem Licht der Notbeleuchtung schimmern sehe. Dann sehe ich seine Augen – glühender Bernstein, der mich mit räuberischer Absicht fixiert.

Ah, also leuchten die Augen *wirklich*, wenn sie jagen. Großartig. Es sei denn, er macht das absichtlich, um mir Angst einzujagen.

Ruhig. Warte, bis mehr von seinem Körper zu sehen ist.

Der Wolf schleicht um die Ecke, seine Brust kommt ins Blickfeld – breit, kraftvoll, Muskeln, die sich unter dichtem Fell abzeichnen.

Ich drücke den Abzug.

Der Pfeil fliegt sauber und trifft genau ins Ziel.

Er stößt ein leises Wimmern aus, sein Körper schwankt, bevor er bewusstlos zu Boden sackt.

Ich blinzele verblüfft. Wow. Ich habe schon wieder einen getroffen. Neues Talent freigeschaltet. Hoffen wir, dass er nur bewusstlos ist und nicht wirklich tot, denn ich habe keine Ahnung, was in diesen Pfeilen ist. Wie dem auch sei, es ging entweder um ihn oder um mich.

Ich schüttle den Kopf, drücke mich auf die Knie und will gerade –

Ein Gewicht schlägt von oben auf mich ein.

Mein Glück ist offiziell aufgebraucht.

Der Wolf hat Verstärkung.

Die Betäubungspistole klappert aus meiner Hand und prallt die Treppe hinunter. Meine Luft wird panisch stoßweise aus meiner Lunge gepresst, als ich auf den Boden geschleudert werde. Ich drehe mich, schaffe es auf den Rücken und hebe meine Unterarme, um meine Kehle zu schützen, als dickes, weißes Fell sie zerdrückt. Die wuchtige Masse des Wolfs hält mich fest.

Ich trete wild um mich, meine Knie schlagen gegen seinen Bauch, meine Füße treten gegen seine Hinterläufe, aber es bringt nichts. Er ist zu schwer. Seine hinteren Krallen graben sich in mein linkes Bein und reißen die Muskeln darin wie mit einem Messer auf. Meine Sicht verschwimmt, und ich beiße die Zähne zusammen, während ich mich verzweifelt wehre und meine Kräfte schwinden.

Ich bin gefangen. Ich kann nicht atmen.

Alles, was ich sehe, sind Zähne und weißes Fell – knurrende, schnappende Zähne. Sein Atem schlägt mir ins Gesicht, heiß und übel riechend, eine ekelerregende Mischung aus Fleisch und roher Aggression.

Meine Haut kribbelt – jeder Instinkt schreit mich an, etwas zu tun.

Da ich keine andere Wahl habe, lasse ich meinen rechten Arm fallen und schlage zu, wobei ich auf sein Ohr ziele. Der scharfe Schlag hallt wider, als meine Handfläche ihn trifft. Ohrenschläge sind die schlimmsten – genug, um jeden zu desorientieren, egal ob Mensch oder Wandler.

Bitte lass es wirken. Bitte gib mir Zeit.

Der Schlag verwirrt ihn nicht – er macht ihn wütend.

Er schnappt mit seinen Zähnen zu, und ich schreie auf, als sie sich um meinen Arm schließen. Schmerz explodiert, brennend und unmittelbar, als hätte er Muskeln von den Knochen gerissen.

Die Qual ist unerträglich, aber sie treibt mich an. Von Verzweiflung getrieben, hämmere ich meine Faust immer wieder gegen seinen Kopf, bis meine Knöchel schmerzen und meine Kraft nachlässt. Meine Schläge sind plump, aber unnachgiebig.

Es scheint ihn zumindest zu nerven, denn er verlagert sein Gewicht und gibt meine rechte Seite frei.

Mein Herz macht einen Sprung vor Hoffnung – dann schlägt er zu.

Bevor ich reagieren kann, trifft mich eine massive Pfote am Kopf. Die schiere Wucht lässt meinen Kopf zurückschnappen, und mein Schädel prallt auf den harten Beton.

Ein blendender Blitz aus Schmerz explodiert hinter meinen Augen, und dann –

Nichts.

Die Welt wird schwarz.

Kapitel Zwölf

Die rauen, kehligen Knurrlaute hallen von den Betonwänden wider, dringen bis zu mir hinunter, wo ich benommen auf den Stufen liege. Schwindelig, blutend und kaum noch bei Bewusstsein, zwinge ich meine Augen mit einem leisen Stöhnen auf. Kein Wandler knabbert an meinem Arm, obwohl es sich genau so anfühlt.

Stattdessen tobt über mir ein Kampf im Treppenhaus.

Krallen kratzen, Fell fliegt, und der weiße Wolf springt, sein heller Pelz ein verschwommener Schemen. Mit schnappenden Kiefern zielt er auf den größeren, dunkelgrauen Wolf, der ihm den Weg versperrt. Der größere Wolf nimmt den Angriff frontal an, ihre Zähne treffen mit einem wilden Crescendo aufeinander.

Der weiße Wolf schnappt erneut und stürzt sich auf die Kehle des grauen.

Der graue Wolf weicht aus, lenkt den Angriff ab und kontert mit einem kraftvollen Sprung. Seine Zähne graben sich in die Flanke des weißen Wolfes und drängen ihn die Treppe hinauf, weg von mir. Eine Wunde an der Schulter des weißen Wolfes spritzt Blut an die Wand. Ihre Körper krachen gegen das Metallgeländer, das unter ihrem kombinierten Gewicht ächzt, während sie aufeinander losgehen.

Ich presse meinen gebissenen Arm an mich und spüre, wie das Blut warm und klebrig zwischen meinen Fingern hindurchrinnt. Schmerz strahlt in scharfen Stößen aus, aber ich kann meinen Blick nicht von dem Kampf abwenden.

Der graue Wolf bewegt sich ruhig und konzentriert, nutzt seine schiere Größe, um den kleineren, hektischeren weißen Wolf zu überwältigen. Seine Bewegungen sind kontrolliert und zielgerichtet. Als er erneut zubeißt, spritzt Blut, und sein Kopf dreht sich leicht – für einen Moment sehe ich seine Augen: blassblau, wie Eissplitter, die das Licht einfangen.

Husky-Augen.

Mir stockt der Atem. *Merrick?*

Nein, ich bin nicht bei Sinnen. Das kann nicht er sein. Ich habe Mr. First Class seit Monaten nicht gesehen, nicht seit ich meinen Vertrag unterschrieben habe. Mein Kopf ist benebelt, meine Sicht verschwommen. Der Schmerz überlagert alles und zieht mich zurück in die Realität meines zerfleischten Arms.

Lark, beweg deinen verdammten Hintern. Los. Du musst weg von diesen Wölfen.

Ich habe keine Ahnung, ob der graue Wolf mich retten will oder ob er bloß die Konkurrenz für seinen nächsten Snack vertreibt – einen menschlichen Happen.

Mit letzter Willenskraft ziehe ich mir meinen Pullover über den Kopf, bis ich nur noch im BH und meiner Bürohose dastehe. Scham ist das Letzte, worüber ich mir jetzt Gedanken mache. Ich wickle den blauen Stoff fest um meinen Arm und unterdrücke einen Schrei, als der Druck frische Schmerzwellen durch mich jagt.

Es ist alles andere als ideal. Es ist nicht hygienisch. Aber es ist besser, als auf diesen verfluchten Stufen zu verbluten.

Wackelig zwinge ich mich auf die Beine. Sie fühlen sich wie Gummi an, und jede Bewegung scheint eine Herkulesaufgabe zu sein. Auf Zehenspitzen schleiche ich vorsichtig um den betäubten Wolf, setze meine Füße in die schmalen Lücken zwischen seinem schlaffen Körper und dem Rand der Stufen. Meine unverletzte Hand streift das kalte Metallgeländer, um das Gleichgewicht zu halten. Das Letzte, was ich jetzt gebrauchen kann, ist ein Sturz, der mir den Hals bricht.

Ein Glitzern aus Metall und Plastik fällt mir ins Auge – die Betäubungspistole.

Ich gehe in die Hocke, kaum in der Lage, mich aufrecht zu halten, und schnappe sie mir, ohne dabei ohnmächtig zu werden.

Drei Stockwerke später stolpere ich durch die Feuertür auf der Rückseite des Gebäudes. Ich bin draußen.

Die Nachtluft trifft mich wie ein Schlag auf meine schweißnasse Haut – eine eisige Erinnerung daran, wie ausgeliefert ich bin.

Es ist immer noch stockfinster, und ich weiß, dass ich hier draußen nichts zu suchen habe. Das Gebäude halb nackt und stark blutend zu verlassen, ist eine reine Selbstmordmission.

Ich lehne mich gegen die gläserne Wand und hinterlasse blutige Streifen, während ich versuche, meinen Atem zu beruhigen. Mein Kopf hämmert im Rhythmus meines Pulsschlags, ein unerträglicher Druck, der meine Gedanken vernebelt und mein Urteilsvermögen trübt.

Ich sollte jetzt keine lebensverändernden Entscheidungen treffen, aber ... ich brauche Hilfe.

Über allem schwebt die nagende Angst, dass ich hier nicht sicher bin.

Im Treppenhaus kämpfen Wölfe, und ich habe keine Ahnung, welche anderen Gefahren hier noch lauern könnten. Zum Haupteingang kann ich nicht gehen – dort ist es genauso gefährlich. Es gibt keinen sicheren Ort. Nirgends, wo ich sicher sein kann, keine bewaffneten Verrückten oder weitere knurrende Wandler zu treffen.

Ich weiß nicht, wer Freund oder Feind ist.

Die sanften Lichter des entfernten Weges glitzern wie ein grausames, höhnisches Lachen. Bleibe ich und warte auf die nächste Katastrophe, oder wage ich mein Glück da draußen?

Ich befinde mich in einer aussichtslosen Lage. Mein Magen verkrampft sich. Es gibt keine gute Option, aber ich kann nicht einfach hier stehen und auf meinen Tod warten.

Jeder Instinkt sagt mir, dass ich an einen vertrauten Ort gehen muss, an einen sicheren Ort. Ich will nach Hause. Dort habe ich wenigstens verschlossene Türen, meinen eigenen Raum und Sicherheitsleute, die mir helfen können, medizinische Hilfe zu bekommen.

Dieser Gedanke treibt mich voran. Der Drang zu fliehen überwältigt die Warnsignale in meinem Kopf, und mein Fluchtinstinkt übernimmt die Kontrolle.

Mit zittrigen Schritten gehe ich den Kiesweg entlang, der mich nach Hause führen soll. Meine Schritte schwanken, meine Sicht verschwimmt. Nach nur wenigen Minuten wird mir klar, dass ich einen Fehler gemacht habe.

Ich hätte nicht gehen sollen.

Der Schlag auf meinen Kopf hat mein Gehirn erschüttert und jeglichen Sinn für Vernunft ausgelöscht.

Meine linke Socke fühlt sich seltsam feucht an, und mein Turnschuh quietscht bei jedem Schritt. Wahrscheinlich blute ich auch da, wo der weiße Wolf seine Krallen in mein Bein gegraben hat. Großartig. Was für ein Albtraum. Meine Hand umklammert die Pistole noch fester. Wenn etwas hinter mir her ist, wird es mich nicht ohne einen Kampf kriegen.

Meine Sicht wird immer verschwommener, aber ich bewege mich weiter, getrieben von purem Überlebenswillen. Als ich an einer großen Eiche vorbeikomme, erkenne ich sie – ich bin fast zu Hause. Nur noch ein paar Minuten, und ich kann medizinische Hilfe holen.

Ein einsamer Wolf heult.

Ich mache einen falschen Schritt, stolpere über nichts und pralle gegen ein Holztor.

Durch mein Gewicht klickt der Riegel, und das Tor schwingt auf. Ich verliere das Gleichgewicht und falle. Anstatt des harten Aufpralls, auf den ich mich vorbereitet hatte, lande ich stattdessen auf weichem Gras, wo ich Kies erwartet hatte. Es fühlt sich fast so an, als hätte der Boden mich aufgefangen und sanft abgelegt.

»Was zum ...? Der Blutverlust macht mich wahnsinnig.« Ich schüttle den Kopf und versuche zu begreifen, was gerade passiert ist.

Der Schmerz pulsiert durch meinen Arm im Takt meines Herzschlags, während ich den Kopf hebe, um das vertraute Tor anzusehen. Mein Magen zieht sich zusammen, als die Erkenntnis einsetzt.

Ich bin kopfüber in den Garten des Zauberers gefallen.

Vom Regen in die Traufe.

Das Zaubererhaus ragt vor mir auf. Ich versuche, mich aufzurichten, aber mein Körper weigert sich, mitzuspielen.

Hinter dem Tor wird das gleichmäßige, rhythmische Geräusch von Schuhen auf Kies lauter. Ein Mann sprintet auf mich zu, sein bleiches Gesicht fängt das flackernde Licht der Parklaternen ein. Seine Augen – seltsam, glühend rot – sind mit beängstigender Entschlossenheit auf mich gerichtet.

Was zum Teufel ...? Rote Augen?

Vampir.

Mein Herz hämmert und dröhnt in meinen Ohren. Der metallische Geschmack von Blut mischt sich mit dem scharfen Geschmack von Angst auf meiner Zunge.

Er springt, die Finger gekrümmt, die Fänge triefend vor Gift, sein unerschütterlicher Blick auf meinen Hals fixiert. Ich hebe meinen Arm schwach, um mich zu schützen, aber ich weiß, dass es zwecklos ist.

Die Magie, die das Zaubererhaus umgibt, entfaltet sich in einem plötzlichen, blendenden Lichtblitz. Der Vampir wird rückwärts geschleudert, sein Körper dreht sich in der Luft, bevor er weich auf den Füßen landet, zischend wie eine wilde Katze. Er schüttelt den Kopf, sein Blick ist scharf und kalkulierend.

Ich blicke hinunter. Meine Hand umklammert immer

noch die Betäubungspistole, erstaunlich ruhig trotz meines zitternden Körpers. Ich hebe sie und ziele auf seine Brust, während er sich vorsichtig dem Tor nähert.

Er geht in die Hocke, auf eine beunruhigend lässige Weise, und taucht seine Finger in etwas auf dem Kiesweg. Als er sie zu seinen Lippen führt, glänzen sie rot.

Mein Blut.

»Du schmeckst göttlich«, murmelt er und stöhnt, während er sich die Finger sauber leckt.

Ich drücke ab.

Der Betäubungspfeil zischt durch die Luft, doch schneller, als ich es erfassen kann, bewegt sich der Vampir fast träge zur Seite. Der Pfeil verschwindet in der Dunkelheit, und er lacht – leise und höhnisch.

»Angst. Schmerz. Was für ein perfektes Bouquet«, sagt er, seine Stimme ein seidiges Schnurren. »Bring mich nicht dazu, dein Geschenk vom Boden zu lecken, Mädchen. Sei nett, ja? Verlass den Garten. Ich werde den Wolfsspeichel ignorieren und es schnell machen. Keine Notwendigkeit, auch nur einen Tropfen zu verschwenden.« Seine Zunge schnellt hervor, seine Fänge blitzen im schwachen Licht.

»Nee, lass mal«, krächze ich, meine Stimme kaum mehr als ein Flüstern.

Er neigt den Kopf, versucht, meinen Blick einzufangen, aber meine Sicht ist zu verschwommen, um sich darauf zu fokussieren. Vampire können deinen Geist mit nur einem Blick fesseln, aber ich bin schon zu benommen, als dass selbst das funktionieren würde.

Die Welt kippt, meine Kraft schwindet, und der Schmerz verblasst zu einem dumpfen Nichts.

Und dann, auf dem Grundstück des Zaubererhauses und unter den wachsamen Augen eines hungrigen Vampirs, mache ich etwas unglaublich Dummes.

Ich verliere das Bewusstsein.

Schon wieder.

Kapitel Dreizehn

Ich blinzle und komme langsam zu mir. Es dauert ein paar Sekunden, bis ich mich fokussieren kann. Alles ist verschwommen. Ich kneife die Augen zusammen, um das Sonnenlicht zu erkennen, das durch mir fremde Spitzenvorhänge fällt und Staubpartikel beleuchtet, die träge in der Luft schweben. Das Bett unter mir fühlt sich lächerlich weich an, als würde ich auf einer Wolke liegen. Die Bettdecke riecht nach Vanille, ihr dicker, warmer Stoff ist mit winzigen, gestickten Blumen verziert.

Wo zum Teufel bin ich?

Langsam richte ich mich ein wenig auf und schaue mich um. Der Raum wirkt, als sei er direkt aus einem Märchenbuch entsprungen. Die Wände sind mit zarter, geblümter Tapete bedeckt, an denen kleine Rahmen mit fein gezeichneten Porträts hängen. In der Ecke steht ein altmodischer Kleiderschrank aus dunklem, glänzend poliertem Holz, daneben ein kleiner Frisiertisch mit einem ovalen Spiegel.

»Hallo?«, rufe ich und schwinge meine Beine aus dem Bett. Meine nackten Füße sinken in einen warmen Teppich. »Ist hier jemand? Ich bin wach.«

Nichts. Das Haus ist still.

Mein Arbeitsoutfit ist verschwunden. Stattdessen bin ich frisch gewaschen und trage weiche Jogginghosen und einen langärmligen Pullover.

Und ich fühle mich ... gut. Viel zu gut. Ich schiebe den Ärmel des Pullovers hoch und sehe auf meinen Arm. Die Wunde müsste noch schrecklich aussehen, aber das tut sie nicht. Sie sieht aus, als sei sie schon jahrealt. Verschlungene Narben ziehen sich um meinen Unterarm. Ich reibe sie, meine Finger tasten über die vernarbte Muskulatur. Sie ist leicht eingedellt, aber es tut nicht weh. Ich balle und öffne meine Faust. Alles funktioniert einwandfrei.

Als die Schlafzimmertür leise aufschwingt, richten sich meine Augen sofort auf die sich öffnende Lücke. Ich warte, in der Erwartung, dass jemand auftaucht, aber niemand kommt. War das der Wind, der durch ein offenes Fenster gekommen ist?

Ahh. Diese ganze Situation macht mir eine Gänsehaut.

Wie bin ich hierhergekommen? Habe ich so lange geschlafen, dass ich komplett geheilt bin?

Ich schließe die Augen fest und reibe mir energisch die Stirn. Komm schon, Gehirn. Bruchstücke von Erinnerungen blitzen auf: wie ich Sophie in der Decke verstecke – ich hoffe, sie ist sicher. Der Schmerz, als Zähne in meinen

Arm sanken. Der weiße und graue Wolf, die miteinander kämpften. Wie ich mich blutend auf den Heimweg machte.

Mein Magen zieht sich zusammen. »Scheiße. Ich bin im Zaubererhaus.«

Magie umhüllt mich wie ein sanftes Streicheln über den Kopf, und die Schlafzimmertür schwingt weiter auf – eine Einladung. Eine Gänsehaut läuft über meine Haut. Ich werfe einen Blick zurück auf das Bett, dann zur Tür.

Anstatt mich wieder unter die Decke zu verkriechen und so zu tun, als würde das alles nicht passieren, zwinge ich mich, mich zu bewegen.

Ich trete in den Flur hinaus und gehe die Treppe hinunter.

Am Fuß der Treppe stehen meine schwarzen Turnschuhe – dieselben, die letzte Nacht mit Blut und Dreck durchtränkt waren – ordentlich in einem Schuhregal neben der Haustür. Ich bleibe stehen, während ein unbehagliches Prickeln meinen Nacken hinaufkriecht. Sie sind makellos, glänzend, als wären sie gerade erst aus dem Karton gekommen. Ich greife nach ihnen, und das gesamte Regal verschwindet in der Wand.

»Was zum –?« Ich trete zurück, und das Regal taucht wieder auf.

»Ah, ihr wollt also nicht, dass ich gehe? Ich verstehe den Hinweis.«

Den Flur hinunter öffnet sich eine Tür mit einem leisen Knarren. Meine Muskeln schmerzen, während ich mich schlurfend darauf zubewege und hineinschaue. Es ist ein Esszimmer, und am entfernten Ende eines langen Mahagonitisches ist ein einzelner Platz gedeckt. Ein Stuhl mit hoher Rückenlehne schiebt sich mit einem leichten Kratzen über den

Teppich. Neben dem Teller vollführt eine Gabel einen schnellen, spielerischen Wirbel und macht dann eine merkwürdig niedliche Schaufelbewegung, bevor sie sich wieder ablegt.

»Was in *Die Schöne und das Biest* geht hier vor sich?«

Dieses Haus hat eine Seele. Das spüre ich, seit ich letzte Nacht, halb tot und zu Tode verängstigt, in seinen Garten gestolpert bin. Welche Magie auch immer hier wohnt – sie ist nicht bösartig. Wenn sie mir hätte schaden wollen, hätte sie das tun können, während ich bewusstlos war. Stattdessen hat sie meine Wunden geheilt, mich gewaschen, mich angezogen und mich ins Bett gebracht.

Ich schlucke meine Angst herunter, straffe die Schultern und betrete das Esszimmer.

Der Stuhl ist warm, als ich mich darauf niederlasse.

Auf dem Tisch stehen ein Glas Wasser, ein hohes Glas frisch gepresster Orangensaft und eine dampfende Tasse Kaffee. Der reichhaltige, nussige Duft des Kaffees lässt mich stöhnen. Zuerst trinke ich das Wasser, um meinen trockenen Hals zu beruhigen, dann hebe ich die Kaffeetasse an meine Lippen.

Meine Augen schließen sich, als der Geschmack sich auf meiner Zunge entfaltet. »Oh, wow«, murmle ich. Es ist köstlich – besser als alles, was *Wee Beastie* je zustande gebracht hätte. »Danke«, füge ich leise hinzu, unsicher, ob das Haus mich hören kann, aber ich muss es trotzdem sagen.

Mein Blick wandert zum Frühstück vor mir – perfekt goldener Toast, fluffiges Rührei, ein kleiner Berg gebackener Bohnen und eine ordentliche Reihe von acht knusprigen Speckstreifen. Ich zögere und werfe der nun zum

Glück unbeweglichen Gabel einen prüfenden Blick zu. Dann stupse ich sie einmal an, nur um sicherzugehen und nehme sie in die Hand um vorsichtig zu probieren.

Es ist unglaublich.

Mein Magen knurrt, und plötzlich bin ich ausgehungert. Ich verschlinge jeden Bissen, die Wärme des Essens vertreibt die letzte Kälte aus meinen Knochen. Ich kann förmlich spüren, wie mein Blutzucker steigt.

Als ich die Gabel absetze, verschwindet der Teller, wie von einer unsichtbaren Hand weggeräumt. An seiner Stelle erscheint eine Schale mit Obst – perfekt geschnittene Melonenstücke, saftige Erdbeeren, knackige Apfelscheiben und duftende Orangenspalten. Auch die esse ich und genieße die süßen Aromen.

»Ich muss bald los«, sage ich mit zögerlicher Stimme. »Ich muss mich beim Ministerium melden. Sie werden wissen wollen, was passiert ist, und ich will nicht, dass sie denken, ich hätte etwas mit der letzten Nacht zu tun.«

Das Haus bleibt still, aber die Luft verändert sich. Ein leichter, beruhigender Hauch streift meine Wange, wie eine unsichtbare Hand, die Trost spenden will.

Ich gähne, mein Körper verrät mich, als die Müdigkeit zurückkehrt. Mein Blick fällt auf die weiße Narbe, die unter meinem Ärmel hervorschaut. Es ist beunruhigend, wie sauber und geheilt sie aussieht, im Vergleich zu dem blutigen Chaos, das sie letzte Nacht noch war. Nach allem, was ich durchgemacht habe, sollte ich tot sein. Wenn nicht durch Blutverlust, dann wegen des Vampirs, der den Rest von mir mit Freuden ausgesaugt hätte, wenn die Schutzzauber ihn nicht gestoppt hätten.

»Danke«, sage ich leise, voller Dankbarkeit. »Danke, dass du mein Leben gerettet hast.«

Meine Finger streichen über die Tischkante, während ich nachdenke. Heilmagie ist selten, normalerweise ausgeführt von medizinischen Magiern, die Wunden mit Gesängen schließen oder gebrochene Knochen richten. Es ist beeindruckend – aber auch unglaublich teuer. Wie hat dieses Haus mich geheilt? Könnte die Seele, die in ihm wohnt, einst einem medizinischen Magiebegabten gehört haben?

Dieser Gedanke bleibt, während ich mich im Raum umsehe. »Danke für das Essen und dafür, dass du mich beschützt hast.«

Ein weiteres Gähnen entweicht mir. Es fällt mir schwer, die Augen offen zu halten. Das Essen, die Heilung und das Gewicht von allem, was ich durchgemacht habe – es ist zu viel. Mein Kinn sinkt auf meine Brust, und der Raum verschwimmt um mich herum. Der Schlaf zieht mich in seine Arme, und ich wehre mich nicht.

Kapitel Vierzehn

MEINE AUGEN FALLEN für eine gefühlte Sekunde zu. Als ich mit einem scharfen Keuchen wieder aufwache, hat sich alles verändert.

Ich bin nicht mehr im Esszimmer und ich bin auch nicht mehr im Zaubererhaus.

Stattdessen bin ich zurück in meinem Schlafzimmer. Die vertrauten Balken ziehen sich über die Decke, die warmen Decken sind fest um mich geschlungen, mein Kopf ruht auf einem perfekt aufgebauschten Kissen.

Ich blinzle völlig verwirrt. »Wie bin ich wieder hierhergekommen?«, flüstere ich in die Stille. »Habe ich mir das alles nur eingebildet?«

Einen Moment lang kriechen Zweifel in mir hoch. Vielleicht war es nur ein Fiebertraum, eine Halluzination, ausgelöst durch Blutverlust und Adrenalin. Aber der Nachgeschmack von frisch gebrühtem Kaffee und reifen Früchten auf meiner Zunge sagt etwas anderes. Mein Magen – warm, satt und zufrieden – fühlt sich definitiv nicht eingebildet an.

Das Haus hat mich hierher zurückgebracht.

Es wusste, dass ich zu erschöpft war, um allein zu gehen, also hat es mich nach Hause geschickt.

Wow.

Ein schrilles Klingeln durchbricht die Stille. Ich stöhne, meine Haare sind ein wilder Wirrwarr, und schiebe sie aus meinem Gesicht. Der Ton dringt unerbittlich und fordernd in meine Ohren.

Das Handy.

Ich stolpere aus dem Bett, meine Beine zittrig, und schleppe mich in den Flur. Meine schwarzen Turnschuhe stehen ordentlich nebeneinander vor der Haustür.

Das wird langsam unheimlich.

Das Handy klingelt weiter und führt mich in Richtung Küche. Als ich die Arbeitsplatte erreiche, finde ich mein Handy neben einem sauber gefalteten Stapel frisch gewaschener Arbeitskleidung – genau die Kleidung, die ich letzte Nacht getragen habe, jetzt makellos sauber.

Bevor ich danach greifen kann, hört das Klingeln auf.

»Natürlich hört es auf«, murmele ich und reibe mir mit beiden Händen das Gesicht. Meine Haare sind ein Desaster – eine wogende Masse dunkler Locken, die sich irgendwie schwerer und voller anfühlen. »Was ist los mit meinen Haaren?«

Das Festnetztelefon beginnt zu klingeln – das alte, staubige Ding, das hinter dem Sofa versteckt ist. Es kann nur die Arbeit sein, denn niemand sonst hat diese Nummer.

Meine Blase hat jedoch andere Prioritäten und lässt keine Ausreden gelten. Ich mache eine lächerliche Mischung aus Tänzeln und Watscheln ins Bad, um mein Geschäft zu erledigen. Danach wasche ich mir die Hände, schaue hoch – und gefriere.

Da ist eine Fremde im Spiegel.

Ich beuge mich so schnell vor, dass meine Stirn beinahe das Glas rammt. Mein Atem beschlägt die Oberfläche, während ich das Gesicht mustere, das mich anstarrt.

Nein.

Nein, nein, nein.

»Oh mein Gott, was hat die Magie des Hauses mit mir gemacht?«

Die Frau im Spiegel bin ich, aber irgendwie auch nicht.

Ich neige meinen Kopf.

Die Fremde neigt ihren ebenfalls.

Ich stolpere zur Seite, eine Hand tastet blind nach der Wand im Flur und schlägt gegen sie. Drei Anläufe brauche ich, um den Lichtschalter zu finden, und als ich ihn endlich anknipse, springt der Ventilator im Badezimmer mit einem tiefen Summen an.

Aber kein Licht der Welt hilft. Meine Haut ist glatter, fast leuchtend, mit einem zarten goldenen Schimmer. Ich klammere mich an das Waschbecken, als wäre es das Einzige, was mich aufrecht hält. »Was zum Teufel ist hier los?«

Als die Panik in mir aufsteigt, höre ich ein Knurren tief in meinem Inneren.

Oh, oh, das ist kein gutes Zeichen.

Kapitel Fünfzehn

SICHERLICH REICHT ein bisschen Speichel von einem Wandler nicht aus, um eine Veränderung auf DNA-Ebene auszulösen. So können Menschen doch nicht verwandelt werden – es sollte eine Zeremonie geben, Magie, all diese Schritte. Es kann nicht so einfach wie ein Biss sein. Nein, es macht keinen Sinn, dass ein einziger Biss einen Schalter umlegt und so viel Veränderung bewirkt.

Menschen werden nicht einfach über Nacht pelzig.

Die einzige andere Möglichkeit ist, dass das Zaubererhaus etwas in mir ausgelöst hat – oder mächtige Magie genutzt hat, um mein Leben zu retten – und diese Verwandlung nichts mit dem Biss zu tun hat. Vielleicht spielt mir meine Fantasie einen Streich, ein Trick des Geistes.

Ich starre in den Spiegel.

Das – genau das – ist keine Einbildung.

Ich streiche mit meinen Händen über meine Hüften, suche nach dem vertrauten weichen Polster, das ich mir immer als notwendige Dämpfung eingeredet hatte. Es ist weg. Ich bin schlanker, meine Figur mehr im Gleichgewicht – falls das Sinn ergibt. Meine früher langen Beine und mein kurzer Oberkörper scheinen nun ausgeglichen. Es gibt mehr Platz zwischen meinen Hüften und Rippen, fast so, als ob mein Körper neu geordnet und gestreckt wurde.

»Das ist ... alles so verwirrend.«

Meine Augen haben nicht mehr ihr vertrautes, warmes Braun. Dunkles Silber starrt mich an, eingerahmt von dichten Wimpern. Selbst wenn der Ausdruck ein wenig wild ist, leuchten sie zumindest nicht – zumindest soweit ich das beurteilen kann. Aber vielleicht sieht man das auch nicht, wenn man sich selbst ansieht?

Mein Gesicht ist meins, aber auch nicht. Ich habe noch nie so ausgesehen, selbst nicht an meinen besten Tagen. Meine Nase ist perfekt gerade, ein wenig schmaler als zuvor. Meine Augen stehen etwas weiter auseinander, und meine Wangenknochen ... sie sind so definiert.

Ich berühre sie. Im Spiegel sehe ich, wie meine Haut sich unter den Fingern zusammenzieht. Ich kann spüren, wie meine Daumen eindrücken.

Es ist real, kein aufwendiger Scherz.

Mein Kiefer ist fast quadratisch, aber immer noch feminin, und mein Haar ist dunkler, dreimal so dick und schwer wie vorher. Kein Wunder, dass ich damit zu kämpfen hatte.

Ich sehe nicht nur anders aus – ich sehe aus wie jemand ganz anderes – wie jemand aus einer anderen Zeit. Das Gesicht meiner Urgroßmutter starrt mich an – ihr Kiefer, ihre Nase, sogar diese dunklen, intensiven Augen. Die silberne Farbe? Die ist neu. Es ist, als hätte mein DNA-Strang einen kosmischen Mixer durchlaufen, und das Universum hätte die besten Teile meiner Abstammung herausgepickt, um daraus diese neue Version zu schaffen.

Ich reiße meinen Mund weit auf, schiebe zitternde Finger hinein und taste nach meinen Zähnen, die jetzt perfekt gerade, glatt und blendend weiß sind. Meine Zunge und meine Finger suchen nach den kleinen Unebenheiten in meinen Lippen und Wangen – den Überbleibseln von Jahren des gedankenlosen Knabberns.

Weg.

Ich kann nicht einmal die kleine Narbe zwischen meinen Augen finden, von dem Mal, als einer der Zwillinge in der Schule einen Stein auf mich geworfen hat.

Weg.

Alles ist weg.

Jede Sommersprosse, jede Unreinheit – ausgelöscht. Abgesehen von den Bissen des weißen Wolfs und Kratzern ist meine Haut makellos. Haben Wandler perfekte Haut? Ich kann mich nicht erinnern. Ich habe nie darauf geachtet.

Es ist, als wäre ... meine Seele entführt worden, mein Wesen in den Körper dieser Fremden gegossen. Ich weiß nicht, ob das unglaublich oder absolut entsetzlich ist.

Entsetzlich, denke ich. Ich mochte es, ich zu sein. Ich habe es genossen, siebenundvierzig zu sein.

Jetzt sehe ich kaum älter als zwanzig aus.

Wer bei klarem Verstand will schon wieder ein Teenager sein? Dieses Chaos einmal durchzustehen war mehr als genug. Nicht noch einmal. Bitte nicht noch einmal. Das – das hier ist mein schlimmster Albtraum. Sicher, manche

Frauen würden töten, um jünger, lebendiger und perfekter aufzuwachen als je zuvor.

Aber ich? Für mich fühlt sich das an wie ein wahr gewordener Albtraum.

Mit dem Alter verschwindet man langsam in den Hintergrund, und mit diesem Verschwinden kommt ein zerbrechliches Gefühl von Sicherheit, auch wenn es nur eine Illusion ist. Ich mochte mein Gesicht so, wie es war – vertraut, gezeichnet vom Leben. Ich war nicht umwerfend schön. Nicht perfekt, nicht atemberaubend, aber in Ordnung. Es war mein Gesicht.

Dieses Gesicht hier jedoch – weite Augen, absurde Lippen. Es ist, als hätte die Magie den Goldenen Schnitt als persönliche Herausforderung gesehen und beschlossen, zu zeigen, was sie kann. Das will ich nicht. Ich will nicht diese Person sein, nicht zwanzig Jahre jünger erscheinen, nicht noch einmal jung sein.

Alle sagen, Jugend und Schönheit seien Geschenke, aber für mich ist Schönheit eine Falle.

Das Festnetztelefon beginnt wieder zu klingeln, unerbittlich, gefolgt vom Handy. Wer auch immer anruft, gibt nicht auf – die Person ist wirklich entschlossen. Das Geräusch schneidet durch meine Gedanken und erdet mich im Hier und Jetzt. Dankbar, dass es in der restlichen Wohnung keine Spiegel gibt, schlage ich die Badezimmertür hinter mir zu und schließe mein Spiegelbild aus.

Ich greife nach dem Handy auf der Arbeitsplatte. Auf dem Display blinkt NUMMER UNBEKANNT – ein Kloß bildet sich in meinem Hals. Ich hasse es, solche Anrufe entgegenzunehmen, aber ich drücke trotzdem den Knopf.

»Hallo?«

»*Mrs. Emerson*, wo warst du?«, knurrt eine vertraute Stimme.

Merrick.

Wie zur Hölle erkenne ich seine Stimme? Eine Gänsehaut breitet sich über meine Arme aus. »Oh, hallo. Hast du ein Paket für mich?«

»Beantworte die Frage. Wo warst du? Es sind zwei Tage vergangen.«

»Zwei Tage?«, piepse ich, reiße das Handy vom Ohr und überprüfe das Datum. Verdammt. Er hat recht – es sind tatsächlich zwei Tage vergangen. Vermutlich dauert es seine Zeit, ein Gesicht und einen Körper umzukrempeln. Ich räuspere mich und versuche, beiläufig zu klingen. »Nun, weißt du, ich wurde gebissen, und –«

»Ich weiß, dass du gebissen wurdest. Ich war dabei, als du alles vollgeblutet hast.«

Mein Herz setzt einen Schlag aus. Also hatte ich recht. Er war derjenige, der gegen den weißen Wolf gekämpft hat.

»Danke –«

»Bist du in Ordnung? Wo warst du? Es gibt keine Berichte im medizinischen Zentrum über deine Aufnahme. Wie kannst du noch am Leben sein? Wie hast du dich geheilt, Mrs. Emerson?«

Ich presse die Lippen zusammen, Panik breitet sich in meiner Brust aus. Wie soll ich das erklären?

»Hast du etwa Magie durch die Sektorgrenze geschmuggelt, von der wir nichts wissen?«, drängt er.

»Nein«, murmele ich kleinlaut. »Nein, die Sache ist die –« Ich breche ab. Nichts, was ich sage, wird sich normal anhören.

»Deine Blutspur endet am Zaubererhaus.«

Wut flammt auf, und ich fauche: »Oh, wenn du die Antwort schon kennst, warum fragst du dann?« Mit einer Hand schlage ich in die Luft und laufe wie ein eingesperrtes Tier in der Küche auf und ab.

»Ich wollte sehen, ob du lügen würdest.«

»Du hast mir nicht mal die Gelegenheit gegeben!«, fauche ich zurück und sage dann leiser: »Ich werde nicht lügen.«

Nicht, dass ich das könnte, angesichts der Beweise, die mir ins Gesicht geschrieben stehen. Wie genau soll ich ihm so die Tür öffnen? Mit einer Tüte über dem Kopf und behaupten, das sei ein neuer Modetrend?

Sein Knurren dröhnt durch das Handy, und etwas in mir rührt sich. Ich blicke auf meinen Arm, fast erwartend, dass Fell durch die Haut sprießt. Was auch immer mit mir geschieht, es ist nicht nur oberflächlich. Es geht tiefer. Es ist viel mehr als das, was ich sehe.

Er redet immer noch – schimpft eher – aber mein Kopf rauscht, und ich blende ihn völlig aus. »Merrick, es tut mir leid«, unterbreche ich ihn. »Ich fühle mich nicht gut. Ich muss wirklich zurück ins Bett.«

»Lark, hast du dich wenigstens medizinisch behandeln lassen?«

»Ja. Also, weißt du ...« Meine Worte stocken. Wie soll ich das erklären?

»Ich komme zu deiner Wohnung«, erklärt er.

»Nein, nein, nein, nein, nein, nein«, piepse ich und lasse ein übertriebenes, lautes Gähnen folgen. »Ich, ähm, wie gesagt, mir geht's nicht gut. Und, äh, ich bin wirklich müde. Ich brauche Ruhe.«

»Du weigerst dich, mich zu sehen?« Sein Ton klingt fassungslos, als hätte ihn noch nie jemand abgewiesen.

»Bitte, gib mir ein paar Tage. Ich werde das Ministerium anrufen und alles erklären, damit niemand Ärger bekommt. Geht es Sophie gut? Ich habe sie in –«

»Ihr geht es gut«, unterbricht er mich schroff. »Sie hat mir erzählt, dass du sie gerettet und in deinem Versteck versteckt hast, während du dich mit einer Betäubungspistole bewaffnet Terroristen entgegengestellt hast. Du hättest getötet werden können.«

»Mir geht's gut«, sage ich schnell. »Also, na ja, so einigermaßen. Ich werde wieder gesund.«

Nicht zu lügen, wird langsam eine echte Herausforderung.

»Du bist ein Mensch und leicht zu verletzen. Was du getan hast, war ein Fehler«, knurrt er. »Ich gebe dir einen Tag, dann komme ich zu dir.«

Nun, das klingt ja gar nicht bedrohlich.

»Okay. Alles klar. Ähm, muss ich das Ministerium anrufen, oder –?«

»Das Ministerium ist informiert«, sagt er kurz angebunden. Dann legt er auf. Kein Tschüss, keine abschließenden Worte – nur Stille.

Oh, er war wütend. Ich starre das Handy an, lasse es dann auf die Arbeitsplatte fallen und sinke auf einen Küchenstuhl, den Kopf in den Händen.

Was zum Teufel soll ich tun?

Es ist nicht so, als könnte ich einfach meine Sachen packen und abhauen. Jeder einzelne Ausweis zeigt mein altes Gesicht – mein echtes Gesicht, mein tatsächliches

Alter. Niemand wird mir glauben, dass ich dieselbe Person bin.

Ich kann nicht weglaufen. Ich kann mich nicht verstecken.

Nein. Ich muss mich zusammenreißen, Spiegel meiden und mich an diese neue Normalität gewöhnen. Ich war noch nie jemand, der übermäßig auf sein Spiegelbild fixiert war. Solange nichts in meinen Zähnen steckt, ist alles gut. Es ist, wie es ist, und ich muss damit klarkommen. Dieses ... dieses Gesicht? Es ist nur eine Oberfläche, eine Fassade. Es ist nicht, wer ich bin.

Was die Leute sehen, spiegelt das Chaos in mir nicht wider. Ich bin immer noch ich, oder? Nur ... anders verpackt. Ich kann jammern und weinen, soviel ich will, aber wie auch bei meiner gescheiterten Ehe wird es nichts ändern.

Das hier ist nichts, wovor ich fliehen kann. Der Gedanke trifft mich wie ein Schlag. *Wandler sind gefährlich.*

Was, wenn das hier nicht bei meinem Gesicht aufhört? Was, wenn ich mich in etwas anderes wandle?

Ich spüre etwas *in* mir, ein *Ding*. Es gibt keine Garantie, dass ich ein Wolf werde – oder etwas, das irgendwie handhabbar ist.

Und ein Wolf? Ein Wolf ist kein Welpe.

Ich schließe die Augen, und die Erinnerung trifft mich, schnell und brutal. Die scharfen Zähne, die sich in meinen Arm bohren, das schiere Gewicht des Wolfs, das mich zu Boden drückt, das widerliche Knirschen von Knochen unter seinem Biss.

»Oh nein«, flüstere ich und greife nach meinem Arm, als könnte ich den Phantomschmerz noch spüren. Mein Magen zieht sich zusammen – ich schlage eine Hand über meinen Mund, als mir die Galle hochkommt. Ich kann nicht sagen, ob ich mich übergeben oder ohnmächtig werden will.

Etwas in mir winselt – ein weiches, klägliches Geräusch.

Ein wimmernder Laut entfährt meinen Lippen, hoch und panisch. Ich rutsche zu Boden, den Rücken gegen die Küchenschränke gelehnt, zitternd.

Ich hätte Merrick sagen sollen, dass er sofort kommen soll. Ich hätte ihn anflehen sollen, am Handy zu bleiben.

Ich bin eine Idiotin. Eine verdammte Närrin.

Mein Atem wird flach, meine Brust hebt und senkt sich schnell und hektisch. Was wird mit mir geschehen? Was werden sie tun? Unkontrollierte Wandler sind eine Bedrohung.

Sie werden mich töten.

Sie werden mich verdammt noch mal töten, weil ich ein unregistrierter Wandler bin. Ich bin so gut wie tot.

Kapitel Sechzehn

Ich hatte Merrick gesagt, ich würde zurück ins Bett gehen, und ich wollte ihn wirklich nicht anlügen – nicht jetzt. Fast wie ein Kind krieche ich unter die Decke, obwohl mein Geist rast und mein Körper alles andere als zur Ruhe bereit ist.

Ich liege da, starre an die Decke und flehe den Schlaf herbei. Es dauert länger, als ich zugeben möchte, aber irgendwann, trotz der wirbelnden Gedanken, siegt die Erschöpfung, und ich drifte weg.

Als ich aufwache, sitze ich am Bettrand und atme schwer.

Alles fühlt sich ... anders an.

Die Luft riecht nach mir – nach Vanille-Bodylotion, dem künstlichen Erdbeergeruch meines Shampoos, einem Hauch von Schweiß, der an den Laken haftet, und dem metallischen Duft von Münzen in der Schale neben der Wohnungstür. Es ist, als wäre die Wohnung von jedem Geruch durchdrungen, den ich je hinterlassen habe. Es ist unheimlich, wie ein Raum so viel von seinem Bewohner aufnehmen kann.

Draußen höre ich ein Fahrrad. Ich kann sogar den Atem des Fahrers hören und das Knirschen der Reifen auf Kies.

Meine Ohren zucken – Moment, nein, das kann nicht sein! Ich schlage mir eine Hand gegen das völlig normal geformte Ohr, schüttle den Kopf und versuche, klarzukommen, aber es hilft nichts.

Das leise Ticken der Wanduhr schwillt in meinem Kopf zu einem unerbittlichen Metronom an: *Tick, tick, tick*, ein Hämmern, das meinen Schädel zerreißt.

Ich presse die Zähne zusammen, und selbst das fühlt sich falsch an.

»Oh nein«, flüstere ich und reibe mir die Schläfen. Meine eigene Stimme klingt viel zu laut.

Ich habe mich weiter verändert.

Ich fühle mich nicht mehr menschlich – nicht wirklich.

Im Flur sehe ich den unebenen Rand, an dem der Holzboden auf die Fußleiste trifft, und die winzigen Kratzer im Lack. Ich kann jedes einzelne Fasergewebe der Bettdecke unter meiner Hand erkennen. Es fühlt sich erschreckend scharf an, fast schmerzhaft. Jeder Faden, jede Falte, jede kleine Unvollkommenheit wird plötzlich lebendig unter meinen Fingern.

Es ist, als ob mein Körper nicht mehr weiß, wie man die Welt filtert.

Ich stehe auf, und die Bewegung fühlt sich fremdartig

an – zu glatt, zu bewusst. Ich schleiche umher. Meine Augen weiten sich, und ein roher, verängstigter Laut entweicht mir.

»Warum passiert das mit mir?«, murmele ich und klammere mich an den Türrahmen.

Das Holz ächzt unter meinen Fingern, und irgendwie weiß ich, dass es zu Staub zerfallen würde, wenn ich nur ein bisschen fester zudrücken würde.

»Das ist zu viel. Viel zu viel.«

Mit seltsam geschmeidiger Anmut gehe ich ins Ankleidezimmer und schnappe mir die Wattebäusche, die ich normalerweise benutze, um mein Gesicht zu reinigen. Ich reiße ein paar auseinander und stopfe großzügige Mengen in beide Nasenlöcher und in meine Ohren.

Die Watte dämpft die Welt, mildert die Flut an Geräuschen und Gerüchen. Mein Herzschlag beruhigt sich endlich, und ich schaffe es, tief und gleichmäßig zu atmen. Ich kann die Gerüche immer noch auf meiner Zunge schmecken, aber die Watte hilft. Zumindest höre ich keine Schritte mehr von draußen.

Abgesehen davon, mir die Augen zu verbinden, kann ich nicht viel gegen meine Sicht tun. Fürs Erste werde ich einfach versuchen, nicht zu genau hinzusehen.

Ich sehe auf die Uhr.

Zumindest läuft etwas nach Plan – ich habe nicht den ganzen Tag verschlafen. Es bleiben noch ein paar Stunden, bis ich Merrick morgen treffen soll. Ich habe Zeit.

Zeit, das hier in den Griff zu bekommen.

Ich muss an diesen überwältigenden Sinnen arbeiten und lernen, mich zu kontrollieren. Ich kann nicht den Rest meines Lebens mit Wattebäuschen in Nase und Ohren herumlaufen. Das ist keine Lösung – kaum eine Notlösung.

Ob es mir gefällt oder nicht, ich brauche einen Verbündeten. Ich brauche die Hilfe von Mr. First Class. Aber er wird keinen Finger für mich rühren, wenn ich auftauche, zusammengekauert in einer Ecke hocke und über das Ticken der Uhr oder den Geruch von Kleingeld an der Tür jammere. Er würde das nicht verstehen. Wie könnte er auch? Er hat sein ganzes Leben mit diesen Sinnen verbracht, hat gelernt, sich anzupassen, bemerkt sie wahrscheinlich gar nicht mehr. Für ihn ist das normal.

Wenn ich eines im Leben gelernt habe, dann, dass Panik nie hilft. Im Panikmodus zu handeln, macht alles nur noch schlimmer.

Also atme ich tief ein und stelle meine Füße fest auf den Boden.

Positiv denken. Ich schaffe das.

»Okay, sehen wir mal, was dieser neue Körper so draufhat.«

Normalerweise würde ich ins Fitnessstudio gehen, aber niemand muss mich so sehen – die Verrückte mit Watte überall. Noch nicht. Ich bin noch nicht bereit, die Wohnung zu verlassen, geschweige denn das Gebäude.

Ich schiebe die Möbel zur Seite, um Platz zu schaffen, und stehe barfuß in der Mitte des Zimmers.

Dann strecke ich die Arme aus und betrachte meine Hände, bewege meine Finger, bevor ich sie zu Fäusten balle. Sie sehen vertraut aus, aber sie sind nicht mehr dieselben. Meine Nägel fühlen sich schärfer an, und ich kann die kühle Luft spüren, die über jeden Finger streicht, als ob jede kleinste Bewegung einen Luftzug verursacht.

Mein Gleichgewicht fühlt sich auch anders an – stabiler, tiefer, zentrierter. Ich gehe in die Hocke und teste die Muskeln in meinen Beinen. Sie sind angespannter, als ich erwartet hatte.

»Okay«, sage ich, meine Stimme klingt seltsam in meinen zugestopften Ohren.

Ich nehme eine einfache Judo-Haltung ein, eine, die ich tausende Male geübt habe. Diesmal jedoch geht es viel zu leicht. Mein Körper reagiert, bevor mein Verstand aufholen kann, fließt fast wie von selbst in die Bewegung. Ich verlagere mein Gewicht, teste einen Wurf in Zeitlupe, und stolpere fast, weil die Kraft viel zu stark, viel zu schnell kommt.

»Was zur Hölle?« Ich halte inne, konzentriere mich auf meine Füße, rolle von der Ferse bis zu den Zehen und spüre den Boden unter mir. Meine Schritte sind leichter und präziser.

Ich habe mein Leben lang mit unbeholfenen, manchmal tollpatschigen Gelenken gelebt, aber plötzlich passt alles zusammen. Ein Grinsen breitet sich auf meinem Gesicht aus, bevor ich es unterdrücken kann. Ich bin gleichzeitig erschrocken und euphorisch. Ich bin schneller, stärker und geschickter, als ich es je für möglich gehalten hätte.

Die nächsten paar Stunden verbringe ich mit leichten Gymnastikübungen, Fußarbeit und Kraftübungen, um mich an diesen neuen Körper zu gewöhnen.

Nach der ersten Stunde muss ich wieder richtig atmen, also nehme ich die Watte aus der Nase.

Nach zwei Stunden fühle ich mich ruhiger. Die Bewegung hilft, und von meinem eigenen Geruch umgeben zu sein, erdet mich. Meine Sicht ist auch weniger ablenkend, aber Geräusche bleiben ein Problem.

Ich habe einen Plan.

Zuerst gehe ich online und bestelle ein Paar Noise-Cancelling-Kopfhörer – die Art, von der sie sagen, sie könne alles außer einer Luftangriffssirene ausblenden. Dann füge ich verschiedene stark duftende Artikel zu meinem Warenkorb hinzu: Menthol, Vanille und Eukalyptus. Alles, was ich in der Nähe meiner Nasenlöcher anwenden kann, um diesen überwältigenden Geruchssinn zu dämpfen. Es mag lächerlich sein, aber ich bin bereit, zu experimentieren, ich probiere alles aus.

Dann füge ich noch eine Sonnenbrille hinzu. Helligkeit ist eigentlich nicht das Problem, aber vielleicht trickse ich mein Gehirn damit aus, als hätte ich eine neue Brille – eine Art mental-optisches Placebo. Keine Ahnung. Es ist einen Versuch wert. Alles ist besser, als kurz vor einem sensorischen Zusammenbruch zu stehen.

Ich fülle meinen Warenkorb, um die Mindestbestellmenge zu erreichen, und schicke die Bestellung ab. Erleichterung durchflutet mich, als der Bildschirm bestätigt, dass die Artikel noch heute Abend geliefert werden. Vielleicht ist das Universum ausnahmsweise mal nachsichtig mit mir.

Dann bestelle ich Essen.

Was auch immer gerade in mir vorgeht, verlangt nach Nahrung, und ich werde mich nicht dagegen wehren. Wenn Filme und Bücher mich eines gelehrt haben, dann, dass man das Biest immer füttern sollte, wenn man es mit einem Werwolf, Vampir oder einem anderen übernatürlichen Wesen zu tun hat.

Also gibt es chinesisches Essen.

Während ich auf die Lieferungen warte, springe ich unter die Dusche und schrubbe den Schweiß von vorhin ab. Das Training hat meinen Kopf freigemacht, aber jetzt fühle ich mich klebrig und unwohl.

Nach dem Abtrocknen schnappe ich mir eine Schere und gehe meine Haare an.

Klumpen von nassen, widerspenstigen Strähnen fallen zu Boden, während ich sie abhacke. Als ich fertig bin, reichen sie mir immer noch bis zur Mitte meines Rückens, aber zumindest sind sie nicht mehr so wild. Für den Moment reicht das. Ich werde irgendwann zu einem richtigen Friseur gehen, aber jetzt brauche ich das Gefühl, die Kontrolle über mein Leben zurückzugewinnen.

Ich habe das im Griff.

Alles wird gut. Ich muss positiv bleiben und weitermachen.

Als die Lieferungen ankommen, verliere ich keine Zeit, die verschiedenen Düfte zu testen.

Die ersten paar Artikel sind ein Reinfall – zu stark, zu schwach oder schlichtweg unbrauchbar. Aber dann finde ich einen Vanille-Lippenbalsam. Ich schmiere ihn über meine Lippen und tupfe etwas davon unter meine Nase. Der Duft ist warm, süß und gerade stark genug, um die überwältigendsten Gerüche zu überdecken, ohne in meiner Nase zu brennen.

Die Sonnenbrille hilft auch. Sie fühlt sich wie ein Schild an, selbst wenn es nur Kopfsache ist. Die Kopfhörer sind ein Geschenk des Himmels, sie reduzieren das ständige Dröhnen auf ein niedriges, erträgliches Summen.

Klar, ich sehe wahrscheinlich völlig lächerlich aus – ein unpassender Mix aus Sonnenbrille, Kopfhörern und glänzende, nach Vanille riechende Lippen und Nase – aber zumindest stopfe ich mir keine Watte mehr in die Nase.

Kleine Siege.

Ich lasse mich mit der absurd großen Menge an chinesischem Essen nieder, die ich bestellt habe – genug für zwei – und esse jeden Bissen auf. Als ich fertig bin, fühle ich mich stärker und stabiler.

Zum ersten Mal, seit all das angefangen hat, fühle ich mich fast … okay.

Wenn sie mich nicht töten, könnte ich es vielleicht doch schaffen.

Kapitel Siebzehn

AM NÄCHSTEN TAG vibriert mein Handy mit einer Nachricht: Ich soll um acht Uhr bereitstehen. Ich warte draußen, als ein Auto vorfährt. Merrick hat es offenbar nicht für nötig gehalten, mich persönlich abzuholen.

Blöd von mir, enttäuscht zu sein.

Ich weiß nicht, wo er in all dem hier steht. War er in jener Nacht Teil der Sicherheitskräfte, um uns zu beschützen? Oder ist er etwas völlig anderes?

Ich schätze, das werde ich bald herausfinden.

Der blonde Wandler-Bodyguard ist wieder da, so selbstgefällig wie eh und je. Seine Nasenflügel weiten sich, als er meinen Geruch aufnimmt, und sofort flackert ein Ausdruck des Wiedererkennens in seinem Gesicht auf. Belustigung tanzt in seinen grünen Augen, als sie auf meine

Sonnenbrille und meine Kopfhörer treffen, und sein Grinsen wird breiter, als hätte er einen Insider-Witz aufgeschnappt.

Leise murmelt er: »Das wird gut. Er wird ausrasten.«

Großartig. Schön, dass ich für Unterhaltung sorge.

Er schwingt mit einem überheblichen Grinsen die hintere Tür auf, und ich steige ein, nicht ohne ihm einen finsteren Blick zuzuwerfen. *Ja, lach du nur, Freundchen. Lach nur.* Der Drang, ihm eine runterzuhauen, ist beinahe überwältigend, aber ich schaffe es, mich zu beherrschen. *Sei nett, Lark.*

Seit ich aufgewacht bin, sind meine Launen und Hormone völlig außer Kontrolle – wie in der Pubertät, nur mit zusätzlicher Stärke. Ich muss etwas dagegen tun. Vielleicht ins Fitnessstudio gehen, einen Sandsack verprügeln oder mit jemandem sparren. Im Moment fühle ich mich wie ein blankes, kribbelndes Stromkabel, und das Ding in mir will unbedingt ausbrechen.

Wir halten nicht am Technologischen Zentrum des Ministeriums. Stattdessen fährt das Auto an meinem üblichen Arbeitsplatz vorbei, tiefer hinein in Zone Zwei mit ihren fast autofreien Straßen und ihrer ungewohnten Umgebung. Die Straße mündet in einen weiten Platz, umgeben von historischen Gebäuden – hohen, dunklen Steinstrukturen mit aufwendigen Verzierungen aus dem frühen neunzehnten Jahrhundert.

Wir halten vor einem dieser Gebäude, und ein Türsteher in makelloser Uniform eilt herbei, um die Autotür zu öffnen.

»Viel Glück«, sagt Blondie grinsend.

»Danke fürs Mitnehmen«, entgegne ich und ignoriere ihn absichtlich, während ich auf den Gehweg trete.

Polierte Steinstufen führen zu schweren Holztüren mit kunstvollen, verwitterten Eisenbeschlägen. Der Türsteher eilt voraus, um die rechte Tür mit einem Quietschen zu öffnen.

»Hier entlang, Mrs. Emerson, hier entlang«, sagt er und gestikuliert schwungvoll.

»Danke.«

Ich setze meine Sonnenbrille ab, als ich eintrete. Der schwach beleuchtete Innenraum hat polierte Steinböden und dunkle Holzverkleidungen an den Wänden. Durch die Schicht Vanille-Lippenbalsam auf meinen Lippen nehme ich den zarten Duft von alten Büchern und Leder wahr.

Eine Wandlerin wartet in der Nähe, ihr Haar locker zu einem Messy Bun gebunden. Sie winkt mir, ihr zu folgen, bleibt aber stumm, während ihre Absätze auf dem Steinboden klacken. Am Ende eines langen, dunklen Korridors bleiben wir vor einer massiven Eichenholztür stehen. Sie klopft einmal.

»Herein«, ruft eine gedämpfte Stimme.

Sie öffnet die Tür, tritt jedoch nicht ein.

»Danke«, sage ich.

Sie nickt und schenkt mir ein kurzes, fast entschuldigendes Lächeln, bevor sie eilig davonläuft. Ihre Schritte hallen im Korridor wider, als würde sie vor den Höllenhunden fliehen.

Ich hole tief Luft, sammle meinen Mut und trete durch die Tür.

Es ist ein prunkvolles Büro mit hoher Decke. Zu meiner

Linken steht ein altmodischer Kamin, die restlichen Wände sind mit Regalen gesäumt, die bis zur Decke mit Büchern und antiken magischen Artefakten gefüllt sind.

In der Mitte des Raumes steht ein großer Schreibtisch aus dunklem, glänzendem Holz. Die Kanten sind mit subtilen, klauenartigen Verzierungen versehen. Auf seiner Oberfläche liegen Papiere in ordentlichen Stapeln, und ein schicker Stift liegt perfekt parallel zur Tischkante.

Schließlich richte ich meinen Blick auf den Mann hinter dem Schreibtisch.

Seine Finger krallen sich in die Tischplatte, als würde er sich zwingen, nicht aufzuspringen und … mich zu packen? Mich zu schütteln? Mich zu umarmen? Letzteres wäre wahrscheinlich Wunschdenken, aber ich würde sicher nicht Nein sagen.

Merrick erhebt sich aus seinem Stuhl, sieht in einem schwarzen Anzug und einer eisblauen Krawatte, die perfekt zu seinen durchdringenden Augen passt, mühelos gut aus. Sein Gesichtsausdruck ist wie in Stein gemeißelt – unlesbar.

Ich wünschte, ich könnte so eine Pokerface-Mimik beherrschen. Mein Gesicht verrät normalerweise jeden Gedanken und jede Regung. Es hat mich schon öfter in Schwierigkeiten gebracht, als mir lieb ist. Vielleicht kann ich mir mit diesem neuen Gesicht von mir einen anderen Ausdruck angewöhnen?

»Hi, Merrick, schön dich zu sehen«, sage ich und mache eine unbeholfene Winke-Geste.

Merrick neigt den Kopf, sein Blick fährt über mich wie ein Scanner. »Schön zu sehen, dass du kein Vampir bist«, sagt er mit flacher Stimme.

Er muss von dem Vampir wissen, der vor dem Zaubererhaus lauerte. Sein Geruch musste überall sein.

Ich werfe einen vielsagenden Blick auf das schwache Morgenlicht, das durch die Fenster strömt. »Ja, kein Vampir«, antworte ich trocken. »Wäre ich einer, wäre ich jetzt entweder tagsüber tot oder in Flammen aufgegangen.«

»Lark, was hast du mit dir gemacht?«

Ich lache verlegen. »Oh ja, das war total mein Plan – die neue *Lass-dich-von-einem-Wandler-beißen-und-fall-in-ein-magisches-Haus*-Diät. Der neueste Trend. Alle machen mit.«

Ich hebe die Hände, ziehe den Stuhl heraus, lasse mich wie ein bockiger Teenager hineinfallen und verschränke die Arme. »Ja, ich habe das absichtlich gemacht«, murmele ich.

Merrick gibt ein genervtes Geräusch von sich, als müsse er harsche Worte zurückhalten. Er glättet seine Krawatte, setzt sich dann wieder und legt die Hände ruhig auf den Schreibtisch. Seine Finger sind lang, perfekt gepflegt und nervtötend gelassen.

»Die Veränderungen sind ... dramatisch. Erzähl mir, was passiert ist.«

»Ja, das sind sie«, murmele ich und schiebe eine abstehende Haarsträhne hinter mein Ohr. Meine Finger berühren die ausgefransten Kanten – eine Erinnerung an meinen verzweifelten Versuch, die Kontrolle zu behalten. Ich atme tief ein und zwinge mich, seinem Blick standzuhalten.

Ich bin wütend, verängstigt und verdammt noch mal verlegen. Die ganze Situation ist lächerlich.

Ich verstehe auch nicht, warum ich hier bin und ihm ausgerechnet alles anvertraue – außer, dass er mich jetzt schon zweimal gerettet hat. Einmal vor der Magierin im Hotel und dann auf der Treppe, als er mich aus den Klauen des Wolfs gezogen hat.

Er ist die einzige Person, der ich wichtig zu sein scheine.

Man sagt doch, ein Unglück kommt selten allein, oder?

Vielleicht wird er mich noch ein drittes Mal retten.

Und das Ministerium darf nichts davon erfahren – zumindest noch nicht. Nicht, bis ich Antworten habe. Ich arbeite zwar für die Wandler-Regierung, aber das heißt nicht, dass ich ihnen mit dem, was mit mir passiert, vertraue.

Mein Instinkt sagt mir, dass Merrick helfen kann.

Das Ding in mir regt sich, rollt unruhig unter meiner Haut. Ich spanne mich an und lege eine Hand auf meine Brust, als könnte ich es beruhigen, aber es weigert sich, stillzubleiben.

»Erzähl mir, was passiert ist«, wiederholt er und seine Geduld ist irgendwie beunruhigender als die offene Wut.

Ich fummle an meinen Kopfhörern herum, stelle sie ein, als könnte ich so seinem Blick entkommen. Nach einem zittrigen Atemzug lasse ich die Hände sinken, beuge mich vor und fahre mit den Fingern über die glatte Kante des Schreibtischs.

Dann rede ich.

Ich erzähle ihm alles. Der Biss, der Vampir, wie ich ohnmächtig wurde, in dem Zaubererhaus aufwachte, das Frühstück, die Fremde im Spiegel, das Nickerchen, die Explosion der Sinne. Alles sprudelt in einem wirren Schwall heraus. Mein Hals brennt von der Anstrengung, den Schrecken erneut zu durchleben.

Merrick sagt nichts, unterbricht mich nicht. Er beobachtet mich, sein scharfer Blick ist fest auf meine Augen gerichtet. Als ich mit meiner Geschichte ende, steht er wortlos auf.

Ich folge ihm mit meinem Blick, als er durch den Raum zu einem versteckten Seitenschrank geht und eine Kristallkaraffe hervorholt. Selbst durch meine geräuschunterdrückenden Kopfhörer klingt das Wasser, das ins Glas gegossen wird, laut. Er stellt das Glas mit derselben ruhigen Gelassenheit vor mich, dann kehrt er zu seinem Platz zurück und faltet die Hände auf dem Schreibtisch.

»Danke«, murmele ich mit rauem Hals und nehme einen großen Schluck. »Es tut mir leid, dass ich so unhöflich war. Meine Stimmung und meine Hormone sind völlig durcheinander.«

»Das ist verständlich.«

»Es ist trotzdem nicht fair. Ich bitte dich um Hilfe und benehme mich dabei wie ein Kind. Entschuldige.« Ich deute auf mich selbst. »Nur zur Warnung – es könnte eine Weile dauern, bis ich das wieder im Griff habe.« Meine Stimme erhebt sich, und die Frustration bricht durch meine mühsam aufgesetzte Ruhe. »Was passiert mit mir, Merrick? Ein Biss verwandelt niemanden in einen Wandler. Gibt es nicht eine super-geheime Zeremonie dafür? Bisse verändern niemanden. Oder? Das ist doch nicht der normale Ablauf.« Ich verabscheue den verzweifelten Ton in meiner Stimme, kann ihn aber nicht unterdrücken.

Er nickt. »Bevor ein Mensch ein Wandler werden kann, braucht es Magie und eine Zeremonie«, sagt er mit ruhiger

Stimme. »Das ist nichts, was durch einen einfachen Biss passiert, und es ist ein komplizierter Prozess. Aber du scheinst ... ein wenig anders zu sein.«

»Und das Zaubererhaus? Glaubst du ... du hast doch selbst gesagt, dass Magie im Spiel ist. Könnte es eine Rolle gespielt haben?«

»Möglicherweise«, räumt er mit einem leichten Nicken ein. »Zumindest hat es dich am Leben gehalten. Ein gewöhnlicher Mensch wäre an diesen Verletzungen gestorben, vor allem, nachdem er mit einer schweren Bisswunde am Arm durch die Enterprise Zone geirrt ist.«

Ich blicke auf den betreffenden Arm hinunter, verborgen unter meinem Pullover. Merricks Blick folgt meinem, und er nickt in dessen Richtung.

»Darf ich ihn sehen?« Er hält die Hand hin, abwartend.

Ich seufze, ziehe den Ärmel hoch und lege meine Hand in seine. Seine Hand ist riesig, umschließt meine vollständig, und sie ist so warm.

Er inspiziert die beschädigte Haut, dreht meinen Arm vorsichtig, während sein Daumen mit klinischer Präzision über das Narbengewebe streicht.

»Du hast dich bemerkenswert gut geheilt«, sagt er nachdenklich. »Das ist ebenfalls ungewöhnlich.«

Ich beiße mir auf die Lippe und ignoriere die seltsamen elektrischen Schläge, die ich jedes Mal spüre, wenn sich sein Daumen bewegt. *Verheiratet!*, erinnere ich mich streng. *Du bist immer noch verheiratet, und du bist ... was auch immer das jetzt ist.*

Die Erinnerung hilft nicht.

Abrupt ziehe ich meinen Arm zurück und ziehe den Ärmel nach unten, um die Narben zu verbergen.

»Ich habe ein bisschen in deiner Krankenakte gestöbert.« Er tippt auf das Papier. »Das hier ist aus deinen ursprünglichen menschlichen Akten.«

Merrick schiebt das Dokument zu mir. Mein Name springt mir entgegen. Abgesehen davon ist es dichtes medizinisches Fachchinesisch, das ebenso gut in einer anderen Sprache geschrieben sein könnte. Das Datum ist jedoch unverkennbar – es stammt aus meiner Kindheit.

»Okay, ähm, danke«, sage ich, obwohl ich keine Ahnung habe, worauf er hinauswill.

Er seufzt und steht auf, bewegt sich um den Schreibtisch, bis er hinter mir steht. Ich erstarre, als er sich über meine Schulter beugt, sein Atem warm an meinem Nacken. Er deutet auf eine markierte Stelle, und ich zwinge mich, mich auf die fettgedruckten Worte zu konzentrieren.

Mensch.
Wandler.
Magier.
Vampir.

Ich schlucke hart und drehe mich mit weit aufgerissenen Augen zu ihm um. Wir sind so nah, dass ich fast seinen Atem schmecken kann. Sein Ausdruck bleibt ergründlich.

»Was bedeutet das?«, flüstere ich.

»Du hast alle vier menschlichen Derivate in deinem Blut«, sagt er.

Oh.

Und? Ein bisschen Wandler-DNA sollte doch nicht

ausreichen, um mich pelzig zu machen. Oder? Vielleicht sollte ich ihm doch von meiner Technomantie erzählen. Muss er wirklich wissen, dass ich magische Fähigkeiten habe?

Außer ... ich habe keine mehr. Ich habe sie noch nicht wieder ausprobiert. Nicht ein einziges Mal.

Und bei allem, was gerade passiert, besteht die Möglichkeit, dass sie völlig verschwunden sind. Oder schlimmer, was, wenn sie sich ... verändert haben? Was, wenn ich versuche, sie zu benutzen, und dabei jemandes Handy ruiniere oder einen Server explodieren lasse?

Meine Gedanken überschlagen sich, und ich presse die Lippen aufeinander. Jahre des Schweigens haben das Verschweigen zu meiner zweiten Natur gemacht. Es ist nichts, worüber ich je offen gesprochen habe. Und jetzt, mit all diesem DNA-Mischmasch, fühle ich mich noch weniger geneigt, es anzusprechen.

»Denkst du, die Ergebnisse wären jetzt anders?«, frage ich und versuche, beiläufig zu klingen. »Weil, na ja ... ich mich verändert habe.«

Merrick zuckt unbestimmt mit den Schultern. »Das weiß ich nicht. Wir müssten Tests durchführen.«

»Tests?« Ich stöhne. »Fantastisch.«

»Wir müssen herausfinden, warum du die Zeremonie nicht gebraucht hast. Das Zaubererhaus – oder der Biss – muss etwas in dir ausgelöst haben. Der Speichel des Wandlers hat vermutlich eine Immunreaktion verursacht, die einen Schalter in deiner schlummernden DNA umgelegt hat.«

Oh.

Ich blinzle. »Was heißt das?«

Er lächelt schief. »Das heißt, lass dich nicht von einem

Vampir beißen. Wir haben keine Ahnung, was aus dir werden würde.«

»Ernsthaft? Jetzt machst du Witze, oder?«

Sein Blick trifft meinen, jeglicher Humor ist verschwunden. »Ich mache keine Witze, Lark. Lass dich nicht von einem Vampir beißen.«

Ich stöhne, Frustration brodelt in mir hoch. »Okay, aber mal ernsthaft. Bedeutet das, ich bin ... eine Wandlerin?«

»Ja«, antwortet er. »Das bedeutet, du wirst in der Lage sein, die Gestalt zu wechseln.«

»Was? Wann?« Meine Stimme wird panisch. »Muss ich auf den Vollmond warten?«

Er atmet aus, die Schultern spannen sich. Ich kann fast sehen, wie er innerlich ein bisschen stirbt bei meinem flapsigen Kommentar.

»Der Mond ist irrelevant«, sagt er mit schneidender Stimme. »Deine Verwandlung wird Zeit brauchen. Du wirst dich anpassen müssen. Und ehrlich gesagt, hat das in deinem Alter noch niemand durchgemacht.«

Autsch.

»Wow, danke«, brumme ich.

Er fährt fort, ignoriert meinen Sarkasmus. »Die Verwandlung wird Chaos in deinem Körper anrichten. Du wirst schnell erschöpft sein oder wütend werden.«

Er lehnt sich vor, presst die Hand gegen den Schreibtisch, sein Blick eindringlich.

»Im Namen des Ministeriums entschuldige ich mich aufrichtig. Was dir passiert ist, ist unverzeihlich, und du wirst entschädigt und betreut.« Seine Stimme ist voller ruhigem Ernst, der mir die Brust zuschnürt.

Na toll, so viel dazu, dass das Wandler-Ministerium nichts von meinen pelzigen Problemen weiß. Ich presse die Zähne aufeinander und frage mich, wie viel Druck nötig wäre, um einen zu knacken – und ob er nachwachsen würde. Wandler und ihre heilenden Körper ...

»Aber ich glaube, du verstehst deine Situation nicht vollends, Lark. Dein Vertrag mit dem Sektor wurde widerrufen, weil du kein Mensch mehr bist. Du unterstehst jetzt der Zuständigkeit des Wandler-Ministeriums, was bedeutet, dass die menschlichen Gesetze für dich nicht mehr gelten. Die Regeln, nach denen du gelebt hast? Sie existieren nicht mehr.«

Ich öffne den Mund, um zu protestieren, aber er bringt mich mit einer knappen Geste zum Schweigen.

»Zum Schutz aller«, sagt er. Sein Ton ist nicht kalt – er schwingt voller mitfühlender Entschlossenheit, die mit meinem Instinkt zu streiten kollidiert.

Er legt eine Hochglanzbroschüre auf den Tisch und schiebt sie zu mir herüber.

»Das erklärt alles. Wenn ich du wäre, würde ich sie gründlich lesen. Aber du bist erwachsen, und ich bin nicht hier, um dir zu sagen, was du tun sollst.«

Was? Ich kann nicht glauben, dass Wandler ein *So wirst du ein Wandler*-Heftchen haben.

»Du musst lernen, Kontrolle zu erlangen«, fährt er fort, seine Stimme sanfter. Er öffnet eine Schublade und holt ein dünnes, schwarzes Band heraus, das er vor mir auf den Tisch legt. »Das wird helfen.«

Ich beuge mich vor, hebe es auf und reibe mit dem Daumen über die glatte Oberfläche. Magie summt leise darin.

»Was macht es? Soll ich einen Zauberspruch aufsagen oder so?«

Er schüttelt den Kopf. »Keine Zaubersprüche nötig. Es aktiviert sich automatisch, sobald du es trägst.«

Ich verenge die Augen. »Und außer zu *helfen*, was macht es eigentlich?«

Merrick trommelt mit den Fingern auf den Tisch, als würde er abwägen, wie viel er verraten soll. Schließlich sagt er: »Es wird dich – aus medizinischen Gründen – orten, deine gesteigerten Sinne unterdrücken und die meisten unkontrollierten Wandlungen verhindern. Die erste Wandlung ist riskant. Wir wollen nicht, dass du dich verletzt oder jemanden anderen, falls du die Kontrolle verlierst. Das stellt sicher, dass du dich nicht allein und ohne medizinische Aufsicht wandelst.«

Ein Tracker.

Bei allem, was ich durchgemacht habe – jeder Geruch, jedes Geräusch, jede Empfindung, die mich zerreißt – nehme ich jede Hilfe, die ich bekommen kann. Ich schiebe das Band über mein Handgelenk. Es sitzt fest.

»Nimm deine Kopfhörer ab«, sagt Merrick.

Meine Hände zittern, als ich sie abnehme. Geräusche überfluten mich, und doch fühle ich mich nicht überwältigt oder überfordert. Auch meine Sicht scheint weicher. Ich stoße einen zittrigen Atemzug aus.

Er reicht mir ein Taschentuch, und ich verdrehe die Augen, nehme es aber trotzdem. »Danke«, murmele ich, während ich den Schutzfilm aus Vanille-Lippenbalsam unter meiner Nase abwische.

»Unter Aufsicht kannst du das Band für kurze Zeit abnehmen, um die Toleranz aufzubauen. Irgendwann wirst du dich daran gewöhnen und es vielleicht gar nicht mehr brauchen – oder du trägst es nur noch zu besonderen Anlässen, wie einem Konzert, damit du die Musik genießen kannst, ohne zu hören, wie jemand zehn Reihen weiter hinten sein Getränk schlürft.«

»Gut zu wissen. Danke.« Ich tippe auf das Band. »Schaffen es neu verwandelte Wandler jemals ohne magische Hilfe?«

»Einige schon«, antwortet er. »Es hängt von der Person ab. Denk daran, es ist wie ein Spektrum. Manche Wandler kämpfen mit der Kontrolle, während andere – wie Alphas – beinahe perfekte Beherrschung haben. Das ist teilweise genetisch. Nenn es *Über-Kontrolle*.«

Das ergibt Sinn. Alphas sind anders verdrahtet und üben Autorität über ihre Tiere aus. Ich nicke. »Okay. Danke.«

»Ich weiß, dass du erwachsen bist«, sagt Merrick, »aber jeder neue Wandler geht in die Einrichtung, bis er seine Verwandlungen gemeistert hat. Sie liegt in Zone Eins, nicht tief im Wandler-Gebiet. Dort wirst du lernen, wie man ein Wandler ist, wie man die Regeln befolgt und was deine Stärken sind. Danach finden wir einen Platz für dich in einem Rudel.«

Er sagt *Rudel*, wie ein Mensch *Familie* sagen würde.

»Ihr habt einen Platz für mich in einer Einrichtung?«, fauche ich, meine Wut flammt auf. »Moment mal. Ich gehe nirgendwohin. Ich habe ein Leben und einen Job zu erledigen.«

Jetzt, wo ich dieses Band habe, kann ich all diesen Wandler-Kram lernen und den Rest selbst herausfinden.

Sein Blick verengt sich, und sein Ausdruck wird zu

dem, was ich nur als seinen besten Alpha-Blick bezeichnen kann.

Ich starre zurück, nicht weniger entrüstet.

»Du wirst tun, was man dir sagt«, sagt er, seine Stimme leise und befehlend. »Du bist eine Wandlerin, Lark, und das hier ist – im Gegensatz zu deiner Ehe – nichts, wovor du davonlaufen kannst.«

Was?

Kapitel Achtzehn

»Meiner was?« Die Worte kommen als Knurren heraus. Bevor ich es überhaupt merke, stehe ich auf und baue mich ihm gegenüber auf der anderen Seite des Schreibtischs auf. Mein Temperament lodert auf wie ein Streichholz, das an trockenem Zunder entzündet wird, und das Ding in mir reagiert mit einem wilden Hunger.

Meine Fäuste zucken. Ich will ihm ins Gesicht schlagen – in dieses arrogante, wunderschöne, unverschämte Gesicht. Ich will ihn *beißen*, und es kostet mich jeden Funken Willenskraft, es nicht zu tun.

»Was weißt du über meine Ehe?«, knurre ich und meine Stimme zittert vor Wut.

Merricks Ausdruck verändert sich, er ist nun wachsam, als würde er abwägen, ob ich ihn gleich schlagen oder einfach hinausmarschieren werde. »Du hast dein Leben in dem Menschensektor zurückgelassen«, sagt er ruhig. »Du hast deinen Mann für einen Job verlassen.«

Seine Worte fühlen sich an wie ein Schlag ins Gesicht.

»Ich habe meinen Mann für einen Job verlassen?«, wiederhole ich ungläubig, meine Stimme wird mit jeder Silbe lauter. »Ich. Habe. Meinen. Mann. Für. Einen. Job. Verlassen? Ist es das, was du denkst?«

Ich mache einen Schritt näher, meine Stimme ist scharf wie eine Rasierklinge. »Lass mich dir etwas sagen, Mr. Überheblich-Arroganter-Wandler. Ich habe meinen Mann verlassen, weil er meine Schwester gevögelt hat. Meine *Schwester*. Ich habe sie zusammen im Bett erwischt, also wag es ja nicht, hier zu stehen und mich zu verurteilen. Ich habe nicht siebenundzwanzig Jahre Ehe für einen verdammten Job weggeworfen.«

Jetzt zittere ich, die Wut strömt wellenartig von mir ab. »Wenn du schon eine Meinung über mein Leben haben musst, dann hab wenigstens den Anstand, mich vorher zu fragen!«

Die Worte hängen schwer in der Luft, getränkt von Spannung. Ich atme tief durch, zittere und ziehe mich zurück, bis ich gegen den Stuhl hinter mir stoße. Erschrocken rutsche ich noch weiter zurück, bis meine Schultern gegen die Regale an der hinteren Wand drücken.

Ich muss mich beruhigen.

Diesen Mann um Hilfe zu bitten und dann meine neue Stärke zu nutzen, um ihn bewusstlos zu schlagen, würde den Zweck wohl verfehlen.

Merrick reibt sich den Nacken und zieht eine Grimasse. »Es tut mir leid. Das hätte ich nicht sagen sollen.«

»Ja, hättest du nicht.« Meine Stimme bleibt angespannt.

Gekränkt.

Ich hole tief Luft und versuche, das Ding in mir zu beruhigen. Dieses schicke magische Band taugt nichts – sie lauert direkt unter der Oberfläche und nährt sich von meinem Temperament.

Ich schließe die Augen und ringe mit der Magie in mir.

Bevor einer von uns etwas sagen kann, durchschneidet ein scharfes Knallen und ein Zischen die angespannte Stille. Das Geräusch kommt aus einer der Schubladen von Merricks Schreibtisch. Er runzelt die Stirn und beugt sich hinunter, um nachzusehen.

Als er die Schublade öffnet, quillt schwarzer, ätzender Rauch hervor.

»Was zur Hölle?«, murmelt Merrick und zieht einen rauchenden Laptop heraus. »Er ist ausgeschaltet. Wie –?«

Das Gerät muss brühend heiß sein – er jongliert es von einer Hand in die andere, seine Augen wechseln zwischen Verwirrung und Ärger.

Ohne zu zögern steht er auf, geht an mir vorbei und reißt die Bürotür auf. Seine Stimme donnert den Flur entlang.

»Hannah! Können Sie mir bitte einen neuen Laptop bringen?«

Schnelle, klickende Schritte nähern sich, gefolgt von einer leisen, zögerlichen Antwort. Merrick übergibt das qualmende Gerät, ohne ein weiteres Wort zu verlieren, und schließt die Tür hinter sich.

Der Geruch von verbrannter Elektronik hängt scharf und bitter in der Luft.

Ich blicke weg und beiße mir auf die Lippe, um mir ein Grinsen zu verkneifen. Mein Blick senkt sich unschuldig zu Boden. Ich hätte es nicht tun sollen, aber immerhin weiß ich jetzt, dass meine Technomantie noch funktioniert.

Merrick sinkt auf seinen Stuhl zurück und fährt sich mit einer Hand über das Gesicht, begleitet von einem leisen Stöhnen. »Es gibt noch etwas, das ich dir sagen muss. Ich habe etwas arrangiert ... Möglicherweise habe ich einen Fehler gemacht.«

Das klingt gar nicht gut.

Mein Triumphgefühl verfliegt. Ich presse meinen Rücken weiter gegen die Regale, die scharfe Kante gräbt sich in meinen Rücken, während die Panik in meiner Brust aufsteigt. Merricks sonst stoisches Gesicht zeigt erste Risse.

Was hat er getan?

»Merrick, was hast du arrangiert?«

»Du hast heute einen Termin«, fährt er mit leiser und gleichmäßiger Stimme fort. »Dein Anwalt wird in einer halben Stunde hier sein, kurz darauf kommt dein Mann.«

Meine Knie geben nach, und für einen Moment denke ich, ich könnte zu Boden sinken. Meine Finger klammern sich an das Regal, bis meine Knöchel weiß werden.

Ich habe eine Kreatur in mir, die verzweifelt herauswill, und Merrick denkt, es sei eine gute Idee, Paul in dieses Chaos zu werfen?

Ich hänge am seidenen Faden. Und jetzt das?

Nein.

»Ich kann nicht. Nein. Ich kann nicht.« Die Worte kommen als heiseres Flüstern heraus, bevor ich sie wiederhole, diesmal lauter. »Ich kann nicht, Merrick. Ich kann ihn nicht sehen. Bitte, bitte zwing mich nicht, ihn zu sehen.

Ich gehe in die Einrichtung, lerne, wie man eine Wandlerin wird – und vielleicht, wenn ich die Kontrolle über mich habe – vielleicht kann ich ihn dann sehen. Aber nicht jetzt. Bitte. Nicht jetzt.« Meine Stimme bricht, verrät mich. »Lass ihn nicht hierherkommen. Schick ihn weg. Ich will ihn nicht sehen.«

Merricks Kiefer spannt sich an, doch sein Ausdruck bleibt entschlossen. »Die Papiere sind bereits fertig, und er ist bereits in der Enterprise Zone. Er ist auf dem Weg. Es tut mir leid, Lark. Ich kann nichts tun.«

Bullshit. Das ist Merricks Schuld. »Du hast dich eingemischt. Du hast das verursacht – um was, mich zu verletzen? Mich leiden zu sehen?«

Er zuckt zusammen, Schuld flackert in seinen blauen Augen auf. »Ich will nicht, dass du leidest«, sagt er leise. »Ich will nicht, dass du verletzt wirst. Aber das ist etwas, dem du dich stellen musst.«

»Ich weiß!«, fauche ich und fahre mir mit den Händen übers Gesicht, als könnte ich die Verzweiflung einfach abwischen. »Wer bist du, dass du entscheidest, wann? Sieh mich doch an! Ich bin nicht die Lark, die er kannte. Mein Gesicht, meine Haare – Gott, sieh dir dieses Chaos an. Meine Kleidung passt nicht. Ich hatte einen Plan. Ich wollte zumindest ... präsentabel aussehen, bevor ich ihm gegenübertrete. Nicht wie irgendeine Irre ...«

Ich stocke und werfe Merrick einen hilflosen, frustrierten Blick zu. »Er wird ausrasten. Er wird komplett ausrasten. Er ist gegen die Wandler. Er hasst Wandler – er ist aktives Mitglied bei Human First. In dem Moment, in dem er mich sieht, wird er ausflippen.«

Oder vielleicht, im besten Fall, wird Paul mich überhaupt nicht ansehen können. Vielleicht unterschreibt er einfach die Scheidungspapiere, ohne weiteres Drama.

Merrick steht abrupt auf und marschiert zur Tür. Er reißt sie auf und ruft den Flur hinunter: »Hannah! Bringen Sie mir eine Schere!«

Dann schließt er die Tür wieder, dreht sich zu mir um und sieht mich mit einem sanfteren Blick an. »Wir können zumindest deine Haare in Ordnung bringen«, sagt er leise. »Alles wird gut.«

Gut für ihn vielleicht.

»Warum hast du das getan?« Meine Stimme zittert. »Wenn es nicht aus Grausamkeit oder Rache ist, dann muss es –«

»Weil es etwas ist, das du bewältigen musst«, unterbricht Merrick, fest, aber beinahe flehend. »Und jetzt ist es wichtiger denn je, denn es geht nicht nur um einen Abschluss oder darum, deine Ehe aufzulösen. Du bist eine Wandlerin, und die Wandlung ist noch nicht sicher. Du musst sie mit so wenigen Zweifeln wie möglich angehen – keine Reue, keine Geister aus deiner Vergangenheit. Wenn du das nicht tust, könnte es dich töten. Verstehst du? Die Wandlung ist immer noch nicht garantiert, Lark.«

Ob ich es verstehe? Ich nicke, obwohl die Wahrheit schwer auf mir lastet. Ich verstehe die Logik – klar, aber erdrückend. Ja, ich muss die Dinge mit ihm klären, aber bin ich stark genug, um Paul gegenüberzutreten? Bin ich mutig genug?

Sosehr er meinen Zorn auch verdient, ich weiß, dass er nicht gefährlich ist. Er schmiedet keine Pläne gegen mich. Ehrlich gesagt mache ich mir mehr Sorgen um mich selbst – darum, die Kontrolle zu verlieren, Dinge zu sagen, die ich nicht zurücknehmen kann – oder etwas zu tun, das ich bereuen werde, wie zum Beispiel haarig zu werden.

Merrick wird das nicht zulassen. Oder?

»Ist das der Grund, warum du den Zustand meiner Ehe angesprochen hast – indem du angedeutet hast, ich hätte ihn wegen eines Jobs verlassen?« Ich sehe ihn misstrauisch an. »Hast du mit ihm gesprochen?«

Merrick sieht mich an, sein Gesicht unergründlich. Vielleicht sehe ich wieder Schuld – ich bin mir nicht sicher. Ich kenne ihn nicht gut genug, um diesen Blick zu deuten.

»Du wirst mich also in einen Raum mit dem Mann stecken, der mich zerstört hat, der mein Herz in Stücke gerissen hat, und von mir erwarten, dass ich damit klarkomme, damit ich ... was, zu einem Monster werde?«

»Wandler sind keine Monster, Lark.«

»Die meisten Wandler nicht«, erwidere ich schnippisch. »Du bist kein Monster. Aber du hast selbst gesagt – niemand in meinem Alter hat sich je gewandelt. Du weißt nicht, was ich werde.«

Meine Kehle schnürt sich zu, während die Wucht von allem auf mich einprasselt. Die Last all dessen scheint mich zu erdrücken. Ich stehe am Abgrund, kurz davor, zu zerbrechen. Dieser Mann, der mir gegenübersteht, verkörpert alles, was ich nicht verstehe, alles, was ich nicht kontrollieren kann, das Unbekannte, und jetzt zwingt er mich, mich dem zu stellen, was ich vermieden habe.

Paul.

»Hättest du mir nicht wenigstens ein paar Tage geben können? Eine Chance, mich an dieses Gesicht, diesen Körper zu gewöhnen, bevor ich meinem zukünftigen Ex-Mann gegenübertrete?«

Das Schicksal hat nicht nur angeklopft – es hat die Tür aus den Angeln gerissen. Man kann seinen Problemen nicht davonlaufen. Ich weiß das. Aber es zu wissen und bereit zu sein, ihnen ins Auge zu sehen, sind zwei völlig verschiedene Dinge.

Ich will wütend sein. Ich will schreien und brüllen.

Stattdessen atme ich, zwinge das Feuer in meiner Brust hinunter.

Merrick hat recht – ich muss mich dem stellen. Es hat monatelang an mir genagt. Vielleicht ist es besser, ohne Vorwarnung – weniger Zeit zum Grübeln. Weniger Zeit, um alles zu überdenken.

Trotzdem kann ich nicht anders, als ihn infrage zu stellen. *Was genau ist Merricks Job?* Seine Rolle verwirrt mich. Ist er der Sicherheitsdienst des Ministeriums, ein Rudelführer oder etwas anderes? Die Alpha-Aura ist unverkennbar, doch das Ding in mir unterwirft sich ihm nicht. Das ist ... seltsam. Was bedeutet das für mich? Könnte ich ein Alpha sein? Oder etwas ganz anderes?

Ich schiebe diesen Gedanken beiseite. Eine Krise nach der anderen. Ein Problem nach dem anderen. Ein verdammtes Problem nach dem anderen. Lass Paul die Scheidungspapiere unterschreiben, und dann kümmere ich mich später um die Konsequenzen.

Ich hole tief Luft und hebe mein Kinn.

»Okay, gut. Ich schaffe das. Ich brauche einen Computer mit Internetverbindung.«

»Warum?« Sein Tonfall wird misstrauisch.

»Wenn du darauf bestehst, dass ich mit ihm in einem Raum sitze, dann bestehe ich darauf, bewaffnet mit

Beweisen zu kommen. Ich brauche Beweise – Munition für meinen Abschluss.«

Seine Brauen heben sich leicht, aber er sagt nichts.

»Paul wird alles leugnen. Er wird die Wahrheit verdrehen, sich als das Opfer darstellen, sich als den Verletzten inszenieren, wie er es immer tut.« *So, wie er es bei dir getan hat.* Meine Hände ballen sich zu Fäusten. »Aber dieses Mal werde ich es ihm zeigen – jedes hässliche, unwiderlegbare Detail. Ich habe ein Heimvideo. Von ihm und –«

Meine Kehle schnürt sich zu. Ich schlucke schwer.

Das Ding in mir grollt, ein leises, zustimmendes Schnurren.

Kapitel Neunzehn

WIDERWILLIG und voller Unbehagen folge ich Hannah zum Konferenzraum auf der anderen Seite von Merricks Bürogebäude, den geliehenen Laptop unter dem Arm. Sie lässt mich an der Tür zurück, und meine Hand zittert, als ich den Griff herunterdrücke.

Paul sitzt mit dem Rücken zur Tür – wer macht das in einem Gebäude voller Wandler? Schon bei seinem Anblick kribbelt es in mir. Hat er noch nie von Raubtieren gehört?

Selbst mit dem Band, das meine Sinne dämpft, rieche ich seine Emotionen: Angst, Wut und etwas Saures. Es ist seltsam – diese Düfte sind an seine Gefühle gebunden, aber ich verstehe sie instinktiv, ohne bewusst darüber nachzudenken.

Er vibriert förmlich vor Nervosität, ein Bündel unruhiger Energie, das kaum gebändigt wird. Ob er wütend auf mich, die Situation oder die Unannehmlichkeiten ist, die ihm das Warten bereitet, kann ich nicht sagen.

Zu seiner Linken sitzt ein breitschultriger, glatzköpfiger Mann, dessen Gesicht förmlich *Scheidungsanwalt* schreit. Zu seiner Rechten lehnt sich eine Frau an ihn, als bräuchte sie Halt – eine Frau, die mir nur allzu bekannt ist. Ihr dunkles, glänzendes Haar ist in perfekten, voluminösen Locken gestylt. Sie sieht dünner aus als beim letzten Mal – aber gut, letztes Mal war sie nackt und bewegte sich auf und ab.

Dove.

Natürlich hat er meine Schwester mitgebracht.

Mein Magen zieht sich zu einem schmerzhaften Knoten zusammen, und Ungläubigkeit brennt in mir. Ich merke, dass meine Finger sich in den Saum meines Pullovers krallen. Der heutige Tag wäre ohnehin schon schwer genug gewesen, aber das? Das ist eine ganz neue Ebene der Demütigung.

Sie sind zusammen gekommen. Um unsere Scheidung zu regeln.

Langsam zwinge ich mich, über die Schwelle zu treten, und bleibe nah an der Wand, halte so viel Abstand wie möglich. Meine Bewegungen sind bedächtig, als ich mich um den Konferenztisch herumbewege, jeder Schritt fühlt sich schwerer an als der letzte, bis ich schließlich auf einem Stuhl gegenüber von Paul Platz nehme.

Keiner von beiden erkennt mich.

Paul hebt den Blick, lässt seine Augen über mein Gesicht gleiten und wendet sich mit einem abschätzigen Blick ab – nur eine weitere Wandlerin, nichts Besonderes. Dove hingegen mustert mich gründlich, ihre Augen verengen sich, als sei ich ihre Konkurrenz. Sie rückt näher an Paul heran und legt besitzergreifend eine manikürte Hand auf seinen Arm.

Ich möchte lachen. Wirklich? Dieser Mann ist kein Preis. Ein Ehemann, der seine Frau mit ihrer Schwester betrügt, ist nichts, wofür man kämpfen müsste.

Der Laptop neben mir fühlt sich an wie ein Anker. Wäre das hier ein Traum, könnte diese Situation vielleicht in meine Top Ten kommen – die Möglichkeit, sie zu beobachten, ohne Vortäuschung oder Mitleid, ohne dass ihre Gefühle mein Urteil trüben.

Paul sieht schrecklich aus. Dunkle Ringe unter den Augen, ungepflegtes Haar und der Ansatz eines Bartes. Für einen kurzen Moment empfinde ich fast Mitleid, aber dann fällt mein Blick wieder auf Dove, und jedes bisschen Mitgefühl verschwindet.

Erst jetzt bemerke ich die drei Wachen im Raum, einer von ihnen ist der grinsende Blonde, der viel zu scharf auf eine Show wirkt. Blondie lehnt an der Wand, die Arme verschränkt, und strahlt amüsierte Vorfreude aus. Er will, dass ich die Kontrolle verliere.

Ich verdrehe die Augen und schenke mir ein Glas Wasser ein. Die Kristallfacetten brechen das Licht, während ich das Glas drehe – der Wasserwirbel spiegelt den Sturm in mir wider. Gleichzeitig zeigt er mir acht kleine Versionen eines wütenden Pauls.

»Wann werde ich meine Frau sehen?«, fragt Paul lautstark in den Raum, seine Hand schlägt auf den Tisch. Seine Stimme ist rau, als hätte er entweder geschrien oder würde sich von einer Erkältung erholen.

Ich stelle das Glas mit vorsichtiger Sorgfalt ab und lehne mich vor, bereit zu sprechen, als die Tür aufgeht.

Merrick tritt mit der mühelosen Autorität eines Mannes ein, der weiß, dass er den Raum beherrscht. Seine Anwesenheit verändert die Atmosphäre, macht sie intensiver. Paul versteift sich, Dove richtet sich auf, wirft ihr Haar zurück und lässt ein nervöses Kichern hören.

Das Ding in mir regt sich, und ich unterdrücke den lächerlichen Drang zu knurren. Dove kann sich so sehr an Paul klammern, wie sie will, aber in dem Moment, in dem ihre Augen zu Merrick wandern, flammt ein ureigener Instinkt in mir auf.

Wage es ja nicht, ihn anzusehen, du Kuh.

Barry, mein Wandler-Anwalt, folgt Merrick mit einem Stapel Akten in den Armen. »Entschuldigen Sie die Verspätung. Ich musste noch einige Änderungen vornehmen, die diesen Fall betreffen«, sagt er, schenkt mir ein warmes Lächeln und nimmt den Platz neben mir ein. »Guten Morgen. Üble Sache mit dem Biss. Wie geht es Ihnen damit?«

»Ich komme zurecht«, antworte ich und blicke auf das schwarze Sinnesband an meinem Handgelenk.

»Gut, dass Sie ein Band haben. Das wird enorm helfen. Lassen Sie uns das schnell erledigen.« Er klopft auf den Aktenstapel und lehnt sich mit einem beruhigenden Nicken zurück.

Merrick knöpft sein Jackett auf, setzt sich an die Spitze des Tisches und schenkt sich ein Glas Wasser ein, bevor er Paul mit kühler Gleichgültigkeit betrachtet.

»Mr. Emerson.«

»Wer zur Hölle sind Sie?«, fährt Paul ihn an, sein Tonfall so scharf, dass die Wachen sich bewegen. Barry und der andere Anwalt verziehen das Gesicht.

Merrick antwortet nicht, sondern schlägt den obersten Ordner auf. »Was kann ich für Sie tun, Mr. Emerson?«

Paul schlägt erneut mit der Hand auf den Tisch. »Ich bin hier, um meine Frau zurückzubekommen!«

Merrick neigt den Kopf, seine Stimme gefährlich ruhig. »Ach ja? Haben Sie sie verloren?«

»Spielen Sie keine Spielchen, Sie widerliches Biest«, knurrt Paul. »Ich habe es Ihnen am Telefon gesagt – wir hatten eine Meinungsverschiedenheit, und jetzt hat sie bei diesem Ministerium eine Stelle angenommen. Ich will mit ihr reden. Sie soll nach Hause kommen. Ihr Vertrag mit euch Tieren ist null und nichtig. Sie ist ein Mensch. Sie gehört nicht hierher.«

»Mrs. Emerson ist erwachsen«, erwidert Merrick ruhig, »und durchaus in der Lage, ihre eigenen Entscheidungen zu treffen. Können Sie mir erklären, warum sie gegangen ist?«

»Das geht Sie nichts an«, knurrt Paul, sein Blick verdüstert sich.

Merricks Blick gleitet zu mir. »Aber es würde mich interessieren.«

Dove mischt sich ein, ihre Stimme honigsüß. »Es war nur ein kleines Missverständnis. Ein winziger Streit, nichts Ernstes.«

Merrick hebt eine Augenbraue. »Ein kleines Missverständnis? Sie ist in einen völlig anderen Sektor gezogen, um ihrem Ehemann zu entkommen. Das ist ein ziemlich großer Streit. Und Sie sind?«

»Ich bin ihre Schwester, Dove«, antwortet sie mit einem einfältigen Lächeln. »Wir haben uns so Sorgen um sie gemacht. Es geht ihr nicht gut, verstehen Sie? Das liegt in der Familie – auf der Seite *ihres* Vaters.«

Merricks Gesichtsausdruck bleibt neutral. »Das klingt ernst.«

»Das ist es auch«, sagt Dove und senkt die Stimme, als würde sie ein Geheimnis verraten.

Paul beugt sich vor und fleht: »Hören Sie, ich liebe meine Frau. Ich würde ihr niemals absichtlich wehtun. Diese ganze Scheidungssache ist absurd. Sie kann mich doch nicht einfach verlassen!«

Merricks Augen verengen sich, seine nächste Frage durchschneidet die Stille wie ein Messer. »Sie beide riechen förmlich nacheinander. Haben Sie und Mrs. Emerson eine offene Beziehung?«

Paul stottert, sein Gesicht wird knallrot. Dove erstarrt, ihr Lächeln stockt. Ich lehne mich zufrieden zurück, erfreut über den ersten Riss in ihrer vermeintlich perfekten Fassade.

»Mrs. Emerson hat ein Video aufgenommen, bevor sie Sie verlassen hat.« Merrick fährt fort, seine Stimme ist ruhig, doch das Gewicht seiner Worte und seine schlecht kaschierte Wut drücken schwer auf den Raum. Dove und Paul tauschen verwirrte Blicke aus, sie verstehen noch nicht ganz, worauf es hinausläuft.

»Wenn du so nett wärst«, sagt Merrick und nickt mir zu. Dabei achtet er sorgfältig darauf, meinen Namen nicht zu nennen. Was ich sehr zu schätzen weiß.

Trotz meines angespannten Lächelns schiebe ich den Laptop in die Mitte des Tisches. Das Video ist bereits geladen, aber ich drehe den Bildschirm von mir weg – ich muss das nicht noch einmal sehen. Die Erinnerung an diesen Tag reicht völlig aus, um meinen Magen zu verknoten.

Ich drücke auf Play. Die kurzen, vernichtenden fünfzehn Sekunden, die alles verändert haben. Der Ton ist stummgeschaltet, doch die Bilder sprechen für sich. Der Verrat ist in jedem Frame zu erkennen.

Pauls Stuhl schrammt lautstark über den Boden, kippt um, und das Geräusch, als er aufschlägt, lässt mich zusammenzucken. Er springt auf und stürzt sich wie ein verzweifelter Mann über den Tisch, um den Laptop zu packen.

Doch Blondie ist schneller. Er schnappt sich den Laptop und klemmt ihn sich unter den Arm. »Na, na, keine Zerstörung von Ministeriumseigentum, Mr. Emerson«, sagt er mit einem breiten Grinsen, seine Belustigung kaum verborgen. »Hatten Sie auch so ein Temperament bei Ihrer Frau?« Er tritt zurück, während die anderen Wachen sich nähern – eine stumme, aber unmissverständliche Warnung.

Paul richtet sich auf, seine Brust schwillt an wie ein in die Ecke gedrängtes Tier. »Ich würde ihr niemals etwas antun!« Seine Stimme überschlägt sich vor Empörung.

»Nein, das würden Sie nicht«, sagt Merrick glatt, seine Worte messerscharf. »Aber Sie würden schlechten Sex mit ihrer Schwester haben.«

»Schlecht?« Doves Gesicht läuft rot an. »Es war nicht schlecht!«

»Es sah schlecht aus«, murmelt Blondie. »Als hätten Sie irgendeinen Anfall.«

Eine schockierte Stille liegt schwer im Raum. Ich presse eine Hand auf meinen Mund, um ein Lachen zu unterdrücken. Ich hätte gutes Geld dafür bezahlt, dass er das sagt. Ist das jetzt wirklich mein Leben?

Merrick lässt sich davon nicht beirren, seine Stimme schneidet ruhig und präzise durch die Stille wie ein Skalpell. »Versuchen wir es nochmal, ja? Diesmal mit der Wahrheit. Ihre Frau, Mrs. Emerson, hat Sie in flagranti mit ihrer Schwester erwischt. Sie hat es gefilmt, weil sie wusste, dass Sie es – wie so oft – abstreiten würden.«

Barry notiert lautstark etwas in seiner Akte und schüttelt dabei missbilligend den Kopf.

Paul wird knallrot, seine Fäuste ballen sich an den Seiten. Dove, die jede Gelegenheit nutzt, sich in den Vordergrund zu drängen, meldet sich zu Wort: »Wir dachten, sie wäre nicht zu Hause!«, protestiert sie. »Paul meinte, sie würde lange arbeiten, da sie ein großes Projekt hatte. Wir dachten nicht, dass es jemandem wehtun würde.«

»Sie dachten, es würde niemandem wehtun?« Merricks Tonfall ist ungläubig. »Ist Ihnen wirklich nie, auch nur für eine Sekunde, in den Sinn gekommen, wie sehr es Lark zerstören würde, Sie beide in ihrem Bett zu erwischen? Haben Sie wirklich geglaubt, sie würde nicht merken, dass die Laken nach Ihnen beiden stinken?«

Dove sieht tatsächlich beleidigt aus. »Ich hätte die Laken gewechselt. Lark muss einfach nach Hause kommen, und dann können wir weitermachen wie bisher. Ich meine, wir brauchen ihr Gehalt, um das Haus zu halten!«

Merrick blinzelt, sein Gesichtsausdruck bleibt leer. »Charmant.«

Barry schiebt ein Dokument über den Tisch zum Anwalt von Paul, der es überfliegt, bevor er aufsteht und seine Sachen zusammenpackt. »Wir sind hier fertig«, sagt er knapp, ohne Pauls Versuche, ihn am Arm zu greifen, zu beachten.

»Wo zur Hölle wollen Sie hin?«, brüllt Paul, sein Gesicht ist vor Wut verzerrt. »Ich habe ein Vermögen dafür bezahlt, dass Sie hier sind!«

»Es gibt nicht genug Geld auf der Welt, um das hier zu retten«, antwortet der Anwalt, richtet seine Krawatte und geht zur Tür. »Ihre Frau ist nicht länger Ihr Problem. Die Ehe wurde annulliert.«

Pauls Gesicht verzerrt sich vor Unglauben. »Annulliert? Das ist Schwachsinn! Man kann doch keine fast dreißigjährige Ehe annullieren!«

»Das Gesetz sieht das anders«, mischt sich Barry ein und schiebt Paul ein weiteres Dokument zu. »Hier ist Ihre Kopie für die Unterlagen.«

Paul schnappt sich die Papiere und liest sie wütend. »Hier steht, sie wurde von einem Wandler angegriffen. Was soll das heißen? Ist sie tot?«

Dove stößt ein theatralisches Keuchen aus. »Lark ist tot? Oh mein Gott, meine arme Schwester! Ein Wandler hat sie getötet? Wer hilft mir jetzt mit –«

»HALT DEN MUND!«, brüllt Paul, und sie verstummt. Er wendet sich wieder Merrick zu, sein Gesicht ist kreidebleich vor Wut. »Was bedeutet das?«

»Es bedeutet, dass Ihre Frau kein Mensch mehr ist«, erklärt Merrick. »Sie steht jetzt unter der Obhut des Wandlersektors. Ihre Ehe mit Ihnen ist aufgehoben, da sie rechtlich in der Menschenwelt als verstorben gilt. Ihr gesamtes Eigentum wird an das Ministerium übertragen.«

»Sie ist ein Monster geworden«, spuckt Paul aus. »Hat sie dem zugestimmt? War das Teil ihrer Arbeit?«

»Nein, das war es nicht. Leider wurde Lark angegriffen, als sie versuchte, eine Kollegin zu retten. Sie ist eine unglaublich mutige Frau.« Merrick zeigt auf das Dokument. »Das ist alles, was Sie für Ihre Unterlagen brauchen. Wenn Sie heute Abend ausziehen könnten, wird das Ministerium das Haus und alle gemeinsamen Vermögenswerte verkaufen. Ihr Anteil wird Ihnen ausgezahlt, sobald der Prozess abgeschlossen ist.«

»Sie verkaufen das Haus?«, jammert Dove und klammert sich an Pauls Arm. Er sieht aus, als hätte er einen Geist gesehen. »Aber wie können Sie nur?«

»Das ist alles rechtsgültig«, sagt Barry und zuckt fast fröhlich mit den Schultern.

Pauls Hand zittert, als er auf das Dokument zeigt, seine Stimme überschlägt sich vor Verwirrung. »Was ist das hier für ein Name?« Er tippt mit dem Finger auf die Seite. »Das ist nicht ihr Mädchenname! Wer ist dieser Winters? Warum hat sie seinen Nachnamen angenommen?«

Ich blinzle, die Worte ergeben für einen Moment keinen Sinn. *Winters*? Mein Nachname wurde geändert? Das höre ich gerade zum ersten Mal. Stirnrunzelnd sehe ich Merrick an, der mich mit einem unerträglich ruhigen Ausdruck ansieht.

»Lark, hast du noch etwas hinzuzufügen?«, fragt er, seine Stimme weich wie Seide.

Es dauert einen Moment, bis ich seine Worte verarbeite. *Mist*. Ich schaffe es, halbherzig abzuwinken, mein Hals ist plötzlich wie zugeschnürt. Ich will mich übergeben. »Äh … nein, alles gut. Danke.«

Paul reißt den Kopf herum, als er meine Stimme hört. Seine Augen weiten sich, während er mich endlich ansieht. *Wirklich* ansieht. »Lark?«, krächzt er, jeder Buchstabe ist von Unglauben durchzogen, als sein Blick über mich gleitet. »Lark?«

Dove stößt einen schrillen Laut aus, der wie ein pfeifender Teekessel klingt. »Aber ... du bist *wunderschön*! Was ist mit dir passiert? Du siehst aus wie ...« Sie verengt die Augen und mustert mich mit einer Mischung aus Eifersucht und Argwohn. »Ich dachte mir schon, dass du mir bekannt vorkommst. Du siehst aus wie unsere Urgroßmutter. Ist das, was passiert, wenn man ein Wandler wird?«

Sie ist außer sich. *Sie ist so, so außer sich*, sie kocht förmlich vor Neid.

Ich verschränke die Arme und lehne mich zurück, beiße mir auf die Zunge, um nichts zu sagen, was ich später bereuen könnte. Wenn sie nur wüsste, wie wenig mich ihre Meinung jetzt interessiert.

Merrick, völlig unbeeindruckt von dem Tumult, spricht so gelassen, als würde er das Wetter ansagen. »Nun, Ihre Ehe ist annulliert, und dieses Treffen ist beendet. Sie können jetzt beide gehen.«

»Warum Winters?«, knurrt Paul und funkelt mich an.

»Oh, steht das nicht offensichtlich in den Dokumenten? Abschnitt vier, Absatz sieben. Lark Winters hat den Namen ihres Gefährten angenommen.«

»Gefährten?« Paul und Dove sagen es gleichzeitig, der Schock ist fast schon komisch.

Meine eigene Überraschung ist nicht weniger groß. *Gefährte?*, forme ich lautlos mit den Lippen, während mein Kopf sich dreht. Ich habe einen Gefährten?

Merricks Grinsen wird fast raubtierhaft, seine eisblauen Augen fixieren meine, bevor er sich wieder dem unglücklichen Paar zuwendet. »Oh ja. Lark wird bald den Alpha Prime zum Gefährten haben.«

»Den Alpha Prime?«, jammert Dove und klammert sich noch fester an Pauls Arm, als wäre er ihre letzte Rettung.

»Ja.« Merricks Lächeln wird breiter, wolfsähnlicher. »*Mich*.«

KAPITEL ZWANZIG

EINE DUNKLE, schreiende Panik steigt in mir auf, als ob sie hinter meinem Brustbein wuchert. Meine Aufmerksamkeit ist auf Merrick gerichtet – Merrick, der Alpha Prime. Ich versuche immer noch zu begreifen, was gerade passiert ist. Er ist der Anführer aller Wandler, und trotzdem war er derjenige, der meinen Arbeitsvertrag überbracht hat?

Was zur Hölle geht hier vor?

»Lark, ich verzeihe dir, dass du mich mit den Blumen erschreckt hast! Lark! Sag ihnen, dass wir das Haus behalten können!« Doves Stimme wird lauter, während Blondie sie förmlich aus dem Raum trägt. »Ich habe meine Mietwohnung aufgegeben! Ich mag dein Zuhause, ich mag deine Straße – sag es ihnen! Lark!« Ein befriedigendes »Uff« entweicht ihr, als Blondie sie draußen absetzt.

Paul hingegen starrt mich an, als hätte ich einen zweiten

Kopf bekommen. »Du hast mich für ihn verlassen? Für *diesen Typen?*« Seine Stimme trieft vor Unglauben.

Ich seufze und reibe mir die Nasenwurzel. »*Du hast mich betrogen*«, will ich schreien, aber was bringt es? Ich bin wie betäubt. Zu viel ist passiert, ein Schock jagt den nächsten. Ich bin emotional zu ausgelaugt, um auf irgendetwas, das Paul sagt, zu reagieren.

»Er ist praktisch ein Kind!«, schnauzt Paul.

Schon wieder falsch. Er ist nicht ohne Grund der Prime. Merrick ist wahrscheinlich mindestens achtzig, wenn nicht älter – Wandler altern anders. Aber Paul das zu erklären, wäre so, als würde man einem Goldfisch Infinitesimalrechnung beibringen.

Ein weiterer Wachmann drängt ihn durch die Tür, die mit einem Knall hinter ihm zufällt und glücklicherweise sein Gezeter abschneidet.

Irgendwo im Chaos muss Barry hinausgeschlichen sein – ich habe nicht einmal bemerkt, wann er gegangen ist, und ich habe mich nicht bedankt. Meine Hände zittern, während ich sie anstarre und versuche, sie zur Ruhe zu bringen. Der Raum fühlt sich jetzt unheimlich still an.

Die Stille dehnt sich. Ich sollte wütend sein – stinksauer. Merrick hat mir weit mehr verschwiegen, als Paul es jemals getan hat, und doch empfinde ich nur eine müde Dankbarkeit, die ich nicht näher betrachten will.

Ich spüre Merricks Präsenz, bevor ich ihn höre.

»Geht es dir gut?« Seine Stimme ist sanfter, als ich erwartet habe.

Ich blicke auf. *Nein.* »Ja, mir geht's großartig. Ich bin rechtlich tot, mein Name wurde geändert, und mein Ex-Mann denkt, ich laufe mit einem Wandler davon.« Ich gestikuliere vage mit den Händen. »Alpha Prime? Im Ernst? Du bist der Alpha Prime. Und du warst derjenige, der meinen Arbeitsvertrag überbracht hat? Was sollte das?«

Merrick lässt sich auf die Tischkante sinken, sieht dabei viel zu ruhig aus für jemanden, der gerade mein Leben detoniert hat. »Ich bin praktisch veranlagt«, sagt er mit einem Achselzucken. »Ich erledige Dinge.«

»War diese ganze Gefährten-Sache deine Art, *Dinge zu erledigen*?«

»Nein.«

»Hast du dir das ausgedacht, um die Bürokratie zu beschleunigen?«

Seine Lippen zucken, Belustigung blitzt in seinen Augen auf. »Nein.«

»Was dann, Merrick? Wie ergibt das alles einen Sinn?«

Er lehnt sich vor, seine Stimme ist fest und bedächtig. »Ich wusste es in dem Moment, als ich dich in der Hotellobby gesehen habe. Du bist meine Schicksalsgefährtin.«

»Schicksalsgefährtin? Ich weiß nicht mal, was das bedeutet.«

»Das wirst du in der Einrichtung lernen«, sagt er und wagt es, mir einen sanften Kuss auf die Stirn zu drücken. »Mach dir keine Sorgen um das alles. Alles wird gut.«

»Gut?« Mein Lachen klingt schrill. »Ich bin so verwirrt.«

»Ich weiß.«

»Ich habe Angst.«

»Es tut mir leid. Ich wollte das nicht so öffentlich machen.« Seine Augen verlieren ihre Schärfe, Bedauern liegt in seinem Blick. »Aber dein Ex hat mich wütend gemacht.«

»Ja, das kann er gut.«

»Ich hätte vorher mit dir reden sollen.«

»Ja, das hättest du. Das war verrückt, Merrick. Das Ganze ist verrückt. Hättest du mir von der Gefährten-Sache erzählt, wenn ich nicht gebissen worden wäre?«, frage ich mit ruhiger Stimme, obwohl mein Herz rast.

Merrick zögert, das Gewicht der Frage liegt schwer auf ihm. Schließlich seufzt er. »Ich weiß es nicht«, gibt er leise und fast bedauernd zu. »Ich hätte dich beschützt, dich aus der Ferne sicher gehalten. Aber ... es dir zu sagen? Ich weiß es nicht.« Er reibt sich den Nacken, sein Blick fällt auf den Boden. »Es war schon schwer genug, dir fernzubleiben. Ich habe seit Monaten ein Sicherheitsteam auf dich angesetzt.« Seine Augen heben sich, treffen meine, und da ist etwas Rohes in ihnen. »Mein Leben ist zu gefährlich für einen Menschen.«

Das ist also ein Nein. Ein Kloß bildet sich in meiner Kehle, scharf und schmerzhaft. *Warum tut das so weh?* Ich wusste, dass wir verschieden sind, dass seine Welt nichts mit meiner gemeinsam hat. Ich wusste, dass er außerhalb meiner Liga spielt. Aber ihn das sagen zu hören – dass er es mir nicht gesagt hätte – trifft mich hart.

Ein kleiner, hinterhältiger Gedanke schleicht sich ein: War der Einbruch wirklich ein Terroranschlag?

Oder hat man mir eine Falle gestellt? Hat Merrick vielleicht entschieden, dass es besser wäre, mich loszuwerden, als seine Schicksalsgefährtin zu sein?

Aber nein ... Er wäre nicht gekommen, um mich zu retten, wenn er mich tot sehen wollte. Oder?

Es ist aber ziemlich praktisch, oder? Wenn ich die Wandlung überlebe, werde ich pelzig, und plötzlich hat

Merrick eine Wandler-Partnerin, die nicht wie eine alte Dame aussieht. Meine Gedanken schweifen zu Jo und Sandra – die Art, wie Sandra Jo mit so unerschütterlicher Hingabe ansah. Sie kriegen das hin, aber Sandra und Jo sind nicht wir. Sandra ist nicht der Alpha Prime.

Der Biss allerdings ... er macht die Dinge wirklich praktisch für ihn.

Jetzt sehe ich fünfundzwanzig Jahre jünger aus.

Ich reibe mir das Gesicht, aber die Bewegung lindert den Druck hinter meinen Augen kaum. Das alles ist einfach zu viel. Jeder will geliebt werden, will für das geliebt werden, was er ist – und nicht wegen irgendeiner Laune des Schicksals. Niemand will in eine Beziehung gedrängt werden, nur weil irgendeine kosmische Verkupplung das so bestimmt.

Erst Paul. Jetzt Merrick.

Keiner von ihnen will mich wirklich.

Merrick nimmt eine Haarsträhne, die auf meiner Schulter liegt, und zwirbelt sie zwischen seinen Fingern. »Hannah hat gute Arbeit geleistet«, sagt er.

»Das hat sie«, gebe ich zu.

Vor dem Treffen hatte Hannah meine Haare in Form gebracht und den Schaden repariert, den ich bei meinem überstürzten, selbst verschuldeten Haarschnitt angerichtet hatte. Es ist nichts Besonderes, aber zumindest sehe ich nicht mehr aus, als hätte ich einen Kampf mit einer Heckenschere verloren.

»Die Sachen, die du brauchst, sind gepackt und im Auto. Ich weiß, du willst nicht weg, und du denkst, du könntest das allein schaffen. Aber das kannst du nicht. Vertrau mir.«

»Dir vertrauen?«, schieße ich zurück, meine Stimme erhebt sich. »Du hast mich für deinen eigenen Spaß manipuliert. Warum sollte ich dir vertrauen?«

»Weil ich dein Gefährte bin.«

Ich werfe die Hände in die Luft. Ich bin nur dann seine Gefährtin, wenn es ihm passt. »Du hast mich nicht gefragt. Es gibt da dieses verrückte Konzept – es nennt sich Einwilligung.«

»Ich weiß.« Seine Stimme bleibt ruhig, unbeirrt. »Aber sobald du dein Tier spürst, wirst du es verstehen. Du kannst das Schicksal nicht bekämpfen.«

Oh doch, das kann ich – und das werde ich. Ich sage es nicht laut. Schließlich ist er der Alpha Prime.

Optimus Prime, denke ich und unterdrücke ein Seufzen unter dem Gewicht dieser immer größer werdenden Katastrophe. Ich dachte, ich könnte das Ministerium umgehen und Hilfe bei einem Außenseiter finden. Stattdessen bin ich direkt in die Fänge des Wolfs selbst gelaufen.

»Also, gehe ich jetzt?«

»Ja.«

»In die Einrichtung.«

»Ja.«

Okay, gut. Ich werde in die Einrichtung gehen. Ich werde die Tests machen, das Training durchstehen, die Bücher lesen – was auch immer nötig ist. Ich werde mich beweisen, die beste verdammte Wandlerin werden, die sie je gesehen haben. Und dann, hoffentlich, kann ich wieder arbeiten. Ich werde den Kopf unten halten, mich auf meinen Job konzentrieren und Merrick aus dem Weg gehen.

Ich funkle ihn an. »Und was wirst du machen? Den

Alpha Prime spielen, während ich mich um diesen Mist kümmere?«

»Du brauchst mich nicht als Aufpasser. Riker wird dich begleiten.«

»Riker?«

»Dein Bodyguard.«

»Blondie? Der große Blonde?«

Merricks Lachen ist warm und unerwartet. »Oh, das wird er lieben. Hast du mir auch einen Spitznamen gegeben?«

»Oh ja. Du bist Mr. First Class.«

»Mr. First Class?« Er lächelt.

»Ja. Ich dachte, du wärst ein Kurier.«

»Ah.« Sein Lächeln wird breiter. »Das gefällt mir. Ich kann jederzeit dein Mr. First Class sein.« Er wackelt mit den Augenbrauen.

»Nein, kannst du nicht. Ich habe einen neuen Spitznamen für dich.«

»Oh? Welcher ist das?«

»Arschloch«, sage ich, als ich mich vom Stuhl erhebe.

Merrick lacht leise hinter mir. »Leb dich gut ein, kleine Gefährtin. Ich werde dich bald besuchen. Pass auf dich auf.«

Ich winke über die Schulter, ohne mich umzudrehen. »Was auch immer, Arschloch.«

Ich reiße die Tür auf und sehe Blondie – Riker – lässig gegen die Wand gelehnt, seine massiven Arme verschränkt.

»Na, was geht, Gefährtin des Alphas?« Sein selbstgefälliges Grinsen ist unerträglich.

»Wo geht's zum Auto?«, fauche ich.

»Hier lang, Gefährtin des Alphas.«

»Hör auf, mich so zu nennen.«

»Warum? Jedes Mal, wenn ich es sage, siehst du aus, als würdest du gleich schreien. Das ist urkomisch. Gefährtin, Gefährtin, Gefährtin ... Soll ich dich lieber Welpe nennen? Vielleicht passt Blondies Schützling besser zu dir ...?«

Ich lasse einen frustrierten Schrei los, und er bricht in Gelächter aus, sein tiefes Lachen hallt durch den Flur, während er mich zum Auto führt.

Kapitel Einundzwanzig

Zone Eins ist nur vierzig Minuten von Zone Zwei entfernt, fühlt sich aber wie eine völlig andere Welt an. Während Zone Zwei modern und urban wirkt, strahlt Zone Eins militärische Präzision aus. Sie scheint auf Training und Disziplin ausgelegt zu sein, eine Mischung aus einem weitläufigen Armeelager und einer Erziehungsanstalt.

Die Einrichtung erhebt sich vor uns, umgeben von einem hohen Zaun. Ich nehme an, sie ist magisch gesichert. Die Architektur ist typisch für Wandler – gleichermaßen imposant wie praktisch. Als wir uns den Toren nähern, winkt uns ein Wachmann zu, anzuhalten und überprüft unsere Ausweise.

Riker reicht ihm meinen neuen goldenen Pass, der den blauen ersetzt, an den ich mich gerade erst gewöhnt hatte. Der Wachmann untersucht ihn sorgfältig und mustert mich mit scharfen, prüfenden Augen. Nach einem Moment verneigt er sich leicht vor mir.

»Es ist mir eine Ehre, die Gefährtin des Alphas kennenzulernen«, sagt er.

Ich bringe ein knappes Lächeln zustande. »Danke.« *Bitte lass mein Auge nicht zucken.*

Riker wirft mir einen Blick über die Schulter zu und grinst. Ich ramme mein Knie gegen die Rückseite seines Sitzes, und er lacht.

Der Wachmann gibt den Pass zurück, das Tor öffnet sich, und wir werden durchgewunken.

Auch wenn uns das vertraute Grün der Wandler-Welt begrüßt, unterscheiden sich die Gebäude hier deutlich. Rechts befindet sich ein flaches Gebäude, das wie eine alte Turnhalle aussieht.

»Das sind die Schlafquartiere«, erklärt der Fahrer in einem Tonfall wie ein Reiseleiter. »Dort wohnen alle. Jeder hat sein eigenes Schlafzimmer und Badezimmer, plus einen Gemeinschaftsbereich, falls man gesellig sein möchte.«

Wir fahren an den Schlafquartieren vorbei und halten vor einem herrschaftlichen Gebäude, das einen scharfen Kontrast zur sonstigen Zweckmäßigkeit bildet. Es ist dasselbe Gebäude, das auf der Broschüre abgebildet ist – der Broschüre, die ich noch nicht geöffnet habe.

Wir steigen aus dem Auto, und ein Mann eilt die Stufen hinunter, um uns zu begrüßen. Er strahlt, als wäre ich königlicher Besuch.

»Miss Winters!« Er ergreift meine Hand mit beiden Händen und schüttelt sie energisch. »Es ist mir eine große Freude, Sie kennenzulernen! Ich bin Direktor Sullivan. Ich hoffe, Ihr Aufenthalt bei uns wird sicher und angenehm sein. Ich habe von Ihrem Angriff gehört – schrecklich bedauerlich – und möchte, dass Sie wissen, dass wir uns ausgezeichnet um Sie kümmern werden.«

»Vielen Dank«, sage ich und widerstehe dem Drang, meinen Arm nach seinem überschwänglichen Händedruck auszuschütteln. Seine Begeisterung ist ein wenig überwältigend, und sein Griff fühlt sich an, als könnte er mir den Arm abreißen.

»Wir haben für heute Nachmittag einige Tests angesetzt«, fährt Mr. Sullivan fort, während wir die Stufen hinaufsteigen. »Nur eine Formalität, natürlich, um sicherzustellen, dass nichts Ihren Fortschritt beeinträchtigt. Es ist wichtig, in der bestmöglichen Verfassung für dieses bedeutende Ereignis zu sein.«

Bedeutendes Ereignis. Genau. Weil es natürlich ein Grund zum Feiern ist, gebissen zu werden und sich in einen Wandler zu verwandeln.

Während er weiterplappert, werfe ich einen Blick zurück auf Riker. Er hustet und murmelt etwas in seinen nicht vorhandenen Bart. Dank des Sinne dämpfenden Bandes kann ich es nicht verstehen. Ich werfe ihm einen fragenden Blick zu und deute auf das Band, aber er grinst nur wieder.

Mr. Sullivan bemerkt es. »Ah, dieses Band – ein teures Modell! Jemand muss sie wirklich sehr mögen.«

Sein Lächeln lässt mich innerlich zusammenzucken.

»Sie und Ihr Bodyguard werden in einer Suite im Hauptgebäude untergebracht. Normalerweise ist das die Unterkunft für Mitarbeiter, aber wir –«

»Oh nein, bitte nicht«, unterbreche ich ihn erschrocken. »Ich möchte keine Sonderbehandlung. Ich werde in den Schlafquartieren bleiben.« Ich deute zurück auf das flache Gebäude.

Mr. Sullivan sieht überrascht aus. »Aber Sie sind die Gefährtin –«

»Das ist schon in Ordnung«, sage ich entschieden. »Ich möchte nicht auffallen.«

Das Letzte, was ich brauche, ist, dass jeder denkt, ich würde bevorzugt behandelt. Ich habe mein ganzes Leben damit verbracht, mich anzupassen, und ich werde jetzt bestimmt nicht damit anfangen, die Privilegienkarte auszuspielen.

Mr. Sullivan zögert, offensichtlich hin- und hergerissen. »Nun, wenn das Ihr Wunsch ist, Miss Winters ...«

Ich werfe einen Blick zu Riker. »Ist das in Ordnung?«

Er zuckt mit den Schultern. »Passt für mich.«

»Wir haben zwei verfügbare Zimmer«, sagt Mr. Sullivan und gewinnt seine Fassung zurück. »Sie liegen nah beieinander, sodass Ihr Bodyguard in Ihrer Nähe ist.«

Ich nicke höflich. »Vielen Dank, Direktor. Wie lange werde ich hier bleiben müssen?« Bitte lass es keine Monate sein.

»Nun«, sagt er mit einem breiten Lächeln, »der vollständige Trainingskurs dauert in der Regel mindestens vier Monate. Viele unserer Teilnehmer bereiten sich seit Jahren darauf vor. Die meisten sind geborene Wandler, die ihren natürlichen Wandel durchlaufen, oder Kandidaten, die ausführlich vorbereitet wurden. Sie befinden sich natürlich in einer einzigartigen Situation, daher werden Sie zusätzliche Kurse haben, um aufzuholen.«

Mein Herz sinkt. *Vier Monate. Jahre der Vorbereitung.* Und hier bin ich, völlig ahnungslos. Es fühlt sich an, als wäre ich in ein fortgeschrittenes Kampfjet-Programm geworfen worden, ohne zu wissen, wie man ein Flugzeug fliegt.

»Vielleicht ein paar Wochen. Der Alpha Prime hat angeordnet, dass Sie hierbleiben, bis Sie gelernt haben, sich zu wandeln. Danach wird er Sie in die Hauptstadt bringen für privaten Unterricht.«

Der Unterton in seiner Stimme deutet darauf hin, dass er mit dieser Regelung alles andere als zufrieden ist. Offensichtlich kratzt es an seinem beruflichen Stolz, dass Merrick mich wegbringen wird.

Fantastisch. Ich mache mir jetzt schon Freunde.

Kapitel Zweiundzwanzig

Ich sitze das Treffen mit der Psychologin aus, halte mein Gesicht ausdruckslos und meinen Mund fest im Zaum. Das ist nicht meine ausgesuchte Ärztin. Ich habe sie nicht engagiert. Sie ist die Expertin des Ministeriums, und ich weiß genau, dass ihre Notizen in meiner Akte landen werden. Also spiele ich mit, beantworte ihre Fragen mit fröhlichen, einstudierten Antworten, die perfekt angepasst und optimistisch klingen.

Ich lüge, was das Zeug hält.

»Ja, große Hunde lassen mein Herz schneller schlagen.«

»Ja, ich fühle mich leicht unwohl in der Nähe von Wandlern.«

»Natürlich nehme ich alles Schritt für Schritt.«

Sie schluckt es bereitwillig. Am Ende entkomme ich

ihrem Büro mit einem professionellen Lächeln, einer vagen Empfehlung für *ein paar weitere Sitzungen* und ihrer Versicherung, dass ich mich *bemerkenswert gut anpasse*.

Klar. Was auch immer mich hier rausbringt.

Auf dem Weg zu meinem zugewiesenen Zimmer, mit Broschüren in der Hand, sehe ich ein Mädchen, das mit einem großen Metallkoffer kämpft. Schweiß perlt auf ihrer Stirn, und ihre Wangen sind vor Anstrengung rot gefärbt. Sie beißt sich auf die Lippe, ihre Handflächen sind leuchtend rot von dem festen Griff um den Henkel.

»Hallo«, sage ich und trete um sie herum. »Brauchst du Hilfe?«

Sie blickt mit großen, blauen Augen zu mir auf, ihre hellblonden Locken umrahmen ihr Gesicht. Als sich unsere Blicke treffen, senkt sie den Kopf und lässt ihr Haar wie einen schützenden Vorhang fallen.

»Oh, ich schaffe das schon«, flüstert sie.

»Nein, wirklich, ich kann helfen. Das sieht schwer aus.«

Ihr Blick huscht unsicher zu mir hoch. »Wirklich?«

»Natürlich! Lass mich die eine Seite nehmen. Zu zweit schaffen wir das. Wohin müssen wir?«

»Nur den Flur entlang.«

»Kein Problem.«

Sie bewegt sich zum vorderen Griff, zögert aber, bevor sie mir den Rücken zukehrt. »Danke. Es ist ein Koffer vom Wandler-Militär – anscheinend haben sie darin Raketen transportiert. Aber jetzt ...« Sie kichert nervös. »Jetzt ist er einfach vollgepackt mit meinen Sachen. Hauptsächlich Bücher. Ich konnte sie einfach nicht zurücklassen. Ich bin total süchtig nach Büchern, und E-Reader riechen einfach nicht gleich, weißt du? Kleidung ist mir nicht so wichtig, also habe ich den Koffer vollgepackt mit –«

Sie redet weiter, während wir den Flur durchqueren, ihr Ende des Koffers sinkt dabei gefährlich. Ich passe mich ihrem ungleichmäßigen Griff an und achte darauf, nicht zu hoch zu heben, während sie sich abmüht. *Ich bin viel stärker, als ich sein sollte.*

Schließlich erreichen wir ihr Zimmer. Sie öffnet die Tür, und ich helfe dabei, den Koffer hineinzumanövrieren. Wir setzen ihn mit einem dumpfen Aufprall am Fußende ihres Bettes ab.

»Oh, sieh dir meine Hände an!« Sie reibt ihre roten, verschwitzten Handflächen an ihrer Jeans ab. »Vielen Dank! Das war so nett von dir. Ich bin Alice.«

»Freut mich, dich kennenzulernen, Alice. Ich bin Lark.«

»Lark«, sagt sie und lächelt strahlend. »Das ist ein so hübscher Name. Woher kommst du? Ich komme aus einem kleinen Küstenstädtchen. Unser Haus liegt direkt am Strand, und die Aussicht ist einfach wunderschön.«

»Ähm, ich komme aus dem Menschen-Sektor.«

Alice hält nicht inne. Ihr Lächeln wird nur breiter. »Wirklich? Das ist so interessant! Ich war natürlich nie dort – Schutzmaßnahmen und all der Quatsch – aber eines Tages, wenn ich älter bin und mich vollständig gewandelt habe, würde ich gerne mal hin. Wo würdest du empfehlen, dass ich zuerst hingehe?«

Wir unterhalten uns über verschiedene Orte, und ich erwähne Sehenswürdigkeiten, die ihr gefallen könnten. Sie ist sogar begeistert von der Idee, Vampire aus sicherer Entfernung zu beobachten.

»Bist du nervös wegen der Wandlung?«, fragt sie und hüpft auf den Zehenspitzen. »Ich bin so aufgeregt! Ich habe angefangen zu meditieren, aber es ist so schwierig. Wie können Leute einfach dasitzen und an nichts denken? Und der Meditationslehrer in der App schmatzt ständig. Es ist so nervig!« Sie rümpft die Nase in gespieltem Ekel, und ich lache.

»Ja, Meditation ist nicht jedermanns Sache.«

»Was machst du beruflich?«, fragt sie und legt den Kopf schief.

»Ich arbeite in der IT.«

»Oh, cool! Also baust du Computer?«

»Mehr oder weniger. Ich mache ein bisschen was mit Hardware, aber hauptsächlich programmiere ich.«

»Das ist ja toll. Ich betreibe ein Cupcake-Geschäft. Ich mache seltsame und ungewöhnliche Cupcakes. Wenn du einen Sonntagsbraten-Cupcake willst, bin ich die Richtige dafür. Ich kann das komplette Gericht in Fondant formen. Schau mal.« Sie zückt ihr Handy und zeigt mir Bilder von kunstvoll dekorierten Cupcakes. Einige sehen aus wie Blumen, andere wie Miniatur-Mahlzeiten und noch mehr.

»Alice, die sind unglaublich! Du hast wirklich Talent.«

»Danke!« Sie strahlt. »Eines kann ich dir sagen: Wandler essen gern, also passt das perfekt.« Sie rennt zu ihrem Metallkoffer, klappt ihn auf und zieht eine Dose heraus. Alice öffnet den Deckel und enthüllt ein Bouquet aus Cupcakes, die so lebensecht aussehen, dass man sie für echte Blumen halten könnte.

»Hier, probier einen!«, bietet sie an.

»Vielen Dank. Ich möchte sie fast nicht zerstören – sie sind so hübsch.« Trotzdem nehme ich einen und beiße hinein. Der Geschmack ist herausragend. »Alice, der ist köstlich.«

Ihr Gesicht leuchtet auf. »Ich freue mich so, dass er dir schmeckt! Hier, nimm dir noch einen für später.« Sie drückt mir einen zweiten Cupcake in die Hände, immer noch lächelnd. »Und noch mal vielen Dank fürs Helfen.«

»Nun, ich sollte besser gehen.«

»Oh, natürlich! Ich wollte dich nicht aufhalten. Aber ... wir reden später wieder, ja?«

»Ja, auf jeden Fall.«

»Juhu!« Sie klatscht in die Hände und hüpft fast vor Freude. »Bis bald!«

Draußen vor Alice' Zimmer wartet Riker, sein Gesichtsausdruck wird theatralisch, als ich den halben Cupcake aufesse.

»Im Ernst?«, fragt er mit gespieltem Verrat.

Ich grinse, lecke einen Krümel von meiner Lippe und schwenke den zweiten Cupcake in der Luft, bevor ich ihn in meinem Zimmer verstaue. »Keine Chance.«

Sein murrender Protest begleitet uns den ganzen Weg zu meinem nächsten Termin, wo mir ein übermäßig begeisterter Ausbilder drei riesige Wälzer über die Geschichte und Bräuche der Wandler in die Hand drückt. Riker trottet hinter mir her, während ich mich in Richtung Bibliothek schleppe.

Die Bibliothek ist wunderschön – hohe Regale säumen die Wände, und ein Kamin befindet sich in einer gemütlichen Ecke am Fenster. Ich setze mich in einen Stuhl und schlage das erste Buch auf.

Schicksalsgefährten. Schicksalsgefährten ... Ich blättere zum Index, suche die Seite heraus und überfliege den Text.

Laut der Wandler-Mythologie sind Schicksalsgefährten ein seltenes Geschenk der Götter, vergleichbar mit menschlichen Seelenverwandten, aber mit einer tieferen, ursprünglicheren Bindung. Ein Schicksalsgefährte kann jeder sein – Mensch, Wandler, Vampir oder Magiebegabte. Die Verbindung ist heilig, und Wandler halten sie in höchster Ehre.

Ich halte an einer Stelle inne, die erklärt, dass das Tier in einem Wandler seinen Gefährten auf den ersten Blick erkennt, selbst wenn der Gefährte kein Tier hat. Der Text betont, dass mit Geduld, Arbeit und Mitgefühl diese Bindung die Grundlage für eine liebevolle, dauerhafte Partnerschaft sein kann.

Heilige Bande, kosmische Verbindungen – klar. Es klingt für mich alles nach Hokuspokus, aber Wandler schwören darauf. Es gibt sogar eine gesetzliche Klausel, die besagt, dass die Entdeckung eines Schicksalsgefährten bestehende Ehen annullieren kann.

Praktisch. Ich vermute, Merrick hatte vor, diese Regel anzuwenden, wenn er mir nachgestellt hätte, als ich ein Mensch war. Aber ich wurde gebissen, und die Regeln – und mein Leben – änderten sich drastisch.

Ich blättere durch die anderen Bücher. Sie wiederholen dieselben Ansichten. Schicksalsgefährten sind selten, heilig, mächtig und lebensverändernd. Bla, bla, bla.

»Alles in Ordnung?«, fragt Riker und reißt mich aus meinen Gedanken.

Ich schaue auf. Er wippt auf den Fußspitzen, als ob er darauf brennt, entweder einen Marathon zu laufen oder jemanden zu verprügeln.

»Musst du aufs Klo oder so?«, frage ich mit einem frechen Grinsen.

Er schnaubt. »Nein. Mir ist einfach langweilig. Ich hatte mehr Drama mit deinem Ex erwartet. Es war ... enttäuschend.« Er verlagert erneut sein Gewicht, offensichtlich auf der Suche nach Action.

Ich schließe das Buch mit einem Knall. »Willst du sparren?«

Seine Augen verengen sich, und er hebt eine Braue. »Sparren? Mit dir?«

»Ja, mit mir. Ich könnte einen richtigen Kampf gebrauchen.«

Er verschränkt die Arme und grinst. »Kannst du überhaupt kämpfen?«

Ich nehme die Bücher, staple sie ordentlich und verlasse die Bibliothek in Richtung Baracken. »Dreißig Jahre Judo«, sage ich beiläufig.

Er stolpert mitten im Schritt, fängt sich dann aber wieder. »Du hast dreißig Jahre Judo gemacht? *Du?*«

»Ich habe in meiner Jugend angefangen«, erkläre ich und passe die Bücher unter meinem Arm an. »Es war die einzige Konstante in meinem Leben. Ich habe nur aufgehört, weil ... na ja, das Alter. Meine Gelenke fanden es nicht mehr so toll, Leute herumzuwerfen.«

Riker mustert mich lange, sein Ausdruck verwandelt sich in etwas, das an Bewunderung grenzt. »In Ordnung, Gefährtin des Alpha. Zeig mir, was du draufhast.«

Ich unterdrücke ein Lächeln. »Pass auf, was du dir wünschst.«

Kapitel Dreiundzwanzig

Wir ziehen uns um und machen uns auf den Weg zum hochmodernen Trainingsbereich. Der Ort ist beeindruckend – es gibt einen Pool mit olympischen Maßen, und ich höre das rhythmische Plätschern von jemandem, der Bahnen schwimmt. Doch es ist der Übungsraum, der mich wie ein Magnet anzieht.

Er ist zum Kämpfen ausgelegt. Dicke blaue Matten bedecken den gesamten Boden, bieten eine weiche, aber feste Oberfläche, die leicht strukturiert ist, um Halt zu geben. Die Wände sind mit Spiegeln versehen, was dem Raum Weite verleiht und es ermöglicht, jede Bewegung zu beobachten. An einer Seite stehen Regale voller Trainingsausrüstung – Polster, Handschuhe und ein paar Übungswaffen.

Ich wärme mich auf, dehne die Muskeln, die sich mit meinem verbesserten Körper fast neu und fremd anfühlen.

Riker macht es mir nach und spricht dabei über das faszinierende Thema der Rudel und die Hierarchien unter Wandlern, während seine scharfen Augen alles um uns herum beobachten. Er ist ständig wachsam, mustert die anderen Trainierenden wie ein Falke, der nach Bedrohungen sucht. Es ist offensichtlich, dass er nicht nur Muskeln hat – er ist extrem gut in dem, was er tut.

Der Raum ist voller Aktivität. Einige Wandler albern herum, während andere mit Fokus und Präzision kämpfen. Ich ignoriere sie. Die Blicke und das Getuschel haben bereits begonnen, hauptsächlich darüber, wer ich bin – der gebissene Mensch – und nicht, wer mein Gefährte ist.

Ich verdrehe die Augen und blende sie aus. Sollen sie doch reden.

»Wenn jemand im Rudel hochrangig ist«, fährt er mit seiner Lektion fort, »kann er niemanden herausfordern, der unter ihm steht. Herausforderungen gehen nur von unten nach oben. Das sorgt für Fairness – verhindert, dass Höherrangige die Schwächeren zum Spaß ausschalten.« Er zuckt mit den Schultern, als wäre das selbstverständlich. »Natürlich ist es hier anders. Ihr alle geltet als ranglos, also kann jeder formell herausgefordert werden.«

Ich nicke höflich, aber ohne echtes Interesse. Das Konzept von Rudelpolitik – Herausforderungen, Ränge, Hierarchien – fühlt sich an wie eine ferne Welt, in die ich versehentlich hineingeraten bin. Ich will damit nichts zu tun haben. Ich verspüre keinen Drang, eine imaginäre Leiter hochzuklettern oder meine Dominanz zu beweisen.

Verantwortlich für irgendjemanden zu sein, besonders für eine Gruppe von Wandlern, klingt ermüdend.

Armer Merrick.

Riker macht eine Pause, wartet auf eine Frage oder einen Kommentar, doch als nichts kommt, grinst er. »Kein Fan des ganzen Dominanz-Zeugs, hm?«

»Nein«, sage ich und schüttle den Kopf. »Ihr könnt eure Ränge und Herausforderungen behalten. Ich will nur meinen Frieden – einfach in dieser absurden Situation überleben, ohne noch mehr Komplikationen. Ich habe genug davon, dass andere mein Leben diktieren, vielen Dank auch.«

Nachdem wir uns aufgewärmt haben, beginnen wir mit Judo-Grundlagen. Anfangs geht Riker es langsam an, offensichtlich um mich einzuschätzen, doch bald merkt er, dass ich weiß, was ich tue. Sein Grinsen wird breiter, als er einen Gang höher schaltet und mir spezielle Moves für Wandler zeigt – Techniken für den Kampf in menschlicher Form oder halb gewandelter *Kriegerform*, was verrückt klingt.

Das ist eher mein Ding. Zum ersten Mal seit Ewigkeiten habe ich Spaß. Riker ist geschickt, und obwohl er vorsichtig ist, hält er sich nicht zurück. Das bedeutet, dass ich es auch nicht muss. Das Sparring ist belebend – bis es das nicht mehr ist.

Eine Gruppe junger Männer stapft lautstark in den Raum, ihre Stimmen durchbrechen die Konzentration im Raum. Einer von ihnen, überheblich und aufgeblasen, beginnt, kleine, abfällige Kommentare von sich zu geben.

»Wer hat das Mädchen hier reingelassen? Gibt es denn nirgendwo einen heiligen Ort ohne diese Weiber? Mach mir ein Sandwich«, höhnt er und lässt seine Verachtung in jedem Wort mitschwingen. Sein Blick fällt auf meinen Arm. »Schaut sie euch an – sieht aus, als hätte sie jemand durchgekaut und wieder ausgespuckt.«

Seine kleine Truppe von Idioten lacht wie auf Kommando.

Diese Veränderung in mir betrifft nicht nur meine Bewegungen und Sinne – sie macht mich auch impulsiver. Wo ich früher vielleicht ruhig geblieben wäre, bin ich jetzt leicht reizbar. Ich muss auf mich aufpassen.

Ich versuche, sie zu ignorieren, wirklich, aber ich sehe, wie sich der Muskel in Rikers Kiefer anspannt, während er die Zähne zusammenbeißt. Er ist genervt, und ich spüre, wie sich die Spannung verändert. Wir trainieren weiter, versuchen, uns zu konzentrieren, doch der Typ hält einfach nicht den Mund.

Als wir langsamer werden, um an einer komplizierteren Bewegung zu arbeiten, sieht es für das ungeübte Auge wohl aus, als würde ich unbeholfen herumstolpern. Das Großmaul nutzt die Gelegenheit sofort, um wieder loszulegen.

»Wer hat ihr das Kämpfen beigebracht? Barbies Ken?«, höhnt er. »Ich wette, ihr Hintern ist das Einzige, was sie hier hält.«

Ich merke instinktiv, dass er ein Alpha ist – ein riesiger, zwei Meter großer Baby-Alpha, aber dennoch. Das Ding in mir ist amüsiert. Ich bin es nicht. Alphas mit ungezügeltem Ego halten nicht lange durch, das habe ich zumindest gelesen. Sie sind eine Belastung in einer so aggressiven Gesellschaft wie dieser.

Er macht weiter, wird immer vulgärer. Ich versuche, ihn zu ignorieren, aber Rikers zunehmende Frustration lenkt mich ab, und schließlich platzt mir der Kragen.

»Hey, Kleiner!«, fauche ich und drehe mich zu ihm um. »Halt die verdammte Klappe. Niemand interessiert sich für deine Meinung.«

Er sieht aus, als wäre er noch nie herausgefordert worden. Für einen Moment bleibt er wie angewurzelt stehen, zögert, doch dann setzt sein Großmaul wieder ein.

»Was ist dein Problem, Mensch?«, sagt er und bläht die Brust auf, die Muskeln angespannt. »Willst du mir etwa eine Lektion erteilen?«

Ich lächle kühl, weiß aber, dass ich ohne Erlaubnis nicht handeln sollte. »Darf ich den übernehmen?«, frage ich Riker beiläufig. »Es gibt doch sicher zusätzliche Regeln für das Verprügeln von Kindern.«

Riker grinst. »Du könntest, aber du würdest ihn vor seinen Freunden zum Heulen bringen. Willst du ihn wirklich so blamieren?«

Der Junge tritt auf die Matte, das Gesicht rot vor Wut. »Na los, Schlampe«, schnauzt er.

Der ekelhafte Geruch eines wütenden Wandlers durchzieht den Übungsraum.

»Ist das eine Herausforderung, Junge?«, fragt Riker ruhig, seine Stimme mit einer warnenden Schärfe unterlegt.

»Ja.«

Eine Herausforderung wurde ausgesprochen. Ich stöhne innerlich. Meine erste Wandler-Herausforderung, und dann ist es mit diesem Idioten. Fantastisch.

»Nur in Menschengestalt, kein bleibender Schaden«, legt Riker die Regeln fest.

Nur in Menschengestalt. Kein Fell. Das bedeutet, keiner von uns darf sich wandeln. Super. Mir war nicht einmal in den Sinn gekommen, dass er ein voll ausgebildeter Wandler ist.

Ich werde gegen einen echten Wandler kämpfen.

Scheiße.

Jahrzehntelanges Sparring hat mich darauf nicht wirklich vorbereitet. Ich habe nie ernsthaft gekämpft – abgesehen davon, dass ich diesen Typen bei der Arbeit gewürgt habe – und schon gar nicht so.

Ich betrete die Matte, halte meinen Körper locker, die Arme entspannt. Ohne Vorwarnung schlägt seine massive Faust in mein Gesicht.

Hart.

Der Schmerz explodiert hinter meinen Augen wie ein Feuerwerk, und meine Nase bricht mit einem hässlichen Knacken. Ich schlage mit einem widerlichen Aufprall auf der Matte auf, während meine Sicht verschwimmt und Blut mein Gesicht hinunterläuft.

Unsauber, Lark. Richtig unsauber.

Der Raum wird still.

Ich wische mir über das Gesicht und verziehe es, während ich meine Nase überprüfe. Sie ist gebrochen. Dieser neue Körper mag beeindruckend sein, aber eine gebrochene Nase bleibt eine gebrochene Nase.

»Bleib unten!«, knurrt der Junge.

Hat dieser kleine Mistkerl gerade versucht, mich mit einem Alpha-Befehl zu kontrollieren?

Etwas in mir zieht sich zusammen – angespannt und wütend. Mein Körper reagiert instinktiv, Stärke flutet durch meine Adern. Mit einem Schwung beider Beine katapultiere ich mich in einer fließenden Bewegung nach oben, mein Rücken biegt sich, und ich lande in einer fließenden

Bewegung wieder auf den Füßen.

Mit Daumen und Zeigefinger packe ich meine Nase und renke sie mit einem grausigen Knacken wieder ein. Frisches Blut schießt hervor, läuft mir über das Kinn und durchnässt mein Shirt.

Um mich herum stöhnen die anderen Trainees.

Ich starre den Jungen durch einen Schleier aus Schmerz, Tränen und brodelnder Wut an. Das Ding in mir erwacht zum Leben, wütend und bereit, sich zu wehren. Wenn ich noch völlig menschlich wäre, wäre ich tot. Und dann hat dieser Wicht auch noch gewagt, meiner animalischen Seite zu befehlen, liegen zu bleiben?

Jetzt reicht's.

Riker macht einen Schritt nach vorn, sieht aus, als wolle er den Jungen persönlich zerlegen, aber ich hebe eine blutige Hand. »Ich regle das schon, danke.« Meine Stimme ist ruhig, unterlegt von einer eiskalten Wut.

Der Junge zögert einen Moment, dann schaut er mit einem überheblichen Grinsen zu seiner kleinen Clique. »Habt ihr gesehen, wie weit sie geflogen ist?«

Zeit, diesem Kleinkind Manieren beizubringen. Ich lockere meinen Griff um meine Beherrschung.

Dann stürme ich los, eine verschwommene Bewegung. Bevor er reagieren kann, drehe ich mich zu ihm und stoße meine Hüfte in seinen Oberkörper. Meine Hände packen seinen Arm und den Kragen, ich drehe ihn ruckartig um, während ich sein Bein mit einer fließenden Bewegung unter seinem Körper wegziehe.

Sein massiver Körper fliegt über meine Hüfte und kracht mit einem zufriedenstellenden *Platsch* auf die Matte.

Ich grinse und forme mit den Lippen die Worte: »Wer ist jetzt die kleine Schlampe?«

Er ist im Handumdrehen wieder auf den Beinen, knurrend, und schleudert mir einen wilden Schlag entgegen. Ich weiche mühelos aus, spüre den Luftzug knapp an meinem Kopf vorbeistreichen. Die Stimme meines alten Senseis hallt in meinem Kopf wider: *Nicht nachdenken. Bewegen.*

Ich drehe mich auf dem Absatz und ramme meinen Ellbogen mit voller Wucht in seinen Kiefer. Ein scharfes Knacken durchfährt meinen Arm, und Blut spritzt aus seinem Mund, während er taumelt.

»Wow, war das ein Zahn?«

Er stürmt nach vorn, verzweifelt und ungeschickt, versucht, mit seiner Größe zu dominieren. Ich täusche einen Rückzug vor, locke ihn. Als er losrennt, setze ich meinen Fuß auf seine Hüfte und drehe mich. Mein Körper schwingt wie ein gespannter Bogen, nutzt seine eigene Wucht, um ihn mühelos über mich hinwegzuschleudern. Er landet hart, die Wucht treibt ihm die Luft mit einem erstickten Keuchen aus der Lunge.

»Denkst du immer noch, Ken hat mich trainiert, Baby-Alpha?«

Er hat kaum Zeit zum Luftholen, bevor ich wieder auf ihm bin. Ich schiebe ein Bein über seinen Nacken, fange seinen Arm mit dem anderen ein und fixiere ihn in einem perfekten Reverse Triangle Choke. Meine Beine ziehen sich wie ein Stahlschraubstock zusammen und schneiden ihm die Luft ab. Er windet sich wild, sein Gesicht wird rot, seine Finger kratzen verzweifelt an meinen Schenkeln.

Ich lasse ihn los, gerade bevor er bewusstlos wird, und

schiebe ihn mit einem verächtlichen Blick von mir. Er sackt auf Hände und Knie, hustet und japst nach Luft.

Ich lasse ihm keine Zeit zur Erholung.

Mit einem präzisen Axe-Kick bringe ich mein Bein mit voller Wucht auf seine Schulter. Mein Absatz trifft genau und schleudert ihn mit einem Schmerzensschrei, mit dem Gesicht voran auf die Matte.

Mit keuchendem Atem packe ich ihn am Haar, neige seinen Kopf und starre ihn an. Blut tropft von meiner Nase. Das Ding in mir regt sich, fordert mich auf, es zu beenden – ihm die Kehle mit meinen Zähnen herauszureißen.

Meine Hand ballt sich zur Faust, während ich gegen den primitiven Instinkt ankämpfe, der an meinem Verstand zerrt.

»Sind wir fertig?«, knurre ich.

Der Junge nickt, blass und schweißgebadet.

Ich lasse seinen Kopf los und gehe davon, lasse ihn gedemütigt und besiegt auf der Matte zurück.

»Der Idiot wollte, dass sie ihm ein Sandwich macht, und sie hat ihn stattdessen in einen Wischmopp verwandelt und mit seinem Gesicht den Boden geputzt!«

Riker tritt vor, seine Stimme ist ein tiefes, bedrohliches Knurren, als er sich an die Anwesenden im Raum wendet: »Wenn du auch nur noch einmal die Gefährtin des Alpha Primes ansiehst, Junge, bringe ich dich um. Das gilt für den Rest von euch genauso.«

Der Raum ist still, Spannung knistert wie statische Elektrizität in der Luft.

Ich schaue nicht zurück, während ich hinausgehe.

Lass sie reden. Lass sie Angst vor mir haben.

Im Moment brauche ich nur eine Dusche und eine Tasse Kaffee.

Ich gehöre nicht hierher.

Kapitel Vierundzwanzig

Ich dusche und ziehe mich um, versuche das Adrenalin loszuwerden, das noch in meinen Adern pumpt. Die Zimmer hier sind in Ordnung – einfach, sauber und funktional. Sie erinnern mich an Studentenzimmer. Nicht gerade gemütlich, aber es reicht. Ich hoffe, Riker fühlt sich in seinem Raum wohl.

Während ich mir das Haar abtrockne, brodelt die Wut weiter in mir. Wie konnte ich nur so unvorsichtig sein? Nie wieder. Ich muss mir merken, dass Wandler sich nicht an menschliche Regeln halten.

Im Spiegel sehe ich das fremde Gesicht, das mich anstarrt. Selbst mit geschwollener Nase, Schwellungen und den sich abzeichnenden blauen Flecken unter den Augen sieht sie noch makellos aus.

Ich hasse sie.

Lark, ein Spiegel zeigt nicht, wer du wirklich bist. Er spiegelt weder deine Seele noch die Person wider, die du im Inneren bist.

Aber sie ist trotzdem ich. Ich bin immer noch ich.

Als ich aus dem Bad trete, lehnt Riker an der Wand im Flur. Sein leicht feuchtes Haar kringelt sich ein wenig, und seine wachsamen Augen gleiten durch den Korridor.

»Alles klar, Rocky?«, neckt er.

»Ja.« Vorsichtig taste ich an meine Nase und zucke zusammen, als ich spüre, wie empfindlich sie ist. »Zumindest verleiht eine krumme Nase Charakter.«

Rikers Lachen hallt durch den Flur, seine gute Laune ist ansteckend – nervig ansteckend.

»Ich würde empfehlen, dir in Zukunft nicht mehr ins Gesicht schlagen zu lassen. Aber wundere dich nicht, wenn jemand dich zu einer weiteren Herausforderung auffordert. Einige von diesen Kids werden um Dominanz kämpfen, sobald sie sich wandeln.«

»Großartig«, murmele ich. »Noch mehr Idioten, die sich auf meine Kosten beweisen wollen.«

»Ich vermute, dass sie nach heute mehr Angst vor dir haben werden. Dieser Wurf war wirklich beeindruckend.«

Ich verdrehe die Augen. »Das war reine Selbstverteidigung.«

Wir gehen in die Mensa, und der verlockende Duft von Essen zieht durch den Flur. Ich nehme einen Teller mit Spaghetti, garniert mit Käsewürfeln, und füge etwas Knoblauchbrot hinzu, während Riker sein Tablett so vollpackt, als hätte er wochenlang nichts gegessen.

»Bist du sicher, dass das reicht?«, necke ich ihn.

»Kaum«, antwortet er grinsend und balanciert eine

Schüssel Salat gefährlich nah am Rand seines Tabletts. »Das ist erst Runde eins.«

Wir suchen uns einen Tisch an der Wand und sichern uns instinktiv einen Platz mit freiem Blick auf die Mensa. Vorsichtig beiße ich in das Knoblauchbrot und lasse meinen Blick durch den Raum schweifen. In der Nähe fängt Alice' fröhliches Lachen meine Aufmerksamkeit ein. Sie sitzt an einem Tisch in der Nähe und plaudert lebhaft mit einer kleinen Gruppe von Trainees.

Ich hebe die Hand zum Winken – sie bemerkt mich sofort, und ihr breites Grinsen wird noch größer, während sie enthusiastisch zurückwinkt. Ihre Locken hüpfen bei der Bewegung.

»Schon Freunde gefunden«, sagt Riker mit vollem Mund.

»Sie ist nett«, antworte ich, bevor ich mich wieder meinem Teller zuwende.

»Tut mir leid, dass ich dich vorhin geoutet habe.«

Ich winke ab. »Das macht nichts. Bis morgen weiß es sowieso die ganze Einrichtung. Außerdem waren die Terroristen im Ministerium hinter der Gefährtin des Alpha Primes her – offenbar mir. Es ist kein Geheimnis, wenn die Bösen es sowieso schon wissen.«

Seine Gabel verharrt mitten in der Luft. »Und daran erinnerst du dich erst jetzt?«

Ich nicke. »Mir ist das erst heute Nachmittag klar geworden. Ich schätze, der Schlag ins Gesicht hat etwas in meinem Kopf gelöst.«

»Du hättest uns das früher sagen sollen.«

Sein tadelnder Blick irritiert mich. »Ich weiß«, seufze ich. »Aber es stand nicht ganz oben auf meiner Prioritätenliste. Ich habe erst heute Morgen von meinem *neuen Status* erfahren. Ich versuche immer noch, diesen *Schicksalsgefährten*-Unsinn zu verstehen. Alles scheint so durcheinander, dass ich bezweifle, dass ich es jemals alles verstehen werde. Riker, warum sollten sie hinter mir her sein?«

Er lehnt sich zurück, der Stuhl knarrt unter seinem Gewicht. »Merrick hat viele Feinde«, beginnt er, seine Stimme ist ruhig, aber mit einem Hauch von Frustration. »Der Angriff bestand aus einer gemischten Truppe – Vampire, Wandler, Menschen. Ein Haufen Idioten, die Ärger machen wollten. Mach dir keine Sorgen, es wurde sich bereits um alle Beteiligten gekümmert.«

Ich schlucke, bereite mich innerlich auf seine Antwort vor. »Der weiße Wolf, der mich gebissen hat?«

»Tot«, antwortet er kurz angebunden. »Du musst dir keine Gedanken mehr über diesen Bastard machen. Lark, Merrick sollte dir das alles erzählen.«

»Ich frage aber dich.«

Riker zögert, bevor er nickt. »Einige Leute mögen die Art und Weise, wie Merrick regiert, nicht. Sie lehnen die Trennung der Sektoren ab und wollen die Grenzen verwischen. Sie verstehen nicht, wie notwendig unsere Lebensweise ist. Alles, was sie interessiert, ist Macht und Profit. Geld. Sie schauen sich unser Land, unsere Stärke und die Art und Weise, wie Merrick die Dinge regelt, an und sie wollen ein Stück davon. Sie wollen die Kontrolle.« Sein Blick wird schärfer. »Und sie werden jeden zerstören, der sich ihnen in den Weg stellt – Merrick, dich, jeden.«

Er hält inne, seine Gedanken scheinen woanders zu sein. »Was sie nicht begreifen, ist, dass wir als Wandler Struktur brauchen. Ohne Kontrolle werden wir gefährlich

– nicht nur für andere, sondern auch für uns selbst. Du weißt, dass wir keine Kuscheltiere sind. Wir sind mächtig. Ein Wandler, der mit bloßen Händen einen Stahlbalken verbiegen kann, braucht Grenzen – andernfalls herrscht Chaos.«

Ich nicke langsam und knabbere an meinem Knoblauchbrot.

»Wir standen schon einmal am Rande der Auslöschung, und wir haben es auf die harte Tour gelernt. Deshalb ist jetzt alles reguliert, um sowohl die Starken als auch die Verwundbaren zu schützen. Die meisten von uns schätzen das. Wir mögen die Kontrolle, das Gefühl des Schutzes hinter unseren Mauern. Die Sicherheit. Aber eine kleine Fraktion hasst die Einschränkungen. Sie hassen es, für das Verlassen und Betreten des Gebiets ein Visum zu brauchen. Sie glauben, dass Merricks Führung das Problem ist, und wenn er weg wäre, würden die Grenzen geöffnet, und wir könnten frei unter den Menschen und in anderen Sektoren leben. Was sie nicht verstehen, ist, dass die meisten von uns wollen, dass alles so bleibt, wie es ist.«

Seine Worte lasten auf mir, und ich stochere in meinem Essen herum, mein Appetit schwindet.

»Ich gehöre nicht hierher«, murmle ich.

Die Spannung in Rikers Gesicht weicht. »Da liegst du falsch. Du hast mehr Kampfgeist in dir als die meisten Wandler, die ich kenne. Du gehörst hierher, mehr als diese Clowns, die alles auseinanderreißen wollen.«

Er schenkt mir ein schwaches Lächeln. »Außerdem, wenn etwas mit Merrick passieren würde, würde sich eigentlich nichts ändern. Das System würde nicht zusammenbrechen. Wenn jemand es nicht mag, kann er gehen. Er kann das Land verlassen. Dies ist unsere Heimat, ja, aber wir sind nicht gefangen. Unser Sektor funktioniert, weil er dafür entworfen wurde.«

Ich lasse seine Worte einen Moment lang in meinem Kopf nachklingen und frage dann: »Also die Leute, die das Ministerium angegriffen haben ... wollten sie die Gefährtin des Alpha Primes entführen, um Macht zu gewinnen?«

»Vielleicht«, gibt er zu. »Oder vielleicht wollten sie einfach Merrick destabilisieren, ihn brechen. Er hatte nie eine Schwäche.«

Eine Schwäche. Er meint *mich*.

Ich zucke zusammen. Meine arme Nase schmerzt, und ich berühre sie vorsichtig.

Riker beobachtet mich. »Wir müssen dir etwas Eis für die Nase besorgen. Und nein, du wirst nicht über Nacht heilen. Wandler heilen schneller als Menschen, aber es braucht trotzdem Zeit. Prellungen können ein paar Tage dauern, ein gebrochener Knochen vielleicht eine Woche. Das Wandeln kann es beschleunigen, aber es gibt Risiken. Manchmal heilen Knochen nicht richtig, und sie müssen erneut gebrochen werden.«

Ich verziehe das Gesicht. »Das klingt nach Spaß.«

Er zuckt mit den Schultern und schaufelt mehr Spaghetti in den Mund. »Es könnte schlimmer sein. Merricks Heilung ist so schnell, dass er, wenn etwas falsch zusammenwächst, doppelt so viel Schmerz ertragen muss.«

»Autsch!« Das muss schrecklich sein.

Ich denke an den Alpha Prime und da Riker gerade in Plauderlaune ist, frage ich: »Was ist mit diesem Gefährten-Ding? Alle tun so, als wäre es schon entschieden.«

Riker schmunzelt. »Du magst ihn nicht?«

Ich steche mit meiner Gabel in die Spaghetti. »Ich kann ihn nicht ausstehen. Er ist herrisch und überheblich. Er hat mich heute Morgen zur Hölle geschickt. Aber ...« Meine innere Stimme beendet den Gedanken. *Er ist auch unglaublich gut aussehend, überraschend freundlich und lässt mein Herz rasen. Noch nie hat jemand so für mich gekämpft.*

»Aber?«, drängt Riker mich. Als ich nicht antworte, fährt er fort. »Er ist auch derjenige, der sein Leben riskiert hat, um dich zu retten. Als er in der Nacht, in der du gebissen wurdest, merkte, dass du in Gefahr warst, kam er zu dir, ohne auf Verstärkung zu warten.«

Ich seufze und lasse meine Gabel fallen. Meine Finger streifen die Narben, die sich um meinen Arm winden. »Das wusste ich nicht. Er hat mein Leben gerettet, und ich bin ihm so dankbar – so dankbar – aber das ändert nichts an dem, was passiert ist. Er hat mich angelogen.«

Er hat mich auch vor Dove und Paul geschützt.

Riker lehnt sich zurück, ein wissendes Lächeln spielt auf seinen Lippen. »Also, was wirst du tun?«

»Ich habe keine Ahnung.« Die Wahrheit ist schwerer als jede flapsige Antwort. »Es sind erst drei Monate, seit meine Ehe auseinandergefallen ist.« Wie kann ich jemandem wieder vertrauen – geschweige denn einem Mann wie Merrick? Es ist Wahnsinn. Ich würde die Folgen nicht überstehen.

Riker sagt nichts und beobachtet mich, wie ich mit meinen Gedanken kämpfe.

Ich drehe die Spaghetti um meine Gabel, mein Blick wandert über die Mensa zu den anderen Trainees – viele scheinen Anfang zwanzig zu sein – jung und voller Potenzial, aber sie werden mit demselben lebensverändernden

Ereignis konfrontiert. Einige wurden als Wandler geboren, vorbestimmt seit ihrem ersten Atemzug – während andere ausgewählt wurden oder sich freiwillig gemeldet haben, um verwandelt zu werden.

Ich würde mehr Nervosität und Zögern erwarten. Ihre Gesichter zeigen keine Angst, es gibt keinen Hinweis auf das Ausmaß ihrer Situation – nur grimmige Entschlossenheit und bei einigen ein Wettkampfgeist. Ob angeboren oder gebissen, sie alle teilen denselben Entschluss. Das gleiche Selbstbewusstsein.

Sie kommen aus verschiedenen ethnischen Hintergründen, aus unterschiedlichen Verhältnissen, doch sie sind durch diesen seltsamen Strang von Junk-DNA verbunden, der sie von der restlichen Menschheit abhebt. Es ist beunruhigend. Überwältigend. Sie haben ihren Platz hier lange akzeptiert, bevor sie ankamen. Ich nicht. *Werde ich das jemals?*

Ich kann die kleine Stimme in meinem Kopf nicht beruhigen, die mir ins Ohr flüstert, dass ich nicht hierhergehöre.

Ein lautes Krachen zieht meine Aufmerksamkeit zu einem anderen Tisch. Alice' Tablett schlägt auf den Boden, das Essen verstreut sich überall. Sie starrt mit großen, blauen Augen leer vor sich hin, ihr Gesicht ist blass. Dann, ohne ein Geräusch, sackt sie zusammen, fällt von ihrem Stuhl und trifft den Boden mit einem widerlichen *Klatsch*.

Ihr Körper zuckt heftig.

Oh mein Gott, nein.

Riker greift sanft meinen Arm und hält mich zurück, als ich instinktiv loslaufen will, um zu helfen. Rufe durchzucken den Raum, als das Personal nach vorn eilt. Die anderen Trainees verstreuen sich – einige treten zurück, andere sind wie erstarrt. Ein Mitarbeiter räumt das Essenschaos auf, während ein anderer Alice vorsichtig flach auf den Boden legt. Jemand murmelt: »Sie atmet nicht«, und Panik erfasst den gesamten Raum.

»Sanitäter!«

Es gibt nichts, was ich tun kann.

Innerhalb von Sekunden stürmt ein medizinisches Team herein. Ein Sanitäter beginnt mit einer Herzdruckmassage, während ein anderer einen Defibrillator vorbereitet. Alice' Pullover wird aufgerissen, ihr blasser Oberkörper wird freigelegt, als sie die Elektroden anlegen.

»Zurück!«, ruft der Sanitäter, und Alice' Körper zuckt unter dem Elektroschock.

Ich falte meine Hände und flehe still, dass sie zurückkommt. »Haben die hier keinen medizinischen Magier?«, flüstere ich, unfähig, meinen Blick von der hektischen Szene abzuwenden. »Bitte, bitte, Alice, atme.«

Die Sanitäter arbeiten unermüdlich, verabreichen ihr wiederholt Elektroschocks, doch ihr kleiner Körper bleibt unbeweglich. Schließlich schüttelt der leitende Sanitäter den Kopf und sagt leise: »Sie ist tot.«

Alice' Arm fällt zur Seite und gibt den Blick auf ein Stück Fell an ihrem Handgelenk frei. Ihre Hand ist halb gewandelt, die ersten Ansätze von Krallen sind sichtbar.

Das ist genau das, wovor Merrick Angst hatte. Er befürchtete, dass das passieren könnte.

KAPITEL FÜNFUNDZWANZIG

NACHDEM ICH ALICE in der Mensa sterben gesehen hatte, ließ ich mein Essen stehen. Ich bekam keinen Bissen herunter. Zurück in meinem Zimmer geriet ich in Panik und verbrachte dann Stunden damit, die Bücher zu studieren, die die bevorstehenden Veränderungen beschrieben – aber so viel davon traf nicht auf mich zu, weil ich anders war.

Alice' Cupcake stand unschuldig daneben und verspottete mich.

Traurig, gereizt und ruhelos klopfe ich an Rikers Tür, aber er gibt keine Antwort. Schuldgefühle machen sich in mir breit. Nach dem, was heute passiert ist, sollte ich wirklich ohne meinen Bodyguard herumlaufen? Andererseits ist dies eine sichere Basis, keine unberechenbare Stadtstraße.

Außerdem macht mir der Gedanke, diesem Jungen und

seinen Freunden über den Weg zu laufen, keine Sorgen mehr. Ich bin zu abgestumpft, um mich darum zu kümmern. Zu wissen, dass diese Leute sterben könnten, ist etwas völlig anderes, als es direkt vor meinen Augen geschehen zu sehen.

Oh Gott, es tut mir so leid, Alice.

In der kleinen Küche finde ich einen Vorrat an Instantkaffee. Ich mache mir eine Tasse und gehe nach draußen, die Tasse ist warm in meinen Händen. Die Nacht ist hereingebrochen.

Es fühlt sich seltsam an, nachts hier draußen zu sein, wo ich mich doch die meiste Zeit meines Lebens nachts eingeschlossen habe. Der hohe Zaun der Basis, die Flutlichter und die aufmerksamen Wachen geben mir ein Gefühl von Sicherheit, aber unter meiner Haut pocht eine leise Unruhe. Ich bin nicht mehr menschlich, und die Nacht fühlt sich nicht mehr gleich an.

Sie ist schärfer, lebendiger mit Geräuschen und Gerüchen, die ich vorher nie bemerkt habe, selbst mit dem Band – das Rascheln von Blättern, der schwache metallische Hauch in der Luft, das Flüstern ferner Schritte.

Ich trinke einen Schluck Kaffee und stelle die Tasse auf einen Pfosten in der Nähe der Baracken, mit dem Plan, sie später wieder mitzunehmen. Ein nahegelegener Laufweg fällt mir ins Auge, und der Drang, mich zu bewegen, überkommt mich. Genau deshalb trage ich immer Jogginghosen – für spontane Entscheidungen wie diese.

Ich laufe los.

Der gleichmäßige Rhythmus meiner Füße auf dem Weg und die kühle Nachtluft beruhigen die Unruhe in mir. Ich laufe in einem lockeren Tempo, schnell, aber ausdauernd.

Meine Gedanken schweifen ab und spulen alles ab, was in den letzten Tagen passiert ist. Es ist fast unbegreiflich. Die Psychologin hatte Unrecht. Ich habe mich nicht wirklich eingewöhnt – ich habe meine Gefühle nur unter purer Willenskraft begraben. Wenn ich aufhöre, könnte alles zusammenbrechen. Also laufe ich weiter.

Ich laufe weiter, als ich es seit Jahren getan habe – vielleicht sogar weiter als in meinen Zwanzigern. Nächstes Mal werde ich einen Rucksack mit Gewichten mitnehmen, um mich mehr herauszufordern.

Der Weg führt nahe am Zaun entlang, dessen imposante Präsenz seltsam beruhigend wirkt. Ihn zu überprüfen, stillt ein seltsames, juckendes Bedürfnis, das ich nicht kannte.

Vielleicht bin ich zum Teil ein Wachhund?

Die Bücher sagen, dass Wandler in Rudeln stärker sind als allein. Aber ich war noch nie ein Teamplayer. Ich übernehme Verantwortung, wenn es nötig ist, aber ich war immer zufrieden damit, allein zu arbeiten. Das hat sich nicht geändert – wenn überhaupt, fühle ich mich zurückgezogener – vorsichtiger.

Aus dem Augenwinkel sehe ich eine Bewegung. Zuerst denke ich, es sei ein Wachmann. Dann höre ich meinen Namen, in einem spöttischen Ton gesungen.

»Laaaarrrrk.«

Ich stocke und bleibe schließlich stehen. Die Flutlichter des Zauns tauchen alles in grelles Licht und ruinieren meine Nachtsicht. Ich verlasse den Weg und lasse meinen Blick durch die Dunkelheit schweifen, während meine Schuhe über das Gras rascheln. Meine Instinkte mahnen zur Vorsicht.

»Hallo, Lark«, säuselt eine Stimme.

Eine Gestalt löst sich aus den Schatten.

Der Vampir. Der von dem Zaubererhaus.

Woher kennt er meinen Namen?

Seine roten Augen glühen wie Glut und sind auf mich gerichtet. Der Atem stockt mir, und ich strauchele fast, aber meine geschärften Reflexe halten mich aufrecht. Ich vermeide es, seinen Blick zu treffen, aus Angst, er könnte versuchen, mich damit zu fangen. Mein Herz rast, mehr vor Schock als vor Angst.

Woher wusste er, dass ich hier bin?

Er neigt den Kopf. »Ich hätte dich gern verwandelt, Lark. Schade, dass die Wandler dich zuerst erwischt haben. Einst menschlich, jetzt nicht mehr menschlich – sieh dich nur an.« Sein langsamer, eisiger Blick streift über mich, verweilt mit wahnsinniger Intensität. »Was für eine Verwandlung, wenn wir dein blaues Auge und die geschwollene Nase ignorieren. Immer noch dabei, Freunde zu finden, wie ich sehe.«

Jedes Haar an meinem Körper sträubt sich. Die Nacht ist zu still. Es gibt nur ihn, mich und einen dünnen Zaun zwischen uns, der mit Magie geladen ist.

»Ich habe nach dir gesucht«, fährt er fort, sein Grinsen ist unheimlich breit und die Fangzähne glitzern im Licht. »Ich habe dich gejagt. Habe mich danach gesehnt, dich richtig zu kosten.«

Ich widerstehe dem Drang, zurückzutreten. »Tut mir leid«, sage ich und zwinge meine Stimme, ruhig zu bleiben. »Ich stehe nicht mehr auf der Speisekarte.«

Er kichert, ein tiefes, unheilvolles Geräusch, das mir eine Gänsehaut verursacht. »Ah, also eine exklusive Delikatesse.« Seine Zunge gleitet über die Zähne, während er näher an den Zaun tritt.

Langsam hebt er eine Hand, schwarze Krallen blitzen im grellen Licht auf. Als sie über das Metall kratzen, sprühen Funken auf, wo die Schutzbarriere aufleuchtet. Energie zuckt über seine blasse Haut, aber er zuckt nicht einmal zusammen. »Die Wandler lieben ihre kleinen Schutzgrenzen, nicht wahr? Fühlt es sich nicht an wie ein Käfig, Lark? Mein hübsches kleines Vögelchen, gefangen mit nichts als räudigen Tieren als Gesellschaft.«

Das kratzende Geräusch seiner Krallen an der Barriere lässt meine Zähne aufeinanderbeißen. Ein ferner Ruf durchschneidet die Stille – ein ausgelöster Alarm, ohne Zweifel.

Er fletscht seine Fangzähne in einem glänzenden Lächeln. »Wir sehen uns bald, kleines Vögelchen.«

Im nächsten Augenblick verschwindet er in der Dunkelheit und lässt mich frierend und erschüttert zurück.

Ich habe kaum Zeit, das Geschehene zu verarbeiten, bevor das Stampfen von Schritten die Ankunft von zwei Wachen und Riker ankündigt. Er wirft mir einen Blick zu, Frustration und Sorge spiegeln sich in seinen Augen.

»Was machst du hier draußen? Hast du den Zaun berührt?«, bellt er.

»Nein.« Ich spähe in die Schatten, mein Herz rast immer noch. »Es war der Vampir.«

Er knurrt leise. »Vampir?«

»Ja – der, der mich zum Zaubererhaus verfolgt hat.«

»Was hat er hier gemacht?«

»Gejagt«, antworte ich düster. »Er hat mich gejagt.«

Riker gibt einen scharfen Befehl. »Schaltet den Zaun ab!«

Ohne zu zögern, reißt er sich seine Kleidung vom Leib und wirft sie achtlos zu Boden. Ich blinzele überrascht, doch dann geschieht etwas noch Verblüffenderes – er beginnt, sich zu wandeln.

Ich hatte mir die Wandlung als subtil oder schnell vorgestellt. Sie ist weder das eine noch das andere. Sie ist laut und intensiv. Knochen brechen und formen sich mit erschütternder Präzision neu. Riker stöhnt, als sein Körper anschwillt und weißes Fell über seine Haut sprießt.

Ich taumle zurück, mein Magen dreht sich bei dem Anblick. Als es vorbei ist, ist er nicht mehr Riker, sondern ein riesiger Eisbär. Runde Ohren zucken, schwarze Augen glitzern im Halbdunkel, und dickes weißes Fell bedeckt seinen massigen Körper. Er strahlt rohe, urtümliche Kraft aus.

Ein Wachmann nickt. »Der Zaun ist abgeschaltet!«

Riker zögert nicht. Der Boden bebt unter seinen mächtigen Pranken, die sich in die Erde graben, und mit einem gewaltigen Sprung überwindet er den drei Meter hohen Zaun. Widerhaken verfangen sich in seinem Fell, doch er bewegt sich weiter. Die Nase nah am Boden, schnüffelt er einmal, zweimal, dann stürmt er in die Nacht – eine weiße Gestalt, die von der Dunkelheit verschluckt wird.

Ich stehe einen Moment da und halte seine Kleidung in den Händen. »Wird er klarkommen?«, flüstere ich dem nächsten Wachmann zu.

Der Wachmann antwortet nicht, sein Ausdruck ist starr.

Ein anderer Wachmann grinst hämisch. »Gehen Sie

zurück in Ihr Zimmer, Trainee. Sie werden schon bald gerufen werden.«

Ich straffe meine Schultern, verärgert über seinen Tonfall. Wer zum Teufel glaubt er, wer er ist, dass er so mit mir redet? Aber ich weiß, dass ich jetzt keinen Streit anfangen sollte. Stattdessen falte ich Rikers Kleidung ordentlich und lege sie auf seine Stiefel, damit er sie findet, wenn er zurückkommt. Dann drehe ich mich auf dem Absatz um und jogge zurück zu den Baracken.

Das gleichmäßige Schlagen meiner Füße beruhigt meine aufgewühlten Nerven ein wenig, doch mein Geist ist immer noch in Aufruhr. Kann ein Wandler – selbst ein riesiger Eisbär – es mit einem Vampir aufnehmen? Ich weiß es nicht.

Drinnen hole ich meinen inzwischen kalten Kaffee von dort, wo ich ihn zurückgelassen habe, und spüle die Tasse in der Küchenspüle aus. Die banale Handlung gibt mir Halt, doch die Sorge nagt an den Rändern meiner Gedanken.

Ich hoffe, dass Riker es schafft.

Ich kann heute keinen weiteren Freund verlieren.

Kapitel Sechsundzwanzig

Die Mensa summt vor morgendlichem Geplauder und dem Klappern von Tabletts, während ich mein Frühstückssandwich mit übertriebener Begeisterung verschlinge. Mir gegenüber sitzt Riker, die Stirn in tiefen Falten, die Unzufriedenheit geradezu greifbar. Er ist offensichtlich noch immer sauer wegen meines nächtlichen Ausflugs.

Ich schlucke und seufze. »Warum starrst du mich immer noch so finster an? Dir ist schon klar, dass ich erwachsen bin, oder? Die Basis – die du ja ständig als sicher beschreibst – schien mir sicher genug. Ich musste mich bewegen, Riker. Du verstehst das, oder? Alice' Tod war ein Schock.«

»Oh, ich verstehe es«, knurrt er, seine Stimme schwer vor Missbilligung. »Das heißt aber nicht, dass ich dir zustimme. Was zum Teufel hast du dir dabei gedacht, Lark?«

»Ich dachte, ich wäre sicher, und es würde keine Probleme geben«, antworte ich mit einem Achselzucken.

»Es geht nicht nur um externe Bedrohungen. Es geht auch um diese kleinen Mistkerle hier drin. Jeder von ihnen hätte dir etwas antun können.«

»Ich war nicht –«, beginne ich, doch er unterbricht mich.

»Nein, du hast nicht nachgedacht, und das ist das Problem. Und natürlich läufst du dann auch noch einem psychotischen Vampir in die Arme, der nur auf einen Lark-Snack aus war.« Er wirft die Hände in die Luft und murmelt etwas von suizidgefährdeten Frauen.

Ich zucke erneut mit den Schultern und konzentriere mich wieder auf mein Frühstück. Ich habe einen Bärenhunger. Nach den Ereignissen der letzten Nacht war ich zu nervös, um zu essen, und jetzt fühlt sich mein Körper zittrig an. Während ich kaue, fahre ich mit einer Hand über meine Hüftknochen und runzele die Stirn. Ich nehme zu schnell ab, als würde mein Körper sich selbst verbrennen, um all diese Veränderungen zu bewältigen.

»Wie viele Kalorien brauche ich pro Tag ungefähr?«

Riker antwortet prompt: »Ungefähr sechstausend, bei deinem Gewicht und deiner Größe.«

»Sechstausend?« Ich starre ihn an. »Das ist das Dreifache von dem, was ich normalerweise esse.«

»Willkommen in der Welt der Wandler. Du kannst später mit der Ärztin über Bluttests und all das reden. Sie wird es dir erklären.«

»Ah, Tests«, sage ich, schiebe das Sandwich beiseite

und greife nach meinem Kaffee. Er ist dunkel und bitter – nicht gerade toll, aber besser als der Instant-Kaffee von letzter Nacht. Immerhin liefert er mir den nötigen Koffeinschub.

Eine plötzliche Stille breitet sich wie eine Welle in der Mensa aus, das Geplauder verstummt. Verwirrt blicke ich auf. Riker schnaubt und unterdrückt ein Lachen.

»Was?«, flüstere ich.

Er antwortet nicht, sondern sein Blick wandert zu etwas – oder jemandem – hinter mir.

Ich drehe mich um und sehe Merrick.

Der Alpha Prime durchquert die Mensa mit raubtierhafter Eleganz, seine eisblauen Augen fest auf mich gerichtet. Unter seinem Mantel trägt er ein dunkelblaues T-Shirt und Designerjeans. Das Shirt schmiegt sich an seine definierten Muskeln, die sich bei jedem Schritt bewegen.

Mein Herz stolpert. Wo ist sein Anzug? Ich schaue auf seine Füße – hochwertige Sneakers. Jetzt habe ich wirklich alles gesehen.

Der Prime sieht *verdammt gut* aus.

»Lark.« Merrick lehnt sich an den Tisch, seine Augen wandern über mich, als gäbe es niemanden sonst im Raum.

Ich hebe meine Kaffeetasse und begegne seinem intensiven Blick mit gespielter Gelassenheit. »Arschloch«, sage ich trocken.

Riker kippt fast vom Stuhl und bricht in schallendes Gelächter aus. Merricks Lippen zucken, und seine eisige Fassade bröckelt gerade so weit, dass ein Hauch von Wärme durchscheint. Die restliche Halle liegt in totenstillem Unglauben.

Ein Stuhl scharrt, gefolgt von einem gedämpften Flüstern: »Hat die menschliche Frau den Alpha Prime gerade ein Arschloch genannt?«

»Sei still, sie ist seine Schicksalsgefährtin.«

Merrick schüttelt den Kopf und lehnt sich vor, um mir einen sanften Kuss auf die Stirn zu drücken. Seit er seine Absichten öffentlich gemacht hat, ist der Mann unerträglich anhänglich geworden.

»Hallo, kleine Gefährtin«, sagt er mit liebevollem Ton. »Ich habe dich vermisst.«

»Es war nur ein Tag«, entgegne ich.

»Ein Tag ist genug Zeit, um zu sehen, dass du hier nicht sicher bist. Nach deinem Arzttermin heute gehen wir.«

»Gehen?« Ich wiederhole das Wort, überrascht. Ein Vampir, der sich herumtreibt, hat weder mir – noch Riker – geholfen, sich wohler zu fühlen, aber eine Welle der Erleichterung durchströmt mich. Ich habe mich hier nie wirklich sicher gefühlt.

Er nickt, sein Gesichtsausdruck ist sanft. »Du wirst bei mir sicherer sein.«

Sicherer bei ihm. Ich nippe an meinem Kaffee und lasse die Idee auf mich wirken. Zumindest wird es nicht langweilig.

»Er war die ganze Nacht hier, seit du diesem Vampir begegnet bist«, sagt Riker, offensichtlich amüsiert.

Ein Knoten bildet sich in meiner Brust bei diesem Gedanken. »Das ist ... nett. Tut mir leid, falls ich dir irgendwelche Umstände gemacht habe. Es war nicht meine Absicht, jemanden mitten in der Nacht aus dem Bett zu reißen.«

»Du wirst niemals ein Problem sein, Lark«, sagt

Merrick mit fester Stimme. »Komm jetzt, du hast einen Arzttermin. Ich begleite dich.«

Ich trinke den letzten Schluck Kaffee, packe den Rest meines Sandwiches ein, winke Riker zum Abschied und folge ihm.

Er verlangsamt seinen Schritt, verringert den Abstand zwischen uns, als könnte er nicht widerstehen, in meiner Nähe zu sein, und stupst leicht meine Schulter an. Ich schnaube und weiche aus – er lächelt dieses unerträglich sanfte Lächeln.

Draußen ist die Morgenluft frisch. Merrick deutet in Richtung des Hauptgebäudes. »Die Klinik ist hinter dem Gebäude.«

»Danke.«

Ich esse das Sandwich gerade noch auf, als er die Tür öffnet. Drinnen empfängt uns eine Empfangsdame, deren flatternde Wimpern und zuckersüßes Lächeln sich ganz auf Merrick richten.

»Alpha Prime«, flötet sie. »Wir haben Sie erwartet.«

Merricks Stimme wird hart. »Sie erwarten Lark Winters, nicht mich.« Er ignoriert ihre Versuche, charmant zu sein, völlig und sieht sie nicht einmal an.

Ich grinse kindisch.

Sie blinzelt und nickt. »Natürlich. Lark Winters. Bitte folgen Sie mir.« Sie wirft mir kaum einen Blick zu. Ich könnte genauso gut unsichtbar sein – so viel zur Gleichberechtigung.

Sie führt uns in einen Untersuchungsraum, wo eine Ärztin hinter einem Schreibtisch wartet, ein strahlendes, fast gieriges Lächeln auf dem Gesicht. Sie nickt Merrick höflich zu, richtet ihren Fokus jedoch auf mich, mit einem vage räuberischen Glanz in den Augen – genau wie die Empfangsdame zuvor Merrick angesehen hat. Es ist der Blick, den man einem dekadenten Dessert zuwerfen würde.

»Hallo, ich bin Dr. Sheridan. Bitte, Miss Winters, nehmen Sie Platz.«

»Danke«, sage ich und setze mich auf den Platz, auf den sie zeigt.

»Wir haben einige Tests geplant«, sagt sie, während sie auf ihrem Tablet Daten durchscrollt. »Ich interessiere mich besonders für Ihren Fall. Wir würden gerne Gehirn-Rückenmark-Flüssigkeit, Knochenmark –«

Merricks tiefes Knurren unterbricht sie. »Deshalb ist Miss Winters nicht hier. Sie ist für grundlegende Untersuchungen hier, um zu bestätigen, dass sie fit genug ist, um zu gehen – nichts weiter. Sie ist nicht Ihre Laborratte.«

Dr. Sheridans Ausdruck erstarrt. »Natürlich nicht, Alpha Prime. Ich würde niemals –«

Seine Augen verengen sich. »Wir hatten darüber gesprochen. Nur das Nötigste, Doktor.«

Sie senkt den Blick. »Ja, Alpha.«

Ich atme erleichtert aus, dass sie mich nicht grundlos piesacken wird. Nachdem Merrick gegangen ist, führt sie die Standardtests durch, sichtlich enttäuscht.

Zwanzig Minuten später bin ich fertig. Alles scheint normal. Es ist unwahrscheinlich, dass ich mich in den nächsten Tagen wandle, und ansonsten bin ich gesund.

Dr. Sheridan kann es sich nicht verkneifen, mir mitzuteilen, dass ich mich schneller entwickle als erwartet, und deutet an, dass weitere Tests ideal wären. Ich ignoriere sie.

Draußen wartet Merrick – still, vor Wut brodelnd, die er fast greifbar ausstrahlt.

»Alles in Ordnung?«, frage ich leise.

»Mir geht's gut«, sagt er, sieht aber alles andere als gut aus. »Das war absurd. Es tut mir leid. Niemand sollte dich ohne Erklärung zusätzlichen Prozeduren aussetzen. Ich bin froh, dass ich dabei war.« Er hält inne und blickt in die Ferne. »Dr. Sheridan ist gut in ihrem Job, was der einzige Grund ist, warum sie hier ist. Aber sie hat ... sich hinreißen lassen. Ich werde jemanden beauftragen, sie im Auge zu behalten.«

Er tippt wie wild auf seinem Handy herum. Ich beginne in Richtung der Kaserne zu gehen, doch ohne aufzublicken nimmt Merrick sanft meinen Ellbogen und lenkt mich stattdessen Richtung Parkplatz. Ein elegantes schwarzes Auto wartet dort.

»Schick. Der Alpha Prime zu sein, hat wohl ein paar großartige Vorteile.«

»Es war ein Geschenk vom Vampirhof.«

»Oh?« Ich hebe eine Augenbraue. »Schenken sie dir oft Sachen, oder ist das ein besonderes Geschenk?« Meine innere Stimme fügt sarkastisch hinzu: *Vielleicht für den Fall, dass einer von ihnen deine Gefährtin stalkt?*

»Sie schicken gelegentlich etwas, aber ich nehme nicht alles an.«

»Und dieses hier?« Ich deute auf die glänzende Motorhaube.

Er zuckt mit den Schultern. »Ich brauchte ein neues Auto. Also ist es jetzt meins.«

Natürlich ist es das.

»Riker bringt deine Sachen.«

Ich bin froh, dass ich mein Zimmer ordentlich hinterlassen habe.

Merrick wendet sich zu mir. »Bevor wir fahren, habe ich etwas für dich.«

Er holt eine filigrane Halskette hervor, die Kette glänzend – Weißgold oder Platin – mit einer winzigen Phiole, in der eine wirbelnde blaue Flüssigkeit schwebt.

»Das ist ein Zauber«, erklärt er. »Ein Schutz. Wenn du in Gefahr bist, zerbrich die Phiole und lass die Flüssigkeit in deine Haut – oder dein Fell – einziehen. Es erschafft einen mächtigen Schutzschild um dich, der nur für eine Person funktioniert. Für zwei versagt er. Sobald er aktiviert ist, kann dich niemand – weder Wandler noch Vampir, oder sonst wer – entdecken, selbst wenn du verletzt bist. Es hält dich sicher, bis ich dich finde.«

Die Phiole wirkt unbezahlbar. Etwas so Wertvolles anzunehmen, fühlt sich seltsam an, aber mit einem Vampir, der mich verfolgt, wäre es dumm, es abzulehnen.

»Danke«, sage ich, als ich es annehme.

Merrick tritt näher, hebt mein Haar an und hilft mir, die Kette über meinen Kopf zu legen. Seine Finger streifen meinen Nacken, und ich schaudere.

»Immer«, murmelt er mit warmer Stimme.

Um die Stille zu überbrücken, frage ich: »Also, äh, was ist deine Lieblingsfarbe?«

Er lacht leise. »Silber. Früher war es ein warmes Braun.«

»Oh, interessant.« Dann, gespielt schnippisch, füge ich hinzu: »Silber wie meine Augen, was? Du alter Charmeur.«

Seine Mundwinkel heben sich. »Erwischt.«

Ich verdrehe die Augen, meine Wangen werden warm. »Meine Lieblingsfarbe ist Pink.«

»Pink? Aber du trägst nie Pink.«

»Ich weiß, aber es ist trotzdem meine Lieblingsfarbe. Es ist so fröhlich und lebendig.«

Merrick brummt nachdenklich.

Ich schmunzle. »Was machst du so in deiner Freizeit, Alpha Prime? Außer Leute herumzukommandieren?«

»Kampfsport und Fitnesstraining«, antwortet er mit einem lässigen Grinsen. Dann verhärtet sich sein Blick. »Apropos Kampfsport – ich habe von deinem Kampf gehört – und von deiner gebrochenen Nase.« Er wirft mir einen kurzen Blick zu, bevor er sich wieder auf die Straße konzentriert. »Du hast dich beeindruckend schnell erholt.«

»Ja, nicht wahr?« Ich spiele es herunter, obwohl ich genauso überrascht bin wie er. Über Nacht ist die Schwellung verschwunden, die blauen Flecken sind verblasst. »Ich sehe offiziell nicht mehr aus wie ein Panda. Aber was auch immer du tust, erzähl es bloß nicht Dr. Sheridan.«

Er knurrt leise. »Dein Geheimnis ist bei mir sicher.«

Wir fahren durch das Tor hinaus, die Wachen neigen respektvoll ihre Köpfe. Ich werfe Merrick einen Blick zu. »Wird dir das nicht irgendwann langweilig? Dass dir jeder in den Hintern kriecht?«

»Ständig«, gibt er amüsiert zu. »Aber nicht alle tun es. Du und Riker seid da besonders schlecht drin. Vielleicht sollte ich euch Unterricht geben.«

Ich schnaube. »Nein, danke. Du bist nicht mein Alpha.«

»Nein, ich bin dein Gefährte. Und ich bin froh, dass niemand sonst jemals dein Alpha sein wird.«

Wir schweigen in angenehmer Stille, während die

Straße sich durch einen dichten Wald windet und die militarisierte Landschaft von Zone Eins hinter uns bleibt. Und dann passiert es.

Ein Transporter taucht aus dem Nichts auf.

Er rast mit einem donnernden Aufprall in die Fahrerseite, und das Auto überschlägt sich, wirbelt wie ein Blatt im Sturm. Die Welt verschwimmt – oben, unten, seitwärts – bis das Fahrzeug schließlich zum Stehen kommt, kopfüber.

Mein Haar fällt mir ins Gesicht, und der Sicherheitsgurt schneidet schmerzhaft in meinen Hals und meine Brust. Blut tropft von einer Wunde an meiner Stirn, mein Knöchel schmerzt, aber ich lebe.

»Merrick?« Meine Stimme zittert. »Merrick, geht es dir gut?«

Seine Seite des Autos ist zerquetscht, Blut verschmiert sein Gesicht. Er ist bewusstlos, aber seine Brust hebt und senkt sich noch. Erleichterung durchflutet mich – er lebt.

Ich fummle an meinem Sicherheitsgurt, stoppe mich gerade noch rechtzeitig, bevor ich kopfüber aufs Dach falle. Durch die zersplitterte Windschutzscheibe sehe ich Bewegungen. Der Transporter muss uns mit voller Wucht getroffen haben – er steht halb die Straße hinunter – und zwei ... nein, vier Männer springen mit alarmierender Zielstrebigkeit heraus.

Verdammt. Das sind keine Lkw-Fahrer. Das ist ein Hinterhalt.

Die Tür ächzt und gibt nach, als ich sie aufdrücke und weit aufkicke. Wenigstens kommen wir hier raus.

»Merrick, wach auf!« Ich schüttele ihn. »Da sind Männer mit Waffen. Merrick!«

Sein Gurt ist verklemmt. Ich ziehe und drehe, bis er endlich nachgibt. Er fällt, und ich senke vorsichtig seinen Kopf, ziehe ihn aus dem Wrack. Meine neue Wandler-Stärke reicht gerade so aus, um ihn zu schleppen. Wandler wiegen eine Tonne, mit all ihren dichten Knochen und Muskeln.

Wir rollen einen flachen, trockenen Graben am Straßenrand hinunter. Ich lege ihn auf die Seite, ziehe meinen Hoodie aus und polstere seinen Kopf. *Mach seine Atemwege frei, Lark.* Meine Hände zittern, als ich Blut von seiner Nase und seinem Mund wische.

Ich habe mich noch nie so hilflos – oder so verängstigt – gefühlt.

Ich taste seine Taschen ab und finde sein Handy, entsperre es mit seinem Daumen. Meine Finger zittern, als ich Riker anrufe.

»Hallo –«

»Riker, wir wurden von der Straße gedrängt – ein Transporter –« Ich rattere das Kennzeichen herunter. »Vier Männer. Merrick ist bewusstlos.«

»Hau ab«, fordert Riker. »Lass ihn zurück und hau ab.«

»Nein, ich lasse ihn nicht zurück.« Ich positioniere Merrick vorsichtig, mein Herz hämmert. »Kannst du sein Handy orten?«

»Lark, er würde wollen, dass du in Sicherheit bist.«

»Tja, das tue ich aber nicht. Kannst du sein Handy orten?«

»Ja. Jetzt hau da ab!«

Ich habe keine Zeit, zu diskutieren. Ein weiteres Auto und ein Lieferwagen kommen quietschend zum Stehen, und noch mehr Männer steigen aus, die sich fächerförmig aufstellen und sich uns nähern.

Ich lege das Handy neben Merricks Kopf, ziehe die Kette von meinem Hals und zerbreche die Phiole. Während die magische Flüssigkeit in seine schlaffe Hand sickert, trete ich zurück, und die Schutzmagie erwacht zum Leben, schimmert kurz, bevor sie unsichtbar wird.

Er sollte jetzt verborgen sein, sicher vor Entdeckung.

Verdammt. Sie kommen näher, ihre Silhouetten zeichnen sich vor dem Wrack ab. Ich schleiche mich zu den Bäumen, aber einer von ihnen entdeckt mich.

Das hatte ich erwartet.

»Mrs. Emerson«, ruft er spöttisch. »Wo ist Ihr Wachhund?«

»Er ist abgehauen«, lüge ich und zwinge meine Stimme, ruhig zu bleiben.

Er lacht und gibt den anderen ein Zeichen. Sie sind Menschen – und bewaffnet. »Lassen Sie uns das nicht schwerer machen, als es sein muss.«

Er richtet die Waffe auf mich, und ich hebe zitternd die Hände.

Dann packt er meine Handgelenke und zerrt sie hinter meinen Rücken, wo er sie mit einem Kabelbinder zusammenbindet. Seine Finger streifen meine Narben, und sein Gesicht verzieht sich.

»Verdammt. Das ist hässlich. Kaum zu glauben, dass Sie das überlebt haben.«

»Kaum zu glauben, dass Sie mich entführen«, kontere ich.

Er schnalzt mit der Zunge. »Ah, so handelt Human First nun mal. Sie nennen es Entführung – wir nennen es

Gerechtigkeit. Ihr Ehemann hat den Befehl ausgegeben. Die Wandler hatten kein Recht, Sie zu verwandeln. Nach unseren Gesetzen sind Sie immer noch ein Mensch. Also nehmen wir Sie mit.«

»Sie bringen mich also zurück in den Menschensektor für einen Prozess?«

»Menschen, die unsere Gesetze brechen«, sagt er mit einem kalten Lächeln, »bekommen keine Prozesse.«

Ich starre ihn an und weigere mich, Angst zu zeigen. »Also wollen Sie mich umbringen?«

»Oh, wir machen es schnell«, antwortet er, seine Stimme trieft vor gespieltem Mitgefühl.

»Würdevoll sogar. Sehen Sie es als einen Dienst an – wir sind froh, Sie von Ihrem Elend zu erlösen.«

Kapitel Siebenundzwanzig

Mein Herz hämmert, und Adrenalin schießt durch meine Adern, als sie mich in den hinteren Teil des Transporters stoßen. Das Innere ist wie ein Polizeifahrzeug vergittert, die Metallbank unter mir ist kalt und unnachgiebig. Zwei bewaffnete Männer steigen ein, einer auf jeder Seite. Der Gesprächige setzt sich mir gegenüber und grinst wie ein Wahnsinniger, als wäre das hier sein großer Triumph.

Paul. Verdammter Paul. Alles führt zurück zu ihm. Er konnte mich einfach nicht gehen lassen – konnte nicht akzeptieren, dass unsere Ehe vorbei ist. Wie kann man versprechen, jemanden für immer zu lieben, und ihn dann an Human First ausliefern wie ein Opferlamm?

Achtundzwanzig Jahre. *Achtundzwanzig Jahre!* Und ich bedeutete ihm nichts. In dem Moment, in dem ich aufhörte, ein Mensch zu sein, entschied er, dass er mich lieber tot sehen wollte.

Mein Herz schmerzt, roh und zerfetzt. Der Schmerz schneidet so tief, dass es sich anfühlt, als könnte er mich auseinanderreißen. War ich so blind? War er schon immer so selbstsüchtig, oder war ich einfach nur ... gefügig – leicht zu übersehen, leicht als selbstverständlich zu betrachten, leicht zu verbiegen?

Was für ein Trottel ich bin.

Und jetzt bin ich hier, gefangen in dieser seltsamen Schicksalsbindung mit Merrick – Schicksal, nicht Wahl. Und doch habe ich wie eine Idiotin mein Leben für ihn geopfert.

Das Schlimmste ist, dass ich es wieder tun würde, weil es sich richtig anfühlte. Die Welt braucht mehr Männer wie ihn. Ich bin nicht der Typ, der tatenlos zusehen kann, wie jemand an meiner Stelle stirbt. Es liegt nicht in meiner Natur, wegzusehen oder zu behaupten, es ginge mich nichts an.

Vielleicht macht mich das dumm. Vielleicht habe ich einen Helferkomplex, oder mir fehlt der entscheidende Instinkt für Selbstschutz. Aber das ist egal.

Der Transporter schlingert, und mein Körper schwankt mit der Bewegung. Meine steifen Arme, die hinter meinem Rücken gefesselt sind, protestieren bei jedem Ruck. Schmerz strahlt durch meine Brust und Schultern – eine grausame Erinnerung an den Unfall.

Bitte, Merrick, sei in Ordnung.

Jeder Stoß entfacht eine neue Welle von Qualen. Ich spüre bereits, wie sich die dunklen Blutergüsse von den

Sicherheitsgurten auf meiner Haut abzeichnen, dunkle Male, die das innere Chaos widerspiegeln.

Ich kann nicht entscheiden, ob ich Angst habe oder wütend bin. Meine Gefühle kollidieren und zersplittern in alle Richtungen. Die Angst droht, mich in die Hilflosigkeit zu ziehen, mich zum Opfer zu machen. Aber Wut – Wut kenne ich. Sie schärft meine Gedanken und fokussiert mich. Ich atme tief ein, nähre diese Wut und klammere mich daran wie an einen Rettungsanker. Angst vernebelt den Verstand, aber Wut? Wut hält mich am Leben.

Ein Teil von mir fragt sich, warum sie mich nicht längst getötet haben. Sie hätten es ohne viel Aufhebens direkt am Straßenrand tun können.

»Worauf warten Sie?«, platze ich heraus, meine Stimme erstaunlich ruhig trotz der brodelnden Gefühle darunter. »Sie wollen mich umbringen – warum nicht gleich jetzt?«

Der Gesprächige grinst selbstgefällig, offenbar zufrieden mit sich selbst. »Oh, wir kommen schon noch dazu. Aber ein würdiges Ende erfordert Planung. Du weißt schon, wie das läuft – manchmal muss man ein Spektakel inszenieren, damit die Botschaft wirklich ankommt. Wenn wir dich töten, geht es nicht nur um dich – es geht darum, ein Zeichen zu setzen. Human First muss der Welt zeigen, was passiert, wenn Menschen ihre eigene Art verraten. Das wird uns bekannt machen.«

»Ich habe niemanden verraten.«

»Sie haben sich verwandelt«, faucht er, das Grinsen entgleitet ihm kurzzeitig. »Das reicht.«

Er zieht eine Rolle Klebeband hervor, reißt ein Stück mit den Zähnen ab und drückt es mir grob über den Mund.

Der Kleber brennt auf meiner Haut. »Ich hab die Schnauze voll von dem Gerede«, murmelt er.

Einer seiner Gefährten lacht. »Was ist bloß mit euch? Immer wollt ihr euch verteidigen. Immer dieses *Warum ich?*-Gejammer.«

Sie lachen herzhaft, als sei es der beste Witz der Welt.

Innerlich bin ich wie eine gespannte Feder, doch ich halte mein Gesicht ruhig und senke meinen Blick auf den Boden. Es bringt nichts, zu diskutieren. Mit Fanatikern zu streiten, ist sinnlos. Sollen sie denken, sie hätten gewonnen. Fürs Erste. Ich werde auf den richtigen Moment warten, um mich zu retten. Dieser Moment wird kommen, und sie werden ihn nicht kommen sehen.

Human First. Ich knurre innerlich. Ich wusste immer, dass sie gefährlich sind, aber ich hätte nie gedacht, dass sie zu offenem Mord greifen würden. Andererseits, warum nicht? Es ist eine Organisation, die auf Hass beruht. Hassgruppen sind wie Pulverfässer – nur ein Funke entfernt von einem Inferno. Hass erzeugt Gewalt. Es ist nur eine Frage der Zeit, bis aus Worten Waffen werden und aus Protest Blutvergießen.

Der Gesprächige lehnt sich zurück, verschränkt die Arme. »Ich bleib jetzt einfach beim Du – bringt doch eh nichts mehr mit dem höflichen Geschwafel. Du hättest würdevoll sterben sollen, als sie dich zerfleischt haben. Schau dich jetzt an – völlig entstellt und … eine von ihnen.«

Ekel verzerrt seine Züge, obwohl sein Blick kurz auf meiner Brust hängen bleibt.

Ekel und Wut brodeln in mir, aber ich konzentriere mich auf meinen Atem.

Das Ding in mir regt sich. Sie hasst das. Ihre Wut ist roh

und animalisch, und selbst mit dem Band spüre ich, wie sie sich befreien will. Meine Gedanken flackern zu Alice. *Noch nicht. Bitte, nicht jetzt.*

Ich senke den Kopf, während der Schmerz in meinem unteren Rücken aufflammt, als der Transporter weiter ruckelt.

Vielleicht sterbe ich wirklich hier.

Meine Gedanken schweifen zu Paul. Gab es jemals ein Szenario, in dem das nicht so endet? Dann taucht Merrick in meinem Kopf auf – seine unerschütterliche Stärke, seine Bereitschaft, mich zu beschützen. Es ist nicht nur seine unmögliche Schönheit – es ist seine Präsenz, seine Gewissheit. Ich sollte wütend auf ihn sein, weil er so in mein Leben geplatzt ist, und doch bin ich so dankbar, dass er es getan hat.

Ich erinnere mich an Pauls schockiertes Gesicht, als Merrick mich für sich beanspruchte, Doves Eifersucht, die die Luft vergiftete. Es war nicht der Abschluss, den ich mir vorgestellt hatte, aber es war eine Art Gerechtigkeit – ein herrlich perfekter Moment. Und Merrick, Riker – sie beide standen in kürzester Zeit mehr zu mir, als Paul es in fast drei Jahrzehnten Ehe je getan hat.

Das Leben ist kurz – zu kurz, um den falschen Menschen treu zu sein, zu kurz, um zu schweigen oder sich von Angst beherrschen zu lassen. Mehr als alles andere will ich hier nicht sterben. Nicht so.

Sie haben mich unterschätzt.

Ich atme tief ein und tauche in die spitze Wärme meiner Magie ein, taste mich durch die Technik um mich herum. Einer der Männer hat ein Handy in der Tasche. Ich greife in seine Software, schicke Riker eine Nachricht mit dem

Kennzeichen des Transporters und gebe ihm Zugriff auf das GPS des Handys.

Es wird Konsequenzen geben, wenn ich überlebe – Fragen, die ich nicht beantworten kann, ohne meine Technomantie zu offenbaren. Aber Geheimhaltung zählt nicht viel, wenn ich tot bin.

Eine Stunde vergeht. Wir haben zwei Zonen durchquert, und aus ihrem Gespräch geht klar hervor, dass wir auf dem Weg zu Zone Vier sind – zur Küste. Sie reden über bestochene Patrouillen, Schmuggler und Wege, die Verteidigung des Wandler-Ministeriums auf See zu umgehen.

Als wir ankommen, zerren sie mich aus dem Lieferwagen in ein riesiges Lagerhaus, das nach Feuchtigkeit, Rost und Verfall stinkt. Wasser sammelt sich in Pfützen auf dem unebenen Boden und spiegelt vereinzelte Lichtstrahlen wider. Eine Taube flattert durch ein Loch im Dach, ihre Flügel schlagen wie ein hektischer Schleier durch den düsteren Raum.

»Das hier ist Umstrukturierungsgebiet«, sagt der Gesprächige. »Die Wandler reißen diese alten Gebäude ab, um neue zu bauen. Aber dieser Überrest hier – der ist noch von vor den Sektoren.« Er seufzt, fast wehmütig. »Die guten alten Zeiten, bevor alles den Bach runterging.«

Die guten alten Zeiten. Der Typ kann kaum dreißig sein – was weiß der schon? Nostalgie ist eine seltsame Sache – selektiv und verzerrt – die Leute erinnern sich nur an das, was sie wollen.

Ich konzentriere mich auf die Männer, die Schatten und mögliche Ausgänge. Sie ersetzen die Kabelbinder durch Metallfesseln, die sich schmerzhaft in meine Handgelenke graben. Diesmal sind meine Hände vorn gefesselt. Sie schleifen mich in die Mitte des Lagerhauses, wo ein wackeliger Stuhl hastig aufgestellt wird. Ich werde darauf gezwungen, spüre den unebenen Boden unter meinen Füßen, während sie mich an Ort und Stelle anketten.

Vor mir steht eine komplette Kameraausrüstung, deren Lichter grell und heiß leuchten.

»Das muss perfekt werden«, bellt einer der Männer, wie ein zweitklassiger, übermotivierter Filmregisseur. In der Nähe schärft ein anderer Mann mit Sturmhaube ein langes, glänzendes Messer.

Großartig. Einfach großartig.

Der Kamera-Typ hockt sich hin, um das Objektiv zu justieren. »Ruhe, alle zusammen!«, befiehlt er, dann beginnt er mit der Aufnahme.

Mit einem Stimmverzerrer tritt der Gesprächige nach vorn und hält eine pompöse Ansprache. Sie schneiden nicht, es wird live übertragen. Ich starre in die Kamera, mein Atem prallt gegen das Klebeband. Die Tränen brauche ich nicht zu spielen. Ich schniefe. Wenn meine Nase komplett mit Rotz verstopft, ersticke ich.

»Wir sind heute hier ...«, deklamiert der Gesprächige eine absurde Liste erfundener Anklagen gegen mich. Angeblich bin ich schuldig, die Menschheit verraten zu haben, weil ich mit *magischen Mitteln* den Biss überlebt und mich in einen Wandler verwandelt habe. Er wettert über Quoten und erklärt, dass Human First hier sei, um *die Ungerechtigkeit zu korrigieren* und *die Verräterin* zu vernichten.

Während sein Geschwafel sich zieht, schleicht sich der Mann mit der Sturmhaube und dem Messer langsam näher, die Klinge glitzert im Licht. Ich greife nach meiner Magie, versinke in den Schaltkreisen ihrer Geräte. Rauch kräuselt sich aus der Kamera, und die Übertragung stirbt mit einem Zischen.

»Was zur Hölle?«, flucht der Kamera-Typ und klopft auf das Gerät. »Das Ding ist gerade mal sechs Monate alt!«

»Wenigstens hat es noch Garantie«, murmelt jemand.

Der Kamera-Typ verzieht das Gesicht und stapft davon. Der Mann mit der Sturmhaube wirft mir einen vielsagenden Blick zu, bevor er zurückweicht. Ein technischer Defekt hat mich vorerst verschont.

Die Verzögerung gibt mir Zeit, die Live-Übertragung zu verfolgen und sie auseinanderzunehmen. Ich zerstöre sie vollständig. Als ich fertig bin, gibt es keine Spur mehr davon.

Fünfzehn angespannte Minuten später kehrt der Kamera-Typ mit einer älteren Ersatzkamera zurück. Gründlich richtet er das Ersatzgerät ein, justiert den Winkel und murmelt vor sich hin.

»Die Qualität wird nicht so gut sein«, beklagt er sich.

»Mach einfach weiter!«, faucht der Gesprächige, während er nervös hin und her läuft.

»Okay, okay. Ruhe bitte«, sagt der Kamera-Typ und fummelt an der Ersatzkamera herum, bevor er schließlich auf Aufnahme drückt.

Ich warte, und sobald der Mann mit der Sturmhaube erneut auf mich zukommt, verfolge ich die Signale, zerstöre die Übertragung und brenne die Schaltkreise der Ersatzkamera durch.

Wieder eine Rauchwolke. Wieder eine unterbrochene Verbindung. Wieder eine Runde Flüche.

»Warum passiert das immer wieder?«, faucht der Gesprächige und dreht sich zu mir um.

»Vielleicht gibt es Anti-Technik-Interferenzen?«, schlägt der Kamera-Typ lahm vor.

Alle drehen sich zu mir um.

»Du bist schon ein spezielles Exemplar, oder?«, knurrt der Gesprächige und kommt näher. »Was machst du da?«

Hinter dem Klebeband lächle ich.

»Holt den Magie-Jäger!«, ruft der Gesprächige plötzlich.

Magie-Jäger? Mein Herz setzt aus. Das kann nichts Gutes bedeuten.

»Hat der nicht gerade Wachdienst?«, murmelt einer der Männer.

»Holt ihn her! Wir brauchen nur fünf Minuten, bevor dieser Ort von Wandlern überrannt wird – lange genug, um dieser Schlampe die Kehle durchzuschneiden.«

Der Magie-Jäger betritt den Raum, gekleidet in Kampfmontur. Weißblondes Haar kontrastiert mit seinen scharfen Gesichtszügen. Seine blassen Augen gleiten durch den Raum und landen auf mir. »Was ist denn jetzt wieder? Ihr bezahlt mich dafür, nach Wandlern Ausschau zu halten, nicht dafür, den Babysitter zu spielen«, faucht er.

»Sie manipuliert die Kameraausrüstung. Mach was, Jäger!«, schnauzt der Gesprächige zurück und schubst ihn fast, bleibt aber im letzten Moment stehen.

Die Lippen des Jägers verziehen sich zu einem spöttischen Grinsen. »Ihr nehmt das auf? Amateure.« Er schnaubt, dann fixiert er mich mit einem scharfen Blick.

»Du wirst bezahlt, also tu deinen Job und bring das in Ordnung«, knurrt der Gesprächige und deutet auf die rauchende Kamera. »Mach es wieder funktionstüchtig. Wir müssen sie hinrichten und eine Botschaft senden.«

Die Augen des Jägers verengen sich. »Ihr glaubt, sie ist eine Magiebegabte?« Er tritt näher, seine Hüfte streift den Stuhl.

Ich spanne mich an, als er sich zu mir herunterbeugt und mich mit kühlem Interesse mustert. »Eine halbverwandelte Wandlerin und eine untrainierte, kleine Technomantin, hm? Nicht schlecht, Liebes.« Seine Finger packen mein Kinn und zwingen mein Gesicht ins Licht. Dann hebt er die Stimme für die anderen: »Ich kenne die Akte. Sie ist viel zu jung, um siebenundvierzig zu sein. Eine Verwandlung in einen Wandler verändert nicht das Gesicht. Also seid ihr euch sicher, dass ihr die richtige Frau habt?«

Der Gesprächige zuckt mit den Schultern und reicht ihm sein Handy. »Paul Emerson hat geschworen, dass sie es ist.«

Der Jäger hält den Bildschirm neben mein Gesicht, als wolle er Antiquitäten vergleichen. »Sie sieht diesem Foto kein bisschen ähnlich. Ich bin kein Experte für Wandler, aber sie ändern nicht die Augenfarbe, die Haare – nichts davon verändert sich.« Seine Stimme wird schärfer. »Ich frage also nochmal: Seid ihr sicher, dass das Mrs. Emerson ist?«

Der Gesprächige windet sich. »Paul hat gesagt, ihr Aussehen habe sich verändert.«

»Na klar hat er das gesagt«, spottet der Jäger. »Und ihr nehmt das Wort eines Niemands in Teilzeit für bare Münze?«

»Sie hat gesagt, ihr Bodyguard sei abgehauen«, murmelt der Gesprächige.

»Habt ihr ihn wegrennen sehen?« Der Jäger verschränkt die Arme. »Nein? Woher wisst ihr dann, dass der Bodyguard nicht zurückgeblieben ist?«

»Sie hat es uns gesagt«, erwidert der Gesprächige schwach.

Der Jäger verhärtet seinen Blick. »Und woher wisst ihr, dass das nicht irgendeine Wandlerin ist, die Mrs. Emerson deckt? Wenn ihr sie tötet, das filmt, und sie nichts getan hat ...« Seine Stimme wird zu einem giftigen Zischen. »... ist das Mord. Und wisst ihr, was dann passiert? Jede Fraktion im Land wird unsere Köpfe wollen. Ist das euer Ziel?«

Nervöse Stille breitet sich unter den Männern aus.

Der Jäger reißt mir das Klebeband vom Mund, und ich zucke zusammen, als es meine Haut schmerzhaft mitreißt. »Wie heißt du, Liebes?«, fragt er.

Mein Herz rast. Scheiß drauf. »Lark Winters.«

»Sie lügt«, zischt der Gesprächige.

»Emerson oder Winters?« Der Jäger mustert mich mit einer Mischung aus Neugier und milder Gereiztheit. »Wer ist dein Gefährte?«

Ich zögere, dann sage ich leise: »Der Alpha Prime.«

Der Jäger stöhnt und fährt sich mit der Hand übers Gesicht. »Ihr Idioten habt die Gefährtin des Alpha Prime entführt und wollt ihre Hinrichtung übertragen? Seid ihr wahnsinnig?«

»Also, technisch gesehen –«, beginnt einer.

»Halt die Klappe!« Der Jäger wirft dem Gesprächigen einen tödlichen Blick zu. »Habt ihr auch nur die geringste Ahnung, was ihr angerichtet habt? Ihr Vollidioten habt unser Todesurteil unterschrieben. Wenn ihr ihr etwas antut, wird der Prime euch nicht nur töten – er wird eure gesamte

Blutlinie auslöschen. Oma, Tanten, Cousins – jeden mit eurem DNA-Schnipsel. Alle. Und wisst ihr was? Er wird im Recht sein.«

Der Gesprächige versteift sich, seine Hände zucken in der Nähe seiner Waffe. »Paul Emerson hat gesagt, sie –«

»Es ist mir scheißegal, was Paul Emerson gesagt hat!«, schnauzt der Jäger. Er wendet sich mir zu und verneigt sich leicht. »Mrs. Winters, ich entschuldige mich für dieses … Missverständnis. Lasst sie gehen.«

Mein Puls rast, während ich zwischen ihnen hin und her sehe, jeder Nerv ist angespannt.

»Wir brauchen deine Hilfe nicht«, knurrt der Gesprächige.

Der Jäger stellt sich zwischen mich und den Gesprächigen, und seine Haltung strahlt Gefahr aus. »Ihr werdet sie jetzt freilassen.«

Es klickt, als der Gesprächige sein Gewehr hebt. »Niemand sagt mir, was ich zu tun habe. Ich kann dich genauso leicht umbringen, wie sie.«

Der Jäger zuckt nicht einmal. Seine Stimme tropft vor dunkler Belustigung. »Versuch's doch. Nur zu. Aber ich verspreche dir, das wirst du bereuen.«

Kapitel Achtundzwanzig

Der Gesprächige greift das Gewehr fester und dreht es, als wollte er es wie eine Keule benutzen. Mit brutaler Präzision schlägt der Schaft zweimal gegen das Gesicht des Magie-Jägers. Entsetzt sehe ich, wie Blut spritzt und der Jäger bewusstlos zu Boden sackt, während ihm Blut aus der Nase strömt.

Das hat er nicht kommen sehen. Ich hoffe, er wird es überleben.

Der Gesprächige lacht schroff. »Was für ein Narr. Bringt die Frau um, und dann nichts wie weg hier.«

Stille. Niemand rührt sich.

Sein Selbstvertrauen beginnt zu bröckeln, als der Mann mit der Sturmmaske unruhig zurückweicht, das Messer schlaff in seiner Hand. Kopfschüttelnd tritt er einen Schritt zurück. »Keine Chance, Kumpel. Ich bin raus. Ich liebe meine Mum.«

»Du kannst nicht aussteigen!«, faucht der Gesprächige wütend. »Komm zurück und mach deinen verdammten Job!«

Aber der Mann mit der Sturmmaske sieht nicht zurück. Seine Schritte hallen durch das riesige Lagerhaus, während er weitergeht. Einer nach dem anderen werfen die anderen Männer sich unsichere Blicke zu und folgen ihm. Ihre Loyalität – oder vielleicht ihr Mut – schwindet genauso schnell, wie der Jäger gefallen ist.

Zwei von ihnen halten gerade lange genug inne, um den stöhnenden, blutenden Mann mitzunehmen.

Allein gelassen, stößt der Gesprächige ein genervtes Knurren aus. »Wenn man will, dass etwas richtig gemacht wird ...« Er zieht ein rotes Schweizer Taschenmesser aus seiner Tasche, ein kleines, fast harmlos aussehendes Werkzeug, das in seinen Händen plötzlich bedrohlich wirkt.

Mit einem scharfen Klicken öffnet er die Klinge, der Ton klingt laut in der bedrückenden Stille, und geht auf mich zu.

Bevor ich reagieren kann, tritt er gegen den Stuhl, sodass er wegrutscht. Die Ketten spannen sich, und ich kippe um.

Ich falle rückwärts und schlage auf den kalten, harten Beton auf. Schmerz explodiert in meinem Rücken und meinem Hinterkopf. Mein Blick verschwimmt mit tanzenden Lichtpunkten, und ein Teil von mir wünscht sich fast, das Bewusstsein zu verlieren.

Aber das darf ich nicht tun.

Der Gesprächige beugt sich vor, sein heißer, widerlicher

Atem strömt über meine Wange, während die kalte Klinge gegen meine Kehle drückt. »Ich werde dich nicht umbringen«, flüstert er mit leiser, giftiger Stimme.

Die Klinge streift meine Haut, schrammt über das zarte Fleisch meiner Wange. »Wenn ich ein paar Minuten mehr hätte, würde ich dir die Nase direkt vom Gesicht schälen. Dann wärst du nicht mehr so hübsch.«

Das Messer verharrt, bedrohlich, bevor es tiefer gleitet.

»Aber ich werde etwas Besseres tun.« Die Klinge schneidet durch den Stoff meiner Kleidung, zieht eine absichtliche Linie über meine Brust, zwischen meinen Brüsten, bis sie an meinem Bauch stoppt.

Seine Augen leuchten vor grausamer Vorfreude.

Die Klinge dreht sich, und er richtet seine Aufmerksamkeit auf meinen Unterarm. Die Messerspitze gleitet über die weiche Haut. Einen Moment lang bereite ich mich darauf vor, dass er meine Pulsader durchtrennt. Stattdessen kappt er mit einem geübten, schnellen Schnitt etwas Schlimmeres – das schwarze Sinnesband, das meinen Arm umkreist.

In dem Moment, in dem es zu Boden fällt, brechen die Schleusen auf. Ein Stöhnen entweicht mir, bevor ich es zurückhalten kann, als alle unterdrückten Sinne eines Wandlers wie eine Welle über mich hereinbrechen. Die Welt stürzt über mich herein – überwältigend, unerbittlich und ohrenbetäubend. Gerüche, Geräusche und mein Sehvermögen schärfen sich und stechen. Mein Schädel fühlt sich an, als würde er explodieren.

Instinktiv versuche ich, meine gefesselten Hände zu meinen Ohren zu heben, um Linderung zu finden.

Seine Hand schlägt sie brutal zurück auf den Beton.

»Nein«, knurrt er, seine Stimme donnert in meiner zerrissenen Welt, das einzelne Wort hallt wie durch ein Megafon in meinen Ohren wider.

Aus seiner Tasche zieht er ein kleines, unscheinbar aussehendes Säckchen. Er knistert damit, und das leise Rascheln getrockneter Blätter lässt meine Zähne aufeinanderbeißen. »Wolfswurz«, sagt er mit einem grausamen Lächeln. »Gift für Wandler.«

Er packt mein Gesicht, seine Finger quetschen meinen Kiefer, und er schiebt die Klinge zwischen meine Lippen. Kalter Stahl klirrt gegen meine Zähne und zwingt sie auseinander. Schmerz flammt auf, als sie meine Zunge und Wange schneidet und meinen Mund mit dem metallischen Geschmack von Blut füllt.

Ich stöhne und wehre mich, während er die sandige, beißend riechende Substanz in meinen Mund schüttet.

Das Messer verschwindet, aber bevor ich die Wolfswurz ausspucken kann, presst er seine Hand über meinen Mund und hält mir die Nase zu. »Schluck, Schlampe«, zischt er.

Ich reiße meinen Kopf wild hin und her, weigere mich, nachzugeben, aber meine Lunge schreit nach Luft. Die Welt kippt, Dunkelheit schleicht sich an den Rändern meines Blickfelds heran. Panik steigt auf, während der Sauerstoffmangel meinen Körper zwingt, nachzugeben. Ich schnappe nach Luft, suche verzweifelt nach Erleichterung, und die Wolfswurz steckt meine Kehle in Brand.

Ihr giftiges Brennen breitet sich in mir aus, als würde Feuer meine Eingeweide verzehren.

Ich würge und keuche, Schmerz erfasst mich in Wellen.

Das Ding in mir bleibt nicht länger still.

Sie ist wach – wütend, roh, bereit zu kämpfen. Ich

spüre, wie sie sich durch mich hindurchwühlt, entschlossen, uns beide zu beschützen.

Meine Rippen brechen. Das scharfe Knacken von Knochen wird von meinem keuchenden Atem übertönt. Ein heiseres Wimmern steigt aus meiner Kehle auf, rau und schmerzerfüllt. Die Kontrolle entgleitet mir. Meine Sinne überschlagen sich, mein Körper bebt in einem brutalen, unaufhaltsamen Rhythmus.

Jedes Mal, wenn ich mir meine erste Wandlung vorgestellt habe, dachte ich, Merrick oder Riker würden mich anleiten. Ich dachte, ich wäre sicher. Stattdessen bin ich angekettet, allein, voller Qualen.

Mein Körper verkrampft sich. Jeder gebrochene Knochen formt sich neu, formt sich unter meiner Haut um. Es ist unerträglich, eine Folter, aber die Stimme des Dings murmelt in meinem Geist. *Wir schaffen das. Ich bin bei dir. Lass los.* Sie ist ruhig, beruhigend, und ich vertraue ihr.

Also gebe ich nach, lasse sie – eine andere Seite von mir, kein mörderisches fremdes Ding – die Kontrolle übernehmen. Sie ist ich.

Fell bricht aus meiner Haut hervor, verdreht und streckt mich zu etwas Neuem. Etwas Wildem.

Die Fesseln spannen und ächzen. Die gebrochenen Knochen in meinen Handgelenken verengen sich gerade genug, dass ich mit meinen Pfoten hindurchschlüpfen kann. Auch die andere folgt, die Handschellen und Ketten fallen klirrend zu Boden.

Erschöpft sacke ich nach vorn, zitternd. Mein Atem geht keuchend, meine Brust hebt und senkt sich schwer. Diese neue Gestalt fühlt sich fremd und doch vertraut an, mächtig und doch verletzlich. Meine Pfoten – braunes Fell, durchzogen von weißen Streifen – zittern, während ich versuche, mich aufzurichten und scheitere.

Ein tiefes, wildes Brüllen durchdringt das Hämmern meines Herzens.

Meine Ohren drehen sich in Richtung des Geräuschs, und ich hebe schwach den Kopf.

Die Tür des Lagerhauses wird aus den Angeln gerissen und kracht auf den Boden. Eine hochgewachsene Gestalt in halb gewandelter Kriegerform stürmt knurrend herein, seine leuchtenden Augen fokussieren sich auf mich.

Merrick.

Er ist gekommen, um mich zu retten.

Sein Blick trifft meinen, und sein Knurren verwandelt sich in ein leises Wimmern. Die Bestie zieht sich zurück, während sein Fell verschwindet und menschliche Haut zum Vorschein kommt. Er fällt neben mir auf die Knie.

»Lark.« Seine Hände finden mich sofort, streicheln mein feuchtes Fell, seine Berührung fest und beruhigend. »Du bist ein wunderschöner Wolf«, flüstert er, seine Stimme voller Emotionen.

Ein Wolf. Wow. Fantastisch. Insgeheim hatte ich auf einen Drachen gehofft – oder ein Einhorn.

»Warum – warum, Lark«, sagt er, seine Stimme unsicher, »hast du den Schutzzauber nicht für dich selbst benutzt? Warum hast du mich geschützt?«

Tränen steigen mir in die Augen, heiß und unerwartet, während ich die Realität dessen begreife, was ich bin – was wir sind. Meine Zunge hängt schlaff heraus, und ich lecke schwach sein Handgelenk, um ihm zu zeigen, dass ich noch da bin.

Immer noch seine Gefährtin.

»Verdammt, sie haben ihr Wolfswurz gegeben«, knurrt Riker hinter ihm.

»Es tut mir so leid, kleine Gefährtin. Ich werde diejenigen finden, die dir das angetan haben, und sie in Stücke reißen«, murmelt Merrick, seine Hände zittern, während er meinen Kopf hält. Er senkt seine Stirn auf meine. »Die einzige Person, die wirklich mir gehört, und ich habe dich im Stich gelassen. Ich hätte dich besser beschützen müssen. Vergib mir.«

Meine Zunge schiebt sich erneut heraus, und ich lecke ihn noch einmal, diesmal sanfter.

Endlich fühle ich mich sicher. Selbst als das Gift der Wolfswurz droht, mich zu überwältigen, weiß ich, dass ich nicht allein bin.

Wenn ich überlebe, werde ich nie wieder allein sein.

Jetzt verstehe ich es.

Das Geräusch von Stiefeln, die in das Lagerhaus rennen, wird leiser und verblasst, während die Welt um mich herum dunkler wird. Merricks Herzschlag hallt in meinen Ohren wider, der letzte Klang, den ich wahrnehme, bevor die Dunkelheit mich einhüllt.

Kapitel Neunundzwanzig

Die Welt kommt langsam wieder ins Blickfeld, wie eine Kameralinse, die Bild für Bild scharf gestellt wird.

Klick.

Merricks Alpha-Befehl hallt in meinem Geist wider, verzweifelt, aber vergeblich. Der Schock in seiner Stimme, die greifbare Ungläubigkeit darüber, dass der Alpha Prime selbst mich nicht dazu zwingen kann, mich zu wandeln.

»Sie ist eine Sigma«, flüstert jemand. Die Worte hängen schwer in der Luft, voller Bedeutung, die ich nicht ganz verstehe.

Klick.

»Bitte, Lark, wandle dich für mich«, fleht Merrick, die Autorität ist aus seiner Stimme verschwunden, ersetzt durch rohe Intensität. Mein Körper reagiert auf die Schicksalsbindung zwischen uns, auch wenn Befehle nicht funktionieren. Ich wandle mich.

Klick.

Über mir wirbeln die Rotorblätter eines Helikopters und erzeugen einen Windstoß, der Rufe mit sich trägt, die ich nicht entziffern kann.

Klick.

Merricks Tonfall wird eiskalt. »Wenn sie stirbt, werde ich euch alle töten.«

KAPITEL DREISSIG

Das Nächste, was ich mitbekomme, ist, dass ich meine Augen öffne.

Das sterile Weiß eines Krankenzimmers begrüßt mich. Ich lebe, und ich bin wieder in meiner menschlichen Gestalt.

Merrick sitzt erschöpft auf einem Stuhl neben mir, seine große Hand hält meine. Sein Kopf ist in einem unnatürlich schrägen Winkel geneigt, und jede Linie in seinem Gesicht erzählt von Müdigkeit. Selbst im Schlaf wirkt er wie ein Sturm, der nur mühsam gezähmt ist.

Ich bewege mich leicht, und ein schmerzhaftes Ziehen durchfährt meinen Körper.

»Hier.« Eine raue Stimme zieht meine Aufmerksamkeit auf sich. Riker steht an der Tür, ein stiller Wächter. Er durchquert den Raum, gießt Wasser aus einer Karaffe und reicht mir ein Glas.

Ich trinke vorsichtig, spüle den widerlichen Geschmack aus meinem Mund und schlucke. Wer hätte gedacht, dass Wasser so göttlich schmecken kann?

»Hi«, krächze ich und bringe ein schwaches Lächeln zustande.

Riker verzieht das Gesicht, verschränkt die Arme und blockiert mit seiner imposanten Statur die halbe Tür.

»Tut mir leid, dass ich nicht auf dich gehört habe«, flüstere ich heiser. »Der Alpha Prime ist zwanzigmal so viel wert wie ich. Ich habe es in dem Moment nicht realisiert, aber meine Wölfin wusste es. Sie wusste, dass wir unseren Gefährten beschützen mussten.«

»Wir?« Seine blonden Augenbrauen schießen skeptisch nach oben.

»Wenn ich *wir* sage, meine ich mich«, erkläre ich. »Da ist kein separates Wesen, kein unheimliches Monster – nur ich. Aber jetzt habe ich eine ... wildere Seite. Eine pelzige innere Stimme.«

Er verengt die Augen. »Das ist seltsam. Die meisten Wandler beschreiben ihr Tier als ein eigenes Wesen, sogar Alphas. Aber du ... du bist ein und dasselbe, nicht wahr?«

Ich zucke mit den Schultern und blicke zu Merrick. »Anscheinend. Ich war nur etwa fünf Minuten lang ein Wolf.«

Natürlich bin ich nicht normal – das war ich nie, und ich werde es akzeptieren.

Riker folgt meinem Blick. »Er ist gerade erst eingeschlafen. Vier Tage lang war er wach und hat über dich gewacht.

Es hat völlige Erschöpfung gebraucht, um ihn endlich zum Schlafen zu bringen.«

Ein Knoten aus Schuldgefühlen schnürt meinen Magen zusammen. »Es tut mir leid, dass ich ihm solche Angst gemacht habe«, flüstere ich. »Es tut mir leid, dass ich dir solche Angst gemacht habe.«

Riker lehnt den Kopf zurück und starrt an die Decke. »Du bist die mutigste Person, die ich je getroffen habe«, sagt er leise. »Du hast mehr Herz als jeder andere. Ich habe Leute gesehen, die unter weit weniger zusammengebrochen sind.«

Ich lasse ein zittriges Lachen hören. »Ich habe mich wie eine Maus gefühlt. Vielleicht wie eine sehr ängstliche Raupe.«

»Nein.« Er richtet sich auf, und sein Tonfall wird fest. »Du bist eine Wolfwandlerin mit dem Herz einer Löwin. Ich bin froh, dass es dir gut geht.«

»Danke.« Meine Stimme bricht, und ich blinzele die drohenden Tränen weg.

»Danke, dass du das Leben meines besten Freundes gerettet hast.« Riker drückt einen Knopf über dem Bett, um das medizinische Personal zu rufen. »Die Krankenschwestern wollen dich bestimmt durchchecken, und der Arzt wird wahrscheinlich ein paar Tests machen wollen.«

Ich stöhne. »Tests. Großartig.«

»Die hast du verdient.« Er grinst. »Ich hoffe, sie pieksen dich mit allen Nadeln.«

Trotz allem lache ich. »Danke, Riker.«

Eine warme Hand drückt sanft meine. Merrick ist wach. Seine durchdringenden blauen Augen werden weich, als sie mich ansehen.

»Du bist wach«, flüstere ich.

Er nickt, ein müdes Lächeln auf den Lippen. »Du bist zurück«, sagt er mit rauer Stimme. »Erschreck mich nie wieder so.«

»Es tut mir leid«, antworte ich und schüttle den Kopf. »Aber wenn du in Gefahr bist und ich dich beschützen kann ...« Ich zucke mit den Schultern. »Werde ich immer dieses Risiko eingehen. Ich werde immer dich wählen.«

Sein Kiefer spannt sich an, und seine Augen flackern vor unterdrückten Emotionen. »Es ist nicht so, als könnte ich dich aufhalten. Meine Alpha-Befehle wirken nicht bei dir.« Er atmet aus. »Du bist eine Sigma, Lark. Weißt du, wie selten das ist?«

»Ich habe nicht einmal eine Ahnung, was das bedeutet«, gestehe ich.

»Wir werden später darüber sprechen«, sagt er und streicht eine Haarsträhne aus meinem Gesicht. »Jetzt musst du dich erstmal darauf konzentrieren, gesund zu werden.«

»Jetzt müssen wir uns erstmal auf Human First konzentrieren.«

Bei der Erwähnung der Gruppe verhärtet sich sein Gesichtsausdruck. »Human First? Sie waren es?«

Ich nicke.

Zorn lodert in seinen Augen. »Sie werden bezahlen für das, was sie getan haben.«

Ich streiche mit meiner Hand über seine Wange, um die Härte zu glätten. »Paul hat ihnen einen Hinweis gegeben«, murmele ich.

Merricks Blick schießt zu Riker, der nickt und wortlos den Raum verlässt.

»Was wirst du mit ihm machen?«, frage ich zögerlich.

Ich habe den größten Teil meines Lebens mit Paul verbracht, und trotz allem will ich nicht, dass er verletzt wird.

»Paul?« Merricks Stimme ist tief und tödlich. »Was ich will, ist, ihn Stück für Stück auseinanderzunehmen – seinen Bauch aufzuschneiden, seine Eingeweide herauszuziehen und sie ihm um den Hals zu wickeln. Aber es gibt Gesetze, und ich werde mich an sie halten – fürs Erste.« Er seufzt. »Gerechtigkeit wird geschehen. Ich werde dafür sorgen. Er wird nie wieder in der Lage sein, dir zu schaden.«

»Gut. Lass uns das Gesetz wie eine Piñata auf ihn loslassen und schauen, was herausfällt.«

Merrick lässt ein leises Lachen hören, obwohl sein Blick intensiv bleibt. »Ruh dich aus. Um Rache kümmern wir uns später.«

»Ich werde mich ausruhen, weil ich meine Kraft brauche, um sie zu jagen.«

»Nicht aus einem Krankenhausbett heraus«, entgegnet er. »Ich werde sie finden, kleine Gefährtin.«

Nicht, wenn ich sie zuerst finde.

Ein schelmisches Lächeln schleicht sich auf meine Lippen, während ich meine Magie teste. Ich habe ein zartes Netz um ihre Geräte gewoben – Smartwatches, Handys – Ortungssignale, bereit zum Verfolgen. Ich kann sie alle orten, jede ihrer Bewegungen verfolgen, ihre Pläne entwirren.

Vor allem der Gesprächige.

Er denkt, er ist in Sicherheit, dass ich nur ein weiteres Opfer bin, aber ich weiß genau, wo er ist. Wo sie alle sind.

Der Gedanke schickt einen Energiestoß durch mich.

Meine Wandler- und Technomantenkräfte summen unter meiner Haut – ungeduldig, gespannt, bereit.

Sie haben versucht, mich auszulöschen. Stattdessen haben sie mir die Landkarte zu ihrem Untergang in die Hand gedrückt.

Ich lehne mich in die Kissen zurück, ein Raubtier, das Ruhe vortäuscht. Sie haben dieses Spiel begonnen – sie ahnen nur nicht, dass ich jetzt diejenige bin, die die Figuren bewegt.

Ich grinse. »Wir werden sehen, großer Gefährte. Wir werden sehen.«

Kapitel Einunddreißig

Nach mehreren Tagen Beobachtung werde ich endlich aus dem medizinischen Zentrum entlassen und lande – aus Schutz vor Vampiren – in Merricks Residenz in Zone Zwei, die sich in seinem Bürogebäude befindet. Doch es ist mehr als nur ein Büro. Er hat hier eine ganze Wohnung, und Riker lebt ebenfalls hier.

Human First streitet jede Beteiligung ab und behauptet, die Angreifer seien Teil eines abtrünnigen Kommandos gewesen, keiner offiziellen Gruppierung. Lächerlich natürlich, aber was will man machen? Das wird Merrick jedenfalls nicht davon abhalten, die Verantwortlichen zu verfolgen.

Obwohl ich eigentlich nicht eingeladen bin, lasse ich es mir nicht nehmen, zu der heutigen Besprechung zu erscheinen.

Ich sitze in einem hochmodernen Kriegsraum und warte. Entlang der Wände stehen antike Bücherregale, die mit versteckten Paneelen ausgestattet sind. Diese geben Reihen von hochauflösenden Bildschirmen frei, auf denen Live-Feeds, Karten und verschlüsselte Daten zu sehen sind. In der Mitte steht ein polierter Eichentisch, dessen Oberfläche mit Touchscreens und holografischen Projektoren gespickt ist. Anscheinend legen Wandler Wert auf Stil.

Meine Magie summt vor Vorfreude. Die Dinge, die ich in diesem Raum tun könnte ...

Die Tür öffnet sich, und Merrick und Riker treten ein. Merrick trägt schwarze Kampfhosen, die sich leicht über seinen taktischen Stiefeln zusammenziehen, und ein schwarzes, langärmeliges Shirt. Er ist nicht nur für den Krieg gekleidet – er *ist* der Krieg.

Wow.

Mein Gefährte ist absurd schön.

Die beiden entdecken mich sofort. Merricks Reaktion ist unmittelbar. Er schüttelt den Kopf, seine Stimme entschlossen: »Nein. Du kommst nicht mit. Das hier geht dich nichts an.«

»Geht mich nichts an, ja?«

Spannung strahlt von ihm ab. »Musst du immer so ein Albtraum sein? Lark, sie haben dich mit Wolfswurz vergiftet. Hättest du dich nicht gewandelt – wärst du nicht so stark – dann wärst du tot. Es hätte dich umbringen müssen. Ich lasse dich nicht in ihre Nähe. Es ist meine Aufgabe, mich darum zu kümmern. Ich werde mich darum kümmern.«

Ich rutsche unruhig auf dem Stuhl hin und her und ein Kribbeln der Verärgerung breitet sich unter meiner Haut aus. »Du bist es wirklich nicht gewohnt, dass dir jemand widerspricht, oder?«

Er wirft mir einen Blick zu, und ich verschränke schnaufend die Arme. Niemand hat mich jemals so beschützt wie er – Paul war das völlig egal –, aber Merrick sorgt sich ein bisschen zu sehr. Ich weiß, dass er sich Sorgen macht, aber ich bin siebenundvierzig, kein Kind.

Außerdem habe ich die Informationen, die sie brauchen, und die Fähigkeiten, um zu helfen.

»Du kannst mich nicht vor allem beschützen, Merrick.«

»Ich kann es versuchen. Seit ich dich kenne, bin ich um hundert Jahre gealtert.« Er versucht, es lässig klingen zu lassen, doch in seinen Worten liegt eine aufrichtige Schwere.

»Ich werde Albträume von diesem Tag haben«, sage ich leise, die Worte schlüpfen aus meinem Mund, ohne dass ich sie aufhalten kann. »Dich blutend und bewusstlos zurückzulassen. Ich brauche etwas Kontrolle zurück. Ich sage nicht, dass ich sie töten will, aber ich muss sehen, dass sie gefasst werden. Bestraft werden. Und ich kann helfen.«

Er betrachtet mich für einen Moment, und ich erkenne wieder dieses flüchtige Aufflackern von Traurigkeit – Angst, die sich unter der Oberfläche seiner Augen verbirgt.

»Wenn du mitkommst, wirst du eine Seite von mir sehen, die ich dir nicht zeigen will. Eine Seite –«

»Eine Seite, die was?«, unterbreche ich ihn. »Merrick, ich weiß, dass du der Alpha Prime bist. Ich habe die Gerüchte gehört. Nichts, was du tust, wird mich abschrecken oder mich vertreiben. Aber wenn du darauf bestehst, mich zu kontrollieren, dann haben wir ein Problem.« Sein Kiefer spannt sich an, also mache ich weiter. »Wir sind

Gefährten. Ich fühle es, tief in mir. Aber das bedeutet nicht, dass ich alles einfach hinnehme. Du musst mir helfen, das zu tun. Ich muss das abschließen. Ich brauche diesen Abschluss.«

Er stöhnt und fährt sich mit der Hand übers Gesicht. »Du kannst dich kaum wandeln. Du warst krank –«

»Ich weiß.«

»Du hast Gewicht verloren –«

»Ich weiß.«

Er funkelt mich an, und ich halte seinem Blick stand.

»Gott, du wirst mich ins Grab bringen«, sagt er jetzt lauter. »Nein, Lark. Nein. Es ist nicht sicher, und du bist nicht ausgebildet. Ich schwöre, ich werde sie für dich bestrafen.«

»Du willst das ohne mich tun?«, fordere ich ihn heraus.

»Ja.«

»Ach ja? Dann hast du sie also gefunden?«

Nicht grinsen, Lark. Nicht grinsen.

Er verengt die Augen, und ich sehe einen Hauch von Frustration. Er hat sie nicht gefunden.

»Es ist eine Woche her. Die Spur muss ja schrecklich kalt sein«, fahre ich fort und setze meinen finalen Schlag. »Wenn ich nicht helfen darf, sage ich dir nicht, wo sie sind.« Ich begegne seinem finsteren Blick mit meinem eigenen.

»Gib mir einfach die Infos. Ich gehe selbst. Riker, das Team –«

»Ah, also«, meldet sich Riker lässig, während er sich an die Tür lehnt, »willst du deinen kleinen *Zaubertrick* machen?« Er deutet mit einer Hand in meine Richtung und wackelt mit den Fingern.

Ich erstarre. »Zaubertrick?«, wiederhole ich, mein Herz hämmert.

»Ja, Zaubertrick«, wiederholt Riker, sein Grinsen wird breiter. »Ich habe bemerkt, wie du während des Briefings darüber hinweggegangen bist, wie du an diese GPS-Daten gekommen bist. Mich täuschst du nicht.«

»Riker«, knurrt Merrick. Wir beide ignorieren ihn.

Mir wird schlecht. »Was lässt dich glauben, dass es Magie ist?« Ich versuche es mit Empörung, aber meine Stimme verrät mich mit einem leichten Quietschen. »Vielleicht bin ich einfach nur eine supertalentierte Hackerin.«

Riker zuckt mit den Schultern, sein Grinsen wird listiger. »Eine Hackerin? Du, Fräulein Unfehlbar? Oder vielleicht bist du jemand, der Technik und Magie kombiniert.« Er lehnt sich leicht vor. »Lark, lass die Show. Du bist eine Technomantin.«

Ich zucke zusammen und verziehe mein Gesicht zu einem finsteren Blick, während sich meine Hände zu Fäusten ballen. »Und jetzt? Willst du es allen erzählen?«

»Beruhig dich«, sagt Riker. »Dein Geheimnis ist bei uns sicher – und bei dem Magieministerium.«

»Magieministerium?« Meine Brust zieht sich zusammen. »Was ist mit denen?«

Merrick holt einen versiegelten Umschlag aus einer verborgenen Schublade. Das Papier knistert beinahe vor enthaltenem Zauber.

»Ich *wollte* das Thema vorsichtig ansprechen«, sagt er und wirft Riker einen finsteren Blick zu. »Du hattest sicher einen guten Grund, deine Magie geheim zu halten. Während du bewusstlos warst, haben sie eine Vorladung geschickt«, sagt er leise, seine Augen fest auf mein Gesicht gerichtet.

»Eine Vorladung?« Das klingt *gar nicht* gut.

Meine Hände zittern, während ich den Umschlag anstarre.

Kapitel Zweiunddreißig

»Es ist in Ordnung«, sagt Merrick mit sanftem Ton. »Du bist in Sicherheit, und wir haben das Dokument überprüft. Es ist keine bösartige Magie darin. Sie wollen nur reden – mit dir, mit uns.«

Ich wackle auf meinem Stuhl herum und versuche, etwas Abstand zwischen mich und den leuchtenden Umschlag zu bringen. Die Angst, die in mir aufsteigt, muss offensichtlich sein, denn Merrick bewegt sich schneller, als ich reagieren kann, und nimmt mich hoch, als wäre ich federleicht. Er setzt sich und zieht mich auf seinen Schoß.

»Was zum Teufel?« Mein Erstaunen verdrängt die Angst für einen Moment.

Riker bricht in Gelächter aus, als er meinen Gesichtsausdruck sieht. »Unbezahlbar.«

»Merrick«, protestiere ich.

»Ich weiß.« Seine Arme schließen sich fester um mich. »Aber bitte tu mir den Gefallen. Ich muss dich halten. Ich mag es nicht, dich verängstigt zu sehen.«

Hitze schießt mir in die Wangen, und ich stöhne vor Verlegenheit. »Ich bin nicht verängstigt.« Trotzdem entspanne ich mich gegen ihn, mein Kopf ruht auf seiner festen Brust. »Na gut. Was wird passieren?«

»Wir sind nicht diejenigen, die in der Klemme stecken«, sagt Merrick mit ruhiger, tiefer Stimme. »Die menschliche Regierung wird jedoch ein Problem haben.« Er schmiegt mich enger an sich, aber ein Hauch von Traurigkeit liegt in seinen Augen.

Mein Magen verknotet sich. »Was ist los?«

Er zögert, sein Kiefer spannt sich an. »Ich habe deine Krankenakte gelesen. Mit fünfzehn hat die menschliche Regierung dich sterilisiert«, sagt er, sein Ton scharf vor Unglaube und Trauer.

Ich zucke mit den Schultern und spiele es herunter. »Ja, das passiert. Sie machen das bei allen mit fehlerhafter DNA. Sie haben viele von uns sterilisiert. Sie wussten nicht, dass ich eine Magiebegabte bin.«

»Du hast deine Magie verborgen gehalten.«

»Ja.« Ich mache eine Pause und wähle meine Worte sorgfältig. »Sie zeigte sich erst später, nachdem ich sterilisiert worden war. Ich dachte immer, sie sei stressbedingt und habe es niemandem erzählt. Über dreißig Jahre lang habe ich es geheim gehalten, damit das« – ich deute auf die Vorladung – »nicht passiert. Dieser Magie-Jäger im Lagerhaus, der versucht hat, mir zu helfen, wusste, was ich kann. Er sagte, er könne meine Magie schmecken.«

Ich werfe Riker einen bösen Blick zu. »Und jetzt wisst

ihr es. Oh, und das gesamte Magieministerium offenbar auch. Was wollen sie?«, frage ich und betrachte den Umschlag, als könnte er jeden Moment explodieren. »Ich fasse das nicht an.«

»Es ist sicher. Mein Magiestab hat es gründlich überprüft«, beruhigt mich Merrick.

Widerwillig ziehe ich den stachelig wirkenden Umschlag zu mir heran. Die Magie kitzelt meine Haut, aber ich breche das Siegel und ziehe das schwere Pergament heraus.

»Sehr geehrte Mrs. Winters«, lese ich laut vor und schaue dann zu Merrick. »Sieh mal an. Ich wurde befördert.«

Er küsst meinen Scheitel. »Ja, du wurdest befördert, kleine Gefährtin.«

»Ohne meine Zustimmung.«

»Reine Formalität für die Krankenhäuser«, sagt er mit einem Achselzucken.

»Aha. Krankenhaus-Sache.« Ich schüttle den Kopf und überfliege den Brief. »Das fühlt sich an, als würde ich eine Einladung nach Hogwarts bekommen.«

»Nicht ganz so aufregend«, antwortet Merrick trocken.

»Sie wollen mit mir sprechen. Persönlich.« Ich schaue zu ihm hoch. »Gehen wir?« Ich werde auf jeden Fall nicht allein gehen.

»Sobald wir mit Human First fertig sind, ja.«

Ich spiele mit der Kante des Pergaments. »Und ... das Magieministerium – werden sie mich bei sich behalten?« Der Gedanke jagt mir einen Schauer über den Rücken.

»Das können sie nicht. Du bist kein Mensch mehr. Du

bist eine Wandlerin – Teil unserer Gesellschaft. Deine Magie ändert nichts daran. Du bist meine Gefährtin, und sie würden es nicht wagen, dir ein Haar zu krümmen.« Merrick nimmt mir den Brief aus der Hand und legt ihn beiseite.

Riker deutet auf die Wand voller Bildschirme. »Also gut, Technomantin. Zeig uns, was du kannst.«

Ich hebe eine Augenbraue. »Ich bin kein dressierter Hund, Riker. Und ich habe meine Bedingungen bereits genannt – ich helfe, aber nur, wenn ich auch mitkomme.«

Ich halte Merricks Blick, keiner von uns gibt nach.

»Na gut.« Merricks Stimme durchschneidet die Anspannung, rau und bestimmt. »Du kannst mitkommen, aber nur unter meiner direkten Aufsicht.« Seine Augen verengen sich, das Gewicht seiner Alpha-Autorität wird spürbar. »Du bleibst an meiner Seite. Keine Diskussionen.«

Riker lehnt sich auf seinem Stuhl zurück und grinst spöttisch. »Stehst du schon unter dem Pantoffel, Alpha Prime? Beeindruckend.« Sein Blick wandert zu mir. »Du bist wirklich ein Störenfried. Wir werden die Einsatztrupps verdoppeln müssen, um dich aus dem Ärger herauszuhalten.«

Ich zucke mit den Schultern, unbeeindruckt. »Vielleicht. Aber ich komme trotzdem mit, oder? Kann ich bitte einen Laptop haben?«

»Ja, natürlich. Riker, hol bitte den Laptop«, fordert Merrick ihn auf.

Riker rollt mit den Augen, kommt aber der Bitte nach und murmelt etwas, das wie *anspruchsvolle Technomantin* klingt, vor sich hin.

Ich seufze. Ich möchte Merricks Wärme und den Schutz seiner Arme nicht verlassen. Er stößt ein tiefes, raues Geräusch aus – halb Knurren, halb Protest –, als ich widerwillig von seinem Schoß gleite und mich wieder auf meinen Stuhl setze. Der Verlust seiner Berührung ist sofort spürbar und beunruhigend.

Riker stellt den Laptop vor mich hin. »Danke«, murmele ich.

Merricks Blick verlässt mich nicht, eine subtile Intensität liegt in seinen Augen, als wolle er mich dazu bringen, in seiner Nähe zu bleiben. Ich schlucke den Kloß in meinem Hals hinunter und zwinge mich, mich zu konzentrieren. Es gibt Arbeit zu erledigen. Ich blinzele. »Das ist mein Laptop.«

Natürlich ist er das.

»Jap, all deine Sachen sind hier«, sagt Riker mit einem Grinsen.

All meine Sachen? Ich werfe Merrick einen Blick zu, der meine Augen sich misstrauisch verengen lässt. »Also leben wir jetzt zusammen?«

Er lächelt dieses weiche, entwaffnende Lächeln und stößt seine Schulter gegen meine – dieser verdammte kuschelige Wandler. Kleine Berührungen an meinem Nacken. Heimliche Küsse auf meine Schläfe. Immer da. Es lässt mein Herz hüpfen. Lässt meine Haut vor elektrischer Spannung vibrieren und meinen Willen gefährlich nachgiebig werden.

»Ich will meinen eigenen Raum. Mein eigenes Bett«, füge ich schnell hinzu, selbst als Gänsehaut meine Arme hochkriecht. »Das heißt nicht, dass du dich vor dem Dating drücken kannst. Das Schicksal mag gesprochen haben, aber wir müssen uns trotzdem erst kennenlernen. All das Geturtel kann warten.«

»Natürlich«, murmelt er mit einem verschmitzten Funkeln in den Augen. »Ich werde dich angemessen umwerben.«

Umwerben? Ich beiße mir auf die Lippe, um das Lächeln zu unterdrücken. Verdammt, ich mag ihn. Nicht nur wegen des Schicksals, seiner dämlichen Schönheit oder der Art, wie er mich lebendig fühlen lässt. Ich mag *ihn*.

Ich konzentriere mich auf den Laptop, logge mich ein und rufe ein Kartierungsprogramm auf. Meine Magie summt bereit. »Hier.« Ich drücke eine Taste und sende die Daten an die Wand aus Monitoren. Die Bildschirme flackern und zeigen dann eine detaillierte Karte, Straßenansichten und nahegelegene Sicherheitsüberwachung.

»Sie sind in diesem Gebäude hier«, sage ich und deute darauf. Ich nutze meine Magie, um heranzuzoomen. »Alle, bis auf den Magie-Jäger – ich kann ihn nicht richtig verfolgen – vielleicht liegt es daran, dass er zu weit weg ist. Aber der Rest? Sie sind im Menschensektor versammelt. Sie warten auf etwas.«

Merrick beugt sich vor, sein Kiefer ist angespannt. »Planen sie einen weiteren Angriff?«

»Wahrscheinlich«, sagt Riker.

»Und bevor ihr fragt, nein, es ist kein Köder. Sie nutzen ihre Geräte – aktiv. Es ist echt.«

Merrick knurrt leise, das Geräusch hallt durch den Raum. »Dieses Gebäude liegt im Menschensektor. Ich muss mich erst mit der menschlichen Polizei auseinandersetzen, bevor wir etwas planen.« Sein Tonfall wird tödlich. »Es wird ein wenig ... Überzeugungsarbeit brauchen.«

Merrick bei der Arbeit zuzusehen, ist faszinierend. Sobald ich alle Daten geladen habe, ruft er die Truppen zusammen. Der Kriegsraum verwandelt sich in einen geschäftigen Bienenstock – Männer und Frauen, alle makellos ausgebildet, bewegen sich zielgerichtet und respektieren Merricks Autorität. Er verbringt die meiste Zeit am Telefon und verhandelt mit seinen Kontakten im Menschensektor.

Der Knackpunkt? Die Menschen wollen, dass ihre Leute während der Operation anwesend sind. Merrick will das nicht. Schließlich einigen sie sich auf einen menschlichen Beobachter – ein Kompromiss, aber ein Sieg für ihn.

Gegen späten Nachmittag steht der Plan, das Team ist bereit. Wir schnappen uns eine schnelle Mahlzeit – die sich eher wie ein Festmahl anfühlt, wenn man bedenkt, wie Wandler essen – und alle gehen, um sich vorzubereiten. Wir werden kurz vor Einbruch der Dunkelheit aufbrechen. Die Fahrt zum Ziel – ein altes Bürogebäude, das für Renovierungen geschlossen ist – wird ein paar Stunden dauern.

Ich halte eine leichte, magische Verbindung zu den *Bösewichten* aufrecht, während Merricks Kontakte bei der menschlichen Polizei das Gebiet überwachen.

Das Gebäude hat ein altes, aktives Sicherheitssystem, aber es ist ein geschlossener Kreislauf – keine Internetverbindung. Ich muss bei unserer Ankunft manuell darauf zugreifen. Merrick will nicht riskieren, sie zu warnen. Nachdem sie den Wandlersektor so schnell verlassen haben, nachdem ich entführt und angegriffen wurde, ist klar, dass sie nervös und viel schlauer sind, als wir angenommen hatten.

In der Zwischenzeit fehlt von Paul jede Spur. Sie jagen

ihn, seit ich ihnen erzählt habe, dass er mich an Human First verraten hat, aber er ist verschwunden. Die Annullierung hat seine Finanzen ruiniert, und mit dem erzwungenen Verkauf des Hauses bleibt ihm nichts anderes übrig, als bei einem Freund unterzukommen.

Dove hat ihn, wenig überraschend, verlassen. Sie hat der Polizei gesagt, dass alles meine Schuld sei. Ihrer Meinung nach wäre nichts davon passiert, wenn ich *meinen Mann hätte halten können*.

Kapitel Dreiunddreißig

Das Gästezimmer befindet sich im hinteren Teil von Merricks Gebäude, direkt neben seiner Wohnung – nah genug, um verbunden zu sein, aber dennoch privat. Es ist atemberaubend, riesig und luxuriös. Der Raum muss mindestens sechs Meter breit sein, dominiert von einem massiven Schlittenbett, das mit Kissen und Überwürfen in verschiedenen Pinktönen überhäuft ist.

»Er hat sich an meine Lieblingsfarbe erinnert!«, grinse ich und umarme eines der Kissen.

Ein Outfit liegt ordentlich auf der Tagesdecke bereit, darunter robuste Stiefel. Ich streiche mit den Fingern über den Stoff – schwarz, stark, magisch. Ich bin mir nicht sicher, welche Zauber darin verwoben sind, aber hier ist Kraft – Schutz vielleicht –, um ein Messer aufzuhalten oder einen magischen Angriff wie den im Hotel abzuschwächen.

Wenn ich darüber nachdenke, fühlt es sich ähnlich an wie Merricks Anzüge. Kein Wunder, dass er immer so makellos aussieht – die Magie reinigt ihn wahrscheinlich selbst.

Zumindest ist es auch kein unbequemer Overall – Gott sei Dank.

Ich habe mein eigenes schickes, toughes Militär-Outfit: Eine Kampfhose mit genug Taschen, um die Hälfte des Kriegsraums darin zu verstauen, ein figurbetontes Oberteil, eine leichte Jacke, dicke Socken und handgefertigte Militärstiefel. Alles ist bequem, praktisch und für alles gerüstet – sogar fingerlose Handschuhe sind dabei.

Ich ziehe mich fertig an, als es an der Tür klopft. Es ist Hannah. »Wie kommen Sie zurecht? Brauchen Sie etwas?«, fragt sie und mustert bereits das Chaos, das ich aus meinem Haar gemacht habe.

»Ehrlich gesagt, brauche ich ein Wunder«, gebe ich zu.

»Hier, lassen Sie mich.« Sie setzt mich hin und beginnt, die Strähnen zu französischen Zöpfen zu flechten, die sie dicht am Kopf zu zwei ordentlichen Zöpfen verwebt – glatt, praktisch und unmöglich zu greifen. Schicke, kampfbereite Zöpfe.

»Sie sind eine Heldin«, sage ich, als sie fertig ist. »Danke.«

»Gern geschehen. Ich sollte besser gehen.«

»Es tut mir so leid, dass ich Sie so lange aufgehalten habe.«

»Machen Sie sich keine Sorgen. Ich arbeite normalerweise nicht zu diesen Stunden. Der Alpha Prime ist selten hier – er verbringt die meiste Zeit in der Hauptstadt. Ich kümmere mich um die Dinge in der Enterprise Zone, daher war es ... ungewöhnlich, ihn drei Monate hier zu haben.«

»Ich wette, es war ein langer dreimonatiger Aufenthalt.«

Sie schüttelt den Kopf, ein sanftes Lächeln spielt auf ihren Lippen. »Nein. Es war gut. Ich bin froh, dass er Sie getroffen hat. Sie haben ihn weicher gemacht – und stärker.«

Ihre Worte überraschen mich, aber ich lächle und umarme sie schnell.

Nachdem ich etwas Feuchtigkeitscreme aufgetragen habe, verlasse ich die Wohnung und folge dem entfernten Summen von Stimmen und Bewegung. Es führt mich zu einer leicht geöffneten Tür – dahinter liegt ein Waffenlager. Eine Waffenkammer.

Die Männer und Frauen, die sich uns anschließen, rüsten sich aus. Die Luft vibriert vor Vorbereitung – Stiefel stampfen, Waffen klicken, leise Befehle werden ausgetauscht. Riker, wie immer lässig trotz des Chaos, wirft sich eine Ersatzjacke über den Arm.

»Ah, da bist du ja«, sagt er mit einem Grinsen. »Sieh dich an, ganz im militärischen Chic gekleidet.«

Ich rolle mit den Augen. »Ja, eine echte Wandler-Modeikone. Wandler Lara Croft ist der Look der Saison.«

Er wedelt mit der Jacke vor mir. »Leider wirst du dieses Add-on hassen. Es wird höllisch heiß sein, also zieh sie noch nicht an. Wenn es losgeht – Türen eintreten, Leute vermöbeln –, wirst du das hier brauchen.«

Ich nehme die Jacke von ihm und lasse sie fast fallen. »Verdammt, woraus ist die gemacht? Beton?«

»Kugelsicher. Zaubersicher. Hochwertige Wandler-Militärtechnologie«, sagt Riker selbstgefällig. »Merrick würde dich von Kopf bis Fuß in dieses Zeug einwickeln, wenn er könnte. Ich würde deinen Kleiderschrank überprüfen – ich wette, alles darin wurde bereits durch magiesichere Kleidung ersetzt.«

Ich boxe ihn in die Rippen, und er lacht unbeeindruckt.

Merrick kommt herein, schreitet auf uns zu, mit dieser tödlichen Mischung aus Autorität und Wärme. Seine Augen wechseln zwischen mir und Riker, und ohne ein Wort stößt er seine Schulter gegen meine.

Ich runzele die Stirn und versuche, wegzutreten, nur um zurück in seine Umarmung gezogen zu werden, sein Arm liegt fest um meine Taille. Verdammt, dieser gefühlsduselige Wandler.

»Lass uns dich ausrüsten«, sagt er und führt mich zu den Wänden voller Waffen. »Kannst du eine Waffe abfeuern?«

»Nein. Aber ich habe festgestellt, dass ich ziemlich gut mit einer Dartpistole bin.«

Merrick zieht amüsiert eine Augenbraue hoch und reicht mir eine solide Dartpistole – schlank, vertraut. »Diese hier ist mit Betäubungspfeilen geladen, die stark genug sind, um jeden Derivat umzuhauen.«

Er beginnt, meine Taschen zu füllen, als wäre ich ein wandelndes Arsenal – Messer, zusätzliche Pfeile, Taschenlampen, kleine Gadgets, die ich nicht einmal hinterfrage. Ich nehme alles, weil es mich ehrlich gesagt besser fühlen lässt, etwas – irgendetwas – bei mir zu haben.

Dann zieht Merrick etwas Zartes aus seiner Tasche: eine neue Halskette, deren blaue Phiole im Licht schwach schimmert. Sie ist identisch mit der, die ich vor ein paar Tagen benutzt habe. Er tritt hinter mich und befestigt sie mit vorsichtigen Händen um meinen Hals, wobei er besonders darauf achtet, meine neu geflochtenen Haare nicht durcheinanderzubringen.

Seine Berührung verweilt. »So«, murmelt er.

»Danke«, flüstere ich und verstecke die Phiole sicher unter meinem Oberteil.

Er umfasst sanft meinen Nacken, sein Daumen streicht über meinen Kiefer, als er sich näher beugt. »Versprich mir, dass du das diesmal für dich selbst benutzen wirst. Nicht für jemand anderen.«

»Das kann ich nicht versprechen«, antworte ich, wobei die Ehrlichkeit siegt.

Merrick seufzt, seine Frustration ist sichtbar, als er für einen Moment die Augen schließt. Als er sie wieder öffnet, wird sein Blick sanft. »Ich weiß. Das liegt nicht in deiner Natur. Und deshalb liebe ich dich – nicht nur, weil wir Schicksalsgefährten sind, sondern wegen dem, wer du bist. Ich habe noch nie jemanden getroffen, der so selbstlos ist.«

Die Luft entweicht meiner Lunge. »Selbstlos? Das würde ich nicht sagen«, stammele ich, während mein Herz rast und sein Geständnis in mein Bewusstsein dringt. »Du ... liebst mich?«

»Ja«, sagt er einfach, als wäre es das Offensichtlichste der Welt. »Natürlich liebe ich dich. Du bist sehr leicht zu lieben. Mach dir keine Sorgen – du musst es nicht erwidern. Ich wollte nur nicht, dass wir uns in Gefahr begeben, ohne dass du es weißt.«

»Oh«, sage ich schwach, mein Mund öffnet und schließt sich wie bei einem Fisch. Mein Geist ist eine leere Tafel. Merrick liebt mich. *Mich.* Wie ist das überhaupt möglich?

Er küsst meine Stirn – sanft, beruhigend – und zieht sich zurück. »Komm schon. Während alle sich fertig machen, müssen wir darüber reden, wer du bist. Deinen Platz im Rudel.«

»Was ich bin, meinst du? Eine Sigma?« Das Wort fühlt sich schwer auf meiner Zunge an, und ich schlucke nervös.

»Ja.« Er führt mich aus der Waffenkammer, den Flur hinunter und in sein privates Büro. Die Stille ist ein starker Kontrast zum Summen der Vorbereitung draußen. Meine Nerven flattern in meinem Magen. Ich weiß nicht, was es wirklich bedeutet, eine Sigma zu sein, aber ich hoffe inständig, dass es nichts Schlechtes ist.

Bevor ich mich in einen der Besucherstühle fallen lassen kann, hebt Merrick mich mühelos hoch und setzt mich auf seinen Schreibtisch. Er schiebt meine Oberschenkel auseinander und tritt zwischen sie, seine Präsenz eine Mischung aus Wärme und Dominanz, die mir den Atem raubt.

»Sigmas sind sehr selten«, sagt er mit leiser, bedachter Stimme, als teile er ein Geheimnis. »Sie existieren außerhalb der traditionellen Rudelhierarchie. Sie sind keine Alphas, keine Betas, sondern etwas ganz Eigenes. Erfolgreich, respektiert, aber rebellisch. Einzelgänger, die unantastbar sind. Sie bringen Gleichgewicht, Lark, und deshalb schützen wir sie. Wir schätzen sie.«

Ich starre ihn an, mein Puls beschleunigt sich. »Also ... was bedeutet das für uns?«

Sein Blick wird weicher, obwohl sein Ausdruck intensiv bleibt. »Es bedeutet«, sagt er und drückt einen Kuss auf meine Nase, »dass ich der glücklichste Mann der Welt bin. Der letzte bekannte Sigma ist vor über zweihundert Jahren gestorben. Du bist etwas, über das meine Art nur geflüstert hat. Du kannst nicht von einem Alpha befohlen werden. Deine Heilung, dein Wandel – alles wird schneller, stärker sein. Und deine Gaben ...« Seine Lippen ziehen sich zu einem kleinen Lächeln. »Wir werden sie gemeinsam entdecken. Ich werde bei dir sein, jeden Schritt des Weges.«

»Danke«, flüstere ich, meine Stimme stockt vor der plötzlichen Emotion, die in meiner Brust aufsteigt.

»Du musst mir nicht danken. Es ist eine Ehre, meiner Gefährtin zu helfen.« Sein Daumen streicht über meine Wange, verweilt nahe meiner Lippen. »Darf ich dich küssen?«

Die Frage raubt mir die Luft. Ich schlucke schwer, meine Augen sind weit geöffnet, als ich ihn ansehe.

»Nur Mut, Gefährtin«, murmelt er, sein Atem streicht über meine Lippen, warm und neckend. Ich nicke, unfähig, Worte zu formen, und dann beugt er sich vor.

In dem Moment, in dem sein Mund sich auf meinen legt, fühlt es sich an, als würde ein Blitz mich treffen – Feuer und Elektrizität rasen durch meine Adern. Sein Duft umgibt mich, berauscht mich. Mein ganzer Körper zittert, und ich verliere jedes Gefühl für Vernunft. Meine Hände greifen instinktiv nach oben, verschränken sich in seinen Haaren und ziehen ihn näher, während sich mein Körper gegen ihn lehnt.

Er kippt mich über den Schreibtisch, und es ist mir egal, als er mir folgt. Ich denke nicht. Gedanken werden ausgelöscht, ersetzt durch Empfindungen – seine Lippen fest und sicher, der Schwung seiner Zunge lässt mich zittern, brennende Hitze durchströmt jeden Zentimeter von mir.

Ich bin wie weggetreten.

Nichts existiert außer diesem Kuss, diesem Mann und dem Feuer, das er in mir entfacht hat. Ich wurde noch nie so geküsst. Es ist ... *alles*.

Ein lautes Klopfen an der Tür erschüttert den Rahmen. »Kommt schon, ihr zwei! Wir machen uns bereit!«, brüllt Rikers Stimme, gleichermaßen genervt und amüsiert.

Widerwillig lösen Merrick und ich uns voneinander. Meine Lippen kribbeln, immer noch von der Empfindung erfüllt. Ich kann nicht anders, als sie atemlos zu berühren.

»Er hat ein unglaubliches Timing«, krächze ich und versuche, mich zu sammeln.

»Das absolut schlimmste.« Merricks Stimme ist tief, rau und von Frustration geprägt. »Wenn er nicht so verdammt nützlich wäre, würde ich ihn umbringen – nur damit ich dich weiter küssen könnte.«

Er hilft mir mit ärgerlicher Sorgfalt vom Schreibtisch, seine Berührung verweilt. Dann nimmt er meine Hand, verschränkt seine Finger mit meinen, als würde er sich weigern, loszulassen, und gemeinsam gehen wir nach draußen, um uns den anderen anzuschließen.

KAPITEL VIERUNDDREISSIG

ER HAT MICH GEKÜSST. Der Gedanke allein lässt mich fast ersticken. Und wow – dieser Kuss. Ich wusste nicht, dass Leute so küssen können. Diese Verbindung, dieses Feuer, einfach alles. Es ist zugleich berauschend und beängstigend. Wie kann ein Kuss mich so aus dem Gleichgewicht bringen und gleichzeitig erden?

Als ich nach draußen trete, bin ich immer noch benommen und muss mich erst einmal wachrütteln.

Wir sind siebzehn Leute – drei Gruppen mit je vier Personen, und dann unsere Gruppe mit fünf. Ich habe die Zahlen durcheinandergebracht. *Super Start, Lark.*

Jedes Team hat ein eigenes Fahrzeug – robuste Vans mit stark getönten Fenstern und Sitzbänken im hinteren Bereich. Eine ganz andere Erfahrung als damals, als ich in einen dieser Transporter gezwungen wurde.

Unser Fahrzeug ist das letzte, das vom Bordstein wegrollt. Während der Fahrt ziehen mir vertraute Straßen am Fenster vorbei. Mein alter Arbeitsplatz verschwindet hinter uns, und weiter vorn erkenne ich die massive Eiche und ... Ich kneife die Augen zusammen, presse die Hand gegen das Fenster und lehne mich so weit vor, dass meine Wange gegen das Glas gedrückt wird.

Ich starre auf das leere Grundstück, wo das Haus früher stand. »Das Zaubererhaus ist weg«, sage ich ungläubig.

»Ja«, sagt Merrick. »Bei allem, was passiert ist, habe ich vergessen, es dir zu sagen. Es ist an dem Tag verschwunden, als du entführt wurdest.«

Ein kleines, gequältes Geräusch entweicht mir, bevor ich es unterdrücken kann. »Weg? Einfach so?«

»Es kann überall auf der Welt sein«, sagt er. »Wo immer es sein will. Manche sagen, dass solche Häuser dorthin ziehen, wo sie gebraucht werden. Aber ehrlich gesagt bin ich froh, dass es das letzte seiner Art in meinem Gebiet war. Du glaubst, es hätte dir geholfen, aber Häuser wie dieses können genauso gut schaden.«

»Ich weiß«, murmele ich und schlucke den Kloß in meinem Hals herunter. »Aber es *hat* mir geholfen. Es hat mich vor dem Vampir gerettet und mir einen sicheren Ort zum Heilen gegeben.«

Ein seltsamer Schmerz breitet sich in meiner Brust aus. Es ist eigentlich lächerlich, um ein Haus zu trauern. Aber es war mehr als nur Ziegel und Mörtel – es fühlte sich lebendig an, als hätte es jahrzehntelang auf mich gewartet, einen Platz für jemanden bereitgehalten, der ihn am meisten brauchte. Alberne Gedanken, ich weiß, und nicht solche, die ich laut aussprechen würde. Trotzdem schließe ich die Augen und flüstere ein stilles Dankeschön an das Haus und die Seele des Zaubers darin. *Wo auch immer du jetzt bist – ich hoffe, du bist auch in Sicherheit.*

Vierzig Minuten später fährt der Van durch die Grenzkontrolle und den Tunnel des Grauens. Instinktiv spanne ich mich an und warte auf den vertrauten, magischen Schlag in die Magengrube.

Aber ... nichts passiert.

Ich blinzle überrascht. Riker sieht meinen Gesichtsausdruck und bricht in schallendes Gelächter aus, das vor Selbstgefälligkeit nur so trieft.

»Die Magie lässt dich jetzt in Ruhe, da du eine Wandlerin bist«, sagt er grinsend.

»Was?« Ich starre ihn an. »Die ganze Zeit dachte ich, du und der Fahrer wärt knallharte Typen. Und jetzt stellt sich heraus, dass ihr einfach nur ... immun seid?«

Er lehnt sich zurück, das Grinsen wird noch breiter.

Ich verenge die Augen. »Soll ich dir ein Taschentuch holen, um die ganze Selbstgefälligkeit aus deinem Gesicht zu wischen?«

Sein Lachen hallt durch den Van.

Nach einer weiteren Stunde und zwanzig Minuten erreichen wir unser Ziel. Der menschliche Vertreter begrüßt Merrick mit einem knappen Nicken und einem festen Händedruck, bevor er zur Seite tritt, um das Geschehen zu beobachten – seine Haltung steif und angespannt.

Auf Merricks Signal sende ich einen magischen Impuls aus, der alle Kommunikationsverbindungen im Bürogebäude kappt. »Kommunikation ist offline«, melde ich, während ich mir die schwere Jacke überziehe. Die Teams teilen sich auf.

Merrick lächelt scharf, ein Raubtierblick, als er kurz zu mir rübersieht. Es ist nur ein Moment, aber ich erkenne es – stille Anerkennung, ein Hauch von Stolz. Ich nicke zurück, auch wenn sich mein Magen zusammenzieht. Seine leise Stimme schneidet durch die Spannung. »Halte dich an meinem Gürtel fest und tu genau, was ich tue.«

Ich begegne seinem ruhigen Blick und trete näher, meine Finger streifen den dicken Stoff seiner Jacke, bevor sie sich um seinen stabilen Ledergürtel schließen. Ich halte ihn fest und achte darauf, seine Bewegungen nicht einzuschränken.

Einen Moment lang liegt eine schwere Stille in der Luft. Dann bewegt sich Merrick mit einem subtilen Handzeichen, und ich folge ihm, geduckt, mit wild pochendem Herzen. Riker bleibt dicht hinter mir.

Wir erreichen den Vordereingang. Die anderen Teams sind bereits in Position, bereit, zu stürmen oder Flüchtende abzufangen. Der Anführer der Wandler tritt die Glastüren mit einem gewaltigen Knall ein. Waffen werden gezogen, als wir eintreten.

Mir schlägt der metallische Geruch von Blut entgegen. Ich steige über eine dunkle, dicke Lache hinweg – der Gestank durchdringt selbst mein Sinnesband. Es ist schlimmer, als ich erwartet habe: Blut, Fleisch, der stechende Geruch von entleerten Eingeweiden. Ich presse die Lippen zusammen und unterdrücke den Würgereiz.

Die Luft ist erfüllt von menschlicher Angst. Ich kann sie schmecken – spüren, wie sie sich wie ein unsichtbares Raubtier an mich klammert.

Etwas Schreckliches ist hier passiert.

Wir folgen der blutigen Spur ins zentrale Büro. Die

Möbel wurden an die Wände gedrückt, in der Mitte bleibt eine freie Fläche mit einem riesigen Bildschirm und einem einzelnen, deplatzierten Sofa. Auf dem Bildschirm flackert eine rote Nachricht in krakeliger Schrift: GAME OVER. DU BIST TOT. GAME OVER. DU BIST TOT.

»Sie haben irgendein Shooter-Spiel gespielt«, sage ich, meine Stimme stockt.

»Geht es dir gut?« Merrick stupst mich sanft mit der Schulter an.

»Ja«, sage ich, doch meine Stimme bricht. Ich lasse seinen Gürtel los und huste, um den Kloß in meinem Hals loszuwerden. Meine Beine wollen wegrennen, aber ich kann nicht. Ich werde nicht wegrennen. Also tue ich so, als wäre alles nur eine Kulisse, nur Make-up.

Aber kein noch so gutes Vortäuschen kann diese Realität auslöschen.

Der Kameramann hat keinen Kopf mehr.

Sie sind alle tot.

Jemand – oder etwas – hat sie auseinandergerissen.

»Das war kein Wandler«, murmelt der große Typ, der die Türen eingetreten hat. Er schnüffelt in der Luft und verzieht das Gesicht.

Als das Gebäude gesichert ist, wird der menschliche Beobachter hereingeführt. Mit angespanntem Kiefer sieht er sich um. »Versucht, nichts zu berühren.«

»Kann ich den Bildschirm ausschalten? Ich muss ihn nicht mal berühren?«, frage ich. Das flackernde GAME OVER brennt sich in mein Gehirn.

»In Ordnung«, sagt er abwesend.

Ich bewege meine Hand, und der Bildschirm wird schwarz. Die plötzliche Dunkelheit macht den Raum noch bedrückender. Übelkeit steigt in mir auf, aber ich zwinge mich, ruhig zu atmen. Der Boden ist ein Minenfeld aus Blut, Eingeweiden und … Überresten. Meine Knie drohen, nachzugeben.

»Riker, bring Lark zurück zum Van«, sagt Merrick. Seine Stimme ist ruhig, aber besorgt.

»Klar. Komm schon, Rocky, du siehst aus, als hättest du ein Gespenst gesehen.«

»Warte.« Meine Stimme zittert, aber ich zwinge mich weiterzusprechen. »Wollt ihr … sehen, was mit ihnen passiert ist?«

Merricks intensiver Blick wird weicher. Er legt seine Hände auf meine Schultern. »Bist du bereit, auf das Sicherheitssystem zuzugreifen?«

Ich nicke. »Ja, und ich kann es auf dem Bildschirm abspielen.«

Er zögert. »Bist du sicher, dass du das sehen willst?«

Ich schlucke die aufsteigende Galle hinunter. »Wir müssen wissen, was passiert ist.«

»Okay, kleine Gefährtin.«

»Falls es hilft«, meldet sich eine Frau aus dem Hintereingangsteam, »sie kamen durch die Vordertür. Die Hintertüren waren mit Ketten verschlossen, und die wurden seit Jahren nicht angerührt.«

»Das ist hilfreich, danke«, antworte ich und wende mich der Technik zu. Ich nutze meine Magie, um die digitalen Aufzeichnungen des Gebäudes zu durchforsten, überprüfe die Kameras und spule durch das Material.

Die Innenkameras zeigen nichts Ungewöhnliches – die Gruppe ist am Leben, völlig in ihr Spiel vertieft. »Ihre Geräteaktivität nahm kurz vor Einbruch der Dunkelheit ab«, murmele ich, hauptsächlich zu mir selbst. Ich spule vor, isoliere die relevanten Aufnahmen und teile den Bildschirm in vier Feeds auf, die verschiedene Bereiche des Gebäudes zeigen.

Als die Nacht hereinbricht, taucht ein Pizzabote auf den Straßenkameras auf, seine Mütze verdeckt sein Gesicht. Er hämmert gegen die Glastür, und einer der Human First-Mitglieder steht auf, die Geldbörse in der Hand, und geht zur Tür.

Was dann passiert, lässt mein Blut in den Adern gefrieren.

Der Pizzabote lässt die Schachtel fallen und stürzt sich auf sein Opfer. Seine Hände wandeln sich in Klauen, mit denen er dem Mann in einer einzigen brutalen Bewegung die Kehle aufreißt. Niemand sonst reagiert – sie sind zu sehr in ihr Spiel vertieft. Auf der Aufnahme zieht der Killer den leblosen Körper an den Haaren hinter sich her, eine dunkle, glänzende Blutspur hinterlassend. Er wirft die Leiche hinter das Sofa – und noch immer merkt es keiner.

Der Raum füllt sich mit den feuchten Geräuschen des Gemetzels, während er sich unnatürlich schnell bewegt – schneller, als die Kameras erfassen können. Ich atme zittrig aus und vergrößere den Hauptfeed. Wir beobachten, wie er sich durch die restlichen Human First-Mitglieder metzelt, er nimmt sich jeden einzelnen mit grausamer Präzision vor. Es ist ein Massaker.

Er nimmt sich besonders viel Zeit für den Gesprächigen – das Reißen und Knurren erfüllt den Raum. Als er ein rotes Schweizer Taschenmesser benutzt, um ihm die Augen herauszuschneiden, schließe ich die Augen, unfähig, hinzusehen, bis die Geräusche aufhören.

Als ich sie wieder öffne, starrt der blutüberströmte Mörder direkt in die Kamera. Seine roten Augen glimmen, und sein bleiches Gesicht neigt sich amüsiert zur Seite. Seine Stimme erklingt aus den Lautsprechern – beunruhigend melodisch.

»Sie haben es gewagt, sich in meine Jagd einzumischen«, sagt er und zieht die Lippen zu einem scharfen Grinsen zurück, das seine Fangzähne entblößt. »Wir sehen uns bald, kleines Vögelchen Lark.«

Oh, verdammt.

Kapitel Fünfunddreißig

Jeder im Raum dreht sich zu mir um. Waffen werden gezogen, und die Wandler bilden instinktiv eine schützende Barriere um Merrick und mich. Es ist fast lächerlich – die Vorstellung, sich gegen einen derart schnellen Vampir verteidigen zu können. Er ist längst verschwunden, aber ihre Instinkte lassen sie nicht zur Ruhe kommen.

Ich halte meinen Blick auf den Bildschirm gerichtet und sehe zu, bis der Vampir endgültig verschwindet. Er legt etwas auf die Sofalehne, bevor er durch den Flur und aus der Vordertür huscht. Einen Wimpernschlag später ist er fort. Ich stoppe die Aufnahme und schalte den Fernseher aus.

»Ich habe das Filmmaterial auf den Server des Kriegsraums hochgeladen«, sage ich mit angespannter Stimme.

»Ist das der Vampir, der zur Einrichtung gekommen ist? Der, der dich gejagt hat?«, fragt Merrick.

»Ja, das ist er.«

»Ich habe seinen Geruch«, sagt Riker leise hinter mir.

Die Wandler tauschen beunruhigte Blicke. Selbst sie wirken erschüttert, und ich kann es ihnen nicht verdenken. Die Gefährtin des Alpha Prime wird von einem psychopathischen Vampir verfolgt. Human First hat sich angemaßt, mit mir zu spielen, und er hat darauf reagiert, indem er sie in einem blutigen Massaker ausgelöscht hat.

Es ist eine Botschaft. Eine Warnung.

Ich fühle mich leer und kalt, als wäre alles Blut aus meinem Körper gewichen. Mein Mund ist trocken, mein Herz hämmert so heftig, dass es meine Rippen zu sprengen droht. Erschöpfung zieht an mir, aber es ist der Geruch, der mich schließlich über die Kante treibt.

Der Gestank von rohem, verstümmeltem Menschenfleisch ist erdrückend. Mir wird schwindelig. Die Wandler können es vielleicht ertragen, aber ich bin für so etwas nicht gemacht. Es ist zu viel.

Es ist einfach zu viel.

»Was hat er hinterlassen?«, fragt jemand und durchbricht die angespannte Stille.

Riker tritt vorsichtig durch das Blutbad, seine Stiefel schmatzen auf dem rutschigen Boden. Er neigt den Kopf und betrachtet das Objekt auf der Sofalehne. Als seine grünen Augen wieder auf mich treffen, liegt ein besorgter Ausdruck darin.

»Was ist es?«, frage ich flüsternd.

Riker wirft Merrick einen Blick zu. Ohne ein Wort

führen sie ein ganzes, stummes Gespräch – hochgezogene Augenbrauen, kaum merkliches Nicken.

Was auch immer es ist, es ist schlimm.

»Zwei Trupps, bringt Lark zurück zum Van«, befiehlt Merrick mit dunkler Stimme.

Es fühlt sich an, als würde ich weggeschickt wie ein Kind, während die Erwachsenen sich um eine unaussprechliche Sache kümmern. Frustration lodert in meiner Brust auf.

»Was ist los? Was hat er hinterlassen?« Mein Magen zieht sich zusammen mit der Gewissheit, dass dieses *Geschenk* für mich bestimmt ist – und dass ich es nicht mögen werde.

»Das musst du nicht sehen, Lark«, sagt Merrick. »Du bist völlig blass. Wir reden später darüber.«

Ich runzle die Stirn, schüttele den Kopf, unfähig zu gehen.

»Vertrau mir«, sagt er und hält meinem Blick stand.

Vertraue ihm. Ich zwinge mich zum Nicken. Ich will ihn vor seinen Leuten nicht untergraben. »Okay. Später«, sage ich tonlos.

Mit einem letzten Blick auf Merrick folge ich den vier Wandlern, die mich begleiten sollen, während vier weitere hinter uns bleiben. Riker schließt schnell auf, geht neben mir, als wir zum Van zurückkehren. Gerade als wir um die Ecke biegen, treffen die menschlichen Behörden ein, ihre Fahrzeuge erhellen die Straße. Ich bin erleichtert, dieses Chaos hinter mir zu lassen.

Im Van lasse ich meine Gedanken kreisen, während ich die schwere Jacke abstreife und sie mir wie eine schützende Decke auf den Schoß lege.

»Was hast du gesehen, Riker?«, frage ich leise.

Er antwortet nicht sofort, sein Kiefer ist angespannt, als er aus dem Fenster starrt.

»Riker, bitte. Was hast du gesehen?«

Er wirft mir einen kurzen Blick zu, seine Lippen sind zu einer dünnen Linie gepresst. »Wir reden später darüber«, sagt er ausweichend.

»Sag es mir jetzt«, beharre ich mit zitternder Stimme. »Bitte.«

Er seufzt und fährt sich mit der Hand durchs Haar. »Es war ein Führerschein.«

»Ein Führerschein?« Meine Stirn legt sich in Falten. »Wessen?«

Er zögert, seine Schultern versteifen sich. Als er mich schließlich ansieht, liegt Resignation in seinem Blick. »Lark«, sagt er sanft, »es war Pauls.«

»Oh.« Das Wort verlässt meine Lippen in einem Hauch. »Denkst du, der Vampir hat ihn erwischt?«

Riker zuckt die Schultern. »Wahrscheinlich.«

Der Vampir hätte Pauls Führerschein nicht, wenn er ihn nicht erwischt hätte. »Also ist das sein Schicksal. Er ist nicht einfach abgehauen. Er wurde entweder entführt oder ist bereits tot.« Verdammter Paul.

Ich starre an die Decke des Vans, mein Verstand arbeitet fieberhaft. Der Vampir hat Human First abgeschlachtet, weil sie mich entführt, seine Jagd gestört und ihm den Spaß verdorben haben. Und er hat Paul geholt, weil er ihnen meinen Namen verraten hat.

Will dieser Vampir meine Feinde aus dem Weg räumen? Oder genießt er einfach nur das Blutvergießen?

Ich weiß es nicht, und ich will nicht versuchen, den Geist eines Serienkillers zu verstehen.

»Wissen wir, wer er ist? Der Vampir?«, frage ich, bemüht, meine Stimme ruhig zu halten, obwohl meine Nerven blank liegen.

Riker mustert mich, sein Kiefer spannt sich erneut an. »Noch nicht. Aber wir werden es herausfinden. Wir haben Bilder, und ich habe seinen Geruch. Er kann sich nicht lange verstecken.«

Ich nicke und verschließe das Chaos in mir. Ich weiß nicht, was ich fühlen soll. Paul ist nicht mehr meine Verantwortung – er hat dieses Recht verwirkt, als er mich mit Dove betrogen und an Human First verkauft hat.

Was er getan hat, ist unverzeihlich. Ist er es überhaupt wert, gerettet zu werden?

Nein, ist er nicht.

Und doch schneidet mich die Schuld wie eine Klinge. Ich weiß nicht, ob ich mit mir selbst leben kann, wenn ich zulasse, dass er leidet und stirbt. Anders als Paul kann ich meine Gefühle nicht einfach abschalten. Auch wenn ich ihn für das, was er getan hat, hasse – ein winziger, zerbrochener Teil von mir wird immer etwas für ihn empfinden.

»Was wird Merrick tun?«

Riker atmet durch die Nase aus, seine Schultern entspannen sich leicht. »Das hier hängt mit dir zusammen, also wird Merrick den Vampir jagen. Nicht um deinen Ex zu retten«, fügt er hinzu und trifft meinen Blick. »Paul ist Merrick völlig egal. Aber er wird es für dich tun – um dich zu schützen. Er weiß, dass es dir wehtun würde, wenn Paul stirbt. Und dich leiden zu sehen? Das wird Merrick nicht zulassen.«

Er kennt Merrick so gut.

Ich ziehe die schwere Jacke enger um mich, um das Zittern meiner Hände zu verbergen. »Warum ist das so schwer?«, flüstere ich.

Rikers Haltung verändert sich, Mitgefühl spiegelt sich in seinen Zügen. »Weil du eine gute Person bist, Lark. Du sorgst dich, selbst wenn du es nicht willst.«

Ich beiße mir auf die Lippe, um meine Emotionen zurückzuhalten.

»Wir werden das schon hinkriegen«, fährt er fort. »Wir werden ihn finden – diesen Vampir, sein Versteck. Und dann regeln wir das. Wenn du uns die Chance gibst.«

Ich nicke, mein Hals ist zu eng für Worte.

»Danke«, bringe ich schließlich heiser hervor.

Ich lehne meinen Kopf gegen das kühle Fenster, schließe die Augen und schalte mich Stück für Stück ab, bis nichts mehr bleibt als das gedämpfte Pochen meines Herzens.

Kapitel Sechsunddreißig

Ich verkrieche mich tiefer unter die Decke, meine Nase lugt kaum unter dem Kissen hervor. Ein wohliges Strecken zieht durch meine Glieder, und meine Krallen kratzen über das Laken.

Moment – Krallen?

Mein Herz setzt einen Schlag aus. Ich starre auf meine Hand.

Es ist keine Hand.

Es ist eine Pfote.

Eine *verdammte* Pfote.

Ich japse erschrocken auf und schieße in die Höhe – nur um in einem Chaos aus Fell und Gliedmaßen aus dem Bett zu stürzen. Der Boden empfängt mich in einer wenig würdevollen Haltung.

Ich bin ... pelzig.

Ich bin pelzig!

Was zur Hölle geht hier vor? Warum bin ich pelzig?

Das muss ein Albtraum sein. Ich kneife die Augen zusammen, flehe darum, aufzuwachen – aber als ich sie öffne, ist das Fell immer noch da. Ich stoße mir leicht den Kopf am Bettpfosten. Nein, definitiv kein Traum. Hätte das Sinnesband das nicht verhindern sollen? Das verdammte Ding ist noch immer an meinem pelzigen Handgelenk. Sollte es meine Wandlungen nicht kontrollieren?

Ich lasse mich zurück auf den Boden sinken und vergrabe mein Gesicht in meinen ... Pfoten.

Meine Pfoten.

Tief durchatmend, zwinge ich mich, rational zu denken. *Okay, denk an etwas Menschliches. Haut. Finger. Zehennägel. Ohrenschmalz.* (Warum Ohrenschmalz? Keine Ahnung, aber ich klammere mich an jeden Strohhalm.)

Ich stelle mir meinen normalen Körper vor.

Nichts passiert.

Vielleicht muss ich mich auspowern. Ja, das ist es bestimmt.

Zum Glück ist das Schlafzimmer groß genug für einen ruhelosen Wolf. Ich stemme mich auf alle viere und schwanke dabei leicht. Das Gefühl ist seltsam, aber nicht unkontrollierbar. Die Ballen meiner Pfoten drücken sich in den Teppich, als ich vorsichtig einen Schritt wage und mich an die Bewegung gewöhne.

Überraschenderweise fühlt es sich ... gut an.

Ich verlängere meinen Schritt, rolle die Schultern, senke

den Kopf und teste meine Beweglichkeit. Ein wenig Strecken hier, ein kleines Hüpfen da. Ich probiere eine Dehnübung nach unten – nur um erschrocken aufzujapsen, als mich mein eigener Schwanz zwischen den Hinterbeinen trifft.

Das ist so merkwürdig.

Unbeirrt beginne ich, durch das Zimmer zu laufen. Erst langsam, dann schneller. Bald trabe ich in einem leichten Joggingtempo, dann springe ich in federnden Sätzen. Ich stoße mich mit den Hinterbeinen ab und springe auf das Bett, pralle ab und lande wieder auf dem Boden.

Das ist unglaublich.

Ich kann nicht anders – ich tue es wieder. Und wieder. Manchmal fliege ich komplett über das Bett, manchmal pralle ich wie ein übermütiger Welpe ab. Mein Schwanz wedelt peinlicherweise, meine Zunge hängt heraus, aber mir ist das egal.

Es macht einfach Spaß.

Ich bin so in der Freude meiner spontanen Akrobatik gefangen, dass ich die Gestalt in der Tür nicht bemerke – bis ich abrupt abbremsen will, mich verschätze und mit dem Kinn voran über den Teppich rutsche.

Uff.

Mit weit aufgerissenen Augen blicke ich hoch – direkt in Merricks belustigtes Gesicht. Er steht mit verschränkten Armen da, eine Braue skeptisch hochgezogen.

»Was tust du da?«, fragt er, und seine Stimme ist voller amüsierter Verwirrung.

Ich versuche zu antworten, aber es kommt nur ein Durcheinander aus Jaulen und Winseln heraus.

»Ja, äh ... ich spreche kein Wolfisch, kleine Gefährtin. Geht es dir gut?«

Ich nicke.

»Du hast dich gewandelt. War das Absicht?«

Ich schüttle vehement den Kopf. Nein, ich hatte absolut nicht vor, als mein pelziges Ich aufzuwachen.

»Ah, also ist es im Schlaf passiert?«

Ein weiteres Nicken, dieses Mal frustriert.

»Hast du versucht, dich zurückzuwandeln?«

Ich nicke erneut, noch frustrierter.

»Keine Sorge, es ist okay«, sagt Merrick sanft. »Darf ich reinkommen?«

Ich nicke und richte mich unbeholfen auf. Nach einem kurzen Ganzkörperschütteln hopse ich aufs Bett und lasse mich auf die zerwühlten Kissen plumpsen. Die einst ordentlich arrangierte Bettwäsche ist jetzt ein Schlachtfeld aus pinkfarbenen Kissen und Decken. Ich lasse mich auf die Seite fallen und stoße einen langen Seufzer aus.

Merrick tritt ein und setzt sich auf die Bettkante. Seine Finger gleiten durch mein Fell und streicheln es in langsamen, beruhigenden Bewegungen. Es fühlt sich unglaublich an. Als er hinter meinem linken Ohr krault, beginnt mein Hinterbein unkontrolliert zu zucken.

Er lacht leise. »Du bist wirklich niedlich als Wolf, weißt du das?«

Ich knurre und werfe ihm einen finsteren Blick zu.

Er zupft sanft an meinem Nackenfell und schüttelt mich spielerisch. »Sei nicht gemein. Das war ein Kompliment.«

Schuldgefühle regen sich in mir, also lecke ich ihm zur

Entschuldigung über das Handgelenk. Seine Lippen zucken belustigt.

»Manchmal passiert das bei Stress«, erklärt er weiter, während seine Finger weiter durch mein Fell streichen. »Aber das ist ganz normal. Nach den ersten paar Jahren wird es aufhören. Bis dahin ist es völlig üblich.«

Ich schließe die Augen und lehne mich in seine Berührungen.

»Alles wird gut. Möchtest du Hilfe beim Zurückwandeln?«

Ich bin unsicher. Ich würde es gern selbst versuchen, aber was, wenn ich es nicht schaffe?

»Es ist die Aufgabe eines Alphas, seinem Rudel zu helfen«, fährt Merrick sanft fort. »Und ich bin dein Gefährte. Ich bin hier, egal was du brauchst. Aber wenn du lieber noch eine Weile ein Wolf bleiben willst, ist das auch in Ordnung.«

Ein leises Winseln entweicht mir.

»Also gut. Brauchst du meine Hilfe?«

Ich nicke, meine Ohren zucken nach vorn.

»In Ordnung. Schließ die Augen.«

Ich folge seiner Anweisung – und ein seltsames, warmes Gefühl durchströmt meinen Körper, wie flüssige Magie, beruhigend und lenkend. Alphamagie vielleicht. Rudelmagie. Ich bin mir nicht sicher, aber es wirkt.

Langsam beginnt sich mein Körper zu wandeln. Autsch – es tut weh. Knochen knacken, Sehnen ziehen sich zusammen, Muskeln verschieben sich. Es fühlt sich an wie eine Ewigkeit, obwohl es wahrscheinlich nur wenige Minuten dauert. Ich kann nicht glauben, dass ich das im Schlaf durchgemacht habe.

»Alles ist gut«, murmelt Merrick und streicht mir sanft das Haar aus dem Gesicht. Seine Stimme ist mein Anker, der mich in die Realität zurückholt.

Dann trifft kühle Luft meine Haut. Meine Augen fliegen auf – und mir entfährt ein erschrockener Laut.

Ich bin nackt.

Für eine siebenundvierzigjährige Frau ist es absolut peinlich, so auszurasten. Hastig krabble ich unter die Bettdecke und wickle mich in die Laken wie ein menschliches Burrito. Meine Finger tasten verzweifelt, bis sie endlich mein Schlafanzug-Oberteil finden, das ich wohl während der Wandlung abgestreift habe. Irgendwie schaffe ich es, mich unter der Decke wieder hineinzuwinden.

Als ich schließlich meinen Kopf herausstrecke, lacht Merrick. Seine Augen funkeln amüsiert. »Du bist mit Abstand die lustigste Person, die ich kenne«, sagt er liebevoll.

»Ich habe vergessen, dass ich nackt sein würde«, murmele ich und meine Wangen brennen vor Scham. Plötzlich wirkt eine kleine Falte in der Bettdecke wahnsinnig interessant. Ich streiche mit den Fingern darüber, meide seinen Blick. »Es war einfach ... ein kleiner Schock.«

Er grinst. »Wandler haben kein Problem mit Nacktheit, weißt du. Das ist ganz normal.«

»Ja, na ja«, entgegne ich mit einem halbherzigen Blick, »ich war sehr lange ein Mensch. Es wird dauern, bis ich mich an diese ganze Nackt-Sache gewöhne.«

Wahrscheinlich nie.

»Ich lasse dich schlafen«, sagt er schließlich.

»Ich glaube nicht, dass ich schlafen kann«, erwidere ich – und werde im selben Moment von einem herzhaften

Gähnen verraten. Das Herumtoben in meiner Wolfsform hat mich eindeutig ausgelaugt. »Wie hast du überhaupt gemerkt, dass ich mich gewandelt habe und Hilfe brauche?«

»Weil es klang, als würde eine Elefantenherde durch dein Zimmer trampeln«, sagt er leise lachend. »Ich wollte sichergehen, dass du nicht gegen einen Vampir kämpfst.«

»Oh.« Meine Wangen werden noch heißer. »Stimmt. Ähm. Tut mir leid.«

»Kein Problem«, sagt er sanft. »Beim nächsten Mal bringe ich dich an einen richtigen Ort – irgendwo, wo du rennen kannst. Wo du das Gras unter deinen Pfoten spürst und den Wind im Fell. Dein erster richtiger Wandel, und du musstest ihn in deinem Schlafzimmer durchmachen.« Er schüttelt den Kopf, und Bedauern legt sich über sein Gesicht. Seine Stimme ist rau vor Erschöpfung. »Es tut mir leid, Lark. Ich hätte hier sein sollen. Ich bin ein ziemlich miserabler Gefährte, dich das allein durchstehen zu lassen.«

»Mir geht's gut«, sage ich leise. »Du bist doch jetzt hier. Tut mir leid, dass ich dich geweckt habe.«

»Das muss es nicht. Ich konnte sowieso nicht schlafen. Ich war im Fitnessraum und habe mich an einem Boxsack abreagiert.« Er lehnt sich zurück und fährt sich mit der Hand über das Gesicht. »Ich habe so viel Wut in mir, und kann sie nirgendwo hinlenken. Alle sind entweder entführt, versteckt oder bereits tot.«

Vorsichtig greife ich nach seiner Hand und drücke sie. Seine Finger schließen sich um meine, und für einen Moment ruht sein Blick auf mir. Dann beugt er sich vor und drückt mir einen sanften Kuss auf die Stirn.

»Also«, sage ich schließlich leiser, »gibt es irgendwelche Neuigkeiten über den Vampir? Oder über Paul? Ist er ... am Leben?«

Ich fühle mich schlecht, das zu fragen – es sind erst ein paar Stunden vergangen.

»Wir wissen es noch nicht. Aber es ist merkwürdig, dass der Vampir Pauls Führerschein hinterlassen hat, ohne ...« Er hält inne und beobachtet meine Reaktion.

»Seinen Körper«, flüstere ich.

»Vielleicht finden wir ihn in ein paar Tagen – oder gar nicht.«

Eine Gänsehaut läuft mir über den Rücken. Ich will nicht, dass er tot ist. Unglücklich? Ja. Tot? Nein.

Vielleicht benutzt der Vampir Paul als Köder – wie sportlich von ihm.

»Wissen wir, wer er ist?«, frage ich mit trockener Kehle.

»Ja.«

»Wirklich?« Mein Mund klappt auf.

»Sein Name ist Leonidas«, sagt Merrick düster. »Er ist ein uralter Vampir. Vor ungefähr zweihundert Jahren war er Mitglied des Vampir-Rats – lange vor meiner Zeit als Alpha Prime. Sie haben ihn seitdem im Auge behalten. Ich habe eine vollständige Akte über ihn.«

»Kann ich sie sehen?«

Er zögert. »Bist du sicher? Es ist keine leichte Lektüre.«

»Ja, bitte.«

»Na gut«, gibt er nach. »Zieh dich um und komm dann in meine Wohnung.«

»Okay. Danke. Oh, und Merrick? Ich *liebe* die pinken Kissen – vielen Dank.« Ich schenke ihm ein strahlendes Lächeln.

Sein eisblauer Blick fällt für einen Sekundenbruchteil

auf meine Lippen, und er hält sich sichtlich zurück. Leise lachend tritt er einen Schritt zurück. »Du wirst mich noch umbringen«, murmelt er mit tiefer Stimme. Dann dreht er sich um und geht zur Tür.

Er hält inne, wirft mir einen langen, weichen Blick zu – und schließt sie leise hinter sich.

Kapitel Siebenunddreißig

WAS AUCH IMMER ER sich gerade ausmalt – er kann es vergessen. Ja, er hat aus Versehen einen Blick auf meine nackte Haut erhalten, und ja, wir haben uns geküsst – einmal. Und was für ein Kuss das war. Der Kuss aller Küsse, episch und unvergesslich. Aber ich habe im Moment größere Probleme.

Ich weiß, dass das Leben kurz ist, und ein Teil von mir denkt, ich sollte Merrick einfach direkt in mein Bett zerren – aber das werde ich nicht. Noch nicht. Ich habe so viele Dinge zu bewältigen, und jetzt auch noch Intimität dazu zu packen, wäre keine kluge Entscheidung. Vor allem nicht, wenn meine hormonellen Instinkte als Wolf völlig außer Kontrolle sind.

Das Mindeste, was er tun kann, ist, mich auf ein richtiges Date einzuladen.

Ich schlüpfe aus meinem Schlafanzug und ziehe etwas Bequemes an: Leggings und einen weichen Pullover. Nach einem kurzen Blick in den Spiegel gehe ich den Flur entlang und klopfe an seine Tür.

»Komm rein«, ruft Merrick.

Kaum trete ich ein, trifft mich sein Duft wie eine Flutwelle. Er ist überall, durchdringt den Raum, umhüllt mich. Der Mann riecht unfassbar gut – nach Zedernholz und Leder, mit einer warmen Spur von Amber. Meine Wölfin regt sich, und ein primitiver Teil von mir will sich auf den Teppich werfen und sich darin wälzen, um den Geruch aufzusaugen. Muss ein Wolfsding sein, denn das ist einfach nur seltsam.

Meine Schritte werden von dem dicken, grauen Teppich verschluckt, als ich zum Sofa gehe und mich hineinsinken lasse. Merricks Apartment kombiniert die wunderschöne Architektur des Gebäudes mit modernen, klaren Linien. Es wirkt mühelos elegant, aber dennoch bewohnt – ein Spiegelbild seines Besitzers. Wenn das hier nur seine vorübergehende Unterkunft ist, würde ich zu gerne sein richtiges Zuhause sehen.

»Möchtest du etwas trinken?«, fragt er.

Nach ein paar Vorschlägen entscheide ich mich für Kaffee. Während er in die Küche geht, kann ich nicht anders, als ihn zu beobachten. Barfuß, graue, tief sitzende Jogginghose, ein weißes T-Shirt, das jede perfekt geformte Muskelpartie betont. Der Mann ist ein wandelnder Traum.

»Der Laptop steht da drüben«, ruft Merrick aus der Küche. »Kein Passwort. Die Informationen liegen auf dem Desktop.«

»Okay, danke.«

Ich nehme das elegante Gerät, klappe es auf und finde den detaillierten Bericht über Leonidas. Kein verzeichneter Nachname – vermutlich hat er im Laufe der Jahrhunderte viele Namen getragen, die längst in Vergessenheit geraten sind. Wer weiß? Was jedoch eindeutig ist: Dieser Vampir ist uralt, etwa zweitausend Jahre alt, einer der letzten seiner Art.

Und er jagt mich.

Natürlich tut er das. Warum nicht? Wenn das Leben schon Chaos über mich ausschüttet, dann bitte richtig. Gib mir eine Magie, die niemand kennt, verwandle mich in eine extrem seltene Wandlerin und binde mich an den Anführer der gesamten Wandlerwelt. Mir reicht's. Ehrlich. Jemand anderes kann gerne mal das Zentrum des Universums sein.

Ich will ja nicht gierig sein.

Warum werden ausgerechnet die Personen, die lieber im Schatten bleiben, immer ins Rampenlicht gezerrt?

Ich schüttle meine selbstmitleidigen Gedanken ab und konzentriere mich wieder auf den Bericht. Leonidas wird als brillant und unberechenbar beschrieben. Manche Vampire verlieren nach so langer Zeit ihren Verstand. Viele suchen sich Hobbys oder Leidenschaften, um sich zu beschäftigen – Leonidas hat das Jagen gewählt. Und er war fleißig.

Die Fotos und detaillierten Fallakten lasse ich bewusst aus – ich habe genug Tod für ein ganzes Leben gesehen. Vielleicht sollte ich beim nächsten Mal auf Merrick hören, wenn er mir rät, mich rauszuhalten.

Leonidas scheint kein bestimmtes Beuteschema zu haben. Vielleicht ruft ihn etwas Bestimmtes im Blut seiner Opfer. Ich hebe den Blick vom Laptop und lasse meine

Gedanken abschweifen. Wie schwer muss es sein, Jahrhunderte zu überleben, während jeder um einen herum vergeht und man selbst weiterlebt? Unsere DNA hat sich vielleicht weiterentwickelt, aber wir sind immer noch Menschen – voller Fehler, fähig zu großem Mitgefühl, aber auch zu extremer Grausamkeit. Die Natur hat sich bei den Derivaten wirklich Mühe gegeben.

Jetzt bin ich eine Wandlerin und werde vielleicht drei- bis vierhundert Jahre alt. Der Gedanke ist atemberaubend und beängstigend.

Das Klirren von Tassen auf dem Sofatisch reißt mich aus meinen Gedanken, und ich zucke zusammen.

»Alles in Ordnung, Lark? Du bist plötzlich blass geworden«, fragt Merrick besorgt.

»Ich bin einfach übermüdet, und dieses Dokument ist ... schrecklich.«

»Ja, das ist es«, stimmt er zu und mustert mich mit schmalen Augen. »Was ist noch los?«

»Nichts.« Die Lüge kommt leicht über meine Lippen, aber Schuldgefühle rumoren in mir. Jahre mit Paul haben ihre Spuren hinterlassen. Alte Muster sterben langsam.

Merrick legt den Kopf schief – er kauft es mir nicht ab. Ich seufze. Verheimlichen wird nicht funktionieren – nicht bei ihm. Nicht, wenn er meine Emotionen riechen kann. Nicht, wenn er mein Gefährte ist. Ich habe zwei Möglichkeiten: ihn aussperren oder ihm vertrauen, dass er mir hilft, damit umzugehen.

Mein Brustkorb zieht sich zusammen bei dem Gedanken – doch ich riskiere es.

»Das ist alles meine Schuld«, sage ich schließlich, die Worte schwer auf meiner Zunge. »Wenn ich einfach in diesem Treppenhaus geblieben wäre, wenn ich nicht losgerannt und Zone Zwei mit meinem Blut markiert hätte ... Es tut mir so leid.«

Sein Ausdruck wird weicher, aber ich kann nicht aufhören.

»Und jetzt dieser Vampir – Leonidas – er wird dich verletzen. Oder Riker. Oder jemanden, den ich liebe. Ich kann sein Endziel nicht erkennen, außer ... meinem Tod.« Ich schüttele den Kopf, meine Augen brennen. »Ich weiß, dass ich das verursacht habe, aber wie kann ich es beheben? Meine Wölfin ist kaum zu gebrauchen. Ich habe mich genau zweimal gewandelt – beide Male versehentlich. Kämpfen mit Zähnen und Klauen? Ich kann nicht mal über den Teppich laufen, ohne über meine Krallen zu stolpern.«

Ein trockener, bitterer Lacher entweicht mir. »Das ist ein Albtraum.«

Merrick antwortet nicht sofort. Stattdessen lehnt er sich vor und umfasst sanft mein Gesicht, sein Daumen wischt eine Träne weg.

»Lark«, sagt er leise, »du vergisst ein paar Dinge.«

Ich treffe seinen Blick. Die Wärme darin ist fast überwältigend.

»Wenn du nicht weggerannt wärst«, fährt er fort, »wärst du vielleicht nie in den Garten des Zaubererhauses geraten – und wärst jetzt nicht hier.«

Er hat recht. Dieses Haus hat mir das Leben gerettet. Das Weglaufen war nicht nur schlecht.

»Du bist nicht mehr allein. Du bist eine Wandlerin – mit einem Schicksalsgefährten, der dich über alles liebt, und einem ganzen Land voller Wandler an deiner Seite. Was auch kommt, wir werden es gemeinsam bewältigen.«

»Ich weiß nicht, wie ich damit umgehen soll«, flüstere ich. Es fühlt sich an, als würde man einen eiternden Splitter tief unter meiner Haut herausziehen.

»Ich weiß.« Seine Lippen zucken in einem schwachen Lächeln. »Es wird Zeit brauchen.«

Da er spürt, dass ich das Thema wechseln möchte, sagt er: »Wir haben deine Testergebnisse zurück. Möchtest du sie hören?«

Ich nicke und klappe den Laptop zu. Er lehnt sich zurück, sein Ausdruck wird sanfter.

»Sie haben alle deine Testergebnisse verglichen – die aus dem Krankenhaus, aus der Einrichtung und die älteren aus deiner Kindheit. Dein DNA-Profil hat sich drastisch verändert.«

Ich setze mich aufrechter hin und mache mich auf das Schlimmste gefasst.

»Die gute Nachricht ist, dass sich deine Wandler-DNA stabilisiert hat. Deine Wandler- und Technomanten-Fähigkeiten haben sich vereint und gefestigt – du bist jetzt eine magische Wandlerin.«

»Also ... keine Vampirzähne, falls ich gebissen werde?«

»Korrekt«, sagt er mit einem leicht spöttischen Lächeln.

»Gut zu wissen.«

»Das Magieministerium wird definitiv wollen, dass du ein Training absolvierst«, fügt er hinzu.

Ich zucke mit den Schultern. »Wissen sie, welche Rolle das Zaubererhaus bei meiner Verwandlung gespielt hat?«

»Nein. Sie sind ratlos. Es gibt keine Aufzeichnungen

darüber, dass ein Zaubererhaus jemals mit einem Wandler in Verbindung gebracht wurde. Das Ministerium vermutet, dass eine entfernte magische Abstammung dich mit dem Haus verbindet, aber das ist nur eine Theorie. Es gibt keinen Präzedenzfall für einen Magiebegabten, der in einen Wandler verwandelt wurde.«

»Also ist alles nur Spekulation«, murmele ich.

»Fürs Erste. Morgen werden wir mehr erfahren.«

»Morgen?«, frage ich überrascht. »So bald?«

»Ja«, sagt Merrick. »Wir reisen in den Magiesektor. Du hast dich von der Wolfswurzvergiftung erholt, wir haben das abtrünnige Human First-Kommando ausgeschaltet, und das Ministerium hat uns bereits so viel Zeit gegeben, wie es bereit ist. Sie müssen sichergehen, dass du keine Bedrohung darstellst. Wir können keinen Krieg riskieren.«

»Und Leonidas? Der Vampir?«

»Wir reisen tagsüber, also besteht weniger Gefahr. Nachts wirst du hinter einer starken Schutzbarriere sein. Ich nehme ein kleines, hochqualifiziertes Team mit. Würde ich mit dem halben Wandlersektor anrücken, würde das sowohl aggressiv als auch unsicher wirken. Ich will nicht, dass das Ministerium glaubt, ich würde ihnen nicht zutrauen, dich zu schützen. Das heißt aber nicht, dass ich von deiner Seite weiche.«

Ich zwinge mich zu einem Lächeln, doch in meinem Magen zieht sich etwas zusammen.

Das fühlt sich nicht richtig an.

Kapitel Achtunddreißig

Aus offensichtlichen Gründen habe ich den Magiesektor noch nie besucht. Entschlossen, Merrick nicht in Verlegenheit zu bringen, akzeptiere ich mehrere Business-Outfits aus zauber- und bisssicherem Material. Riker hatte nicht übertrieben, als er Merricks Besessenheit beschrieb, mich in eine Art magische Schutzblase zu hüllen.

In diesem Fall bin ich ganz für *Power Dressing*. Falls ich diesem Vampir noch einmal begegne, nehme ich jede mögliche Form von Schutz dankend an, bevor er versucht, mich leerzusaugen.

Ich hatte mir bis jetzt nicht überlegt, wie wir überhaupt reisen würden – mein Geist war zu sehr damit beschäftigt, diesen Besuch völlig zu verdrängen. Erst als wir in ein Auto steigen und zum nächstgelegenen Flughafen fahren, wird mir klar: Wir fliegen.

Aus irgendeinem Grund war ich davon ausgegangen, dass wir stundenlang auf der Straße unterwegs sein würden.

Unser Land ist nicht riesig, und der Jet ist kaum anderthalb Stunden in der Luft, bevor wir mit dem Sinkflug in den Magiesektor beginnen.

Riker räuspert sich und sein Tonfall ist scharf. »Hört zu, Leute. Sobald wir gelandet sind, gilt vollständige Kommunikationssperre. Haltet Gespräche auf ein Minimum beschränkt. Geht davon aus, dass alles überwacht und aufgezeichnet wird. Nur Codewörter. Verstanden?«

Ein zustimmendes Murmeln geht durch die Gruppe, aber ich drehe mich zu Merrick und lehne mich näher, um leise zu sprechen. »Brauche ich ein Codewort?«

»Nein.«

Ich verenge die Augen und senke meine Stimme noch weiter. »Falls ich sage, dass ich gern eine Tasse Tee hätte, dann weißt du, dass die Kacke am Dampfen ist.«

Seine Lippen zucken, ein Anflug eines Lächelns durchbricht seine übliche Ernsthaftigkeit. »Alles klar. Tee bedeutet Ärger. Verstanden.«

Ich grinse.

Von oben betrachtet sieht der Magiesektor täuschend ähnlich aus wie jede Stadt im Menschensektor. Erst als wir näher kommen, enthüllen sich die Schichten aus Magie und Illusion.

Das Sicherheitsteam – acht hoch qualifizierte Wandler – nimmt eine präzise Formation ein, deren Logik sich mir nicht erschließt. Meine Nerven sind angespannt, und ich bin dankbar, dass sie uns begleiten, als wir aus dem Flugzeug steigen.

Kaum berühren meine Füße den Asphalt, trifft mich die Energie der Ley-Linien wie ein magischer Blitzschlag. Meine Knie wanken, und es fühlt sich an, als würde jedes Haar an meinem Körper zu Berge stehen. Sogar das sensorische Armband an meinem Handgelenk spielt verrückt, überflutet mich mit Klangwellen, die ebenso abrupt verschwinden, wie sie gekommen sind. Die Welt kippt. *Verdammt.*

»Lark?« Merrick stützt mich, sein Arm liegt fest um meine Taille, während er den Magiern, die uns empfangen, einen finsteren Blick zuwirft. Sie haben diese Landebahn eindeutig absichtlich gewählt. Ich reiße mich zusammen, entschlossen, keine Szene zu machen.

»Mir geht's gut.«

»Alpha Prime, Mrs. Winters«, sagt einer von ihnen und verbeugt sich leicht, seine Stimme höflich und diplomatisch. »Danke, dass Sie uns mit Ihrer Anwesenheit beehren. Ihr Transportmittel steht bereit. Bitte folgen Sie mir.«

Die offiziellen Wagen, geschmückt mit diplomatischen Flaggen, summen vor geheimnisvoller Energie. Ich gleite zwischen Riker und Merrick auf den Sitz, mein Herz rast, meine Technomantie-Magie drängt gegen die Grenzen meiner Kontrolle. Die verzauberten Fahrzeuge gleiten lautlos, also lenke ich mich ab, indem ich aus dem Fenster starre.

Wir steuern das Herz der Stadt an – eine lebendige Mischung aus moderner Technologie und uralter Magie. Gläserne Wolkenkratzer glänzen im Sonnenlicht, ihre Fassaden mit schwach leuchtenden Runen versehen, gespeist von unsichtbaren magischen Strömen, die sich wie Elektrizität durch die Stadt ziehen. Mit Efeu bewachsene Cottages schmiegen sich an futuristische Türme, aus deren Schornsteinen verzauberter Rauch aufsteigt. Die reine Fülle an magischer Energie ist überwältigend. Ich kämpfe darum, Luft zu bekommen, als würde ich durch einen Strohhalm atmen.

Zum hundertsten Mal an diesem Tag frage ich mich, ob es wirklich so schlimm wäre, einfach nach Hause zu schleichen.

Das Magieministerium ist unverkennbar. Alle Straßen laufen an seinem Fundament zusammen. Sein Gebäude ist mit einem merkwürdigen schwarzen Stein verkleidet, der das Licht zu verschlucken scheint und eine dunkle Leere gegen das magische Leuchten der Stadt bildet. Silberne Runen winden sich über die Oberfläche, schlängeln sich wie flüsternde Schlangen, für deren Geheimnisse ich zu menschlich – oder zu untrainiert – bin, um sie zu verstehen.

Unser Wagen gleitet in eine unterirdische Einfahrt und stürzt uns in die festungsartigen Tiefen der Struktur. Die Atmosphäre ist dicht und bedrückend. Ich betrachte die Wände, während Merrick mir aus dem Auto hilft, und denke daran, wie dramatisch mir die Überquerung seiner Grenze vorgekommen war – bis jetzt.

Wie geplant bleiben wir still, als wir hineingeführt werden, während Wachen auf beiden Seiten eine zügige, hallende Formation einnehmen.

Der Innenraum ist eine riesige Halle, die scheinbar ins Unendliche reicht, mit Decken, die so hoch sind, dass sie in der Dunkelheit verschwinden. Der gleiche lichtabsorbierende schwarze Stein kleidet die Wände, durchzogen von leuchtenden silbernen Adern, die pulsieren und den

Schachbrettboden in gespenstisches Licht tauchen. Magische Wandleuchten flackern entlang der Korridore, die sich in einem verwirrenden Labyrinth winden.

Schließlich werden wir in die Ratskammer geführt – ein gewaltiger Raum, dominiert von einem massiven kreisförmigen Steintisch, schwarz und durchzogen von denselben silbernen, lebendig wirkenden Runen. Als mehr Personen eintreffen, wächst der Tisch nahtlos, neue Stühle erscheinen in perfekter Symmetrie.

Ein unbehagliches Gefühl kriecht über meine Haut. Bevor Merrick sich setzen kann, lege ich meine Fingerspitzen auf seinen Stuhl und scanne nach bösartiger Magie. Nichts. Nur geschichtete Zauber, keiner davon schädlich. Ich nicke, und wir nehmen unsere Plätze ein.

Meine Augen weiten sich, als sich der Stuhl unter mir bewegt – ein seltsames Gefühl, als würde ich in der Luft schweben, gehalten von einer unsichtbaren magischen Strömung. Das Gefühl ist unheimlich. Ist das hier im Magiesektor alles normal?

Riker steht hinter mir, flankiert von unserem Sicherheitsteam.

Meine Hände ruhen in meinem Schoß, meine Finger zucken nervös über den zauberresistenten Stoff meiner Kleidung. Merrick bemerkt es. Ohne ein Wort legt er seine Hand über meine, seine Wärme strömt durch mich. Sanft drückt er meine Finger und stößt sein Knie gegen meins – eine stumme Erinnerung: *Ich bin da.*

Ich habe mein ganzes Leben lang Magiebegabte gemieden und das Geheimnis meiner Technomantie verborgen. Doch seit ich Merrick getroffen habe und gebissen wurde, hat sich meine Welt vollkommen auf den Kopf gestellt.

Und nun sitze ich hier, in ihrer mächtigsten Festung, umgeben von den Personen, die ich einst gefürchtet habe. Mein Puls rast, aber ich halte den Kopf hoch. Ich kann das schaffen. Mit Merrick und Riker an meiner Seite werde ich mutig genug sein, jede Herausforderung anzunehmen – ein kleiner Schritt nach dem anderen.

Die Tür schwingt auf, und eine weitere Gruppe betritt den Raum.

»Der Rat des Magieministeriums«, murmelt Merrick und lehnt sich zu mir. Einige der Ankömmlinge nicken ihm höflich zu, andere setzen ihre angeregten Gespräche fort. Während sie sich setzen, vermischen sich ihre Stimmen mit dem leichten Kratzen von Stühlen auf Stein.

Der Raum füllt sich schnell, und ich konzentriere mich darauf, ruhig zu atmen und nicht unter ihrem prüfenden Blick nervös zu werden.

Dann sehe ich sie.

Mir stockt der Atem, und ich muss meinen Blick mit aller Kraft auf den Tisch richten, um nicht zu starren. Die Rothaarige aus dem Hotel – die Frau, die ihren Mann beim Fremdgehen erwischt hat. Dayna. Oder war es Dana? Sie sieht fast nicht wiederzuerkennen aus: dünner, härter, als hätte sie die Hölle durchlebt. Mein Brustkorb zieht sich zusammen. Ich hoffe, dass es ihr und ihren drei Kindern gut geht.

Ein weiteres Gesicht erregt meine Aufmerksamkeit – ein Mann mit weißblondem Haar. Er lacht laut, lässt seinen Blick durch den Raum schweifen, und ein Ruck der Erkenntnis fährt durch mich. Ich murmle aus dem Mundwinkel: »Blondes Haar, dritter Stuhl von links – das ist der Magie-Jäger.«

Merricks Kinn senkt sich leicht, sein Blick folgt dem Mann. Seine lautlose Intensität ist gleichermaßen beruhigend wie erschreckend. Der Mann bemerkt es und lächelt verschmitzt, während er sich setzt.

»Guten Nachmittag«, sagt er mit einer warmen, aber unterschwellig scharfen Stimme. Der Tisch reagiert auf seine Magie und erzeugt eine Illusion von Nähe – die Distanz zwischen uns scheint zu schrumpfen, als wären wir nur wenige Zentimeter voneinander entfernt, obwohl sich niemand bewegt hat.

Es fühlt sich an, als wäre der Magie-Jäger direkt neben mir.

Seine hellen Augen fixieren mich. »Mrs. Winters, es ist mir eine Freude, Sie wiederzusehen. Ich bin froh, dass Sie sich nach Ihrem kleinen Zwischenfall erholen.«

Mein Hals wird trocken, aber ich halte meine Stimme ruhig. »Was geht hier vor?«, frage ich leise. »Warum sind Sie hier?«

Sein Lächeln weitet sich. »Ah, wie unhöflich von mir. Sie kennen mich als den Magie-Jäger. Nach unserer kleinen Begegnung wurde meine Tarnung bei Human First kompromittiert. Also bin ich nun zurück – in meiner offiziellen Funktion als Ratsmitglied. Erlauben Sie mir, mich richtig vorzustellen: Ich bin Lander Kane.«

Er lehnt sich entspannt zurück, als wäre die Enthüllung seiner Doppelrolle keine große Sache.

Lander Kane. Ein Ratsmitglied, das sich offenbar jahrelang tief in terroristische Gruppen eingeschleust hat. Mein

Kopf schwirrt, während ich versuche, seine beiden Identitäten miteinander zu vereinen.

»Als ich zurückkam«, fährt er glatt fort, »habe ich den Rat über einige Entwicklungen informiert – zum Beispiel über eine umherstreifende Technomantin. Und natürlich«, seine Augen funkeln, »über die Baby-Wandlerin, zu der sie geworden ist.«

Ich schlucke und umklammere Merricks Hand fester. Was sagt man darauf? *Danke?* Der Mann war tief in Human First verwurzelt und sitzt jetzt hier, als wäre das alles völlig normal. Er hat mir geholfen zu überleben, aber gleichzeitig hat er mich auch an das Magieministerium verraten.

»Ah, das klassische Spiel von ,Wie du mir, so ich dir'«, sage ich mit einer Spur Sarkasmus in der Stimme. »Sie haben mein Geheimnis enthüllt, ich habe Ihres aufgedeckt. Gut gespielt, Ratsmitglied Kane.«

Seine Augen blitzen amüsiert auf, doch bevor er antworten kann, durchschneidet Merricks Stimme das Stimmengewirr im Raum.

»Die Wandler sind Ihnen dankbar für Ihre Hilfe bei der Rettung meiner Gefährtin«, sagt er ruhig, aber mit einer unterschwelligen Warnung. Sofort kehrt Stille ein.

»Ich bin froh, dass Sie dort waren, Ratsmitglied Kane, um die Bedrohung durch Human First einzudämmen. Dafür stehen wir in Ihrer Schuld.« Er drückt meine Hand, hebt sie an seine Lippen und lässt seinen Blick mit einem gefährlichen Funkeln durch den Raum gleiten.

»Lark ist für mich wertvoller als alles andere auf dieser Welt«, sagt er mit einem leisen Knurren in der Stimme.

»Die Sektoren würden brennen, bevor ich zulasse, dass ihr etwas geschieht.«

Seine Erklärung lastet auf dem Raum, die Stille dehnt sich wie eine gespannte Saite.

Kanes selbstgefälliges Grinsen weicht keinen Millimeter. »Das ist ja witzig«, sagt er mit gespielter Leichtigkeit, »denn ich habe eine Menge über diese *wertvolle Gefährtin* gehört und gesehen. Man hat ihr Wolfswurz in den Rachen gestopft, ihre erste Wandlung fand in irgendeinem verdreckten Lagerhaus statt, sie war völlig verängstigt – was für ein Beschützer Sie doch waren, Alpha Prime. Habe ich den epischen Moment verpasst, in dem Sie endlich aufgetaucht sind?«

Kapitel Neununddreißig

Bei der schieren Dreistigkeit dieses Mannes fällt mir fast die Kinnlade herunter. Merrick zittert förmlich vor unterdrückter Wut. Die Hand, die nicht meine hält, ist so fest geballt, dass seine Knöchel bereits weiß hervortreten.

Lander, entweder völlig ahnungslos oder schlicht waghalsig, setzt gerade an, weiterzusprechen – ohne den geringsten Funken Sorge darüber, dass er nur einen Wimpernschlag davon entfernt ist, den Kopf von den Schultern gerissen zu bekommen.

Doch bevor er das Wort ergreifen kann, schneidet Dayna ihm mit scharfer Stimme das Wort ab. »Nein. Hört auf damit. Wir alle wissen, dass das Human First-Kommando, das für die Entführung verantwortlich war, in kleinen Stücken im Menschensektor geendet ist.«

»Sicher«, wirft Lander ein, sein Grinsen noch breiter.

»Aber es war nicht der Alpha Prime, der sie in Stücke gerissen hat, oder? Diese Ehre gebührt einem Vampir.« Seine Augen glänzen mit kaum verhohlener Bosheit, während er an seinen Fingern Punkte abzählt. »Fassen wir doch mal zusammen, ja? Zuerst wird das technologische Zentrum des Wandler-Ministeriums angegriffen, wodurch Ihre Technomantin und Schicksalsgefährtin gebissen und verwandelt wird. Dann gibt es da noch dieses Zaubererhaus – wie praktisch. Danach ihre Entführung durch Human First, und zu guter Letzt entscheidet sich ein uralter Vampir, *aufzuräumen*, natürlich unter dem Vorwand einer Jagd. Sieht ganz so aus, als hätten Sie mehr als nur ein paar Probleme am Hals, Kumpel.«

Merricks Muskeln spannen sich wie eine geladene Feder, und aus jeder Faser seines Körpers strahlt pure Anspannung.

»Lander!«, schnauzt Dayna, ihre Stimme klingt nach purer Autorität. »Genug. Wir legen uns nicht mit Verbündeten an.«

»Ich stelle nur Fakten fest, Schwesterherz«, erwidert Lander mit gespielter Unschuld, doch das Glitzern in seinen Augen verrät seine wahre Absicht. »Niemand legt sich hier an.«

Einen Moment lang bin ich sicher, dass Merrick sich über den Tisch werfen und Lander die Kehle herausreißen wird. Doch dann atmet er langsam aus. Sein gesamter Körper entspannt sich, und er lehnt sich in seinem Stuhl zurück. Sein Daumen zieht beruhigende Kreise über mein Handgelenk – ein stummes Zeichen, dass er sich im Griff hat. Für den Moment.

Zumindest weiß Lander Kane nichts von dem Kampf

der Magierin im Hotel mit seiner Schwester, bei dem ich fast geröstet wurde. Wenn er davon wüsste, würde er das sicher auch noch Merrick in die Schuhe schieben. Mein Blick wandert zu Dayna, deren Gesicht von purer Genervtheit spricht. Ich kann den innerlichen Seufzer förmlich hören, als sie Lander mit der Geduld betrachtet, die normalerweise für widerspenstige Kinder reserviert ist.

»Das Zaubererhaus«, sagt Merrick, seine Stimme tief und beherrscht, seine Maske der Höflichkeit fest an ihrem Platz. »Können Sie mir erklären, warum meine Gefährtin – eine siebenundvierzigjährige menschliche Frau – dieses Haus blutend betreten hat und als Wandlerin wieder herauskam, um Jahrzehnte jünger aussehend? Wissen Sie irgendetwas darüber?«

»Nein«, antwortet Dayna mit entschlossener Miene. Trotz ihres jugendlichen Erscheinungsbildes liegt eine Schwere in ihrer Präsenz, die darauf hindeutet, dass sie im Rat einen hohen Rang innehat – und das nicht ohne Grund.

»Wir untersuchen es«, fährt sie fort. »Das Haus scheint verschwunden zu sein – entweder in einen anderen Sektor versetzt oder möglicherweise in ein anderes Land. Wir werden es aufspüren und analysieren. Ratsmitglied Kane«, fügt sie spitz hinzu, »wird an dieser Untersuchung beteiligt sein.«

Lander verzieht das Gesicht und verschränkt die Arme. »Ach ja? Werde ich das?«

»Ja, das wirst du«, sagt Dayna durch zusammengebissene Zähne. »Und jetzt reiß dich zusammen.«

Ich blicke mich im Raum um und muss den Drang unterdrücken, einfach zu fliehen. Die anderen Ratsmitglieder beobachten uns schweigend, und die Atmosphäre hier wird mit jeder Sekunde erdrückender.

»Ein Vertreter der menschlichen Regierung wird in Kürze eintreffen«, verkündet Dayna und wirft einen Blick auf ihre schlanke, verzauberte Armbanduhr. »Genau in zwanzig Minuten. Er wird uns erklären, warum wir nicht über eine Technomantin in ihrer Mitte informiert wurden.« Ihre Stimme wird schärfer. »Wir werden außerdem über eine Entschädigung für den Alpha Prime, Mrs. Winters und den Magiesektor sprechen. Die Sterilisation eines seltenen Magiers ist ein schwerer Eingriff, und ab sofort werden alle nicht einvernehmlichen magischen Sterilisationen ausgesetzt, bis das Parlament die Angelegenheit überprüft. Ich beantrage zudem, die Praxis gänzlich zu verbieten. Sie ist barbarisch.«

Ein zustimmendes Murmeln geht durch den Raum.

Ich merke, wie ich nicke.

»Hat jemand Fragen?«, fragt Dayna und blickt in die Runde. Als niemand spricht, fügt sie hinzu: »Nein? Hervorragend. Dann machen wir eine kurze Pause für Erfrischungen.«

Ich bin erschöpft und unangenehm verschwitzt, die Magie und die dichte Atmosphäre dieses Raumes setzen mir zu. Gerade als ich vor Erleichterung fast zusammensacke, spricht Merrick.

»Wir werden jetzt gehen. Es gibt nichts Weiteres zu besprechen.«

»Wir haben uns noch nicht mit Mrs. Winters Magie befasst«, meldet sich ein Mann zu Wort.

»Wir haben genug besprochen«, sagt Merrick mit fester

Stimme, aber das unterschwellige Knurren ist unüberhörbar.

»Sie muss beurteilt und ausgebildet werden«, wirft eine Frau ein, ihr Gesicht von tiefen Falten durchzogen. »Wir können keine untrainierte Magierin durch das Land wandern lassen, die versehentlich Dinge in die Luft jagt. Gesetze existieren aus einem Grund. Sie stehen nicht über dem Gesetz, Alpha Prime.«

»Und ich kann kaum glauben, dass Sie in der IT arbeiten«, sagt Lander Kane mit einem provozierenden Grinsen. »Das bedeutet, dass Ihre Kontrolle beeindruckend sein muss, aber wir müssen sicherstellen, dass sie ausreicht. Sie haben bereits unbewusst einige kleine Tests bestanden. Wenn dies Ihr erster Besuch im Magiesektor ist, dann seien Sie sich bewusst, dass die dort herrschende magische Energie einen unvorbereiteten Magiebegabten in den Wahnsinn treiben kann – die meisten überstehen es nur, weil sie hier aufgewachsen sind.«

Nun, es wäre schön gewesen, das zu wissen, *bevor* ich aus dem Flugzeug gestiegen bin. Trotzdem halte ich mein Gesicht ausdruckslos.

»Meine Einschätzung«, fährt die ältere Frau fort und durchbohrt mich mit ihrem Blick, »ist, dass Mrs. Winters eine ausgezeichnete Kontrolle besitzt. Ratsmitglied Kane zufolge ist sie gut geerdet – vermutlich selbst ausgebildet. Aber sie ist mächtig.« Ihre Augen sind scharf, als würde sie mich in ihre Einzelteile zerlegen.

Ich zucke mit den Schultern und verweigere ihr weitere Reaktionen.

»In unserer Geschichte«, meldet sich ein Mann zu Wort, während er seine Brille zurechtrückt, »hat es noch nie einen magischen Wandler gegeben. Einen Biss zu überleben, sich zu wandeln und dennoch seine Magie zu behalten, ist beispiellos. Theoretisch müsste die Magie als Erstes verschwinden – zusammen mit der menschlichen Natur.«

»Wandler sind Menschen«, knurre ich, meine Stimme voller unterdrückter Wut, bevor ich mich stoppen kann.

»Natürlich sind sie das. Natürlich«, beschwichtigt er, winkt aber beiläufig ab – eine Geste, die mich fast dazu bringt, seinen Stuhl umzukippen.

»Also sind wir uns einig, dass Mrs. Winters ein paar Tage bleibt, um beurteilt und trainiert zu werden«, verkündet die ältere Frau, als wäre meine Zustimmung völlig nebensächlich.

»Ich habe nichts dergleichen zugestimmt«, knurrt Merrick, jeder Muskel in seinem Körper angespannt vor Wut.

»Mir wären ein paar Monate lieber«, fügt die Frau hinzu und ignoriert ihn.

Tee!, schreit mein Verstand, als alles beginnt, außer Kontrolle zu geraten. Ich möchte schreien: »*Du hast es mir versprochen! Du hast versprochen, dass sie mich nicht hierbehalten würden!*« Doch ich halte meine frustrierten Worte hinter meinen Zähnen zurück. Das ist nicht Merricks Schuld. Ein Wutanfall wird nichts nützen – er wird alles nur noch schlimmer machen.

Manchmal kann man nicht gegen den Strom ankämpfen – man muss mit ihm schwimmen.

Es sind nur zwei Tage.

Ich atme tief ein und versuche, das Chaos in mir zu beruhigen. Es wäre dumm, die Chance abzulehnen, mehr über meine Magie zu lernen. Selbst ein oder zwei Tage mit einem echten Lehrer könnten mir helfen, meine Kontrolle zu verbessern.

Merrick wirkt hin- und hergerissen, Schuld und Verzweiflung kämpfen in seinem Gesicht. Er hat es mir versprochen, aber er kann es nicht ändern. Wir stehen nicht über dem Gesetz, und das wissen wir beide. Es muss schrecklich sein, so viel Macht zu besitzen und doch eine Gefährtin zu haben, die ständig in Schwierigkeiten gerät – auch wenn das nie absichtlich geschieht.

»Ich habe meine Magie über dreißig Jahre lang gemeistert, ohne dass jemand wusste, was ich bin«, sage ich. »Ich denke, ich schaffe es, zwei Tage Training durchzustehen.« Ich lege eine Hand auf seinen Arm. »Es ist okay. Du hast selbst gesagt, wir wollen keinen Krieg anzetteln.«

»Auf keinen Fall«, knurrt Merrick, seine Stimme rau vor Wut. Er starrt den Rat an. »Das ist nicht das, was wir besprochen haben.«

Hinter mir rollt Riker seine Schultern und knackt mit den Knöcheln.

Die Spannung im Raum zieht sich enger zu wie eine Schlinge. Die anderen Wandler richten sich auf, bereit für einen Kampf.

Kapitel Vierzig

Mein Puls rast. Oh nein. Das ist schlecht. Sie verstehen nicht, gegen wen sie da antreten. Diese Magiebegabte sind nicht nur Bürokraten – sie sind mächtig und werden ihre Autorität mit tödlicher Gewalt verteidigen. Wenn es zu einem Kampf kommt, wird jemand auf unserer Seite sterben – vielleicht alle.

Ich kann das nicht zulassen. Zwei Tage sind kein Menschenleben wert.

Merrick bewegt sich, als wolle er aufstehen, doch bevor er es kann, lege ich meine Hand fest um seinen Unterarm. Mein Griff ist stabil und entschlossen, auch wenn ich innerlich zittere. »Es ist okay«, sage ich noch einmal und zwinge Ruhe in meinen Ton. »Ich schaffe zwei Tage.«

Sein Kiefer verkrampft sich und die Muskeln unter meiner Haut spannen sich an. »Nein.«

»Kannst du bei mir bleiben?«, frage ich und hoffe auf einen Kompromiss.

»Nein«, fährt die strenge Frau dazwischen, bevor Merrick antworten kann. Ihr Lächeln ist dünn, ihr Ton abweisend. »Es sind nur zwei Tage. Sie werden hier völlig sicher sein, Mrs. Winters. Es wird Ihnen nichts passieren.«

Merricks Nasenflügel zittern, seine Wut ist kaum unter Kontrolle. Er streicht eine lose Haarsträhne hinter mein Ohr, seine Berührung fast schmerzhaft sanft. »Wir werden alle auf dich warten«, sagt er leise, seine Stimme rau. »Wir werden in der Nähe eine Unterkunft finden. Wir können innerhalb von Minuten hier sein, wenn du uns brauchst.«

»Ausgezeichnet.« Das Lächeln der Frau wird breiter, als hätte sie gerade einen Sieg errungen und einen Preis gewonnen. »Ich freue mich darauf, mit Ihnen zu arbeiten.«

Nicht, wenn ich etwas dazu zu sagen habe. »Ich arbeite nicht mit Ihnen«, erkläre ich ihr trocken. Ihr Gesicht verdunkelt sich. »Ich vertraue Ihnen nicht. Ich mag Sie nicht, und ehrlich gesagt, waren Sie nichts als unhöflich.«

Eine Röte steigt in ihre Wangen. »Nun, Sie müssen mit jemandem zusammenarbeiten«, faucht sie.

»Ich werde mit der Dame im blauen Cardigan arbeiten, wenn sie einverstanden ist.« Ich werfe einen Blick zu der älteren Frau, die ich beobachtet habe.

Ihr graues Haar ist ordentlich zu einem Dutt gesteckt, und ihre freundlichen braunen Augen sind ruhig und aufmerksam. Während des gesamten Treffens ist sie ruhig geblieben, ihre Reaktionen eher echt als inszeniert – wie als sie zusammenzuckte, als der Mann mit der Brille erklärte, dass Wandler keine Menschen seien. Die subtile Wut, die in ihrem Blick aufflackerte, fühlte sich wie eine Verteidigung von uns an – nicht nur Höflichkeit.

Echte Empathie.

Sie ist die Einzige hier, der ich vertraue. Wenn ich lernen soll, dann möchte ich jemanden, der schätzt, was ich bin, nicht jemanden, der meine Existenz kaum toleriert.

»Ich?«, fragt sie und legt überrascht eine Hand auf ihre Brust. Ihre Stimme ist warm und unsicher. Ich nicke und halte ihren Blick.

»Nun, Mary«, sagt Dayna mit einem Hauch von Lächeln, »hast du Zeit? Würdest du helfen?«

»Natürlich, liebend gern.«

»Die Professorin ist längst im Ruhestand«, wirft die scharfzüngige Frau ein, ihre Stimme fast hektisch. »Sie hat nicht –«

»Es wäre eine Ehre, die Gefährtin des Alphas zu unter-stützen«, unterbricht Mary sanft, ihr Blick bleibt auf mir ruhen. »Ich habe Zeit«, fügt sie hinzu. Ihr Lächeln vertieft sich und ihr gemessener Ton lässt keinen Raum für Wider-rede. Die andere Frau schließt frustriert den Mund.

»Danke«, sage ich.

Mary neigt den Kopf zur Bestätigung.

Die Tür des Saals knarrt, und der menschliche Beamte betritt den Raum in einem eng anliegenden Anzug, während er seinen Kragen zurechtrückt. Ein Schweißfilm glänzt im magischen Licht, und sein Blick heftet sich mit unverhohlener Verachtung auf mich.

»Ah, Minister, vielen Dank für Ihr Kommen«, begrüßt Dayna ihn. »Der Alpha und seine Gefährtin waren gerade dabei, zu gehen. Mary wird Mrs. Winters in den Übungs-raum bringen.«

Mary steht auf, ihre Schritte sind langsam, als sie mich auffordert, ihr zu folgen. »Hier entlang, meine Liebe.«

Widerwillig folge ich den beiden Frauen in den Korridor, Merrick dicht hinter mir. Seine Finger streifen meine.

»Sie können sich jetzt verabschieden«, verkündet die scharfzüngige Frau und blickt zwischen Merrick und mir hin und her, dann zu Mary. »Mary, kann ich bitte mit dir sprechen?«

Mary erwidert ein gelassenes Lächeln, ihre endlose Geduld spürbar, als sie sich den Korridor hinunterführen lässt. Die Stimme der Frau dringt zurück, scharf und abgehackt: »Mrs. Winters muss lernen ...«

Ich blende sie aus. Meine ganze Aufmerksamkeit gilt Merrick. »Was ist mit dem Vampirproblem?«

»Du wirst völlig sicher sein«, beruhigt er mich. »Dieser Ort ist eine Festung. Niemand wird hier in deine Nähe kommen.«

Einschließlich dir? Der Gedanke windet sich in meinem Magen. Was, wenn ich hier gefangen bin? Mein Atem stockt, und ich zwinge mich, langsam auszuatmen. Der Rat kann mich nicht auf unbestimmte Zeit festhalten, es sei denn, sie entscheiden, dass ich eine Bedrohung bin. Dann komme ich vielleicht nie wieder raus.

Merricks Stimme durchbricht meine wirbelnden Gedanken. »Während du deine Ausbildung fortsetzt«, sagt er vorsichtig, »werde ich die Suche nach Paul organisieren. Mein bestes Team ist bereits dabei. Wenn er auffindbar ist, werden sie ihn finden, Lark.«

Der Knoten in meiner Brust zieht sich enger. »Ich will ihn nicht sehen, wenn ihr ihn findet. Ich will nur, dass er sicher und weit weg von mir ist.«

»Das können wir arrangieren«, verspricht Merrick.

»Danke.«

Sein Ausdruck wird weicher. »Bist du sicher, dass du das schaffst? Du musst das nicht tun, wenn du nicht bereit bist.«

Ich stoße ihn leicht mit der Schulter an und erzwinge ein kleines Lächeln. »Ich werde schon klarkommen. Ich bin nervös – vielleicht sogar ein bisschen ängstlich. Vielleicht auch ein bisschen aufgeregt. Es ist wohl besser, das jetzt hinter mich zu bringen.«

»Wenn du mich brauchst, ruf an.« Seine Lippen heben sich zu einem leichten Lächeln. »Erinnerst du dich an dein Codewort?«

»Ja, ja, du Witzbold«, sage ich mit einem übertriebenen Augenrollen, kann aber ein Grinsen nicht verbergen.

Er beugt sich vor und drückt einen sanften Kuss auf meine Wange, was mich mit einem Stich der Sehnsucht zurücklässt. »Pass auf dich auf. Ich werde deine Sachen herüberschicken lassen.«

Riker wirft mir ein verlegenes, fast schuldbewusstes Lächeln zu, als er vorbeigeht. »Viel Spaß mit dem Magiezeug«, scherzt er, obwohl seine Augen seine Sorge verraten.

»Werde ich haben«, verspreche ich.

Mit einem letzten beruhigenden Händedruck verschwinden Merrick und die anderen Wandler in einem Korridor, während Mary und ich einen anderen hinuntergehen.

Ihre Schritte sind kurz und schleppend – ihr Tempo langsam. Ich passe meines ihrem an und blicke nur einmal zurück, bevor der Korridor sich krümmt und Merrick, der mir ein letztes Mal zuwinkt, aus dem Blickfeld verschwindet.

»Es ist eine Freude, Sie kennenzulernen, meine Liebe«, sagt Mary freundlich. »Sie müssen schrecklich verängstigt gewesen sein. Darf ich fragen, warum Sie nie jemandem erzählt haben, dass Sie eine Technomantin sind? Wir sind nicht so schlimm, wie Sie denken – wenn Sie zu uns gekommen wären, hätten Sie nichts zu befürchten gehabt. Sie hätten all diese Unannehmlichkeiten vermeiden können.«

»Ich wusste bis zu meinem fünfzehnten Lebensjahr nichts von meiner Magie«, gebe ich zu. »Da war ich bereits sterilisiert. Ich hatte schreckliche Angst, die menschliche Regierung würde es herausfinden und mich töten, um einen internationalen Zwischenfall zu verhindern.«

Marys braune Augen weiten sich, ihre Brauen ziehen sich besorgt zusammen. »Meine Güte, Sie sind wirklich sehr scharfsinnig. Ich wage zu behaupten, Sie hatten wahrscheinlich recht. Die menschliche Regierung kann manchmal ... kurzsichtig sein.« Sie schüttelt den Kopf, ihre Stimme ist nun sanfter. »Und Sie haben dieses Geheimnis all die Jahre bewahrt? Sich alles selbst beigebracht? Sie waren doch nur ein kleines Mädchen.«

»Ich habe getan, was ich konnte«, sage ich, die Worte wiegen schwerer, als ich beabsichtige. »Ich hatte keine Wahl. Die Magie schien ... ziemlich willig, fast begierig, sobald ich merkte, dass sie an meine Emotionen gebunden war. Wenn ich mich unter Kontrolle hielt, folgte die Magie.«

Ein Funkeln erhellt Marys Augen, die Falten an ihren Augenwinkeln vertiefen sich. »Bemerkenswert. Wirklich bemerkenswert. Und Ihre Magie – sie kam ganz natürlich, nicht wahr? Ganz willig, wie Sie es ausdrücken.«

Ich nicke, unsicher, wie ich das näher erläutern soll.

Sie tätschelt sanft meinen Arm. »Ich habe bemerkt, dass Sie den Stuhl und den Tisch des Rates gescannt haben. Das kann nicht jeder. Ihre Instinkte sind gut, Ihre Grundfertigkeiten ausgezeichnet, und Sie haben ein tiefes Reservoir ungenutzten Potenzials. Nicht viele können Magie schmecken.«

»Magie schmecken?«, wiederhole ich überrascht. Mein Gedanke springt zu Landers Worten im Lagerhaus. Damals war ich zu verängstigt, um zu überlegen, was er meinte.

»Oh ja, meine Liebe«, antwortet sie und lacht leise. »Sehr selten, sehr aufregend. Ich habe seit Jahren keine Technomantin mehr getroffen. Meine Großmutter war eine. Natürlich war die Technologie zu ihrer Zeit bei weitem nicht so fortgeschritten wie heute. Sie hatte nur Radiowellen, mit denen sie arbeiten konnte, und sie ließ sie alle möglichen interessanten Dinge tun. Aber Sie – oh, mit moderner Technologie kann ich mir Ihr Potenzial nur vorstellen.«

Sie neigt den Kopf, ihre Augen leuchten vor Neugier. »Also, sagen Sie mir – was können Sie tun?«

Zögernd erkläre ich mein Talent, mit Computern und Netzwerken zu arbeiten, Daten zu verfolgen und zu manipulieren.

Marys Lächeln wird mit jedem Wort breiter. »Oh, das ist ausgezeichnet! Wirklich großartig! Ihre menschliche Ausbildung muss eine große Hilfe gewesen sein, um ein solides Verständnis für diese Systeme zu bekommen. Ein Verständnis für Technologie, vermischt mit Magie? Sie sind wirklich beeindruckend. Sie sind ein kluges Mädchen.«

»Ich bin siebenundvierzig«, sage ich sanft, wohl kaum ein *Mädchen*.

Mary kichert, der Klang ist sanft und hell. »Dreiundachtzig«, entgegnet sie, »und für mich sind Sie ein junges Küken. Ich erinnere mich, wie ich in Ihrem Alter war – so jung und voller Versprechen. Und jetzt sehen Sie sich an, an der Schwelle zu etwas Außergewöhnlichem.« Sie drückt meinen Arm beruhigend. »Ich bin mir nicht sicher, wer mehr lernen wird, ich oder Sie. Aber ich verspreche, wenn Sie gehen, werden Sie wertvolles Wissen, Techniken und, wie ich hoffe, neue Freunde mitnehmen. Und denken Sie daran: Sie sind nicht mehr allein. Sie haben jetzt eine magische Familie.«

Ich schlucke schwer, der Kloß in meiner Kehle macht es mir schwer zu sprechen. »Danke«, bringe ich heraus, meine Stimme kaum mehr als ein Flüstern.

»Und Sie sind außerdem eine Wandlerin«, fügt sie hinzu, ihr Ton wird heller. »Sie haben die Wandler, Ihren Gefährten, und ich höre, Sie sind eine Sigma. Sie sind wirklich bemerkenswert, Lark. Wirklich bemerkenswert. Darf ich dich Lark nennen?«

»Ja«, flüstere ich, meine Kehle ist immer noch eng. »Natürlich, und bleib auch gern beim Du.«

»Großartig!«, ruft Mary aus und klatscht leicht in die Hände. »Nun, du bist wahrscheinlich erschöpft nach deiner Reise, aber ich dachte, wir arbeiten während des Mittagessens. Es gibt so viel zu tun, und ich bin begierig zu beginnen.«

»Das ist in Ordnung für mich.«

»Ausgezeichnet! Also, was isst du gern? Neigst du in letzter Zeit mehr zu einer fleischlastigen Ernährung, oder magst du immer noch –«

»Pasta«, falle ich ihr ins Wort, erleichtert über eine so einfache Frage. »Ich liebe Pasta.«

Marys ganzes Gesicht erhellt sich, als hätte ich gerade ein wunderbares Geheimnis preisgegeben. »Ah, Pasta! Weißt du, ich glaube, heute gibt es Lasagne!«

Ihre Begeisterung ist ansteckend. Zum ersten Mal seit meiner Ankunft in diesem Sektor spüre ich einen Funken Wärme und eine stille Zuversicht, dass irgendwie alles gut werden könnte.

Kapitel Einundvierzig

Nachdem wir gegessen haben, führt mich Mary in ihr Arbeitszimmer, einen gemütlichen Raum, in dem bis zur Decke reichende Bücherregale mit Büchern gefüllt sind, die vor latenter Magie zu summen scheinen. Ein weicher, heller Teppich bedeckt den Boden und verleiht dem Raum eine einladende Wärme.

Wir setzen uns an ihren Schreibtisch, der unter einem chaotischen Wirrwarr von Papieren und kleinen Gegenständen begraben ist. Mit geübter Hand schiebt Mary das Durcheinander beiseite und schafft sich einen freien Arbeitsbereich.

»Dieses kleine Sinnesband an deinem Handgelenk ist furchtbar«, sagt sie und rümpft die Nase. »Wer auch immer das gemacht hat, verdient eine ordentliche Ohrfeige.

Darf ich?« Sie deutet auf das Band, ihr Gesicht voller morbider Neugier.

Ich zögere. Mir war aufgefallen, wie ihr Blick während des Mittagessens immer wieder auf dem Band verweilte.

Bevor ich antworten kann, murmelt sie: »Was denke ich mir da nur? Du wirst etwas zusätzliche Hilfe brauchen.«

Sie nimmt einen Zauberstab vom Schreibtisch und führt ihn mit einer eleganten Bewegung. Worte, lyrisch und fließend, entströmen ihren Lippen in einem lateinischen Gesang, und plötzlich ist der Raum von einer schimmernden Blase der Stille umhüllt. Alles bekommt einen beruhigenden blauen Schimmer, der die harten Kanten des Lichts mildert.

»So – dieser Grenzzauber sollte halten, während ich mich mit diesem Ding beschäftige«, sagt sie und bewegt ihre Finger mit einem schelmischen Grinsen.

Widerwillig streife ich das Band von meinem Handgelenk und lege es in ihre Hand. Erleichtert stellte ich fest, dass der Grenzzauber seine Aufgabe erfüllt. Alles ist in Ordnung.

Mary schließt die Augen, murmelt leise vor sich hin, während ihre Finger über das Band gleiten. »Sag mir, was fühlst du, wenn du das benutzt?«

Ich denke einen Moment nach. »Es kribbelt ein wenig, und dann beruhigt sich alles. Meine Sinne ziehen sich zurück – Gehör, Geruch, Tasten, alles.«

Sie summt zustimmend. »Das ist deine Wandler-Seite. Nun, was sagt die magische Seite? Schieb die Wandler-Magie für einen Moment beiseite und konzentriere dich auf die Technomantie-Seite.«

Ich blinzele sie verwirrt an.

»Wie fühlt sich deine Wandler-Magie an?«, fragt sie sanft.

»Sie ist wild«, antworte ich langsam, »roh, emotional – wie ein Sturm, der durch mich hindurchfegt.«

»Und deine Technomantie-Magie?«

»Sie ist … eine Art kühle, ruhige Schwärze.«

»Wie hat sie sich angefühlt, als du diese Magie zum ersten Mal bemerkt hast?«

»Reines Chaos«, gebe ich zu, während Erinnerungen an meine früheren Kämpfe an die Oberfläche kommen.

Ihre Lippen ziehen sich zu einem triumphierenden Lächeln zusammen. »Genau. Wenn deine Technomantie-Magie einst chaotisch war und du es geschafft hast, sie in eine ruhige Schwärze zu verwandeln, warum kannst du dann nicht dasselbe mit deiner Wandler-Magie tun? Du bist eine Sigma, Lark – Kontrolle ist deine Gabe. Diese Wildheit muss dich nicht definieren – sie ist immer noch ein Teil von dir, aber du kannst entscheiden, wie sie fließt. Stell sie dir nicht als tobenden Sturm vor, sondern als eine ruhige, spiegelglatte Oberfläche oder ein sanft plätscherndes Bächlein.«

Ihre Worte hallen in mir nach, und ich nicke.

»Gut. Nun versuch das: Nimm diese wilde Wandler-Energie und lass sie nicht die Oberhand gewinnen, sondern packe sie in eine Schachtel. Bändige sie, so wie du es mit deiner Technomantie-Magie getan hast. Dann, wenn das Chaos aus dem Weg ist, nutze deine magischen Sinne und sag mir, was du bei diesem Band fühlst.«

Ich atme tief durch, schließe die Augen und konzentriere mich auf mein Inneres. Ich gehe den Sturm in mir an, mit derselben Logik, die ich anwandte, als ich lernte, keine

Geräte mehr in die Luft zu jagen. Langsam stelle ich mir die Wildheit als eine Pfütze schlammigen Wassers am Straßenrand vor. Das Bild lässt mich lächeln – warum ausgerechnet ein Schlagloch? – aber es funktioniert. Die Turbulenzen legen sich, und ich schiebe sie sanft beiseite, packe sie weg.

Der Unterschied ist sofort spürbar. Mein Geist fühlt sich klarer, leichter an, als ob ein dumpfer Schmerz, den ich nicht bemerkt hatte, plötzlich verschwunden wäre. Zum ersten Mal fühle ich mich ausgeglichen.

Ich öffne die Augen und lächle. »Es hat funktioniert.«

Mary strahlt. »Ich wusste, dass es klappt. Sieh dich an, meine Liebe – du bist stärker, als du denkst. Gut, jetzt erzähl mir von diesem Band.« Sie legt es zurück in meine Hand, ihr Gesicht verzieht sich leicht vor Ekel.

»Oh«, sage ich und rümpfe die Nase. »Das ist … schlecht.«

»Ja, nicht wahr«, stimmt Mary trocken zu.

»Das Band ist *beißend*. Es ist, als hätte jemand nicht zusammenpassende Magie hineingestopft. Sie haben versucht, Geruch, Sehen, Hören – alles – in ein chaotisches Bündel zu packen. Dann haben sie noch einen Ortungszauber daraufgelegt, aber anstatt ihn zu glätten, haben sie alles miteinander verknotet. Es ist, als hätte jemand einen Beutel mit Strickgarn ausgeschüttet, alles durcheinandergewirbelt und unmögliche Knoten gemacht. Es ist schrecklich.«

Ich lege es auf den Schreibtisch und schiebe es von mir weg.

»Genau. Du darfst dieses schreckliche Ding nicht bei dir haben – es wird mehr schaden als nützen«, ruft Mary aus, ihre Stimme von Empörung geschärft. »Also werden wir es besser machen – nein, du wirst es besser machen. Deine Magie ist nicht auf Technologie beschränkt. Du bist mächtig genug, diese Dinge selbst zu reparieren. Ehrlich gesagt, ich hasse es, jemandem den Job zu nehmen, aber wenn sie so einen Mist herstellen, haben sie es verdient. Es ist beschämend. Unser Bildungssystem sollte bessere Magie-begabte hervorbringen.«

Sie macht eine Pause, ihr Blick wird nachdenklich. »Es sei denn natürlich, der Rat *möchte*, dass die Wandler minderwertige magische Werkzeuge haben. Wenn das der Fall ist, wird Lander ein sehr ernstes Gespräch mit ihnen führen.«

Ihre Worte treffen einen Nerv. Meine Gedanken schweifen zu Alice und ihrem Sinnesband – dem, das sie im entscheidenden Moment im Stich gelassen hat. Es hat sie nie davon abgehalten, sich zu wandeln – es hat sie nicht geschützt. Vielleicht hat es sie sogar behindert.

Eine Welle der Traurigkeit schnürt mir die Brust zu und lässt meinen Kopf sinken. Wie viele junge Wandler wie Alice hätten überlebt, wenn diese Bänder besser gewesen wären? Wenn die Verzauberungen stärker gewesen wären?

Marys früherer Kommentar hallt in meinem Kopf nach: »*Du bist mächtig genug, sie zu reparieren.*«

Wenn das keine lohnende Aufgabe ist, eine wichtige Berufung, dann weiß ich auch nicht. Alice mag nicht mehr da sein, aber vielleicht kann ich verhindern, dass andere das gleiche Schicksal erleiden.

Kapitel Zweiundvierzig

»Mary«, sage ich und hebe meinen Blick, um ihrem zu begegnen. Entschlossenheit glüht in meiner Brust auf, als ich das Band hochhalte. »Wirst du mir wirklich zeigen, wie man so etwas herstellt? Etwas, das tatsächlich funktioniert?«

Ihre Züge werden weicher, Verständnis flackert in ihren freundlichen Augen, und sie nickt. »Absolut, meine Liebe. Es wird mir eine Freude sein, dich zu unterrichten. Zusammen werden wir etwas erschaffen, das weit besser ist als dieser Schund.«

»Danke.«

Mary lächelt warm und nickt zu der Kette, die Merrick mir gegeben hat. »Das ist wirklich ein schönes Stück.«

Ich richte meine Aufmerksamkeit auf die Kette – Mary hat recht. Sie ist überhaupt nicht wie das Band. Die Schutzmagie ist komplex, in Schichten angelegt, mit einer Präzision, die Schutz und Fürsorge ausstrahlt. Ich kann ihre Stärke durch meine Fingerspitzen spüren.

»Sie ist wunderschön«, sage ich, und Ehrfurcht liegt in meiner Stimme. »Merrick hat sie mir geschenkt.«

»Der Alpha Prime muss dich wirklich lieben«, sagt Mary mit einem wissenden Lächeln. »Da deine Magie jetzt ausgeglichen ist und dieses schreckliche Band verschwunden ist, konzentrieren wir uns auf deine Wandler-Magie und beheben deine sensorischen Probleme. Du kannst keine effektiven magischen Bänder herstellen, wenn du nicht vollständig die Kontrolle über dich selbst hast. Schließe die Augen.«

Ich gehorche und lasse meine Lider sinken, während ich mich auf mein Inneres konzentriere.

»Gut. Nun sag mir – wie fühlt sich deine Wandler-Magie jetzt an?«

»Sie ist nicht mehr so wild«, antworte ich, meine Stimme klingt fern. Ich spüre die immer noch gebändigte Energie in mir. »Sie ist ruhiger.«

»Ausgezeichnet. Du behältst bereits die Kontrolle. Denk daran, Wandler-Magie kann mächtig und unberechenbar sein, aber sie muss nicht chaotisch sein. Ich möchte, dass du einen Faden dieser Magie ziehst und ihn zu deinen Ohren lenkst.«

Meine Ohren?

Zögernd konzentriere ich mich und stelle mir vor, wie ein Strang der Magie sich zu ihnen bewegt. Plötzlich schärft sich mein Gehör und durchbricht Marys Grenzzauber. »Ich kann leise Gespräche in der Ferne hören«, sage ich erstaunt.

»Perfekt. Nun zieh sie zurück.«

Ich konzentriere mich erneut, und das verstärkte Gehör lässt nach, kehrt zur Normalität zurück.

»Gut gemacht. Jetzt versuchen wir es mit deinem Sehsinn.« Mary deutet auf ein Bücherregal auf der anderen Seite des Raumes. »Kannst du die Buchrücken von hier aus lesen?«

Ich kneife die Augen zusammen, aber die Buchstaben bleiben verschwommen. »Nein.«

»In Ordnung. Lenke die Magie zu deinen Augen.«

Ich greife erneut nach der Magie und lenke sie zu meiner Sicht. Sofort werden die Buchrücken scharf. Ich kann sogar die kleinsten Schriftzüge erkennen, und darüber hinaus die Maserung des Holzes, die Textur der Steinwände und feine silberne Fäden – winzige Inschriften, die in den Stein gemeißelt sind.

»Ich kann sie sehen«, sage ich, und Staunen liegt in meiner Stimme.

»Brillant. Zieh sie jetzt zurück.«

Ich lasse die Magie zurückweichen, und meine Sicht kehrt zu ihrem normalen Bereich zurück.

»Das kannst du mit all deinen Sinnen machen – Geruch, Geschmack, Tastsinn. Es geht darum, die Magie dorthin zu lenken, wo sie gebraucht wird, genauso wie du deine Technomantie-Fähigkeiten einsetzt. Du hast bereits Disziplin, und das ist ein großer Vorteil. Bald wird es zur zweiten Natur werden, noch bevor du darüber nachdenkst.«

»Danke«, murmle ich, und Dankbarkeit durchflutet mich.

»Glaubst du, du wirst zurechtkommen, wenn ich den Grenzzauber aufhebe?«, fragt Mary.

Ich zögere, überprüfe meine Wandler-Magie. Die wilde Energie bleibt fest in ihrer Schachtel. Ich fühle mich stabil, lächele und nicke. »Ich werde zurechtkommen.«

»Ausgezeichnet.« Mit einer schnellen Bewegung ihres Zauberstabs löst sich das sanfte blaue Leuchten um uns herum auf. Ich mache mich bereit, erwarte einen plötzlichen Ansturm von Geräuschen, aber die Welt bleibt ruhig. Alles summt auf einem normalen Niveau.

Marys Lächeln ist warm, ihr Stolz unverkennbar. »Gut gemacht, Lark. Du hast das schneller verstanden, als ich erwartet hatte. Fühlst du dich besser?«

»Viel besser, danke.« Die Anspannung in meinen Schultern löst sich endlich.

Sie nimmt das Sinnesband auf, hält es vorsichtig zwischen ihren Fingern, als könnte es beißen. »Du brauchst das nicht mehr. Darf ich es entsorgen?«

»Bitte«, sage ich, begierig darauf, es loszuwerden.

Mary geht zu einem verschlossenen Behälter mit der Aufschrift MAGISCHER ABFALL und lässt das Band kurzerhand hineinfallen. Als es aufschlägt, erlischt das leise Summen seiner Magie und verschwindet aus meinen Sinnen.

»Gut, dass wir das los sind«, murmelt sie und wischt sich die Hände ab, als wolle sie seine verbleibende Essenz abschütteln.

»Nun, lass uns über das Wandeln sprechen. Wie oft hast du dich gewandelt?«

»Zweimal«, antworte ich. »Einmal, als ich meine

Verwandlung im Lagerhaus abgeschlossen habe, und einmal im Schlaf.«

Sie summt nachdenklich. »Ein ruhendes Gehirn – deine Wandler-Magie hat beschlossen, hinterlistig zu sein. Es sollte nicht wieder passieren. Hat es wehgetan?«

»Nicht, als ich mich im Schlaf gewandelt habe«, gebe ich zu, »aber das erste Mal war unglaublich schmerzhaft.«

Mary beugt sich vor, ihre Augen leuchten vor Interesse. »Lass uns zu deinen Sinnen zurückkehren. Du kannst deinen Tastsinn jetzt kontrollieren, richtig?«

Ich denke darüber nach und nicke.

»Wenn du deinen Tastsinn kontrollieren kannst, kannst du auch entscheiden, ob deine Muskeln und Nerven Schmerz fühlen. Du kannst ihn abschwächen – oder ganz ausschalten.«

Ich schnappe nach Luft. »Das kann ich?«

»Natürlich!«, ruft sie aus, Begeisterung erhellt ihr Gesicht. »Die Natur hat ihr eigenes Gleichgewicht, und das ist deines. Du solltest keinen Schmerz fühlen, wenn du dich wandelst. Es sollte so mühelos sein wie das Blinzeln. Anstatt zu spüren, wie Knochen brechen und Bänder sich dehnen, wirst du lernen, beide Arten von Magie zu nutzen. Deine Wandler-Magie wird den Schmerz aufheben, während deine Magier-Magie den Prozess beschleunigt. Mit Übung wirst du dich in Sekunden wandeln können – einfach so.« Sie schnippt mit den Fingern, sichtlich erfreut über meine weit aufgerissenen Augen.

Ich schnappe nach Luft. »Das könnte ich wirklich tun?«

»Absolut! Du wirst auch in der Lage sein, bestimmte Teile deines Körpers nach Belieben zu wandeln. Lass uns klein anfangen.« Sie wirft einen Blick auf meine Hände. »Versuche es mit einem einzelnen Fingernagel. Sobald du das beherrschst, wird der Rest natürlich folgen. Ich erwarte keinen sofortigen Erfolg«, fügt sie mit einem spitzbübischen Funkeln in den Augen hinzu, »aber bis zum Ende des Tages oder morgen solltest du es schaffen, diesen einen Finger zu wandeln. Dann gehen wir zum gesamten Körper über.«

»Warum hilfst du mir mit meiner Wandler-Magie?«, frage ich, Neugier in meinen Worten.

Mary tätschelt sanft meine Hand. »Weil, meine Liebe, deine Magier-Magie bereits wunderschön ausgereift ist – wir müssen dir nur zeigen, was möglich ist. Für dich könnte das alles sein. Du hast dich bereits ohne Zauberstab konzentriert, und das ist selten. Selbst ich brauche einen, um meine Zauber zu kanalisieren. Das ist deine Sigma-Natur, die durchscheint – du warst schon immer eine Sigma, Lark. Die Verwandlung in einen Wolf hat sie nur vollständig an die Oberfläche gebracht.«

Ich blinzele und versuche, ihre Worte zu verarbeiten.

»Nun, lass uns etwas Einfaches versuchen«, fährt sie fort. »Leg deine Hand auf den Tisch und wackle mit deinem Zeigefinger.«

Ich gehorche und wackle leicht mit meinem Finger.

»Gut. Jetzt konzentriere dich auf deinen Nagel. Mach ihn dicker.«

Ich hebe eine Augenbraue, fühle mich leicht skeptisch.

»Das ist grundlegendes Wandler-Training«, sagt Mary mit einem zuversichtlichen Lächeln. »Du schaffst das.«

Ich unterdrücke einen Seufzer, konzentriere mich und lenke meine Magie vorsichtig auf die Nagelhaut, stelle mir vor, wie sie dicker wird. Langsam, Millimeter für Millimeter, verlängert sich der Nagel.

»Ausgezeichnet!«, ruft Mary aus, ihre Begeisterung unterbricht meine Konzentration. Der Nagel schnappt zurück in seine übliche Form.

Sie verzieht das Gesicht. »Ups! Mein Fehler, dass ich dich unterbrochen habe. Aber das war bemerkenswert für einen ersten Versuch. In den nächsten Stunden – und morgen – übe weiter. Ich bin stolz auf dich, Lark. Du bist wirklich talentiert.«

Sie steht auf und geht zu einem hohen Regal, das mit Büchern gefüllt ist.

»Nun, das hier«, sagt Mary mit ehrfürchtiger Stimme, »ist ein ganz besonderes Buch. Viele Magiebegabte, wenn sie mächtig genug sind, haben Zauberstäbe. Aber die wirklich Außergewöhnlichen erhalten auch Grimoires. Ich glaube, dieses hier hat auf dich gewartet.«

Sie kehrt zum Tisch zurück, hält den Band, als wäre er ein unschätzbarer Schatz, und legt ihn behutsam vor mich hin.

»Dieses Grimoire enthält ein Stück der Seele meiner Großmutter«, erklärt sie, ihre Hand verweilt auf dem Cover. »Hatty wollte nicht, dass ihr Wissen einfach an irgendjemanden weitergegeben wird. Als sie starb, verfügte sie, dass dieses Buch seinen Weg zu einem anderen Technomanten finden sollte. Und hier bist du.«

Mary tätschelt das Buch liebevoll, bevor sie es zu mir schiebt. Meine Hand schwebt über der Oberfläche, und ich spüre die Magie, die daraus strömt. Es gibt keine Bosheit, keine versteckte Bedrohung – nur ein beständiges, einladendes Summen.

»Darf ich es in die Hand nehmen?«, frage ich und werfe Mary einen Blick zu.

Ihre Augen funkeln vor Zustimmung, als sie nickt.

Vorsichtig hebe ich das Buch an. Es ist schwerer, als ich erwartet habe, aber das Gewicht ist beruhigend. Die Magie kribbelt meinen Arm hinauf und weckt meine Technomantie-Magie, als würden sie sich begrüßen.

Als ich es halte, verändert sich das Gewicht, wird leichter in meinem Griff. Ein plötzlicher Drang, es auf den Tisch zu legen, überkommt mich, also tue ich das. In dem Moment, in dem es die Oberfläche berührt, öffnet sich das Cover von selbst, und Worte beginnen sich auf der ersten leeren Seite zu formen:

Hallo, Lark. Es freut mich, dich kennenzulernen. Ich bin so aufgeregt, dass wir zusammenarbeiten werden.

Deine Freundin für immer

Hatty.

»Oh«, hauche ich und starre voller Ehrfurcht. »Danke, Hatty. Ich freue mich auch.«

Marys Gesicht erstrahlt in einem entzückten Lächeln. »Wirklich. Das ist wunderbar. Ich wusste, dass du die Richtige bist. Nun, wenn du nach Hause zurückkehrst und Fragen zur Magie hast, wird meine Großmutter Hatty – und ihr Grimoire – da sein, um dir zu helfen.«

Kapitel Dreiundvierzig

Nach der Enthüllung des Grimoires begleitet mich Mary – blass und müde wirkend – zu meinem Zimmer.

»Es wird schwierig sein, dich hier zurechtzufinden. Selbst ich verlaufe mich manchmal, wenn ich nicht aufpasse«, sagt sie mit einem warmen Lächeln, während wir in einen weiteren Flur abbiegen, der genauso aussieht wie der letzte. »Also bitte nicht herumirren. Ich werde morgen wieder da sein, und wir können gemeinsam frühstücken. Du hast dir eine gute Nachtruhe verdient – es war ein langer Tag. Es war mir eine Freude, dich zu unterrichten, Lark. Ich habe es wirklich genossen.«

»Danke, Mary. Du hast meine Sicht auf Magie zum Positiven verändert. Ich kann kaum glauben, wie viel ich gelernt habe. Und das Grimoire ...« Ich drücke es an meine

Brust, sein Gewicht ist beruhigend. »Es ist unglaublich. Ich verspreche, gut darauf aufzupassen.«

»Das weiß ich«, sagt sie sanft.

Impulsiv lehne ich mich vor und umarme sie vorsichtig. Sie erstarrt kurz vor Überraschung, entspannt sich dann und klopft mir mit einem leisen Lachen auf den Rücken.

»Deine Sachen sollten alle in deinem Zimmer sein«, sagt sie und deutet auf eine Tür. »Dein Gefährte war sehr darauf bedacht, dass du alles hast, was du brauchst. Aber jetzt muss ich selbst ein Nickerchen machen.« Sie unterdrückt ein Gähnen mit der Hand. »Oh, ich bin so müde. Es ist schrecklich, alt zu werden. Tu es nicht«, fügt sie lachend hinzu, ihre Augen funkeln amüsiert.

»Gute Nacht, Mary.«

»Gute Nacht, meine Liebe.«

Ich sehe ihr nach, wie sie den Flur hinuntergeht, und spüre eine leise Sorge in mir aufsteigen. Die Energie, die sie vorhin noch hatte, ist verschwunden, ersetzt durch Erschöpfung. Ich hoffe, dass es ihr gut geht.

Vielleicht hätte ich sie nicht um Hilfe bitten sollen. Aber gleichzeitig bereue ich es nicht.

Mary ist ein Wunder.

Als ich mein Zimmer betrete, fällt die Tür hinter mir mit einem leisen Klicken ins Schloss.

Der Raum ist wunderschön – weit schöner, als ich erwartet habe. Er liegt im Erdgeschoss, mit französischen Türen, die zu einem kleinen Innenhof führen, in dem ein plätschernder Brunnen eine beruhigende Geräuschkulisse bietet. Ich werfe einen Blick darauf und verspüre sofort den Drang, das Badezimmer zu finden.

»Sie haben sich wirklich ihrer monochromen Ästhetik

verschrieben«, murmele ich und betrachte die schwarz-weiße Einrichtung.

Ein Wasserkocher steht auf einer kleinen Theke, umgeben von einer Auswahl an Teebeuteln, heißer Schokolade und Instantkaffee. Ein leise summender Mini-Kühlschrank ist mit Sandwiches, Schokolade und Chips gefüllt. Die Tatsache, dass ich hier nicht verhungern werde, ist auf seltsame Weise tröstlich, auch wenn ich noch satt von der Lasagne bin.

Das Badezimmer ist eine angenehme Überraschung. Eine tiefe Badewanne lädt zum Entspannen ein, und ich verschwende keine Zeit damit, sie mit heißem Wasser und einer großzügigen Menge an Badezusätzen zu füllen. Ich lege das Grimoire auf den Frisiertisch – weit weg vom Dampf – und nehme auch meine Halskette ab, bevor ich sie vorsichtig daneben platziere.

Während das Wasser läuft, greife ich nach meinem Handy, um Merrick eine Nachricht zu schicken und sicherzugehen, dass es ihm und den anderen gut geht. Telefonieren ist ausgeschlossen – wir können nicht riskieren, dass jemand mithört –, aber Textnachrichten sind sicher. Ich erzähle ihm von meinem Tag, dem Training, den fehlerhaften Sensorbändern und Marys Versprechen, mir morgen beizubringen, bessere herzustellen.

Nach kurzem Überlegen nehme ich meine Halskette mit. Ich weigere mich, in dieser Umgebung wehrlos in einer Badewanne zu liegen. Auf keinen Fall.

Mit einem zufriedenen Seufzen gleite ich ins heiße Wasser, das die Anspannung des Tages aus meinen Muskeln zieht. Zwischen den langen Sitzungen im Ratssaal und der erdrückenden Magie des Gebäudes war mein Körper durchgehend unter Strom. Doch nach dem Training mit Mary fühlt sich die Atmosphäre hier weniger bedrückend an – fast so, als hätte das Gebäude beschlossen, dass ich keine Bedrohung darstelle.

Es ist erstaunlich, wie viel ich an einem einzigen Tag gelernt habe. Es hat mir die Augen für die Macht der Magie geöffnet – und für das, was ich werden könnte, wenn ich wollte. Aber ich will keine Macht. Ich will Sicherheit. Ich will Merrick. Ich will ein einfaches Leben, in dem ich endlich ich selbst sein kann.

Schließlich kühlt das Wasser ab, und ich steige widerwillig aus der Wanne. Ich trockne mich ab und ziehe mir ein bequemes Outfit zum Entspannen an – eine Jogginghose, einen Sport-BH und ein lockeres T-Shirt. Verwundbarkeit ist hier keine Option, nicht einmal für einen Pyjama.

Nachdem ich ein paar Gläser Wasser getrunken habe, ist der Raum immer noch warm. Also öffne ich die französischen Türen einen Spalt breit, um eine kühle Nachtbrise hereinzulassen. Viel hilft es nicht, aber es ist besser als nichts.

Ich mache es mir auf dem Sofa bequem, das Handy in der Hand, und tausche weitere Nachrichten mit Merrick aus. Seine Antworten kommen schnell, und seine Worte sind wie ein ruhiger Anker, der die Anspannung in meiner Brust löst.

Trotzdem nagt die Sehnsucht nach ihm an mir und wird mit jeder Nachricht stärker. Die Art und Weise, wie er sich mit einem einfachen *Ich liebe dich* verabschiedet, macht es noch schwieriger, die Leere neben mir zu ignorieren.

Mein Blick wandert zum Grimoire, aber ein leises

Pochen in meinem Kopf lässt mich entscheiden, es für heute ruhen zu lassen. Stattdessen hebe ich meine Hand und bewege meinen Zeigefinger leicht.

Mary erwartet Fortschritte, und ich will sie nicht enttäuschen. Konzentriert greife ich nach der Wandler-Magie, die sie mir beigebracht hat. Langsam verdickt sich mein Fingernagel, verlängert sich und dunkelt nach, bis seine Kante scharf und raubtierhaft wirkt. Ein Hauch von Stolz wärmt meine Brust.

Dann bemerke ich im Augenwinkel eine Bewegung.

Mein Herz setzt einen Schlag aus, und ein kalter Schauer läuft mir über den Rücken. Ich senke die Hand und richte mich auf.

Die verschwommene Bewegung verdichtet sich – und plötzlich blicke ich in ein Paar blutrote Augen.

KAPITEL VIERUNDVIERZIG

ICH KEUCHE AUF, mein Puls donnert in meinen Ohren, als ich vom Sofa springe und es als Barriere zwischen mich und den Vampir bringe. Meine Hand fliegt an meinen nackten Hals.

Oh nein.

Mein Kopf war so voller Magie, dass ich nicht daran gedacht habe, die Halskette aus dem Badezimmer mitzunehmen. *Dumm. So unglaublich dumm, Lark.*

»Wie ist es dir ergangen, kleines Vögelchen?«, schnurrt Leonidas, als er die Schwelle überschreitet und die Schutzzauber des Magieministeriums mühelos umgeht. Sein Lächeln ist kalt und scharf, seine Fangzähne glänzen wie Elfenbeindolche. »Ich habe dich vermisst.«

Meine Finger zucken leicht, als ich unauffällig Magie beschwöre, um die Nachrichten-App auf meinem Handy zu öffnen. Als die Nachricht verschickt wird, spüre ich ein magisches Echo und Erleichterung macht sich in mir breit.

»Wie hast du mich gefunden?« Meine Stimme ist fester, als ich erwartet hätte, doch mein Körper verrät mich und zittert, während ich spreche.

Wie zum Teufel hat er die Schutzbarrieren umgangen? Wer, verdammt noch mal, hat ihm gesagt, dass ich hier bin?

Er taucht immer dort auf, wo er nicht sein sollte. Woher weiß er so viel? Jemand – ein Wandler oder ein Magiebegabter – muss ihm Informationen zugespielt haben, und sie sind beunruhigend präzise. Ein Sturm aus Gedanken rast durch meinen Kopf. Er kannte meinen Namen, fand mich in der Einrichtung, spürte Human First auf, obwohl nur meine Magie sie hätte lokalisieren können, und jetzt ist er hier – im Herzen des Magiesektors.

Er kann doch unmöglich ein so geschickter Jäger sein ... oder?

»Du fragst dich, wer mich informiert hat, nicht wahr?« Leonidas neigt den Kopf, seine rubinroten Augen funkeln vor Raubtierfreude. »Es gibt eine Verräterin – jemanden, der mir jedes köstliche Detail über dich verraten hat. Sie war äußerst hilfreich.«

»Sie?« Mein Magen zieht sich zusammen. Verdammt! Eine Wandlerin oder eine Magierin hat mich verraten? Hannah? Nein, niemals ...

»Oh nein, nein, nein«, unterbricht Leonidas meinen wirbelnden Gedankenstrom und wackelt tadelnd mit einem eleganten Finger. »Arme, arme Lark. Du verstehst mich falsch. Wenn ich sage, dass *sie hilfreich war*, dann meine ich, dass *du* hilfreich warst.«

»Ich?« Meine Stimme stockt. »Was? Wie?«

Er lacht, ein tiefes, bedrohliches Geräusch, das sich wie Rauch durch den Raum schlängelt. »Ach, wie entzückend. Du hast wirklich keine Ahnung. Lass mich dich erleuchten. Du, Lark, bist das Geschenk, das immer wieder für Überraschung sorgt.«

Er kommt näher, seine Bewegungen unheimlich geschmeidig, als hätte er alle Zeit der Welt, mein Entsetzen zu genießen.

»Dein Blut«, sagt er, als wäre es die selbstverständlichste Sache der Welt. »Es ging immer um dein Blut. Ich bin ein uralter Vampir, kleines Vögelchen. Sobald ich einmal von jemandem gekostet habe, kann ich ihn überall aufspüren. Und manchmal ... kann ich noch mehr.«

»Was meinst du damit?« Meine Stimme ist kaum mehr als ein Flüstern.

»Ach, Lark«, sagt er mit gespielter Ermüdung und lehnt sich lässig gegen das Sofa. »Mächtiges Blut lässt mich *sehen*. Ich kann durch deine Augen blicken, deine Gedanken hören. Und meine Güte, du denkst so laut. Du warst die ganze Zeit mein ahnungsloser Bote.«

»Nein ...«, flüstere ich, schüttele heftig den Kopf.

Das kann nicht wahr sein. Das kann nicht sein.

»Oh doch«, sagt er und sein Grinsen weitet sich, sodass noch mehr seiner glänzenden Fangzähne sichtbar werden. »Blah, blah, blah«, verhöhnt er mich, während er seine Finger wie eine Marionette neben seinem Ohr bewegt. *»Wird Merrick mich lieben? Wird Merrick mich hassen? Wird er mich küssen? Oh, Human First verdient eine Strafe, aber ich will nicht sehen, wie sie sterben.«*

Die Art, wie er mich nachahmt, mein Leben verspottet,

mit einer hohen, höhnischen Stimme, lässt meinen Magen sich umdrehen. Ich möchte mich übergeben.

Der uralte Vampir verdreht die Augen. »Seien wir ehrlich. Ich habe sie nur beseitigt, damit du endlich die verdammte Klappe hältst.«

»Nein. Du lügst«, krächze ich.

Leonidas tritt näher, seine bloße Präsenz ist erdrückend. »Oh, Kleines«, murmelt er fast zärtlich, »ich brauche nicht zu lügen. Du schreist mir deine Gedanken entgegen, seit dem Moment, in dem ich dein Blut vom Boden geleckt habe wie ein Hund. Dies ist deine Strafe. Das ist deine Schuld. Du bist der Maulwurf, kleines Vögelchen, und du singst so schön. Du hast mich die ganze Zeit direkt zu dir geführt.«

Seine Worte treffen mich wie ein Schlag, der Raum kippt, mein Atem stockt, als er einen weiteren Schritt auf mich zumacht.

»Dieses Spiel war amüsant«, sagt er mit samtiger Stimme. »Aber jetzt ist es Zeit, die Jagd zu beenden.«

Nein.

Ich werde hier nicht sterben.

Ich kann das schaffen. Ich kann das schaffen. Ich kann das. Ich bin stark genug, um mich diesem Mann zu stellen.

Leonidas lacht – ein dunkles, dröhnendes Echo, das wie ein Todesurteil in der Luft hängt. »Oh, kleines Vögelchen«, zischt er, »du kannst das nicht. Du bist bereits tot – du hast es nur noch nicht begriffen.«

Merrick wird kommen.

»Er wird es nicht rechtzeitig schaffen«, verspottet Leonidas mich. »Dein Merrick hat dich hier ungeschützt zurückgelassen, wie ein Spanferkel auf dem Silbertablett. Es fehlt nur noch der Apfel im Mund. Sie kümmern sich nicht um dich – eine von Menschen aufgezogene Magierin. Du bist eine Abscheulichkeit. Du wärst ein wunderschöner Vampir gewesen, wirklich eine Verschwendung für diese Tiere.«

Langsam weiche ich in Richtung Badezimmer zurück, mein Puls hämmert in meinen Ohren, doch ich halte seinen Blick fest und weiche nicht aus.

»Ich sage dir die Wahrheit«, fährt Leonidas fort. »Dieser Ort? Eine Festung? Und doch stehe ich hier.« Er breitet die Arme aus. »Du hast mir sogar die Tür offengelassen, und trotzdem hast du keine Ahnung, dass du von Anfang an manipuliert wurdest. Es ist wirklich bemerkenswert.«

Er neigt den Kopf. »Ah, und jetzt denkst du an Paul. Deinen Ehemann ... Ex-Ehemann ... den armen kleinen Mann.« Er schnalzt mit der Zunge. »Paul hat sehr bitter geschmeckt. Du wirst seine Leiche nie finden. So wie« – er tritt näher, seine Stimme senkt sich zu einem Flüstern – »niemand jemals deine finden wird.«

Seine Hände wandeln sich, Finger verlängern sich zu rasiermesserscharfen, obsidianfarbenen Krallen.

Übelkeit steigt in mir auf, doch ich zwinge sie hinunter. Ich rufe jedes bisschen Mut herbei und lenke meine Wandler-Magie in meine Nägel, treibe die Wandlung voran. Ein Kribbeln zieht durch meine Finger, als meine Nägel sich verlängern und zu tödlichen Klauen schärfen. Meine Kiefer schmerzen, Wolfszähne füllen meinen Mund, meine Fänge drücken gegen meine Lippen.

»Du bist nicht der Einzige, der beißen kann«, sage ich, meine Worte lispelnd um die neuen Reißzähne geformt.

Meine Fänge sind kräftig, geschaffen, um Fleisch zu zerreißen.

Ein tiefes, urtümliches Knurren grollt in meiner Brust. »Komm schon, Vampir«, fordere ich ihn auf und gleite in eine Kampfhaltung. Meine Muskeln spannen sich an, bereit zum Sprung.

Leonidas zischt, seine roten Augen lodern vor Wut. Er bewegt sich schneller, als ich es erfassen kann – ein Schatten, ein Sturm – und stürzt sich mit ausgefahrenen Krallen direkt auf meine Kehle.

Kapitel Fünfundvierzig

Ich werfe mich rückwärts, drehe mich gerade so weit, dass ich den Luftzug spüre, als seine rasiermesserscharfen Krallen an meinem Gesicht vorbeisausen.

Zu knapp.

Er ist zu schnell.

Ich werde sterben.

Leonidas lacht und stößt erneut vor, sein knurrendes Gesicht füllt mein Blickfeld. Seine Krallen sind nur Zentimeter von meiner Kehle entfernt, als eine Welle aus Magie durch den Raum explodiert. Die Kraft trifft den Vampir mit brutaler Gewalt. Seine roten Augen weiten sich vor Schock, als er mitten im Angriff erstarrt, eingefroren durch den Zauber.

Er ist unbeweglich.

Gefangen.

Ich knalle auf den Boden, Schmerz schießt meine Wirbelsäule hinauf von dem harten Aufprall. Keuchend robbe ich rückwärts, bis meine Schultern gegen die Wand stoßen.

Das war nicht meine Magie. Ich habe sie nicht einmal bewusst gerufen.

Mächtige Energie knistert in der Luft, kribbelt auf meiner Haut wie statische Elektrizität. Was auch immer Leonidas festhält, ist stark – es summt wie eine lebendige Kraft. Und doch hat es mich nicht berührt, obwohl ich direkt daneben stand.

»Was zum Teufel ist gerade passiert?«, flüstere ich, presse eine zitternde Hand gegen meine Brust. War das die Magie dieses Gebäudes?

Die Antwort kommt gemächlich durch die französischen Türen geschritten. Lander dreht seinen Zauberstab spielerisch zwischen den Fingern und winkt mir mit einem triumphierenden Grinsen zu, während er den erstarrten Vampir betrachtet.

Bevor ich seine Anwesenheit verarbeiten kann, fliegt die Haupttür auf. Merrick und Riker stürmen mit wilden Gesichtsausdrücken hinein.

Mein Körper zittert so heftig, dass meine Sicht verschwimmt. Merrick durchquert den Raum mit wenigen schnellen Schritten und zieht mich in seine Arme. Seine Hände gleiten suchend über mich, als wolle er sich vergewissern, dass ich unverletzt bin.

Er ist hier. Er ist wirklich gekommen.

Das alles ist meine Schuld.

»Bist du verletzt?«

»Ich bin okay«, krächze ich mit rauer Stimme. Merrick ist wie versprochen gekommen.

Er hält mich fest, seine Lippen streifen meine Stirn. »Ich hab dich«, murmelt er. »Du bist jetzt in Sicherheit. Wir haben ihn.«

Ein unterdrücktes Schluchzen bricht aus mir heraus, und ich klammere mich an ihn, als könnte er mich davor bewahren, in tausend Stücke zu zerbrechen. Alles fühlt sich zu viel an – zu intensiv – aber er ist hier.

Es war zu knapp. Viel zu knapp.

»Merrick!« Landers scharfe Stimme schneidet durch den Moment.

Merrick löst sich widerstrebend, sein Daumen streicht über meine Wange. Sein Gesichtsausdruck ist gezeichnet von Schuld – und etwas Dunklerem, das ich nicht benennen kann. »Ich muss mich darum kümmern«, sagt er leise. »Ich bin gleich wieder da.«

Ich nicke, unfähig zu sprechen.

»Bleib hier. Du bist in Sicherheit.«

Riker schenkt mir ein kleines, aufmunterndes Lächeln und zwinkert. »Schöne Beißerchen«, neckt er und tippt sich an die Zähne.

Beißerchen?

Meine Hand schießt zu meinem Mund und ich merke, dass meine Zähne immer noch verlängert sind. Entsetzt zwinge ich meine Wandler-Magie zurück, bis meine Klauen und Fangzähne wieder normal sind.

Meine Knie drohen nachzugeben, aber ich zwinge mich, mich zu bewegen. Ich schnappe mir meine Halskette aus dem Badezimmer und meine Finger zittern, als ich sie um meinen Hals schließe. Das kühle Metall verleiht mir einen Hauch von Sicherheit. Zurück im Hauptzimmer schlüpfe ich in meine Stiefel – ich brauche etwas Festes unter mir.

Noch immer bebend, nähere ich mich der Gruppe. Ich muss sehen, was sie mit dem Vampir machen – und ich muss Merrick die Wahrheit sagen, dass Leonidas in meinem Kopf war und meine Gedanken in Beschlag genommen hat.

Ich bin die Verräterin.

Und Paul ... Paul ist tot.

Mein Magen zieht sich zusammen, aber ich unterdrücke das Schluchzen, das in meiner Kehle brennt.

Eins nach dem anderen, Lark. Eins nach dem anderen.

»Also, wir haben ihn«, sagt Lander mit unerträglicher Lässigkeit. Er klopft Merrick auf den Rücken, sein Grinsen wird breiter. »Toller Plan, Kumpel.«

Plan? Welcher Plan?

Ich räuspere mich, meine Stimme ist kaum mehr als ein Flüstern. »Kann mir jemand bitte sagen, was hier los ist?«

Doch meine Frage geht unter in Merricks wütendem Knurren.

Der erstarrte Vampir und der Alpha Prime halten einander in einem erbitterten Blickduell gefangen. Pure Wut lodert zwischen ihnen, eine unausgesprochene Fehde. In Leonidas roten Augen liegt brennender Hass – doch hinter seiner Arroganz blitzt ein Hauch von Unsicherheit auf.

»Ich weiß von der durch Blut übertragenen Verbindung«, knurrt Merrick.

Mein Herz setzt einen Schlag aus.

»Ich wusste sicher, dass du in Larks Kopf bist, seit der Human First-Vorfall passiert ist«, fährt er fort. »Es gab keine andere Erklärung dafür, wie du sie gefunden hast. Ich habe mit Lander gesprochen – und gemeinsam haben wir das Treffen des Rates hier im Magie-Sektor angesetzt.« Seine Stimme wird härter. »Wir wussten, dass du nicht widerstehen kannst, Lark hier zu jagen. Jeder einzelne Schritt dieser Falle war durchdacht.«

Oh nein.

»In deiner Arroganz«, knurrt Merrick, »bist du genau hineingetappt.«

»Hier, der Tageslichtzauber.« Lander wirft ihm eine leuchtend gelbe Phiole zu.

Merrick fängt sie, ohne Leonidas aus den Augen zu lassen. Ein grausames Lächeln entblößt die Kanten seiner Reißzähne. »Sobald du wusstest, dass sie meine ist«, sagt er leise, gefährlich, »hättest du dich besser ferngehalten. Meine Schicksalsgefährtin zu jagen? Das konnte nur böse für dich enden.«

Ohne zu zögern, stößt Merrick seine Hand durch die magische Barriere, die Leonidas gefangen hält. In dem Moment, in dem ihre Haut sich berührt, entfaltet sich die Magie der Phiole in einem gleißenden Lichtblitz.

Ich reiße die Hände vor die Augen, mein Herz rast, jeder Nerv brennt.

Als das Licht verblasst, ist der Vampir fort.

Nur ein dunkler Haufen Asche bleibt auf dem Boden zurück.

Es ist vorbei. Leonidas ist tot.

Ich schwanke, mir wird schwindelig, als Merricks Worte sich in meinem Kopf wiederholen, lauter und schärfer mit jedem Schlag meines Herzens:

»*Ich weiß von der durch Blut übertragenen Verbindung.*«

»*Ich wusste sicher, dass du in Larks Kopf bist, seit der Human First-Vorfall passiert ist.*«

Sie wussten es.

Sie wussten, dass der Vampir meine Gedanken gestohlen hat, mich ausspioniert, meine privatesten Momente verletzt hat.

Und sie haben nichts getan.

Sie haben mich benutzt.

Ich. War. Der. Köder.

Die Erkenntnis trifft mich wie ein Vorschlaghammer in die Brust und raubt mir den Atem.

Ein Kloß schwillt in meiner Kehle an, meine Beine drohen unter dem Gewicht dieser Wahrheit nachzugeben.

Sie haben das geplant.

Und mein Herz ... mein Herz zerbricht.

Kapitel Sechsundvierzig

Ich schlinge die Arme um meine Taille, ziehe die Schultern hoch und senke den Blick auf die glänzenden Schachbrettfliesen zu meinen Füßen. Jetzt ist alles so offensichtlich. Sie haben mich zum Narren gehalten. In diesem Punkt hatte der Vampir recht – ich wurde von allen angelogen, sogar von denen, denen ich vertraut habe.

War die ganze Feindseligkeit zwischen Merrick und Lander nur eine Show? Kein Wunder, dass Lander alles über das Chaos in meinem Leben wusste. Merrick muss es ihm erzählt haben. Wenigstens hatte ich als unwissender Maulwurf keine Ahnung, was geschah. Merrick wusste jedoch genau, was er tat.

Ich habe es so satt – habe es satt, dass Männer mich nicht als ihre Gleichgestellte sehen, habe es satt, nur eine

Spielfigur in ihrem Spiel zu sein. Ich verstehe, warum er es getan hat, warum alles so ablief, aber Verstehen heißt nicht Verzeihen. So beginnt keine Beziehung – erst recht keine, die auf Vertrauen basieren sollte.

Wir sind gemeinsam durchs Feuer gegangen, und doch bin ich es, die zu Asche verbrannt wurde. Immer bin *ich* es, die brennt.

Die zerbrochenen Stücke meines Vertrauens scheinen unrettbar verloren. Merrick hat meine Gefühle mit Füßen getreten, als wären sie nichts wert. Ein Mann hat mir das schon einmal angetan – ich habe mir geschworen, dass es nie wieder passiert.

Ich gehe zum Schrank, nehme das Grimoire und presse es wie einen Schutzschild an meine Brust. Um mich herum herrscht geschäftiges Treiben – Wandler und Magiebegabte strömen ein und aus, kümmern sich um die Folgen des Vampirangriffs. Doch es fühlt sich fern an, als würde ich alles durch milchiges Glas beobachten.

Tränen drohen, mir in die Augen zu steigen, aber ich lasse sie nicht zu. Stattdessen steigt eine leise, aber stetige Wut in mir auf. Zwanzig qualvolle Minuten lang bin ich in Schuldgefühlen ertrunken, habe geglaubt, ich hätte Merrick und alle anderen im Stich gelassen. Dabei wusste er die Wahrheit die ganze Zeit – und hat es mir nie gesagt. Tage der Planung, ohne dass ich eine Ahnung hatte.

Ich schüttle den Kopf und schließe die Augen. Eine einzelne Träne entkommt dennoch, und ich wische sie wütend fort.

Nein. Reiß dich zusammen, Lark. Reiß dich zusammen.

»Geht es dir gut?«

Seine Stimme lässt mich zusammenzucken. Wann ist er so nah gekommen?

Ich öffne die Augen und sehe, wie Merrick mich ansieht – seine Miene ist voller Besorgnis. »Wir konnten es dir nicht sagen«, sagt er leise. »Hättest du es gewusst, hätte es nicht funktioniert. Du warst nie wirklich in Gefahr. Wenn wir ihn daran gehindert hätten, deine Gedanken zu lesen, hätte er Verdacht geschöpft, und wir hätten die Kontrolle verloren. So konnten wir die Bedingungen bestimmen. Alles blieb unter Kontrolle.«

»Wusste Mary davon?« Meine Stimme klingt hohl, ohne jede Emotion.

»Nein«, antwortet er. »Sie wusste es nicht. Die meisten im Rat wussten es nicht – nur Lander. Er ist der Sicherheitschef, das war seine Operation. Es wurde nur den nötigsten Personen mitgeteilt. Es war ein gut ausgeführter Plan.«

»Gut ausgeführt«, wiederhole ich tonlos. »Ja. Ihr habt ihn bekommen.«

»Du bist in Sicherheit«, sagt er sanft, als könnte das alles wiedergutmachen.

»Sicherheit.« Das Wort schmeckt bitter. Ich nicke mechanisch und drehe mich weg. »Danke, dass du auf meine Sicherheit achtest.«

»Kleine Gefährtin –«

»Nenn mich nicht so.« Meine Stimme schneidet wie eine Peitsche durch die Luft. »Ich dachte, wir wären ein Team, Merrick – dass wir Dinge gemeinsam besprechen, Entscheidungen zusammen treffen. Aber das sind wir nicht, oder? Ich bin nur eine nützliche Spielfigur.«

»Du bist weder nur nützlich noch eine Spielfigur«,

sagt er, seine Stimme bricht. »Ich liebe dich, Lark. Ich würde alles tun, um dich zu beschützen.«

»Selbst wenn das bedeutet, mich im Dunkeln zu lassen?«

»Ja«, sagt er ohne zu zögern.

Sein Eingeständnis trifft mich wie eine Klinge. Ich presse eine Hand auf meine Brust, um den Schmerz zu lindern. »Gut«, sage ich leise. »Können wir später darüber reden?«

»Lark, wir müssen jetzt reden.« Sein Knurren ist eine leise Warnung.

Da reißt mir der Geduldsfaden. »Wag es ja nicht, mich anzuknurren, Merrick Winters.« Meine Stimme erhebt sich, durchtränkt von Wut. »Du willst das hier und jetzt besprechen? Schön.« Ich deute auf den vollen Raum. »Sicherheit, sagst du? Ich hatte eine *faszinierende* Unterhaltung mit dem Vampir – mindestens zehn Minuten lang, Merrick. *Zehn Minuten*. Während er sich darüber amüsierte, wie viel Spaß es ihm machte, in meinem Kopf herumzuwühlen. Er war *so* nah dran, mir die Kehle herauszureißen, bevor die Magie ihn endlich gestoppt hat. Worauf genau habt ihr gewartet?«

Sein Gesicht wird bleich, Entsetzen zeichnet sich auf seinen Zügen ab. »Was?«

»Oh ja, hat dein Kumpel Lander das etwa vergessen zu erwähnen?« Meine Hände zittern vor Wut.

Aus dem Augenwinkel sehe ich, wie Riker Lander gegen die Glastüren schleudert, sodass sie erzittern. Er sticht mit einem Finger auf sein Gesicht ein, während Lander abwehrend die Hände hebt. Seine Ausreden triefen vor

Arroganz, genug, um Riker noch weiter auf die Palme zu bringen.

Ich schüttele den Kopf. Es ist zu spät – der Schaden ist angerichtet. »Ich bin es leid, dass alle über meine Entscheidungen hinweggehen«, sage ich mit bebender Stimme. »Verstehst du das nicht? Ich fühle mich verletzt. Und mein Herz ist gebrochen –«

Mein Hals schnürt sich wieder zu, doch ich zwinge mich weiterzusprechen. »Das letzte Mal, als ich mich so fühlte, war ich fünfzehn, und die menschliche Regierung hat mich zwangssterilisiert, weil ich nicht *gut genug* war. Weißt du, was das mit einem Menschen macht? Und Jahre später habe ich den Mann gefunden, mit dem ich mein Leben verbringen wollte – in meiner großen Schwester vergraben.«

Und trotzdem habe ich Dummkopf Merrick vertraut.

»Noch ein paar Sekunden heute Nacht, und ich wäre tot. Es tut mir leid, dass Landers Timing nicht perfekt war – wirklich, das tut es. Dann hättest du ohne die Last einer Schicksalsgefährtin weiterziehen können.«

»Lark –«, beginnt er, aber ich lasse ihn nicht ausreden.

»Ich bin eine Sigma«, sage ich kalt und hebe das Kinn. »Eine Einzelgängerin, laut euren eigenen Gesetzen. Ich will kein Rudel, und ich brauche keinen Schicksalsgefährten. Ich kann nicht in den Menschensektor zurück, also, Alpha Prime, ich stelle hiermit offiziell den Antrag, in der Enterprise Zone zu leben und zu arbeiten. Oder wurde mir das auch genommen? Habe ich noch einen Job, eine Wohnung? Oder soll ich im Magiesektor bleiben?«

Ich weigere mich, ihn anzusehen. Ich kann den Schmerz in seinen Augen nicht ertragen, die stumme Qual, die dort sein muss. Es würde meine Entschlossenheit nur schwächen.

»Du kannst zurück in deinen Job und deine Wohnung in der Enterprise Zone«, flüstert er.

»Danke«, sage ich scharf und werfe ihm einen einzigen, kurzen Blick zu. »Und jetzt lass mich verdammt noch mal in Ruhe.«

Kapitel Siebenundvierzig

Ich bleibe abends länger bei der Arbeit, klammere mich an jede Ausrede, um nicht nach Hause gehen zu müssen – aber das Unvermeidliche lässt sich nicht ewig hinauszögern. Als ich an der Sicherheitskontrolle vorbeigehe, werfen mir die Wachen merkwürdige Blicke zu, ihre Augen verweilen auf mir, als hätte ich plötzlich einen zweiten Kopf. Ihr Missfallen ist fast greifbar.

Ich ignoriere sie, meine Turnschuhe quietschen auf dem polierten Boden, als ich durch die Türen in den stürmischen Abend hinaustrete. Der sommerliche Himmel brodelt, dunkel und drohend. Der Wind trägt den Duft von Regen mit sich, zerrt an meinem Haar und beißt durch meinen Mantel. Ich ziehe den Stoff fester um mich und mache mich auf den Weg.

Weiche Pfoten hallen leise hinter mir wider.

In meiner freien Zeit habe ich bessere Sensorbänder entworfen. Das Magieministerium hat bereits Ersatz eingeführt, nachdem die alten als gefährlich fehlerhaft entlarvt wurden – ein Skandal, der für einigen Aufruhr sorgte.

Ich beschleunige meine Schritte, passiere die Eiche und das leere Grundstück, wo einst das Zaubererhaus stand. Die Restmagie summt leise an meinen Sinnen.

Als ich mein Gebäude erreiche, beobachtet mich der graue Wolf, der mir gefolgt ist, wie ich hineingehe.

Weil ich mich geweigert habe, mit Merrick zu sprechen, hielt er es für die beste Lösung, meine Ablehnung zu ignorieren und mir überallhin in seiner Wolfsform zu folgen.

Er lässt mich nicht los.

Ich winke Matthew, dem Sicherheitsmann, kurz zu. Er winkt zurück, sein Blick wandert kurz zu dem Wolf, bevor er so tut, als würde er nichts sehen. Der Aufzug summt leise, und ich steige ein.

Wenn ich die ständige Präsenz des Wolfes ignoriere, der mich verfolgt, fühlt es sich fast so an, als wäre mein Leben wieder normal. Als hätte ich nie dieses epische Abenteuer erlebt, das alles auf den Kopf gestellt hat.

Ich meide den neugierigen blonden Nachbarn – Riker – der praktischerweise direkt gegenüber eingezogen ist.

In meiner Wohnung setze ich Hatty auf ihren Buchständer und versuche halbherzig, etwas zu essen zu machen – mehr aus Gewohnheit als aus Hunger. Dann lasse ich mich auf das Sofa sinken, zappe durch die Fernsehsender, bis ich bei einem Endzeitfilm hängen bleibe. Ich habe eine seltsame Faszination für sie entwickelt – es gibt etwas düster Befriedigendes daran, zuzusehen, wie Welten zerfallen, während die Menschen ums Überleben kämpfen. Es setzt meine eigenen Probleme in Perspektive. Sie erscheinen mir kleiner im Vergleich.

Stunden vergehen in einem Rausch aus Explosionen, verzweifelten Protagonisten und einstürzenden Städten, aber schließlich zieht es mich doch ans Fenster. Es ist dumm, ich weiß. Mein Herz reagiert, bevor mein Verstand es verbieten kann. Ich seufze, gehe hinüber und hebe den Vorhang ein paar Zentimeter an.

Da liegt er, unten auf dem Gras vor dem Balkon, zusammengerollt, den Kopf auf die Pfoten gelegt, und sieht direkt zu mir hoch.

Es regnet.

Seit zwei Wochen läuft das so – er folgt mir zur Arbeit, begleitet mich nach Hause und verbringt dann die Nächte draußen vor meinem Gebäude, starrt zu meinem Fenster hinauf. Mein großer, pelziger Schatten.

Das Wetter war bisher erträglich, doch nun, da der Juli beginnt, hat sich der Himmel geöffnet.

Ich konzentriere meine Wandler-Magie auf ihn. Regentropfen hängen in seinem Fell und tropfen von seiner Nase.

»Verdammter Wolf«, murmele ich. »Warum haut er nicht einfach ab?«

Es ist leichter, wütend zu bleiben, als zuzugeben, wie sehr ich ihn vermisse. Doch nach zwei Wochen wird meine Wut dünn.

Was wird er tun, wenn der Winter kommt? Die Kälte wird brutal sein. Ja, sein Fell wird ihn warmhalten, aber er ist nicht nur ein Wolf – er ist ein Mann. Ein Mann, der zu diesem Bild verkommen ist. Ich frage mich, ob die Leute ihn auslachen, und ich sorge mich darum, was das mit seinem Ruf macht.

Er sieht so traurig aus.

Ich wende mich ab, reiße den Vorhang zu und lasse mich auf das Sofa fallen. Der Fernseher läuft noch, aber ich kann mich nicht konzentrieren.

Mein Schicksalsgefährte sitzt draußen im Regen, und ich sitze einfach hier. Das ist verdammt lächerlich.

Mit einem frustrierten Knurren reiße ich ein flauschiges Handtuch aus dem Wäscheschrank, stapfe den Flur entlang und schnappe mir meine Schlüssel und meinen Gebäudeausweis. Nachdem ich meine Turnschuhe angezogen habe, gehe ich nach unten und trete nach draußen.

»Komm sofort rein!«, fahre ich den Wolf an.

Sein Kopf ist gesenkt, die Rute eingezogen, der triefnasse Wolf versucht, sich kleiner zu machen. Er ist völlig durchnässt, als er mir ins Gebäude folgt.

Matthew beobachtet uns mit großen Augen. Ich ignoriere ihn, werfe das Handtuch über Merrick und rubbele ihn mit mehr Nachdruck trocken als nötig.

»Du kannst hier kein Wasser verteilen – jemand könnte ausrutschen. Und dein stinkendes Fell tropft überall«, grummele ich, während ich fester rubbele, als notwendig wäre.

Merrick riecht natürlich nicht. Sein Fell ist glänzend und sauber, aber ich will es nicht anerkennen. Er steht geduldig da und fixiert mich mit diesen großen blauen Augen, während ich mich vom Kopf bis zum Schwanz vorarbeite.

Seine Zunge hängt heraus, als ich seinen Bauch trockne.

»Halt den Mund«, murmele ich.

»Alpha Prime«, sagt Matthew leise und neigt respektvoll den Kopf.

Ich verdrehe die Augen und betrete den Aufzug, Merrick an meiner Seite. Er setzt sich gehorsam neben mein Bein, während wir nach oben fahren. Das feuchte Handtuch tropft in meiner Hand.

Als wir meine Wohnung erreichen, öffne ich die Tür, und er folgt mir hinein.

»Wage es ja nicht, dich zu wandeln«, warne ich und werfe das Handtuch in die Waschmaschine.

Ich fülle eine Schüssel mit Wasser und hole zwei rohe Steaks aus dem Kühlschrank. Er hat abgenommen, und ich kann es nicht ertragen, seine hervorstehenden Rippen zu sehen. Ich stelle die Steaks auf den Boden neben die Wasserschüssel, drehe mich um und marschiere in mein Schlafzimmer, wo ich die Tür hinter mir zuknalle.

In meinem Ankleidezimmer ziehe ich mir meinen Schlafanzug an und lasse mich aufs Bett fallen, das Kissen mit übertriebener Wucht aufschüttelnd.

Mit der Decke bis zum Kinn gezogen lausche ich dem Regen und dem leisen *Tap-Tap-Tap* von Merricks Krallen, die über den Flur wandern. Schließlich höre ich, wie die Tür knarrt, als er sich dagegen lehnt.

Ich knurre leise und schließe die Augen, aber der Schlaf will nicht kommen.

Ich bin kindisch und grausam.

Ich habe noch nie jemanden mit Schweigen gestraft, weil ich beleidigt war – es ist ein verdammter Arschloch-Move, eine schreckliche Taktik. Und doch tue ich es gerade. Es war nicht meine Absicht. Ich habe mit ihm Schluss gemacht, das hätte das Ende sein sollen.

Aber einen Wandler loszuwerden, einen Schicksalsgefährten, ist schwieriger, als es klingt.

Er hat sich entschieden, mein selbst ernannter Bodyguard zu sein.

Ich weiß nicht, wer sein Imperium leitet, während er draußen sitzt und den traurigsten Stalker der Welt spielt. Vielleicht arbeitet er heimlich, wenn ich nicht hinsehe.

Was soll ich mit ihm tun?

Ich vermisse ihn. Ich ... ich liebe ihn. Ich wäre nicht so verletzt von seinem Plan, Leonidas zu fangen, wenn ich ihn nicht lieben würde.

Aber kann ich ihm vergeben?

Kapitel Achtundvierzig

Die Last meiner Gedanken ist unerträglich. Ich stehe auf und schleiche zur Tür. Als ich sie einen Spalt öffne, zucken seine Ohren, und er hebt den Kopf, um mich anzusehen. Seine Augen sind voller Sehnsucht – und etwas, das verdächtig nach Schuld aussieht.

»Wie lange willst du das noch durchziehen?«, flüstere ich genervt. »Du machst mich wahnsinnig.«

Er winselt und rollt sich dann auf den Rücken, legt seine Kehle frei – ein Zeichen völliger Unterwerfung.

»Hör auf damit«, sage ich und verschränke die Arme. »Das ist nicht fair. Du bringst mich dazu, mich schlecht zu fühlen, dabei ist das hier deine Schuld. Du warst es, der mich als Köder benutzt hat, um einen durchgeknallten Vampir in die Falle zu locken.«

Er rollt sich wieder auf den Bauch, sein Winseln jetzt leiser.

Ich seufze. Meine Entschlossenheit beginnt zu bröckeln. »Willst du einen Zeitpunkt festlegen, um zu reden?«, frage ich zögernd.

Er nickt sofort, sein Schwanz bewegt sich leicht.

»In Ordnung«, sage ich. »Wir können reden. Vielleicht frühstücken –«

Bevor ich den Satz beenden kann, verwandelt er sich. Mühelos, fließend – als hielte die Magie selbst den Atem an. Plötzlich steht er vor mir. Nackt. Herrlich, unverschämt nackt. Er besteht ausschließlich aus harten Muskeln, goldener Haut und unerschütterlichem Selbstbewusstsein.

Ich verdrehe die Augen. »Ich meinte nicht jetzt.« Ich zwinge mich, meinen Blick auf sein Gesicht gerichtet zu halten.

Er ist so unglaublich attraktiv. Ich dachte früher, ein glatt rasierter Merrick sei der Inbegriff von Männlichkeit. Doch jetzt, mit diesem leichten Bartschatten, sehe ich, dass ich falschlag. Diese raue, ungezügelte Note macht ihn nur noch unwiderstehlicher.

Und seine Augen.

Verdammt, seine Augen.

Sie sind voller Schmerz, und der Anblick trifft mich mit brutaler Wucht direkt in die Brust.

Mein Herz tut weh.

Ich will mich einfach in seine Arme werfen, mich in seiner Wärme und Stärke verlieren – aber ich kann nicht.

Ich kann nicht ...

Oder doch?

Manchmal muss man standhaft bleiben, sich selbst treu bleiben.

Manchmal muss man zugeben, dass man sich geirrt hat.

Hätte er mich absichtlich verletzt, gäbe es keine Diskussion – er könnte mir zehn Jahre lang folgen, und meine Entscheidung würde sich nicht ändern. Aber er hat mich nicht absichtlich verletzt. Er hat der falschen Person vertraut – aber hatte er überhaupt eine Wahl?

Was hätte ich getan, wenn unsere Rollen vertauscht gewesen wären?

Ich hätte mir gewünscht, dass er mir vergibt.

Er hat einen Fehler gemacht. Aus Liebe. Und er wird wieder Fehler machen – genau wie ich. Bin ich grausam genug, uns beide um unser Glück zu bringen?

Sein Blick sucht meinen, warm und voller Gefühl, was mir den Atem raubt. Seine Augen wandern langsam über mein Gesicht, als würde er sich jedes Detail einprägen – als wäre ich etwas Kostbares, das er nicht verlieren darf.

Er sieht mich an, als wäre ich sein Ein und Alles.

Und als ich ihn ansehe, sehe ich eine Zukunft.

Mein Glück ist direkt vor mir. Ich muss nur den Mut haben, danach zu greifen.

Meine Sicht verschwimmt, Tränen brennen in meinen Augen. Ich schniefe und starre zur Decke, um sie zurückzuhalten. Aber mein Körper bebt, kämpft gegen die Gefühle, die mich übermannen. Als ich schließlich ausatme, ist es ein zitternder, verletzter Laut. Ich spüre, wie er sich bewegt.

Eine Träne rollt über meine Nase. Ich wische sie hastig mit der Hand weg.

Dann ist er plötzlich da.

Seine Hand umfasst sanft mein Gesicht, warm und fest,

sein Daumen fängt die nächste Träne auf. Noch eine fällt – auch die wischt er fort, seine Berührung ist unerschütterlich und geduldig.

Ein leises, tiefes Brummen vibriert in seiner Brust. Ich brauche einen Moment, um zu begreifen, dass er ... schnurrt?

Wolfwandler können schnurren?

Er tritt näher, zieht mich in eine Umarmung. Meine Wange lehnt sich an seine nackte Brust, und seine Wärme umfängt mich. Das Brummen verstärkt sich, und die tiefe Vibration durchdringt mich, löst die Knoten aus Schmerz und Stress, entspannt meine Muskeln, beruhigt den Sturm in meinem Kopf.

Merrick fühlt sich nach Heimat an.

Zum ersten Mal seit Wochen fühle ich mich sicher.

An ihn gelehnt, spüre ich, wie sich die zerbrochenen Teile in mir endlich wieder zusammenfügen.

»Ich liebe dich, Lark«, murmelt er, seine Stimme rau vor Emotionen. »Ich werde dich immer lieben. Und wenn du dich entscheidest, dass du mir nicht vergeben kannst, werde ich dich trotzdem lieben. Ich werde dich für den Rest meines Lebens beschützen, weil meine Welt ohne dich keinen Sinn ergibt. Mein Leben bedeutet nichts, wenn du nicht darin bist.«

Ich hebe den Kopf, und seine Augen – diese wunderschönen, intensiven Augen – schimmern vor unterdrückten Tränen. Es zerreißt mich, ihn so verwundbar zu sehen.

Gleichzeitig überwältigt mich Liebe. Eine Liebe, die ich nicht länger leugnen kann.

»Du hast mein Leben erhellt, als wäre die Sonne durch

den Sturm gebrochen«, flüstert er. »Du hast mir gezeigt, wie verloren ich war. Denn wenn du nicht bei mir bist, spüre ich es – scharf, unerträglich. Ich vermisse dich, und es tut weh, Lark. Es ist ein körperlicher Schmerz.«

Er lehnt seine Stirn sanft an meine. Sein Atem ist warm, voller unausgesprochener Gefühle.

»Dich zu verlieren, weil ich mich getäuscht habe, war das Schlimmste, was mir je passiert ist. Der Vampir hat Magie benutzt, um die Schutzzauber zu durchbrechen – das hat Landers Erstarrungszauber verzögert. Als er dich angegriffen hat, wurde der Bann endlich ausgelöst, aber es war zu knapp. Viel zu knapp. Ich hätte an alles denken müssen. Ich hätte es wissen müssen.«

Sein Kiefer spannt sich an, er stößt ein frustriertes Seufzen aus. »Ich hasse mich dafür, dass ich dich in Gefahr gebracht habe. Ich hasse es, dass ich dich enttäuscht habe. Ich will nie wieder, dass du Angst hast. Nicht wegen mir, nicht wegen irgendjemandem.«

»Du hast mich nicht enttäuscht«, flüstere ich.

Er schüttelt den Kopf. »Doch. Aber es wird nicht wieder passieren. Solange ich atme, werde ich dich beschützen. Immer.«

Seine Finger streichen sanft über meine Wange. »Bitte, Lark«, sagt er heiser. »Vergib mir?«

Die Verzweiflung in seinem Blick ist fast unerträglich.

»Okay«, flüstere ich, bevor ich überhaupt darüber nachdenken kann.

Ich sehe meine eigene Überraschung in seinen Augen, aber er hält mich weiter fest.

»Du bist mein Schicksal, Lark. Ich werde immer für uns kämpfen.«

»Es tut mir leid«, flüstere ich, meine Stimme bricht. »Ich hatte solche Angst. Alles war zu viel, und ich wusste nicht, wie ich damit umgehen sollte. Deshalb war ich so wütend auf dich. Es war einfach zu viel. Es tut mir so leid.«

Seine Finger gleiten in mein Haar, seine Berührung ist sanft und tröstend.

»Ich liebe dich«, sage ich leise, doch jedes unausgesprochene Gefühl schwingt in meinen Worten mit.

Merricks Arme ziehen sich fester um mich, sein Atem stockt, als er mich hält. Zwischen uns vibrieren unausgesprochene Versprechen mit jedem Herzschlag.

Ich dachte einmal, dass das Scheitern meiner Ehe das Schlimmste war, was mir je passieren konnte. Doch jetzt erkenne ich, dass es nur der Anfang war – ein schmerzhafter Stoß in Richtung eines Schicksals, das ich mir nie hätte träumen lassen.

Es hat mich nicht zerstört. Es hat mich verwandelt.

Wie ein Schmetterling bin ich aus den Trümmern aufgestiegen – stärker, freier und endlich bereit, das Leben anzunehmen, das für mich bestimmt ist.

»Der Sturm hat sich gelegt. Hast du Lust auf einen Lauf?«, fragt Merrick sanft.

»Einen Lauf?«

»Als Wölfe«, erklärt er mit einem verspielten Lächeln.

Bevor ich antworten kann, dringt eine gedämpfte Stimme durch die Tür. »Ich kann fahren. Ich hole das Auto.«

Ich stöhne und kneife mir die Nasenwurzel. »Hat er die ganze Zeit zugehört?«, flüstere ich, entsetzt.

Merrick macht sich nicht einmal die Mühe, seine Belustigung zu verbergen. »Wahrscheinlich.«

»Ich hab dir Klamotten besorgt, Alpha«, ruft Riker. »Setz deinen nackten Hintern bloß nicht auf meinem Ledersitz.«

»Verdammter neugieriger Typ«, murmele ich, was Merrick ein tiefes Lachen entlockt.

»Aber wenn ihr das mit dieser *Schicksalsgefährten*-Sache wirklich durchzieht«, fährt Riker fort, »solltet ihr vielleicht in Schallschutz investieren. Der ganze Sektor muss nicht hören, wie sehr ihr euch –«

»Riker«, knurrt Merrick warnend, seine Stimme tief und unmissverständlich. »Nicht heute Nacht.«

Riker lacht unbekümmert. »Schon gut, schon gut. Ich warte beim Auto.«

Das Zaubererhaus ächzt, als es sich auf dem mit Müll übersäten Grundstück am Rand des Vampirsektors niederlässt.

Kapitel Neunundvierzig

Bonusszene 1 – Das Hotel
Aus Merricks Sicht

In dem Moment, in dem ich die Hotellobby betrete, kribbelt es unter meiner Haut, ein leises Summen, als wäre da ein Jucken, das ich nicht kratzen kann. Mein Blick wandert durch den Raum, meine Instinkte schärfen sich, noch bevor ich bewusst meine Umgebung wahrnehme. Es ist sauber, ruhig und vollkommen unscheinbar.

Bis auf sie.

Meine Augen finden die Frau, die auf dem Sofa in der Lobby sitzt, einen Laptop neben sich. Ihr Duft trifft mich, noch bevor mein Verstand sie vollständig registriert – warm und leicht süßlich, wie Erdbeeren, Vanille und Sonnenschein. Die Erkenntnis trifft mich wie ein Schlag in die Brust, und mein inneres Tier rührt sich.

Nein. Unmöglich.

Ich erstarre mitten im Gehen. Auf den ersten Blick wirkt sie völlig gewöhnlich – locker gekleidet, bequem, mit einem Hauch von Erschöpfung in ihrer Haltung. Sie zieht an den Ärmeln ihres billigen Pullovers, als wolle sie sich vor der Welt verstecken. Nichts an ihr entspricht dem, was ich von der neuesten IT-Rekrutierung des Ministeriums erwartet hätte. Ganz sicher nicht das.

Mein.

Während ich den Gedanken beiseiteschiebe, gehe ich weiter, jeden Schritt bewusst kontrollierend, auch wenn meine Instinkte etwas anderes schreien. Ich bin nicht hier, um eine Gefährtin zu beanspruchen. Ich bin hier, um Dokumente zu überbringen, eine neue Mitarbeiterin mit Verbindungen zu Human First zu überprüfen und diskret eine potenzielle Sicherheitslücke an der Grenze zu untersuchen. Routine.

Routine für jeden anderen vielleicht. Aber nicht für mich. Ich spiele nicht den Boten, und ich habe noch nie eine neue Mitarbeiterin persönlich überprüft – schon gar keine menschliche. Und doch stehe ich hier und starre meine Gefährtin an, während das Schicksal darauf aus ist, meine sorgfältig durchdachten Pläne zu zerschlagen. Ich kann mir keine Ablenkungen leisten, schon gar nicht so eine hübsche wie sie.

Trotzdem spüre ich einen Anflug von Zufriedenheit, als sich ihre Augen heben und meinen Blick treffen. Sie weiten sich, Überraschung und Verletzlichkeit flackern über ihr

Gesicht, bevor sie hastig wegschaut. Sie versucht, sich zu fassen, aber ich erkenne die Zeichen – ihren beschleunigten Puls, die feine Veränderung in ihrem Duft, ein Gemisch aus Anziehung, Nervosität und einem scharfen Hauch von Trotz.

Interessant.

Ich trete näher, meine Bewegungen kontrolliert, meine Präsenz bewusst. Sie hebt den Blick und begegnet mir mit einer Herausforderung in ihren wunderschönen braunen Augen. Es ist so schwer, nicht zu lächeln. Diese kleine, zierliche Frau starrt mich einfach an, ohne auch nur einen Schritt zurückzuweichen. Mutig. Unerschrocken. Vielleicht ein wenig leichtsinnig, aber mein instinktiver Teil weiß es zu schätzen.

Ich bleibe vor ihr stehen, und für einen Moment verblasst alles um uns herum. Ihre Lippen öffnen sich leicht, als wollte sie etwas sagen, sich dann aber doch zurückhalten. Das Bedürfnis, mich vorzubeugen – den Abstand zwischen uns zu verringern – pocht gefährlich in meiner Brust.

Sie ist außergewöhnlich.

»Mrs. Emerson«, sage ich, koste den Namen aus wie einen bitteren Geschmack. Die Zurückhaltung brennt in mir, hält das brodelnde Feuer in Schach. Wenn ich darüber nachdenke, was dieser Name bedeutet – an den Mann, der sie an ihn gebunden hat – könnte ich diesen gesamten Ort auseinanderreißen.

»Ja, das bin ich.« Ihre Stimme ist höflich und professionell, aber mit einer stählernen Note darunter. »Sind Sie der Kurier vom Ministerium?«

»So etwas in der Art.« Ein kaum wahrnehmbares

Zucken meiner Mundwinkel verrät meine Belustigung. Es ist keine Lüge, aber auch nicht die ganze Wahrheit.

Ihre Stirn legt sich für einen Moment in Falten, Zweifel blitzen in ihrem Ausdruck auf. Sie ahnt, dass ich sie auf die Schippe nehme. Ich strecke die Hand aus. »Darf ich Ihren Ausweis sehen?«

»Ja, natürlich.« Sie kramt in der Tasche ihrer viel zu großen Jogginghose und zieht eine Plastikkarte hervor. Die Bewegung ist ungeschickt, aber irgendwie rührend – völlig unverstellt.

Meine Schicksalsgefährtin ist faszinierend – eine natürliche Schönheit, egal, was sie trägt. Ihre weiten Klamotten verbergen ihre Kurven nicht wirklich.

Als sich unsere Finger fast berühren, spüre ich das leiseste Zittern. Sie ist nervös, aber sie versucht, es zu verbergen.

Ich nehme die Karte, studiere sie länger als nötig – nicht, um ihre Identität zu bestätigen, sondern um ihren Namen in mich aufzunehmen. Bedeutend. Wichtig.

Meine Gefährtin.

Lark.

Lark Emerson.

Lark Winters, korrigiert mein Wolf mit einem Knurren.

Ich gebe ihr die Karte mit einer beiläufigen Bewegung zurück.

»Okay, also, vielen Dank«, sagt sie und nimmt sowohl den Ausweis als auch den Umschlag mit den Dokumenten entgegen. Sie balanciert den dicken Stapel auf ihren Knien. »Danke, dass Sie gekommen sind, um das abzugeben.« Sie winkt in Richtung Ausgang – fast abweisend, als wolle sie mich loswerden. Mein inneres Tier grollt belustigt.

So viel Feuer in ihr, verborgen unter Nervosität und Müdigkeit.

»Nein, Mrs. Emerson. Ich muss warten, bis Sie die Dokumente durchgesehen und gegebenenfalls unterschrieben haben.«

Ihre Augenbrauen schnellen nach oben. »Ich dachte, es wäre nur Papierkram, den ich mir anschauen soll.« Sie runzelt die Stirn und mustert den Umschlag. »Das ist … ungewöhnlich.«

»Es könnte eine Weile dauern«, warnt sie, sieht mich unsicher an. »Möchten Sie sich vielleicht setzen?«

»Nein, ich stehe hier gut.« Ich verschränke die Hände hinter meinem Rücken und nehme eine Paradehaltung ein. Die Anstrengung, den Abstand zu wahren – sie nicht zu berühren – brennt durch mich hindurch.

Ihr Blick huscht umher, als versuche sie, mich einzuschätzen.

Gut. Lass sie sich wundern.

Sie betrachtet das Wachssiegel und summt leise. Mein Wolf rührt sich – beunruhigt und fasziniert zugleich. Sie hat keine Ahnung, in welche Welt sie hier eintritt, doch ihr Duft verrät eine verborgene Stärke.

Und sie gehört *mir*.

Ich beiße das besitzergreifende Knurren nieder, das mir in der Kehle sitzt. Nicht hier. Nicht jetzt. Vielleicht nie.

Ihre Finger berühren das verzauberte Pergament, als sie die Dokumente herauszieht. Der darin eingebettete Zauber wird aktiviert, seine schwache magische Aura vibriert durch meine Sinne.

Sie zuckt zusammen, schüttelt das Papier, als hätte es sie verbrannt. »Autsch! Hör auf damit«, murmelt sie verärgert.

Ein Lächeln zuckt auf meinen Lippen. Sie ist bezaubernd, völlig unwissend und doch so entschlossen. Aber ich will nicht, dass sie denkt, ich würde sie auslachen. Ich halte mein Gesicht ausdruckslos, lasse meinen Blick stattdessen zur gläsernen Eingangstür schweifen, als hätte ich das Interesse verloren.

Kapitel Fünfzig

Bonusszene 2 – Das Treffen
Aus Merricks Sicht

Die Luft im Raum wird schwer, als ich eintrete. Paul, mitten in einem Wutanfall, erstarrt bei meinem Anblick. Seine schmalen Schultern straffen sich – ein nutzloser Versuch, einschüchternd zu wirken. Er hat bereits verloren, und das weiß er.

Er sieht schrecklich aus.

Dove – die Schwester – richtet sich abrupt auf, ihr klauenhafter Griff um Pauls Arm löst sich, als hätte ich sie bei etwas Verbotenem erwischt. Ihr Blick schießt zu mir, ihre Pupillen weiten sich, während sie mich mustert. Sie fährt sich mit der Zunge über die Lippen und wirft ihre Haare über eine Schulter – eine einstudierte Bewegung, die verführerisch wirken soll.

Dann kommt das Lachen – ein schrilles, nervtötendes Geräusch voller Unaufrichtigkeit. Ein Lachen, das darauf abzielt, Interesse zu wecken, einen potenziellen Partner anzulocken. Doch es verfehlt sein Ziel völlig und lässt mir stattdessen die Nackenhaare aufstellen.

Ihr Duft verändert sich – eine aufdringliche Mischung aus Nervosität und fehlgeleitetem Selbstbewusstsein. Ich unterdrücke das Bedürfnis, die Nase zu rümpfen. Es ist nicht nur unangenehm – es ist der Gestank der Verzweiflung.

Erbärmlich.

Ich halte mein Gesicht ausdruckslos. Das Letzte, was ich will, ist, sie zu ermutigen – oder Lark zu verletzen.

Wie konnte sich irgendjemand für diese Frau entscheiden, wenn er meine Gefährtin haben konnte? Für jemanden, der so schwach ist? Meine Augen verengen sich, als ich Paul betrachte. Ein Narr. Nur ein Narr.

Hinter mir betritt Barry – Larks Anwalt – den Raum. Er jongliert mit seinen Akten und trägt ein leichtes Lächeln auf den Lippen. Larks traurige Augen treffen für einen kurzen Moment meine, doch sie wahrt ihre Haltung, trotz des unerträglichen Gestanks der Verzweiflung, der von den beiden Gestalten auf der anderen Seite des Tisches ausgeht.

Es tut mir leid, kleine Gefährtin. Diese Farce wird bald vorbei sein.

Barry ergreift als Erster das Wort und durchbricht die angespannte Stille. »Entschuldigen Sie die Verspätung. Ich musste noch einige Änderungen vornehmen, die diesen Fall betreffen.« Er setzt sich neben Lark und schenkt ihr ein freundliches Lächeln, seine Stimme gesenkt, damit die Menschen es nicht hören können. »Wie geht es Ihnen?«

»Ich komme zurecht«, erwidert sie leise, ihr silberner Blick gleitet kurz zu dem Sensor-Armband an ihrem Handgelenk.

»Gut, dass Sie ein Band haben. Das wird enorm helfen«, sagt Barry, klopft auf seine Akten und fügt hinzu: »Lassen Sie uns das schnell erledigen.«

Ich bewege mich an das Kopfende des Tisches, gieße mir langsam ein Glas Wasser ein und lasse die Stille lange genug andauern, um sie nervös zu machen. Dann richte ich meinen Blick auf den Narren.

»Mr. Emerson.«

Paul reagiert sofort und schlägt mit der Hand auf den Tisch. »Wer zur Hölle sind Sie?«, faucht er. Seine weinerliche Stimme durchschneidet die angespannte Luft und setzt meine Bodyguards in Alarmbereitschaft.

Ich bin unbeeindruckt.

Seinen Ausbruch ignorierend, öffne ich die oberste Akte und überfliege den Inhalt. »Was kann ich für Sie tun, Mr. Emerson?«

Er schlägt erneut auf den Tisch. »Ich bin hier, um meine Frau zurückzubekommen!«

Ich neige den Kopf. »Ach ja? Haben Sie sie etwa verloren?«

Ich weiß, was du getan hast, du erbärmlicher kleiner Mann. Und wenn du noch einmal deine Hand erhebst, werde ich sie dir abreißen.

»Spielen Sie keine Spielchen, Sie widerliches Biest«, knurrt er und beugt sich vor, als ob Nähe mich einschüchtern könnte. »Ich habe Ihnen am Telefon gesagt – wir hatten eine Meinungsverschiedenheit, und jetzt hat sie bei diesem Ministerium eine Stelle angenommen. Ich will mit ihr reden. Sie soll nach Hause kommen. Ihr Vertrag mit euch Tieren ist null und nichtig. Sie ist ein Mensch. Sie gehört nicht hierher.«

Mein Blick bleibt regungslos. »Mrs. Emerson ist erwachsen und durchaus in der Lage, ihre eigenen Entscheidungen zu treffen. Können Sie mir erklären, warum sie gegangen ist?«

Pauls Gesicht verfinstert sich. »Das geht Sie nichts an.«

Ich richte meine Aufmerksamkeit auf Lark. »Aber ich würde es gern wissen.«

Bevor der Narr antworten kann, mischt sich Dove ein. Ihre Stimme trieft vor gespielter Süße. »Es war nur ein kleines Missverständnis. Ein winziger Streit, nichts Ernstes.«

Ich hebe eine Braue. »Ein kleines Missverständnis? Sie ist in einen völlig anderen Sektor gezogen, um ihrem Ehemann zu entkommen. Das ist ein ziemlicher Streit. Und Sie sind?«

»Ich bin ihre Schwester, Dove«, sagt sie mit einem gekünstelten Lächeln, das viel zu eifrig ist, viel zu gewollt. Sie ist verzweifelt nach Aufmerksamkeit. »Wir haben uns so Sorgen um sie gemacht. Es geht ihr nicht gut, verstehen Sie? Das liegt in der Familie – auf der Seite *ihres* Vaters.«

Väterlicherseits bei Lark, ja klar ... »Das klingt ernst.«

»Das ist es auch«, vertraut Dove mir an, als würde sie ein düsteres Geheimnis enthüllen. Ihre kleine Show ist jämmerlich.

Hinter mir bleibt Riker – mein Stellvertreter und bester Freund – professionell unbeteiligt. Bis auf einen Finger, den er sich in den Mund steckt, während er eine würgende Geste macht. So subtil wie immer. Wenigstens jemand hier weiß diese absurde Situation zu würdigen.

Er versteht es.

Paul wechselt seine Taktik, sein Ton wird flehentlich. »Hören Sie, ich liebe meine Frau. Ich würde ihr niemals absichtlich wehtun. Diese ganze Scheidungssache ist absurd. Sie kann mich doch nicht einfach verlassen!«

Er nennt das, was er ihr angetan hat, *Liebe*. Der Narr kocht vor Wut. Larks Fortgang hat nicht nur seinen Stolz verletzt – er hat ihn zerstört. Sein zerbrechliches Ego liegt in Trümmern, und er hat offensichtlich keine Ahnung, wie er damit umgehen soll.

Ohne sie hat er nichts mehr.

Erst jetzt, inmitten der Trümmer ihrer Abwesenheit, begreift er das ganze Ausmaß dessen, was er getan hat – was er verloren hat. Das Beste, was ihm je hätte passieren können, ist ihm durch die Finger geglitten, nur wegen seiner Selbstsucht.

Ich habe genug von seinen Lügen und Ausreden. Lark gehört mir.

Die Dreistigkeit – hierherzukommen, ungewaschen und nach dieser anderen Frau stinkend – ist mehr als unerträglich. »Sie beide riechen förmlich nacheinander. Haben Sie und Mrs. Emerson eine offene Beziehung?«

Paul stottert, sein Gesicht läuft rot an.

Dove erstarrt, ihr ekelhaft süßliches Lächeln verblasst.

In Larks Augen blitzt ein Funke Genugtuung auf, als sie sich entspannt zurücklehnt.

Gut.

Ich werde das jämmerliche Leben dieser beiden Narren

in Stücke reißen. Pauls Arroganz, Doves ekelerregende Versuche der Verführung – sie sind wie Mücken, die an meinen Ohren summen. Ich bin mehr als bereit, sie zu zerquetschen.

»Mrs. Emerson hat ein Video aufgenommen, bevor sie Sie verlassen hat.« Meine Stimme bleibt ruhig, doch die Schwere meiner Worte verändert die Atmosphäre im Raum. Paul versteift sich – Dove blinzelt, unfähig, die Tragweite zu begreifen.

»Wenn du so nett wärst …«, sage ich und mache eine knappe Geste. Ich achte darauf, Larks Namen nicht zu nennen.

Lark schiebt den Laptop in die Mitte des Tisches. Ihre Bewegungen sind präzise, ihr Gesicht ausdruckslos, doch ich sehe die Anspannung in ihren Schultern, spüre, wie viel Kraft sie das kostet. Dieser Moment zerreißt sie mehr, als die anderen ahnen.

Sie drückt auf Play – und der Raum erfüllt sich mit gedämpften Geräuschen und Verrat.

Paul reagiert sofort. Sein Stuhl kreischt über den Boden, als er aufspringt, sein Gesicht zu einer Fratze aus Wut verzogen. Er stürzt sich auf den Laptop wie ein in die Enge getriebenes Tier, aber Riker ist schneller. Mein Stellvertreter schnappt sich das Gerät und klemmt es sich grinsend unter den Arm.

Riker mag meine temperamentvolle Gefährtin. Und ich wette, er hasst diesen Mistkerl.

»Na, na«, sagt er träge. »keine Zerstörung von Ministeriumseigentum, Mr. Emerson. Hatten Sie auch so ein Temperament bei Ihrer Frau?« Er tritt einen Schritt zurück, eine stumme Herausforderung. Die Wachen schließen sich ihm an, eine Wand aus Muskeln.

Paul bläht sich auf, das Gesicht rot vor Zorn, wie ein Hahn vor dem Kampf. »Ich würde ihr niemals etwas antun!«, brüllt er, die Fäuste geballt.

»Nein, das würden Sie nicht«, stimme ich leichthin zu. »Aber Sie würden schlechten Sex mit ihrer Schwester haben.«

Doves Wangen laufen hochrot an. »Schlecht?«, quietscht sie empört. »Es war nicht schlecht!«

»Er *sah* schlecht *aus*«, murmelt Riker und amüsiert sich prächtig. »Als hätten Sie irgendeinen Anfall.«

Stille breitet sich aus, und ich nutze den Moment. »Versuchen wir es nochmal, ja? Diesmal mit der Wahrheit. Ihre Frau, Mrs. Emerson, hat Sie in flagranti mit ihrer Schwester erwischt. Sie hat es aufgenommen, weil sie wusste, dass Sie es – wie so oft – abstreiten würden.«

Barry, stets professionell, schüttelt nur den Kopf und macht sich Notizen.

Pauls Fäuste zittern, seine Wut kocht über.

Dove, unfähig zur Selbstwahrnehmung, plappert los: »Wir dachten, sie wäre nicht zu Hause! Paul meinte, sie würde lange arbeiten, da sie ein großes Projekt hatte. Wir dachten nicht, dass es jemandem wehtun würde.«

Ich lehne mich vor, meine Stimme schneidet durch ihre erbärmlichen Ausreden wie eine Klinge. »Ist Ihnen wirklich nie, auch nur für eine Sekunde, in den Sinn gekommen, wie sehr es Lark zerstören würde, Sie beide in ihrem Bett zu erwischen? Haben Sie wirklich geglaubt, sie würde nicht merken, dass die Laken nach Ihnen beiden stinken?«

Dove sieht ehrlich beleidigt aus. »Ich hätte die Laken gewechselt«, sagt sie, als wäre das eine Verteidigung. Dann fügt sie unverschämt hinzu: »Lark muss einfach nach Hause kommen, und dann können wir weitermachen wie bisher. Ich meine, wir brauchen ihr Gehalt, um das Haus zu halten!«

Ich blinzele und lasse ihre Worte im Raum hängen. »Charmant«, sage ich tonlos.

Ich kann sie nicht töten – Lark wäre verärgert. Aber vielleicht lässt sich in ein paar Jahren ein kleiner *Unfall* arrangieren.

Zeit, das Ganze zu beenden. Ich gebe Barry ein Zeichen, und er schiebt Pauls Anwalt ein Dokument zu. Der Mann überfliegt es kurz, dann steht er auf und packt seine Sachen.

»Wir sind hier fertig«, verkündet der Anwalt knapp, ohne Paul eines Blickes zu würdigen.

Paul fährt auf. »Wo zur Hölle wollen Sie hin?«, zischt er. »Ich habe ein Vermögen dafür bezahlt, dass Sie hier sind!«

»Es gibt nicht genug Geld auf der Welt, um *das hier* zu retten«, erwidert der Anwalt und rückt seine Krawatte zurecht. »Ihre Frau ist nicht länger Ihr Problem. Die Ehe wurde annulliert.«

»Annulliert?« Pauls Stimme bricht, Unglauben und Wut kämpfen um die Vorherrschaft. »Das ist Schwachsinn! Man kann doch keine fast dreißigjährige Ehe annullieren!«

Barry klopft auf die Unterlagen. »Das Gesetz sieht das anders«, meint er gelassen. »Hier ist Ihre Kopie.«

Paul reißt die Dokumente an sich, seine Augen fliegen über die Seiten. »Hier steht, sie wurde von einem Wandler angegriffen. Was soll das heißen? Ist sie tot?«

Dove japst schockiert und krallt sich an Pauls Arm wie

eine zweitklassige Seifenoperndarstellerin. »Lark ist tot? Oh mein Gott, meine arme Schwester! Ein Wandler hat sie getötet? Wer hilft mir jetzt mit –«

»HALT DEN MUND!«, brüllt Paul und bringt sie zum Schweigen. Er starrt mich an, sein Gesicht ein Abbild aus Hass. »Was *bedeutet* das?«

»Es bedeutet, dass Ihre Frau kein Mensch mehr ist«, erkläre ich ruhig. »Sie steht jetzt unter der Obhut des Wandlersektors. Ihre Ehe mit Ihnen ist aufgehoben, da sie rechtlich in der Menschenwelt als verstorben gilt. Ihr gesamtes Eigentum wird an das Ministerium übertragen.«

Ich sehe, wie er versucht, es zu begreifen – oder eben nicht. Seine Wut vernebelt seinen Verstand. Sein Gesichtsausdruck verzieht sich, er kann die Wahrheit nicht akzeptieren. Noch hat er nicht realisiert, dass ich ihm alles genommen habe.

Noch nicht.

Der Zorn des Narren verdrängt jeglichen Funken Logik. Bis die Wahrheit zu ihm durchdringt, wird er froh sein können, wenn ihm noch ein Paar Socken bleibt – geschweige denn ein kläglicher Rest seines bisherigen Lebens.

»Sie ist ein Monster geworden«, stößt Paul hervor, seine Stimme triefend vor Gift.

Ein tiefes Knurren grollt in meiner Brust. *Du willst ein Monster sehen? Gern. Ich zeige dir, was ein echtes Monster ist, du erbärmlicher Wicht.*

»Hat sie dem zugestimmt? War das Teil ihrer Arbeit?«

»Nein«, erwidere ich ruhig. »Leider wurde Lark angegriffen, als sie versuchte, eine Kollegin zu retten. Sie ist eine unglaublich mutige Frau.«

Die Worte prallen an seinem dicken Schädel ab. Er hört gar nicht zu.

»Das ist alles, was Sie für Ihre Unterlagen brauchen. Wenn Sie heute Abend ausziehen könnten, wird das Ministerium das Haus und alle gemeinsamen Vermögenswerte verkaufen. Ihr Anteil wird Ihnen ausgezahlt, sobald der Prozess abgeschlossen ist.«

»Sie verkaufen das Haus?« Dove wimmert. »Aber wie können Sie nur?« Ihre Nägel graben sich in Pauls Arm, ihre Verzweiflung ist greifbar. Ich frage mich, ob er es überhaupt bemerkt – oder ob er diesen Schmerz längst nicht mehr wahrnimmt.

Sie ist widerwärtig. Immer gierig, immer klammernd, immer glaubt sie, ihr stünde alles zu.

»Das ist alles rechtsgültig«, wirft Barry mit einem lässigen Schulterzucken ein.

Pauls Hand zittert, als er mit dem Finger auf die Papiere sticht. »Was ist das hier für ein Name?« Seine Stimme überschlägt sich vor Eifersucht und Verwirrung. »Das ist nicht ihr Mädchenname! Wer ist dieser Winters? Warum hat sie seinen Nachnamen angenommen?«

Ich werfe Lark einen Blick zu, treffe ihre verwirrte Miene mit einer ruhigen, überlegten Miene.

»Lark, hast du noch etwas hinzuzufügen?«, frage ich sanft.

Ein Moment des Entsetzens huscht über ihr Gesicht, doch sie schüttelt rasch den Kopf. »Äh ... nein, alles gut. Danke.«

Pauls Kopf ruckt bei dem Klang ihrer Stimme herum. Zum ersten Mal sieht er wirklich hin. Er starrt sie an, fassungslos. »Lark?«, krächzt er. »Lark?«

Doves schrille Stimme durchschneidet die Spannung. »Aber ... aber du bist wunderschön!« Sie mustert Lark mit einer Mischung aus Verwirrung und Neid.

Sie war schon immer wunderschön, du falsche Schlange. Meine Zähne pressen sich aufeinander, doch ich bewahre meine Fassung.

»Was ist nur mit dir passiert?«, fragt Dove misstrauisch, während Eifersucht in ihren Blick sickert. »Du siehst aus wie ... unsere Urgroßmutter. Ist das, was passiert, wenn man ein Wandler wird?«

Mein Lächeln ist kalt und scharf. »Nun, Ihre Ehe ist annulliert, und dieses Treffen ist beendet. Sie können jetzt beide gehen.«

Ich fange Rikers Blick auf und nicke kaum wahrnehmbar. Er erwidert es mit einem breiten, raubtierhaften Grinsen. Hinter ihm nehmen die Wachen Stellung ein, bereit, die beiden notfalls hinauszubefördern.

»Warum Winters?«, fragt Paul beharrlich.

»Oh, steht das nicht offensichtlich in den Dokumenten?«, erwidere ich mit einem spitzen Lächeln. »Abschnitt vier, Absatz sieben. Lark Winters hat den Namen ihres Gefährten angenommen.«

»Gefährten?«, wiederholen Paul und Dove gleichzeitig, ihre Stimmen überschlagen sich in ungläubigem Entsetzen.

Ich sehe in Larks geweitete Augen, dann wende ich mich wieder an das unglückliche Paar. »Oh ja. Lark wird bald den Alpha Prime zum Gefährten haben.«

»Den *Alpha Prime*?«, kreischt Dove, ihre Finger klammern sich noch fester an Paul, als wäre er ihre letzte Rettung.

»Ja.« Mein Grinsen weitet sich, raubtierhaft und unverhohlen. »Mich.«

Ihre Reaktionen sind unbezahlbar – Pauls Wut, Doves Entsetzen und Larks allmähliche Erkenntnis.

Ich halte ihrem Blick stand. Sie begreift es noch nicht vollständig. Aber das wird sie.

Ihr Leben wird sich nicht einfach nur ändern – es wird die Welt verändern.

Und ich werde an ihrer Seite sein, jeden Schritt des Weges.

Ich werde für sie kämpfen. Sie beschützen. Sie gehört mir – jetzt und für immer.

Liebe Leserin, lieber Leser,

danke, dass ihr meinem Buch eine Chance gegeben habt!
Ich kann nicht glauben, dass die Geschichte schon wieder
vorbei ist. Ich hoffe, die Geschichte hat euch genauso viel
Spaß gemacht wie mir das Schreiben. Wenn ja, wäre ich
euch sehr dankbar, wenn ihr euch einen Moment Zeit
nehmen könntet, um eine Rezension zu hinterlassen oder
eine Bewertung abzugeben.

Jede einzelne Bewertung macht einen großen Unterschied –
sie hilft anderen Lesern, meine Arbeit zu entdecken, und
unterstützt mich als Autorin.

Eure freundlichen Worte könnten mich sogar dazu inspirie-
ren, noch mehr Geschichten wie diese zu schreiben. Und
wer weiß? Eure Rezension könnte sogar in einer meiner
Marketingkampagnen erscheinen – wie cool wäre das denn?

Tausend Dank!

Alles Liebe,
Brogan x

Über den Autor

Brogan lebt mit ihrem Mann und ihren elf pelzigen
Kindern in Irland: fünf pelzige Minions der Dunkelheit
(auch bekannt als Katzen), vier Hellhounds (also Hunde)
und zwei traditionelle Einhörner (fette, haarige Irish
Tinker).

Im Jahr 2019 beschloss sie, ihre Verrücktheit auszuleben
und über die imaginären Kreaturen, die in ihrem Kopf
leben, zu schreiben. Ihre größte Liebe gehört ihrem
pelzigen Lieblingskind Bob, dem Irish Tinker, und dann
dem Lesen. Wenn sie nicht gerade liest oder schreibt, steckt
sie knietief in Pferdeäpfeln und Fell und ignoriert dabei
glückselig alle Erwachsenenpflichten.

WWW.BROGANTHOMAS.COM

Bücher von Brogan Thomas

Kreaturen der Anderswelt

Verfluchter Wolf (Forrest)

Verfluchter Dämon (Emma)

Verfluchter Vampir (Tru)

Verfluchte Hexe (Tuesday)

Verfluchte Fae (Pepper)

Verfluchter Drache (Kricket)

Rebellin aus der Anderswelt

Rebellisches Einhorn (Tru)

Rebellischer Vampir (Tru)

Chroniken der Gebissenen

Gebissene Wandlerin (Lark)

Gebissener Vampir (Winifred)